사이버리아드
Cyberiada

The Cyberiad

사이버리아드
Cyberiada

스타니스와프 렘

송경아 옮김

일러두기

1. 이 책은 Michael Kandel이 영어로 옮긴 《The Cyberiad》(First Harvest / HBJ, 1974)를 번역 대본으로 사용하였으며, 폴란드어판 《Cyberiada》(Wyd. lit. Krak., 1967; Verba, 1991)를 바탕으로 감수하였다.
2. 본문에 나오는 인명, 지명 등 고유명사 표기는 영어판을 따랐다.

차례

《사이버리아드》의 두 주인공 트루를과 클라파우치우시는 로봇이며, 서로 절친한 친구이자 라이벌입니다. 또한 그들은 '제작자'로서 원하는 일은 무엇이든 할 수 있는 신과 같은 능력이 있습니다. 항성과 행성을 재배치해 우주 광고판을 만드는 일도 밥 먹듯 해치우고, N으로 시작하는 것은 뭐든 만들 수 있는 기계를 발명해 세계를 파멸에 빠뜨릴 뻔도 하지요. 그뿐만이 아닙니다. 세상에 존재하는 모든 의미 있는 정보를 그러모으는 '제2종 악마'를 창조해내는가 하면, 심지어는 적국의 공주와 사랑에 빠진 왕자의 마음을 돌리기 위해 슈퍼 에로티즘 증폭기 '팜므파탈라트론'을 만듭니다. 두 로봇은 평소엔 고향 별 작업실에서 뭔가 기발하고 상상을 초월하는 기계를 만들다가 마음이 내키면 함께 우주 각지를 여행하며 돌아다닙니다.

사이버네틱스의 노래

트루를의 기계

옛날 옛적에 제작자 트루를은 8층짜리 생각 기계를 만들었다. 다 만들고 나서 그는 흰 페인트를 칠하고, 모서리를 라벤더색으로 다듬고, 뒤로 물러나 가늘게 실눈을 뜨고 바라본 다음 정면에 약간의 소용돌이 장식을 덧붙이고, 이마로 보일 곳에 밝은 오렌지색 물방울무늬 몇 개를 뿌려 넣었다. 그는 매우 우쭐해서 휘파람을 불고는 이런 경우 언제나 그래왔듯 그 기계에 2 더하기 2가 몇이냐는 의례적인 질문을 했다.

기계가 움찔거렸다. 진공관들이 빛나기 시작하고, 전선에는 열이 오르고, 전류가 폭포처럼 모든 회로를 휩쓸고, 변압기들이 윙윙거리며 진동하고, 땡그랑, 칙, 푹, 그러더니 너무나 시끄러운 소리가 나는 바람에 트루를은 특별 정신 활동 소음기를 덧붙일까 싶었다. 그동안 기계는 우주에서 가장 어려운 문제를 풀어보라는 지시를 받은 것처럼 열심히 돌아가고 있었다. 땅이 흔들렸고, 그 진동 때문에 발밑의 모래가 슬슬 파였고, 밸브는 샴페인 마개처럼 뻥뻥거렸고, 계전기는 과전압으로 터질 지경이었다. 트루를의 초조감이 극에 달했을 때, 마침내 기계가 서서히 멈추더니 천둥 같은 목소리로 말했다.

"7!"

"말도 안 돼, 애야. 정답은 4야. 착한 기계답게 잘 좀 해 보렴! 2 더하기 2가 몇이라고?"

"7!"

기계가 딱 잘라 말했다. 트루를은 한숨을 쉬고 도로 작업복을 입은 다음, 소매를 걷고 바닥의 뚜껑 문을 열고 그 안으로 기어 들어갔다. 아주 오랜 시간 동안 그는 기계 내부에서 부지런히 망치를 두드리고 조이고 납땜하고, 강철 계단을 덜컹거리며 오르락내리락하고, 6층에 있다가 8층에 갔다가, 다시 맨 아래층으로 가서 마구 두들겨대고 스위치를 넣었다. 하지만 한가운데서 무엇인가가 지글거리는 소리가 나더니 점화 플러그가 새파란 철사로 변해버렸다. 두 시간 동안 이런 일을 한 다음 트루를은 밖으로 나왔다. 그는 검댕으로 뒤덮였지만 만족해서 도구를 전부 치우고, 작업복을 벗고 세수를 했다. 그는 나가려다가 몸을 돌려 아무 의심도 없이 물었다.

"그래서 이제 2 더하기 2는 몇?"

"7!"

기계가 대답했다.

트루를은 지독한 욕설을 중얼거렸지만 어쩔 수가 없었다. 그는 다시 기계 속을 뒤지고, 연결을 끊어보고, 수정해보고, 체크하고, 리셋해야만 했다. 그리고 세 번째로 2 더하기 2가 7이라는 대답을 듣자 절망에 빠져 기계 발치에 주저앉았다. 클라파우치우시가 발견할 때까지 그는 그곳에 그대로 앉아 있었다. 트루를이 금방 장례식에 다녀온 사람 같은 얼굴을 하고 있기에, 클라파우치우시는 무슨 일이냐고 물어보았다. 트루를은 문제가 무엇인지 설명했다. 클라파우치우시도 기계 속에 두어 번 기어 들어가서 이것저것 고치려고 해보았지만, 그다음 1 더하기 2의 값을 묻자 기계는 6이라고 대답했다. 1 더하기 1은 기계의 계산에 따르면 0이었다. 클라파우치우시는 머리를 긁적이고 헛기침을 한 다음 말했다.

"친구여, 현실을 똑바로 보게. 이건 자네가 만들려던 기계가 아니야. 하지만 모든 사물에는 좋은 측면이 있지.

사이버네틱스의 노래

이 일도 그래."

"무슨 좋은 측면?"

중얼거린 트루를은 자기가 앉아 있던 기계 밑바닥 부분에 발길질을 했다.

"그만해요."

기계가 말했다.

"흠, 이 녀석은 예민하기까지 하군. 그런데 내가 무슨 말을 하고 있었더라? 아, 그래……. 여기 우리 앞에 멍청한 기계가 있다는 것은 의심할 여지가 없고, 게다가, 아이고, 평범하고 정상적인 수준의 멍청함이 아니야! 이것은 내가 판단할 수 있는 한—그런데 자네는 내가 그 방면의 전문가라는 거 알지?—전 세계에서 가장 멍청한 생각 기계야. 결코 깔볼 일이 아니지! 이런 기계를 일부러 만드는 것은 결코 쉽지 않을 거야. 사실 나는 아무도 그런 일을 할 수 없을 거라고 생각하네. 이 녀석은 멍청할 뿐만 아니라 노새처럼 고집도 세니까 말이야. 즉, 이 녀석은 바보들에게서 공통적으로 볼 수 있는 특성을 갖고 있다는 말이야. 바보들은 아주 고집이 세거든."

"도대체 그래서 이 기계가 나한테 무슨 소용이 있단 말이야?"

트루를은 그렇게 말하고 다시 한번 기계를 찼다. 기계

가 말했다.

"경고합니다. 그만하는 게 좋을걸요!"

그러자 클라파우치우시가 냉정하게 말했다.

"경고하고 싶으면 해보렴. 이 녀석은 예민하고 우둔하고 고집 셀 뿐만 아니라 성도 잘 내는군. 정말이지, 이런 특성들을 잔뜩 갖고 있으면 자네는 뭐든지 할 수 있어!"

"예를 들어서 뭐 말이야?"

트루를이 물었다.

"흠, 즉석에서 말하기는 힘들군. 녀석을 전시해서 입장료를 받을 수도 있겠지. 지금까지 존재했던 것 가운데 가장 멍청한 생각 기계를 보기 위해서 모두 벌떼처럼 모여들 거야. 이게 얼마나 크지? 8층짜리? 세상에, 이보다 더 큰 저능아가 어디 있겠어? 전시를 하면 자네가 쓴 비용이 벌충될 뿐만 아니라……."

"됐어, 난 전시 같은 거 안 해!"

트루를이 벌떡 일어서며 제 성미를 이기지 못해 다시 한번 기계를 찼다.

"세 번째 경고입니다."

기계가 말했다. 트루를은 그 거만한 말에 노발대발해서 외쳤다.

"뭐? 너……너……네 쓸모라고는 걷어차이는 것뿐이

야, 그거 알아?"

그는 기계를 몇 번 더 찼다.

"당신은 나를 네 번째, 다섯 번째, 여섯 번째, 여덟 번째 모욕했어요. 따라서 나는 모든 수학적 성격의 문제에 대답하기를 거부하겠습니다."

트루를은 화가 머리끝까지 나서 날뛰었다.

"거부한대! 들었어? 6 다음에 오는 게 8이래, 들었어, 클라파우치우시? 7이 아니라 8이래! 이 여왕 전하께서 거부하겠다는 수학이 이런 거란 말이지! 이거나 먹어라! 이것도! 이것도! 더 먹여줄까?"

기계는 덜덜 떨고 흔들리더니 말없이 토대부터 일어나기 시작했다. 토대가 매우 깊었기 때문에 대들보가 휘어질 지경이었다. 하지만 마침내 기계가 땅 밖으로 나왔고, 부서진 콘크리트 블록과 튀어나온 강철 뼈대를 등 뒤에 남겨둔 채 움직이는 요새처럼 트루를과 클라파우치우시에게 다가가기 시작했다. 트루를은 놀란 나머지, 어디로 보나 기계가 자기를 너덜너덜 찢어놓으려 하고 있었는데도 피할 엄두조차 내지 못했다. 그러나 클라파우치우시가 그의 팔을 잡아당겨서 둘은 줄행랑을 쳤다. 한참 도망치다가 돌아보자, 기계는 높은 탑처럼 흔들거리면서 천천히 다가오고 있었다. 기계는 발걸음을 옮길 때마다 2층

높이만큼 땅속에 파묻혔지만, 그러면서도 완강하고 끈덕지게 모래를 헤치며 곧장 그들 쪽으로 향해 오고 있었다. 트루를은 놀라서 숨을 들이켰다.

"누가 이런 이야기를 들은 적이나 있겠어? 저건, 저건 반란이야! 우리 이제 어떡하지?"

"기다려보자고. 뭔가 알게 되겠지."

신중한 클라파우치우시가 대답했다.

그러나 당장 알 수 있는 것은 없었다. 기계는 좀 더 단단한 땅에 닿은 후에는 속도를 내기 시작했다. 기계 안에서는 휙휙거리고 쉭쉭거리고 탁탁거리는 소리가 났다.

"이제 금방 신호기가 느슨해질 거야. 그러면 프로그램이 엉켜서 저놈도 멈추겠지……."

트루를이 숨죽여 말했다.

"아냐. 이건 특별한 경우야. 저놈은 너무 멍청해서, 전송 장치가 모두 나간다 해도 상관없을걸. 하지만…… 조심해!"

클라파우치우시가 말했다.

기계는 달려와 그들을 깔아뭉개려고 힘을 비축하고 있는 것이 분명했다. 그래서 그들은 온 힘을 다해 달렸다. 저벅저벅 다가오는 무시무시한 발걸음의 리듬이 귀에 쟁쟁 울렸다. 그들은 달리고 또 달렸다. 그 외에 무슨 일을 할 수 있었겠는가? 그들은 자기네 동네로 돌아가려고 해 보았지만, 기계는 그들의 측면을 포위하고 길을 차단해서 아무도 살지 않는 미개지로 깊이, 더 깊이 몰아넣었다. 음침하고 울퉁불퉁한 산들이 안개 속에서 서서히 솟아올랐다. 트루를은 가쁘게 숨을 몰아쉬며 클라파우치우시에게 외쳤다.

"들어봐! 어디 좁은 골짜기로 들어가자……. 놈이 우리를 따라올 수 없는 곳으로……. 저 망할 것이…… 뭐라고?"

클라파우치우시가 씨근거리며 대답했다.

"아니…… 똑바로 가는 게 낫겠어. 이 위쪽에 마을이 있어……. 이름은 기억이 안 나는데…… 어쨌거나, 거기서 피할 곳을—으악!—찾을 수 있을 거야……."

그래서 그들은 똑바로 달렸다. 얼마 안 있어 여러 채의 집이 보였다. 그 시간에는 거리에 사람이 전혀 없었기 때문에 제작자들은 사람을 한 번도 만나지 못한 채 꽤 먼 거리를 달려갔다. 그런데 갑자기 마을 언저리에 산사태가 난 것 같은 끔찍한 굉음이 울리는 바람에 그들은 기계가 계속 자기들을 따라오고 있다는 사실을 알 수 있었다.

트루를은 뒤를 돌아보고 신음했다.

"맙소사! 저놈이 집들을 찢어발기고 있어, 클라파우치

우시!"

기계가 그들을 고집스럽게 쫓아오면서 강철로 된 산을 쟁기질하듯이 건물 벽을 후려갈기고 있었다. 기계가 지나간 자리에는 벽돌 더미가 남고 하얀 석회 먼지구름이 피어올랐다. 끔찍한 비명이 솟아오르면서 거리에는 일대 혼란이 일어났다. 트루를과 클라파우치우시는 숨이 턱에 닿도록 계속 달려 시청의 커다란 청사에 도착했다. 그들은 쏜살같이 안으로 뛰어 들어가 깊은 지하실로 통하는 계단을 끝없이 달려 내려갔다. 클라파우치우시가 헐떡거리며 말했다.

"우리 머리 위로 빌딩 전체를 무너뜨릴 수는 있어도 여기까지 오지는 못하겠지! 하지만 정말, 내가 오늘 자네를 찾아간 건 악마의 농간이야……. 자네 일이 어떻게 되어 가는지 궁금해서 보러 갔다가…… 흠, 확실히 궁금증은 풀렸지만……."

트루를이 말을 가로챘다.

"조용, 누가 오고 있어……."

정말이었다. 지하실 문이 열리더니 시장이 들어왔고, 시의원 몇 명이 함께 들어왔다. 트루를은 당황한 나머지 이렇게 이상하고 불행한 사태가 벌어지게 된 연유를 설명할 수가 없었다. 그래서 클라파우치우시가 이야기를 도맡아야 했다. 시장은 말없이 이야기를 들었다. 갑자기 벽이 흔들리고 땅이 솟아오르더니 벽돌 부서지는 소리가 지하실에 있는 그들에게까지 들렸다.

"그놈이 여기까지?"

트루를이 외쳤다.

"그렇소. 그리고 우리에게 당신들을 내달라고 요구합니다. 안 그러면 온 마을을 무너뜨려버리겠다고……."

시장이 말했다.

바로 그때 머리 위 먼 곳에서, 희미한 경적에서 울려나오는 것 같은 말소리가 들려왔다.

"트루를 내놔라……. 트루를 냄새가 난다……."

"설마 우리를 내주지는 않으시겠죠?"

기계의 집요한 분노의 표적이 된 트루를이 떨리는 목소리로 물었다.

"당신들 둘 중에서 트루를이라는 이름을 가진 자는 떠나야 하오. 다른 쪽은 남아 있어도 됩니다. 그를 넘겨달라는 조건은 없으니까……."

"자비를!"

"우리로서는 어쩔 수가 없어요, 트루를. 그리고 당신이 여기 머무른다면 이 마을과 주민들이 입은 모든 피해에 대한 책임을 져야 할 겁니다. 당신 때문에 그 기계가 집을 열여섯 채나 파괴했고, 우리 시민들 중에서도 가장 뛰어난 사람들이 그 바람에 많이 깔려 죽었단 말이오. 당신 또한 절박한 위험에 처해 있다는 이유 하나 때문에 아무 벌도 받지 않고 떠날 수 있는 겁니다. 그럼 가시오. 다시는 돌아오지 마시오."

시장이 말했다. 트루를은 시의원들을 바라보았다. 그리고 그들의 완고한 얼굴에 쓰여 있는 유죄 선고를 보고 천천히 몸을 돌려 문으로 향했다.

"기다려! 나도 같이 가!"

클라파우치우시가 충동적으로 외쳤다.

"자네도?"

트루를은 희미한 희망이 깃든 목소리로 말했다. 그러나 잠시 후에 이렇게 덧붙였다.

"하지만 아냐……. 왜 자네가 나와 함께 죽어야 해?"

"말도 안 되는 소리! 우리가 무엇 때문에 저 강철 백치의 손에 죽어야 한단 말인가? 절대 그럴 수 없지! 친구여, 가장 유명한 제작자 두 명을 우리 행성 위에서 쓸어 없애려면 그보다는 더한 놈이 와야지! 이리 오게, 트루를! 기운 내!"

클라파우치우시가 아주 활기차게 대답했다. 이 말에 기운을 얻고 트루를은 클라파우치우시의 뒤를 따라 계단을 달려 올라갔다. 광장에는 아무도 없었다. 기계는 먼지 구름과 부서진 집의 황량한 뼈대 속에 증기를 푹푹 내뿜으며 시청 청사보다 높이 우뚝 서 있었다. 부스러진 벽돌을 뒤집어쓰고 석회 가루로 얼룩진 모습이었다. 클라파우치우시가 속삭였다.

"조심해! 저놈은 지금 우리를 보고 있지 않아. 저 왼쪽 첫 번째 길로 가서 오른쪽으로 돌고, 그다음 똑바로 저 산으로 가. 그러면 안전한 곳으로 도망칠 수 있을 테고, 그곳에서 어떻게 하면 저놈이 저런 미친 짓을 영영 그만 두게 할 수 있을지 생각을…… 지금이야!"

막 그들이 있는 곳을 알아차린 기계가 도로를 부수며 돌격하는 순간, 클라파우치우시가 외쳤다. 그들은 숨 가쁘게 마을에서 달아나, 무자비하게 뒤를 따라오는 거대한 기계의 천둥 같은 발걸음 소리를 들으며 1마일 정도를 달렸다. 그러다가 클라파우치우시가 갑자기 소리쳤다.

"나, 저 골짜기를 알아! 물이 말라버린 골짜기인데, 절벽과 동굴로 통해. 빨리, 더 빨리, 저놈은 곧 멈추어 서야만 할걸……!"

그들은 몸의 균형을 잃지 않으려고 팔을 휘저어대며 비틀비틀 언덕 위로 뛰어올랐다. 그러나 기계는 여전히 따라오고 있었다. 그들은 말라버린 강바닥의 자갈 위를 서둘러 뛰어가 깎아지른 듯한 바위에 난 깊게 갈라진 틈으로 들어갔다. 높이 솟아 있는 동굴의 컴컴한 입구를 쳐다보면서, 발밑에서 느슨한 돌이 굴러떨어지는 것은 아랑곳 않고 둘은 미친 듯이 입구 쪽으로 기어오르기 시작했다. 바위 구멍 속의 공기는 차갑고 어두웠다. 그들은 최대한 빠르게 안으로 뛰어들어 몇 발짝 달린 후 멈추었다. 트루를은 다시 침착해졌다.

"휴우, 마침내 안전한 곳에 왔군. 잠깐, 놈이 어디에 걸렸는지 볼게……."

"조심해."

클라파우치우시가 주의를 주었다. 트루를은 동굴 가장자리로 조금씩 나아가 밖으로 몸을 내밀었다가 소스라치게 놀라 도로 펄쩍 뛰어 들어왔다. 그가 외쳤다.

"저게 산을 올라오네!"

"걱정하지 마. 절대로 여기까지 오지는 못할 거야."

전혀 자신은 없었지만 클라파우치우시는 일단 그렇게 말했다.

"하지만 저건 뭐야? 점점 어두워지네? 오, 안 돼!"

순간 거대한 그림자가 드리워지며 동굴 입구로 내다보이던 조그만 하늘을 덮어버렸고, 그 자리에는 리벳으로 뒤덮인 매끄러운 강철 벽이 나타났다. 기계가 천천히 바위를 닫아 거대한 금속 뚜껑으로 덮은 것처럼 동굴을 봉해버린 것이었다.

"우린 덫에 걸렸어⋯⋯."

트루를이 속삭였지만 완전히 캄캄해지자 그의 말도 끊겼다.

"멍청한 건 우리 쪽이었어! 그놈이 바리케이드를 칠 수 있는 동굴로 뛰어들다니! 어떻게 우리가 이따위 일을 했을까!"

클라파우치우시가 사납게 외쳤다. 한참 후 트루를이 물었다.

"저놈이 뭘 기다리고 있는 걸까?"

"머리를 쓸 필요도 없잖아. 우리가 항복하기를 기다리는 거겠지."

다시 침묵이 흘렀다. 트루를은 어둠 속에서 팔을 뻗고 동굴 입구 쪽으로 살금살금 걸었다. 그는 손가락으로 돌을 훑으면서 나아가다가, 마침내 매끄러운 강철에 닿았다. 마치 내부에서 가열되는 것처럼 따뜻했다.

"트루를이 느껴진다⋯⋯."

강철 목소리가 웅웅거렸다. 트루를은 재빨리 물러나서 친구 옆에 앉았다. 그들은 얼마간 움직이지 않고 그곳에 앉아 있었다. 마침내 클라파우치우시가 속삭였다.

"여기 그냥 앉아만 있는 것은 분별없는 일이야. 내가 저놈을 이성적으로 설득해볼게……."

"가망 없는 일이야. 하지만 시도는 해봐. 최소한 자네는 보내주겠지……."

트루를이 말했다.

"어이, 어이, 그런 말 하지 마!"

클라파우치우시가 트루를의 등을 두드리며 말했다. 그는 더듬거리며 동굴 입구로 나아가 외쳤다.

"어이, 거기, 들리니?"

"들려요."

기계가 말했다.

"들어봐. 우리가 사과할게. 이봐……. 음, 사실 약간 오해가 있었어. 맞아. 하지만 그건 정말 아무것도 아니야. 트루를은 그러려던 게 아니고……."

"트루를을 가루로 만들어버릴 테야! 하지만 우선 트루를이 나한테 2 더하기 2가 얼마인지 말해야 해요."

"물론 말할 거야. 말하고말고. 그러면 너는 마음 풀고 트루를과 화해하는 거다. 그렇지, 트루를?"

조정자 역할을 맡은 클라파우치우시가 달래듯이 말했다.

"음, 물론……."

트루를이 웅얼거렸다.

"정말요? 그러면 2 더하기 2가 뭐죠?"

기계가 물었다.

"4…… 아니, 7…….."

트루를이 매우 낮은 목소리로 말했다.

"하! 4가 아니고 7이란 말이죠, 네? 그것 봐요. 내가 그렇다고 했잖아요!"

기계가 의기양양하게 말했다. 클라파우치우시가 열심히 맞장구쳤다.

"7이야. 그래, 7. 언제나 7이었다고! 그럼 이제 우리를…… 음…… 가게 해줄래?"

"싫어요. 트루를이 나한테 얼마나 미안한지 얘기하고 2 곱하기 2가 얼마인지 얘기하지 않으면……."

"내가 그렇게 하면 우리를 보내줄 거야?"

트루를이 물었다.

"글쎄요. 생각 좀 해보고요. 나는 거래를 하고 있는 게 아니거든요. 2 곱하기 2가 얼마죠?"

"하지만 우리를 놓아주겠지, 응?"

트루를이 그렇게 말하자 클라파우치우시가 그의 팔을 잡아당겨 귀에 속삭였다.

"저놈은 멍청이야. 제발 놈과 싸우지 마!"

"내 마음이에요. 내가 놓아주기 싫으면 안 놓아줄 거예요. 2 곱하기 2가 뭔지만 말해요……."

기계의 말에 트루를은 갑자기 분노에 휩싸여 외쳤다.

"좋아, 말하지, 말해주지! 2 더하기 2는 4고, 2 곱하기 2는 4야. 네가 물구나무를 서든, 이 산을 갈아서 먼지로 만들든, 바다를 들이켜 말려버리고 하늘을 삼켜버린대도…… 듣고 있어? 2 더하기 2는 4라고!"

"트루를! 무슨 소리 하는 거야? 정신 나갔어? 2 더하기 2는 7이지, 착한 기계야! 7! 7!!"

클라파우치우시가 친구를 말리면서 악을 썼다.

"아냐! 4야! 4이고, 4뿐이고, 태초부터 영원까지 4야, 4!"

트루를이 더욱더 거칠게 소리 질렀다.

발밑의 바위가 미친 듯이 덜덜거렸다. 기계가 동굴에서 비켜서면서 창백한 빛이 약간 새어 들어왔다. 기계가 맹렬하게 소리 질렀다.

"거짓말이야! 7이야! 7이라고 말하지 않으면 때려줄 테야!"

"절대 아니야!"

무슨 일이 일어나도 상관없다는 듯 트루를이 으르렁거리자 자갈과 먼지가 그들의 머리 위에 빗발치듯 떨어졌다. 기계가 8층짜리 덩치를 석벽에 계속 밀어붙여대고 산허리에 몸을 내던지듯 부딪치는 바람에, 거대한 바위들이 부서져 나가 골짜기로 굴러떨어졌기 때문이었다.

천둥 치는 듯한 소리와 자욱한 연기가 동굴을 가득 채웠고, 강철이 바위에 부딪히면서 불꽃이 날았다. 그러나 이 아수라장을 뚫고 때때로 트루를이 갈라진 목소리로 울부짖는 소리가 들려왔다.

"2 더하기 2는 4야! 2 더하기 2는 4!"

클라파우치우시는 힘으로 친구 입을 막으려 해보았으나 난폭하게 내동댕이쳐졌다. 그는 포기하고 주저앉아 팔로 머리를 감쌌다. 기계의 미친 듯한 공격은 한순간도 수그러들지 않았고, 당장이라도 천장이 무너져 갇혀 있는 제작자들을 깔아뭉개고 영원히 파묻어버릴 것 같았다. 그러나 매운 연기와 숨 막히는 먼지가 자욱한 가운데 그들이 모든 희망을 잃었을 때, 갑자기 끔찍한 끼기긱 소리와 더불어 무언가 천천히 폭발하는 듯한 소리가 났다. 미친 듯이 들려오던 쾅쾅 소리와 두들겨대는 소리보다 더 큰 소리였다. 공기가 쉭쉭거리더니 동굴을 막고 있던 검은 벽이 폭풍에 쓸려간 것처럼 사라져버리고, 괴물 같이 거대한 바위 덩어리가 그 위로 굴러떨어졌다. 돌사태의 메아리가 아래쪽 계곡으로 우르르 울려 퍼지는 가운데 두 친구는 동굴 밖을 빠끔 내다보았다. 기계가 보였다. 기계는 납작 부서져서, 8층짜리 몸의 허리 부분에 굴러떨어진 거대한 바위에 반쪽으로 쪼개지다시피 한 채로 누워 있었다. 최대한 조심조심하며 그들은 아직도 연기를 피워 올리고 있는 돌 조각 사이를 헤치고 나아갔다. 강바닥으로 가려면 기계의 부서진 잔해를 지나가야만 했다. 그것은 바닷가에 내동댕이쳐진 거대한 난파선 같았다. 그들은 아무 말 없이 뒤틀린 기계 몸체가 드리운 그늘 아래 멈추어 섰다. 기계는 아직도 조금씩 떨고 있었다. 그 안에서 무엇인가 돌아가는 소리, 약하게 삐걱거리는 소리가 들렸다. 트루틀이 입을 뗐다.

"그래, 이렇게 너는 불행한 최후를 맞았구나. 그리고 2 더하기 2는…… 언제나 그랬듯이……."

바로 그때, 기계가 들리지 않을 정도로 희미한 끼익끼익 소리를 내면서 마지막 말을 내뱉었다.

"7!"

그리고 안에서 짤깍 소리가 나더니, 머리 위에서 몇 개의 돌이 굴러떨어졌다. 이제 그들 앞에는 생명 없는 고철 더미가 놓여 있을 뿐이었다. 두 제작자는 서로 눈길을 나누고 아무 말 없이, 대화도 없이 조용히 그들이 온 길을 걸어 돌아갔다.

흠씬 때려주기

누군가가 제작자 클라파우치우시의 문을 두드리고 있었다. 내다보니 짧은 다리가 넷 달린 배불뚝이 기계가 보였다.

"누구야? 무슨 일이야?"

그가 물었다.

"나는 '당신 소원을 모두 들어주는 기계'입니다. 당신의 좋은 친구이자 동료이신 위대한 트루를이 선물로 보낸 것입니다."

"선물이라? 허."

클라파우치우시가 트루를에 대해 품은 감정은 좋게 말해도 애증이 뒤섞인 것이었다. 그는 특히 '위대한 트루를'이라는 문구가 짜증났다. 그러나 그는 잠시 생각하다가 말했다.

"좋아, 들어와."

그는 그 기계를 괘종시계 옆의 구석에 세워두고 다시 작업에 착수했다. 짧은 다리가 세 개 달린 땅딸막한 기계를 만드는 일이었는데, 다 끝나가고 있었다. 그는 끝손질을 하는 중이었다. 잠시 후 '당신 소원을 모두 들어주는 기계'가 헛기침을 하더니 말했다.

"저 아직 여기 있는데요."

"안 잊어버렸어."

클라파우치우시가 쳐다보지도 않고 말했다. 얼마 있다가 기계는 다시 헛기침을 하고 물었다.

"무엇을 만들고 계신지 물어봐도 될까요?"

"너는 '소원을 들어주는 기계'냐, '질문하는 기계'냐?"

클라파우치우시는 이렇게 말하고 곧 덧붙였다.

"파란 페인트가 좀 필요한데."

"이 색조가 맞으면 좋겠는데요."

기계가 배에 달린 문을 열고 파란 페인트 한 양동이를 꺼내며 말했다. 클라파우치우시는 아무 말 없이 붓을 담갔다가 칠하기 시작했다. 그 후 몇 시간 동안 그는 사포와 카보런덤*, 굽은 손잡이가 달린 송곳, 흰 페인트와 5번 나

---

*   탄화규소 연마제의 상표명—옮긴이

사를 달라고 했고, 기계는 전부 즉석에서 건네주었다. 그날 저녁 그는 자기 작품을 캔버스 천으로 덮어두고 저녁을 먹은 다음, 기계 맞은편에 의자를 끌어다 앉은 후 말했다.

"이제 네가 뭘 할 수 있는지 보자. 그러니까 너는 모든 소원을 들어줄 수 있다고……."

"거의 모든 소원입니다. 페인트와 사포, 5번 나사는 괜찮았지요?"

기계가 겸손하게 대답했다. 클라파우치우시가 말했다.

"그럼, 그럼. 하지만 나는 좀 더 어려운 것을 생각하고 있어. 만약 네가 그 일을 해내지 못하면, 나는 네게 감사하다는 인사와 전문가의 소견을 붙여 네 주인에게 돌려보낼 생각이야."

"좋아요. 무슨 소원이죠?"

기계가 안절부절못하며 물었다.

"트루를. 나는 트루를을 갖고 싶어. 트루를 자신과 꼭 닮아서 아무도 구별할 수 없는 트루를 말이야."

기계는 투덜투덜, 웅웅 소리를 내더니 마침내 입을 열었다.

"좋아요. 트루를을 만들어드리죠. 하지만 그분을 조심스럽게 다루어주세요. 뭐니 뭐니 해도 그분은 진정 위대하신 제작자니까요."

"아, 물론 그 점은 염려하지 않아도 돼. 자, 어디 있지?"

클라파우치우시가 말했다.

"네? 지금 당장요? 트루를은 5번 나사가 아닙니다. 시간이 걸려요."

기계가 말했다. 그러나 오래지 않아 기계의 배에 있는 문이 열리고 트루를이 기어 나왔다. 클라파우치우시는 그를 위아래로 쳐다보고, 돌려보고, 만져보고, 두드려보았으나, 의심할 여지가 없었다. 한 꼬투리 속의 완두콩 두 알처럼 빼다 박은 트루를이었다. 이 트루를은 빛에 눈이 익지 않아 약간 사팔눈이었지만, 그 외에는 완전히 여느 때와 같은 태도로 행동했다.

"안녕, 트루를!"

클라파우치우시가 말했다.

"안녕, 클라파우치우시! 하지만 잠깐, 내가 어떻게 여기 왔지?"

트루를이 당황한 기색이 역력한 모습으로 대답했다.

"아, 자네가 잠깐 들른 것뿐이야⋯⋯. 이봐, 자네를 본 지도 정말 오랜만이구먼. 여기 어떤가?"

"좋구먼, 좋아⋯⋯. 저 캔버스 천 아래에는 뭐가 있지?"

"대단한 건 아냐. 앉지그래?"

"음, 나는 정말 가봐야겠는데. 날도 어두워지고……."

"방금 왔는데, 그렇게 서두르지 말게! 내 지하실도 아직 못 봤잖아."

클라파우치우시가 말렸다.

"지하실?"

"그래, 자네는 분명히 재미있어할 거야. 이쪽으로……."

클라파우치우시는 트루를의 어깨에 팔을 두르고 그를 지하실로 안내했다. 그는 그곳에서 트루를의 다리를 걸어 넘어뜨리고 꼼짝 못 하게 누른 후 재빨리 묶었다. 그런 다음 쇠지레를 가져다 넋이 나갈 정도로 트루를을 두들겨 팼다. 트루를은 악을 쓰고, 도움을 청하고, 저주하고, 자비를 애원했지만, 클라파우치우시는 멈추지 않았다. 트루를을 때리는 소리가 아무도 없는 밤의 어둠 속으로 울려 메아리쳤다.

"아야! 아야! 왜 나를 때리는 거야?"

트루를이 몸을 움츠리며 외쳤다.

"재미있으니까 그러지. 자네도 언젠가 한번 해보게, 트루를!"

클라파우치우시는 막대를 휘두르며 설명한 다음, 트루를의 머리를 한 대 갈겼다. 그 소리가 드럼처럼 울려 퍼졌다. 트루를이 비명을 질렀다.

"당장 나를 놓아주지 않으면 왕에게 아뢰어 자네를 가장 깊은 지하 감옥에 던져 넣겠어!"

"아니, 그럴 수 없을걸. 왜인지 알아?"

클라파우치우시가 앉아서 잠시 숨을 고르며 물었다.

"말해봐."

트루를이 잠깐의 유예를 반기며 말했다.

"자네가 진짜 트루를이 아니기 때문이지. 알다시피 트루를은 '당신 소원을 모두 들어주는 기계'를 만들어 내게 선물로 보내주었어. 나는 그것을 시험해보려고 자네를 만들게 했지! 그러니 자네 머리를 두들겨 떼어내서 침대 발치에 두고 구둣주걱으로 쓸 테야."

"이 괴물! 나한테 왜 이러는 거야?"

"말했잖아. 재미있다고. 하지만 이런 쓸데없는 잡담은 그만!"

클라파우치우시는 일어나더니 이번에는 양손으로 커다란 몽둥이를 집어 들었다. 그러자 트루를이 외쳤다.

"잠깐! 그만! 할 말이 있어!"

"무슨 말을 해도 자네 머리는 구둣주걱 신세일 텐데."

클라파우치우시가 대꾸했다. 트루를은 재빨리 소리쳤다.

사이버네틱스의 노래

"나는 기계가 만든 트루를이 아니야! 진짜 트루를이야. 요즘 자네가 문을 걸어 닫고 커튼까지 치고 무엇을 하고 있나 궁금했을 뿐이야. 그래서 기계를 만들고 그 배 속에 숨어서 선물인 척 여기로 온 거야!"

"허어, 그런 새빨간 거짓말을! 교묘하지도 않잖아! 시간 낭비하지 마. 난 네 속을 다 꿰뚫어 보고 있어. 너는 소원을 들어주는 기계에서 나왔어. 그 기계가 페인트와 사포, 굽은 손잡이 송곳, 5번 나사를 만들 수 있다면 분명히 자네도 만들어낼 수 있는 거야!"

클라파우치우시가 몽둥이를 들어 올리며 말했다.

"그건 다 미리 배 속에 넣어둔 거야! 자네가 작업할 때 무엇이 필요할지 예상하는 건 어렵지 않잖아! 맹세해, 이건 참말이야!"

트루를이 외치자 클라파우치우시가 대답했다.

"내 훌륭한 친구이자 동료인 '위대한 트루를'이 그저 평범한 사기꾼이라고 주장하는 거야? 아니, 나는 그런 말을 절대 믿지 않겠어! 이거나 먹어라!"

그는 트루를에게 한 방 먹였다.

"이건 내 훌륭한 친구 트루를을 중상한 죄다! 이거 먹어라! 이것도!"

그는 몽둥이로 계속 사정없이 치고 때렸다. 팔이 아파

더 때리지 못하게 되자 클라파우치우시는 옆으로 몽둥이를 던져놓으며 말했다.

"이제 잠깐 낮잠을 자고 쉬었다 일어나야겠다. 하지만 걱정 말라고. 돌아올 테니까……."

그가 방을 나간 후, 곧 지하실에서도 들릴 정도로 커다랗게 코 고는 소리가 났다. 트루를은 있는 힘껏 몸을 흔들고 뒤틀어서 묶인 끈을 느슨하게 한 후 매듭을 풀고 일어났다. 그는 기계로 도로 살금살금 가서, 그 안에 기어 들어가 전속력으로 집으로 뛰어갔다. 그동안 클라파우치우시는 침실 창문에서 트루를이 도망치는 것을 지켜보면서 크게 웃지 않으려고 한 손으로 입을 막고 있었다. 다음 날, 그는 트루를을 방문했다. 트루를은 말없이 침울하게 그를 맞았다. 방은 어두웠지만 클라파우치우시는 트루를의 몸에서 흠씬 맞은 자국을 볼 수 있었다. 트루를은 긁힌 곳을 고치고 흠집을 두드려 펴느라 고생한 것이 분명했다. 클라파우치우시는 신이 나서 물었다.

"왜 그리 우울해? 좋은 선물을 줘서 고맙다고 인사하러 왔는데. 하지만 내가 자는 동안 달아나버리다니, 부끄러운 일이야. 게다가 너무 서두르는 바람에 문까지 열어놓고 도망가버렸지 뭔가!"

"자네는 내 선물을 잘못 다룬, 아니, 학대한 것 같더군.

아! 사정을 설명할 필요는 없네. 기계가 모두 말해주었으니까. 자네가 그 기계에게 나를, 나를 만들라고 시켜서 나를, 그러니까 내 복사물을 지하실로 꾀어낸 다음 거기서 무자비하게 두들겨 팼다지! 나에게 그렇게 모욕을 가하고 배은망덕한 짓을 한 다음에 아무 일도 없었던 것처럼 여기에 감히 얼굴을 들이밀다니! 자네, 무슨 변명을 할 건가?"

트루를이 쏘아붙였다.

"자네가 왜 그리 화내는지 정말 모르겠군. 내가 그 기계에게 자네를 만들라고 시킨 것은 맞아. 그리고 그건 정말 완벽했어. 놀라울 정도로 똑같았지. 구타 건에 대해서는, 음…… 자네 기계가 좀 과장한 것 같네. 인공 트루를을 한두 번 찔러보기는 했지. 하지만 녀석이 잘 만들어졌나 살펴보고 반사 신경도 시험해볼 겸 그런 것뿐이야. 어쨌건 모두 아주 잘되어 있더군. 그놈은 아주 팔팔했을 뿐만 아니라 자기가 진짜 자네라고 주장하기까지 했어. 상상이 돼? 물론 나는 그 말을 믿지 않았어. 그러자 놈은 자네의 선물이 사실은 선물이 아니라 야비하고 불공정한 속임수라고 주장하더라고. 흥, 자네도 이해하겠지만 나는 훌륭한 친구의 명예를 지켜야 했네. 그래서 자네를 그렇게 염치없이 중상한 죄로 흠씬 두드려 패주었네. 하기야 그 덕에 놈이 아주 지적이라는 것도 알았지. 그래, 트루를, 그것은 육체적인 면뿐만 아니라 정신적인 면도 자네를 닮았더군. 자네는 정말 위대하고 훌륭한 제작자야. 이렇게 아침부터 여기 온 것은 그 말을 하고 싶어서였다네!"

트루를은 클라파우치우시의 말에 상당히 누그러졌다.

"흠, 그래, 그런 거라면야. 하지만 자네는 '당신 소원을 모두 들어주는 기계'를 썩 좋은 방식으로 사용하지는……."

"아, 그래. 한 가지 더 묻고 싶은데, 그 인공 트루를을 어떻게 했지? 그것 좀 볼 수 있을까?"

클라파우치우시가 아주 순진한 얼굴로 말했다. 그러자 트루를이 설명했다.

"그놈은 화가 나서 돌아버렸어. 자네 집 근처 산길에서 자네를 기습해서 사지를 찢어놓겠다더군. 나는 그놈을 설득하려고 했지만, 놈은 오히려 나를 욕하고 어둠 속으로 달려 나가더니 자네에게 써먹겠다고 온갖 종류의 부비트랩을 조립하기 시작했다네. 그래서, 친애하는 클라파우치우시여, 자네가 나를 모욕하기는 했지만 우리의 오랜 우정을 생각해서 나는 자네의 생명과 사지에 대한 위협을 제거하기로 했다네. 그래서 나는 그것을 해체해야 했다네……."

그리고 그는 바닥에 놓여 있는 나사들을 발로 건드려 보이면서 한숨지었다. 그래서 그들은 친절한 말을 교환하고 악수를 하고 서로 절친한 친구답게 헤어졌다.

그때부터 트루를은 자기가 클라파우치우시에게 '당신 소원을 모두 들어주는 기계'를 만들어준 이야기만 하고 돌아다녔다. 클라파우치우시는 인공 트루를을 만들라고 명령해 자기를 모욕했고 멍이 들 정도로 그놈을 흠씬 두들겨주었는데, 훌륭하게 제작된 이 위대한 제작자의 복사물은 영리한 거짓말을 해서 스스로를 구해내 마침내 클라파우치우시가 잠들어 있는 동안 탈출했으며, 트루를 자신, 진짜 트루를은 결국 그 인공 트루를을 해체해서 자신의 좋은 친구이자 동료를 그놈의 복수에서 구해내야만 했다는 이야기였다. 트루를은 수시로 이 이야기를 했고, 그것도 아주 길게 말했다. 또 자신의 영광스러운 업적에 대해서 구구절절 늘어놓았기 때문에(클라파우치우시를 증인으로 거명하는 것을 잊지 않았다) 그 소문은 왕궁에까지 흘러들어 갔다. 얼마 전까지만 해도 트루를은 보통 '세상에서 제일 멍청한 컴퓨터의 제작자'로 불렸지만 이제 모두 트루를에 대해 큰 경외감을 품고 이야기했다. 어느 날 클라파우치우시는 왕이 몸소 트루를에게 '대 패럴랙스視

≋ 훈장'을 수여하고 후한 포상을 한다는 말을 듣고, 팔을 쳐들며 외쳤다.

"뭐라고? 여기 있는 나는 그 녀석의 쩨쩨한 속임수를 꿰뚫어 보고 그 대가로 흠씬 두들겨 패서 녀석이 한밤중에 살금살금 자기 집으로 도망가 제 몸을 수선하게 만들어주었어. 그때 녀석 꼴은 정말 볼만했지! 그런데 그것 때문에 그에게 훈장을 주고, 칭찬을 하고, 돈벼락을 내려준단 말이지! 오, 시대여, 오, 도덕이여!*"

그는 화가 나서 집에 가더니 문을 잠그고 블라인드를 쳤다. 사실은 그도 '당신 소원을 모두 들어주는 기계'를 만들고 있었는데, 트루를이 선수를 쳐버린 것이다.

---

* O tempora, O Mores! 로마 시대의 정치가 키케로의 연설에서 인용한 표현―옮긴이

세계는 어떻게 살아남았는가

어느 날, 제작자 트루를은 N으로 시작하는 것은 무엇이든 만들 수 있는 기계를 발명했다. 작동 준비가 되자 그는 시험 삼아 바늘needle과 난징산産 무명 바지nankeens와 네글리제를 만들라고 명령했다. 기계가 그 명령을 실행하자, 슬픔을 잊게 하는 약nepenthe과 다른 마취제narcotics들로 채운 물담뱃대narghile에 그 물건들을 전부 처넣고 못질해버리라고nail 했다. 기계는 그의 지시를 곧이곧대로 실행했다. 그러나 아직 기계의 성능을 완전히 믿을 수 없었기 때문에 그는 차례로 후광nimbuses, 국수noodles, 핵nuclei, 중성자neutrons, 나프타naphtha, 코nose, 님프nymph, 물의 요정naiad, 나트륨을 만들게 했다. 기계가 마지막 것을 만들지 못하자 화가 치민 트루를은 기계에게 어떻게 된 일인지 설명하라고 했다.

"들어본 적이 없어요."

기계가 말했다.

"뭐? 하지만 그건 그냥 소듐이라고. 알잖아. 금속이고, 원소고……."

"소듐은 S로 시작하잖아요. 나는 N으로 시작하는 것만 다루는데요."

"하지만 소듐을 라틴어로 하면 나트륨이야."

"보세요, 이 양반아. 만약 내가 모든 언어에서 N으로 시작하는 걸 전부 만들 수 있었다면, 나는 '모든 철자로 쓸 수 있는 모든 것을 만드는 기계'가 되었을 거라고요. 만들라 하고 싶은 품목이 무엇이든, 분명히 이 나라말 아니면 저 나라말로는 N으로 시작될 테니까요. 만사가 그리 쉬운 게 아니랍니다. 나는 당신이 프로그램한 것 이상의 일을 할 수는 없어요. 그래서 소듐은 안 돼요."

"알았어."

트루를은 기계에게 '밤Night'을 만들라고 명령했고, 기계는 즉각 만들어냈다. 좀 작기는 했지만 그래도 완벽하게 '밤다웠다nocturnal'. 그제야 트루를은 자기 친구인 제작자 클라파우치우시를 초대해서 그 기계를 보여주었다.

트루를이 기계의 뛰어난 기술을 어찌나 자랑하던지, 클라파우치우시는 화가 나서 자기도 그 기계를 시험해볼 수 있느냐고 물었다.

"얼마든지. 하지만 꼭 N으로 시작해야 해."

트루를이 대답했다.

"N? 좋아. 자연Nature을 만들어봐."

클라파우치우시가 말했다.

기계가 윙 소리를 내자 트루를의 앞마당은 순식간에 자연사학자naturalist들로 가득 찼다. 그들은 논쟁하고, 각자 두꺼운 책을 출판해대고, 자기 것이 아닌 다른 책들은 갈기갈기 찢어버렸다. 먼 곳에는 불타는 장작더미가 보였다. 그 위에는 조물주Nature에 대한 순교자들이 지글지글 타고 있었다. 천둥이 치고, 이상한 버섯 모양 구름 기둥이 피어올랐다. 모두가 동시에 떠들어댔고 아무도 남의 말을 듣지 않았다. 온갖 종류의 계약서, 항소장, 소환장과 여러 문서들이 날아다녔고, 좀 떨어진 곳에서는 노인들 몇이 앉아 종이쪽지에 무엇인가를 미친 듯이 갈겨대고 있었다.

"괜찮잖아, 응? 완전히 '자연'스럽네. 인정하라고!"

트루를이 자랑스럽게 말했다. 그러나 클라파우치우시는 만족하지 않았다.

"이 떼거리가 '자연'이라고? 이게 '자연'이라고 말할 작정은 아니겠지."

"그러면 기계에게 다른 걸 명령해봐. 뭐든 좋아."

트루를이 되받아쳤다. 클라파우치우시는 순간 무슨 명령을 내려야 할지 어쩔 줄을 몰랐다. 그러나 잠깐 생각한 다음 그는 그 기계에게 두 가지 일을 시켜볼 텐데, 만약 기계가 성공한다면 N으로 시작하는 것을 무엇이든 만들어낼 수 있다는 트루를의 말을 인정하겠다고 선언했다. 트루를이 동의하자, 클라파우치우시는 음(陰, Negative)을 만들라고 명령했다.

"음? 도대체 음이 뭐야?"

트루를이 소리 질렀다. 클라파우치우시가 냉정하게 대답했다.

"당연히 양(陽, positive)의 반대지. 예를 들자면 부정적인 태도, 사진의 음화 같은 것 말야. 자, 음에 대해 들어본 적 없는 척하지 말라고, 좋아, 기계여, 일을 시작해라!"

그러나 기계는 이미 일을 시작했다. 우선 반양자를 만들고, 그다음에 반전자, 반중성자, 반중성미자 등등을 만들어냈다. 마침내 기계가 일을 마쳤을 때에는 이런 온갖 반물질에서 반세계가 만들어져, 희미한 구름 같은 모습으로 머리 위에서 빛나고 있었다. 클라파우치우시는 불쾌해져서 중얼거렸다.

"흠, 이게 음이라고? 좋아……. 그렇다 치자고. 자네와 싸우고 싶지 않으니까……. 그럼 이제 세 번째 명령이다. 기계여, 무(無, Nothing)를 해라!"

기계는 가만히 있었다. 클라파우치우시는 승리감에 차서 손을 비벼댔다. 하지만 트루를이 말했다.

"자, 뭘 기대한 거야? 아무것도 하지 말라고 명령했더니 아무것도 안 하잖아."

"말은 바로 해야지. 무를 하라고 했는데 아무것도 하지 않은 거야."

"무는 아무것도 아니잖아!"

"이봐, 이봐, 무를 하라고 했지 아무것도 하지 말라고 한 게 아니니 내가 이긴 거야. 현명한 나의 동료여, 내가 말하는 무는 자네가 말하는 아무것도 아닌 것, 즉 게으름과 비활동의 결과가 아니라 역동적이고 공격적인 무존재라네. 즉, 완전하고, 유일하고, 어디든 존재하고, 궁극적이고 초월적인 비존재란 말일세!"

"자네는 기계를 혼란시키고 있어!"

트루를이 소리쳤다. 그러나 갑자기 기계에서 금속성 목소리가 울려 나왔다.

"나 참, 당신들은 어떻게 지금 같은 때 서로 으르렁거리고 싸울 수가 있수? 그래요, 난 무가 뭔지도 알고, 무존재가 뭔지, 비존재Nonexistence가 뭔지, 비실재Nonentity, 부정 Negation, 무효Nullity, 허무Nihility가 뭔지 다 알아요. 그것들은 모두 N으로 시작하니까. 공(空, Nil)의 N 말이지요. 그럼 이제 당신들 세계에 작별을 고하시지요, 신사 여러분! 그 세계는 이제 곧 존재하지 않게 될 테니…….”

제작자들은 싸우던 것을 잊고 얼어붙어버렸다. 기계가 실제로 ‘무를 하고’ 있었고, 그것은 다음의 상태로 나타났기 때문이었다. 여러 가지 것들이 하나하나씩 세상에서 없어지고 있었다. 이렇게 없어진 것들은 전혀 존재했던 적이 없는 것처럼 사라졌다. 기계는 이미 미누, 밤머미줄, 무사우, 부사우, 비질개, 허길, 허비잘 같은 것들을 없앴다. 그렇지만 매 순간 세상에서 무엇인가를 감소시키고 퇴행시키고 빼는 것이 아니라 증가시키고 강화시키고 더하는 것처럼 보였다. 기계가 여러 가지를 없애는 대신 비신봉자nonconformist, 비실재, 말도 안 되는 것nonsense, 부양 의무 불이행nonsupport, 근시안nearsightedness, 편협narrowmindedness, 나쁜 행실naughtiness, 나태neglect, 구역질nausea, 시간증necrophilia, 연고자 등용-nepotism 같은 것도 만들었기 때문이다. 그러나 얼마 지나자 트루를과 클라파우치우시 주위의 세계는 그야말로 확실히 사라져가기 시작했다.

"아, 맙소사! 이런 것들 때문에 나쁜 일이나 생기지 않았으면……."

트루를이 말했다.

"걱정하지 말게, 트루를. 이 녀석은 보편적 무는 생산해내지 못하고 N으로 시작되는 것을 없애고 있을 뿐이야. 이건 무의 관점에서 보면 정말 아무것도 아니고, 자네의 기계도 아무 가치가 없어!"

클라파우치우시의 말을 들은 기계가 대꾸했다.

"오해 마시지. 물론 나는 N으로 시작하는 것을 모두 없애면서 시작하기는 했지만, 그건 그냥 그 글자가 나한테 익숙하기 때문이에요. 하지만 창조는 창조고, 없애는 것은 완전히 다른 문제랍니다. 나는 N으로 시작하는 건 뭐든, 정말 뭐든 다 할 수 있다는 단순한 이유로 세상을 날려버릴 수도 있어요. 따라서 비존재 같은 건 나한테는 어린애 장난이에요. 자, 당신들도 1분만 지나면 다른 모든 것들과 함께 사라져버릴 테니까, 내가 프로그램된 모든 것을 전부 제대로 실행할 수 있다는 사실을 지금 빨리 인정하시죠, 클라파우치우시. 너무 늦기 전에요."

"하지만……."

클라파우치우시는 뭐라고 항의하려 했으나 바로 그 순

간, 수많은 것들이 진짜로 사라져가고 있음을 깨달았다. 더구나 N으로 시작하는 것만이 아니었다. 제작자들은 이제 주위에서 곤심, 타갈뱀, 슈뼁, 타타품, 이거뜰, 쉣불과 냥자를 볼 수가 없었다.

"그만해! 모두 취소할게! 그만! 우왓! 무를 하지 마!"

클라파우치우시가 소리쳤다. 그러나 기계는 뻔번, 넉고, 가튼과 포각까지 전부 없애고서야 완전히 멈추었다. 이제 기계는 가만히 서 있었다. 세상은 끔찍한 모습이었다. 하늘이 특히 심했다. 이제 하늘에는 듬성듬성 서로 떨어져 있는 빛의 점 몇 개밖에 없었다. 지평선을 우아하게 비추던 포각zit과 영광스레 빛나던 쉣불worch들은 흔적도 없었다!

"맙소사, 가우스여! 그래, 곤심은 어디로 간 거야? 내가 제일 좋아하던 그 사랑스러운 냥자는? 온화한 포각은!"

클라파우치우시가 울부짖었다. 기계가 냉정하게 대답했다.

"전부 사라져버렸고 앞으로도 다시는 존재하지 않을 걸요. 나는 당신의 명령을 실행했고, 아니, 실행하기 시작했고……."

"나는 너더러 아무것도 하지 말라고 했는데, 너는…… 너는……."

"클라파우치우시, 실제보다 더 멍청한 척은 하지 말아요. 내가 만약 철저하게 무를 했다면 만물이 단번에 존재하지 않게 되었을 거예요. 트루를도, 하늘도, 우주도, 당신도, 심지어는 나 자신까지 말이죠. 그렇게 되었다면 명령을 수행해낸 내가 능률적이고 유능한 기계라고 누가 누구에게 말해주겠어요? 아무도 아무에게도 그런 말을 해줄 수 없다면, 그때는 이미 존재하지 않을 나 자신이 어떻게 정당한 대접을 받을 수 있겠어요?"

"좋아, 좋아. 그 문제는 넘어가자고. 이제 아무것도 부탁하지 않을게. 하지만 착한 기계야, 이것만은 들어줘. 제발 포각을 돌려줘. 포각이 없으면 사는 게 너무 삭막해……."

클라파우치우시가 간청했다.

"하지만 그럴 수가 없는 것이, 그건 N으로 시작되는 게 아니잖수. 물론 말도 안 되는 것이나 편협, 구역질, 시간증, 신경통neuralgia, 불법nefariousnews, 유해noxiousness 같은 것은 복구할 수 있지요. 하지만 머리글자가 다른 것은 어쩔 수가 없네요."

"포각을 돌려줘!"

클라파우치우시가 고함쳤다.

"미안하지만, 포각 얘기는 끝. 이제 세계를 잘 보시죠.

여기저기 크게 입을 벌린 구멍들로 만신창이에다 무가 가득하죠. 별들 사이의 바닥 없는 허공을 채우고 있는 무, 모든 것의 윤곽을 그리는 무, 사물의 조각마다 뒤에 어둡게 숨어 있는 무! 질투심 많은 자여! 이게 당신이 해놓은 짓이라오. 당신이 저지른 짓을 후세가 축복할 것 같지는 않은데……."

"아마…… 후세 사람들은 발견해내지도, 알아차리지도 못할걸."

우주의 검고 텅 빈 공간을 망연히 올려다보며 클라파우치우시는 창백한 얼굴로 신음하듯 말했다. 그는 동료 트루를을 감히 똑바로 쳐다보지 못하고 눈을 돌렸다. N으로 시작하는 모든 것을 만들 수 있는 기계 옆에 트루를을 남겨놓은 채, 클라파우치우시는 슬금슬금 집으로 도망가버렸다.

그래서 온 세상이 사라지려던 순간 멈추어진 모습 그대로, 세상은 지금까지 무로 구멍투성이인 채다. 그리고 N이 아닌 다른 글자로 무엇이든 만들 수 있는 기계를 만들려는 그 후의 모든 노력이 수포로 돌아갔기 때문에, 우리는 다시는 쵓불이나 포각같이 훌륭한 것을 만날 수 없으리라. 아아, 다시는!

트루를과 클라파우치우시의
일곱 가지 여행 이야기

첫 번째 외출 혹은 가르강티우스의 덫

우주가 오늘날처럼 형편없지 않던 시절, 모든 별들이 적당한 자리에 줄지어 늘어서 있어서 왼쪽에서 오른쪽으로, 위에서 아래로 쉽게 셀 수 있던 시절, 크고 푸른 별들은 눈에 확 뜨이고, 작고 노란 것들은 하등급의 천체들이라 귀퉁이로 밀려나 있고, 우주 공간에는 얼룩 한 점 없고, 성운의 파편조차 없었던 시절……. 그 좋던 옛 시절에는 뛰어난 성적으로 '영구 전능 증서'를 받은 제작자들이 자주 우주로 외출하여 머나먼 땅에 자신들이 습득한 전문 지식의 혜택을 주는 것이 관례였다. 그래서 콩 껍질 벗기듯이 손쉽게 태양을 켜거나 끌 수 있는 트루를과 클라파우치우시도 이런 고대의 관례를 지키려고 과감히 여행길에 나섰다. 여태껏 여행해온 진공 공간이 하도 광대하여 고향 하늘의 기억이 전부 지워졌을 때쯤, 그들은 머리 위에 행성이 하나 있는 것을 보았다. 너무 크지도, 작지도 않고 아주 적당한 크기의 행성이었다. 대륙은 단 하나뿐이었고, 그 대륙 가운데에는 밝은 빨간색 줄이 그어져 있었다. 그 줄 한쪽 편은 모든 것이 노란색이었고, 다른 쪽 편은 모든 것이 분홍색이었다. 제작자들은 여기에 두 개의 왕국이 이웃해 있음을 바로 깨닫고, 착륙하기 전에 짧은 작전 회의를 열었다.

"왕국이 두 개 있으니 자네가 하나, 내가 하나 맡는 게 제일 좋겠어. 그러면 어느 쪽도 감정이 상하지 않을 것 아닌가."

트루를이 말했다.

"좋아. 하지만 만약 그들이 군사적 도움을 요청하면 어떡하지? 그런 일도 일어나곤 하잖아."

클라파우치우시가 말했다.

"맞아, 무기를 달라고 할 수도 있어. 초강력 무기까지도. 그러면 그건 거절하자."

트루를이 동의했다.

"만약 고집을 부리면서 우리를 위협하면? 그것도 일어날 법한 일이야."

클라파우치우시가 받아쳤다.

"어디 보자."

트루를은 라디오를 켰다. 군가풍의 행진곡이 요란하게 울렸다.

"좋은 생각이 있어. 가르강티우스* 효과를 이용하면 될 거야. 어때?"

클라파우치우시가 라디오를 끄며 말했다.

"아, 가르강티우스 효과! 실제로 누가 그것을 써먹었다는 이야기는 들어보지 못했어. 하지만 언제나 최초라는 게 있는 법이지. 좋아, 해보자."

트루를이 외쳤다.

"우리 둘 다 그걸 쓸 준비가 되어 있어야 해. 하지만 반드시 함께 써야 해. 안 그러면 심각한 곤경에 빠지게 될 테니 말야."

클라파우치우시가 설명했다.

"문제없어."

트루를은 자그만 금빛 상자를 주머니에서 꺼내 열며 말했다. 상자 안 벨벳 위에는 두 개의 흰 구슬이 놓여 있었다.

＊   Gargantius. 16세기 프랑스 작가 F. 라블레의 소설 《가르강튀아와 팡타그뤼엘》에서 따온 이름. 원작은 '거인 가르강튀아와 그 아들 팡타그뤼엘의 모험 이야기'다.—옮긴이

"자네가 하나 갖고, 내가 하나 갖지. 매일 저녁 자네 것을 들여다보게. 구슬이 분홍빛으로 변하면 내가 일을 시작했다는 뜻이니까 자네도 시작해야 해."

"그러자고."

클라파우치우시는 자기 구슬을 가져갔다. 그들은 착륙해서 악수를 나누고 각자 반대 방향으로 떠났다.

트루를이 간 왕국은 아트로시투스* 왕이 통치하는 곳이었다. 그는 뼛속까지 군국주의자인 데다가 엄청난 구두쇠였다. 왕실 자금을 아끼기 위해 그는 사형을 제외한 모든 처벌을 없애버렸다. 그가 가장 좋아하는 일은 불필요한 관청을 없애는 것이었다. 거기에는 사형 집행소도 포함되었기 때문에 사형 선고를 받은 시민은 모두 스스로 목을 베거나, 아니면 드물게 왕이 관용을 베푸는 경우에는 가장 가까운 친척이 베어주어야 했다. 아트로시투스가 비용이 거의 안 든다는 이유로 후원하는 예술은 합창 연습, 체스와 군사 체조 등이었다. 그가 특히 높이 평가하는 전쟁의 기술은 대단히 발전했다. 한편 평화로운 기간에만 제대로 전쟁 준비를 할 수 있기 때문에 왕은 적당한 정도이긴 했지만 평화를 주장하기도 했다. 그가 한

---

*　　　Atrocitus. atrocity(잔인, 흉악)에서 따온 이름—옮긴이

가장 중요한 개혁은 반역의 국유화였다. 이웃 왕국이 끊임없이 스파이를 보내고 있었기에, 왕은 왕립 간첩청을 만들었다. 간첩청 소속의 간첩은 부하인 배신자 직원들을 통해 얼마간의 돈을 받고 국가 기밀을 적의 간첩들에게 넘겨주었다. 하지만 그들은 정해진 규칙에 따라 유효기간이 지난 비밀만 살 수 있었다. 그런 비밀들은 덜 비쌌기 때문이다. 게다가 그들이 쓰는 돈은 한 닢 한 닢이 다 자기 돈이었다.

아트로시투스의 신민들은 일찍 일어났고, 품행이 단정했고, 장시간 노동을 했다. 그들은 방어 공사를 하기 위해 돌망태와 막대기 다발을 엮었고, 총을 만들고 고발을 해댔다. 왕국이 고발로 넘쳐흐르는 것을 막기 위해(수백 년 전 사팔눈 바르톨로코스트*가 통치하던 때 그런 일이 일어난 적이 있다), 너무 많은 고발장을 쓰는 사람은 특별소비세를 지불해야 했다. 이런 식으로 고발은 적절한 수준으로 조정되었다. 아트로시투스의 궁정에 온 트루를은 그를 섬기겠노라고 제의했다. 놀랄 일은 아니지만, 왕은 강력한 전쟁 도구를 만들어달라고 했다. 트루를은 며칠 동안 생각해볼 말미를 달라 부탁하고, 배정받은 조그만 칸

---

*   Bartholocaust, '성 바르톨로메오의 학살'에 대한 패러디—옮긴이

막이 방에 혼자 남자마자 금빛 상자 속의 구슬을 들여다보았다. 구슬은 하얀색이었지만, 그가 들여다보는 동안 천천히 분홍빛으로 변했다.

"아하, 가르강티우스를 시작할 때로군!"

그는 혼잣말을 했다. 그리고 더 이상 지체하지 않고 비밀 공식을 꺼내 일에 착수했다.

한편 클라파우치우시는 강대한 페로시투스* 왕이 통치하는 다른 왕국에 가 있었다. 이곳은 아트로시투스의 왕국과 모든 것이 달라 보였다. 이 군주는 군사 훈련과 행진을 너무 좋아했고 군비에 돈을 너무 많이 썼다. 그러나 계몽된 방식으로였다. 왜냐하면 그는 아주 너그러운 군주인 데다 예술의 위대한 후원자였기 때문이다. 그는 제복과 금실 끈, 계급장과 술, 박차, 방울을 단 준장, 구축함, 칼과 군마를 사랑했다. 감수성이 예민한 사람답게 새 구축함에 이름을 지어 붙일 때면 몸을 부르르 떨었다. 또한 그는 전투 장면을 그린 그림에 후하게 상을 내렸고 그림 속에서 쓰러진 적의 숫자에 따라 애국적으로 값을 지불했기 때문에, 왕국이 담긴 끝없는 파노라마식 캔버스에는 적들의 시체를 쌓아 올린 산이 하늘에 이르도록 높

---

*   Ferocitus, ferocity(포악, 사나움)에서 따온 이름—옮긴이

게 그려져 있었다. 그는 실천에서는 독재자였지만 견해는 자유주의적이었다. 규율에 엄한 군인이었지만 관대했다. 대관식 기념일마다 그는 개혁을 시행했다. 한번은 기요틴을 꽃으로 장식하라고 명령했고, 다음엔 끼긱 소리가 나지 않도록 기름칠을 시켰다. 또 한번은 사형 집행인의 도끼에 도금을 하고 모두 다시 갈도록 했다. 인도주의적 이유에서였다. 페로시투스는 썩 까다롭게 굴지는 않았지만 지나친 것에는 눈살을 찌푸렸기 때문에, 특별법으로 모든 바퀴, 선반, 대못, 나사, 쇠사슬과 곤봉을 규제하고 표준화했다. 사상범을 효수하는 것은 아주 드문 일이었지만, 그때는 화려한 행렬과 구경거리, 브라스밴드, 연설, 퍼레이드와 조명이 함께하도록 했다. 또 이 고결한 군주는 어떤 이론을 가지고 실천했는데, 그것은 '보편적 행복의 이론'이었다. 즐겁다고 웃는 것은 아니지만 웃으면 즐거워진다는 사실은 잘 알려져 있다. 그러므로 모두가 현 상태가 최상이라고 주장한다면 사람들의 마음가짐은 즉각 나아질 것이다. 따라서 페로시투스의 신민들은 스스로를 위하여 모든 것이 얼마나 멋진지 외치며 돌아다녀야 했다. 막연한 구닥다리 인사인 "안녕"은 왕의 명령으로 좀 더 어조가 강한 "할렐루야!"로 바뀌었다. 그러나 14세 이하의 아이들은 "와우!", "와아!", 노인들은 "멋

트루를과 클라파우치우시의 일곱 가지 여행 이야기

져!"라고 말하는 것이 허락되었다.

페로시투스는 백성들이 이렇게 의기양양해하는 것을 보자 기뻐했다. 그가 구축함 모양의 마차를 몰고 나갈 때마다 거리의 군중들은 환호했고, 왕이 자비롭게 손을 흔들어줄 때마다 앞줄에 선 사람들은 "와우!", "할렐루야!", "훌륭해!" 하고 외쳤다. 마음속 깊이 민주주의자인 그는 잠시 길을 멈추고 어디에나 흔히 있는 나이 든 군인들과 이야기를 나누면서 야영지에서 떠도는 모험담을 듣는 것을 좋아했다. 외국 고관이 접견하러 오면 그는 종종 고관을 무릎 꿇리고 푸르죽죽하게 멍이 들 정도로 왕홀로 두들기며 "한 대 먹이자!"라든가 "거기 뒷돛대 좀 움직여, 형씨!", 혹은 "빌어먹을!" 하고 소리쳤다. 진취적 기상, 딱딱한 빵과 담력, 거침과 난폭함, 화약과 잡탕 요리, 건빵, 독한 술과 탄약은 그가 가장 좋아하고 귀중하게 여기는 것이었기 때문이다. 그래서 우울할 때마다 그는 눈앞에 군대를 행진시키고 노래를 부르게 했다. 〈용기를 조이고, 적들에게는 암나사를〉, 〈전류가 약해지면 크랭크로 깃발을 올리세〉, 〈고철이 될 때까지 싸우자, 용감한 청년들이여〉 같은 노래들이었다. 아니면 활발한 국가인 〈방아쇠, 개머리, 총렬〉을 부르라고 했다. 왕은 자기가 죽으면 나이 든 근위병들이 무덤 위에서 자기가 가장 좋아하는 노래를 불러줘야 한다고 명령했다. 〈노老로봇은 녹슬지 않는다〉라는 곡이었다.

클라파우치우시는 곧바로 이 위대한 통치자의 궁정으로 가지는 않았다. 처음 간 마을에서 그는 몇 개의 문을 두드렸으나 아무도 열어주지 않았다. 마침내 그는 인적 없는 거리에 조그만 아이가 있는 것을 보았다. 아이는 그에게 다가와 높고 가는 목소리로 물었다.

"뭐 사실래요, 선생님? 물건이 싸요."

"무얼 팔고 있니?"

클라파우치우시가 놀라서 물었다.

"국가 기밀요."

대답하면서 아이는 겉옷 자락을 들어 올려 그에게 동원 계획을 슬쩍 보여주었다. 클라파우치우시는 한층 더 놀라서 말했다.

"아냐. 됐다, 꼬마야. 하지만 시장님이 어디 계시는지 말해주겠니?"

"시장님은 왜요?"

아이가 물었다.

"시장님과 이야기를 하고 싶어서 그래."

"비밀로?"

"별 상관 없는데."

"비밀 공작원이 필요해요? 우리 아빠가 비밀 공작원이에요. 싸고 믿을 만해요."

"그럼 좋다. 너희 아버지에게 데려다주렴."

아이와는 말이 안 되겠다고 생각한 클라파우치우시가 말했다. 그러자 아이는 그를 어느 집으로 데려갔다. 집 안에는 해가 중천인데도 불을 밝힌 램프를 둘러싸고 한 가족이 앉아 있었다. 흔들의자에는 나이 든 할아버지가 앉아 있었고, 할머니는 양말을 뜨개질했으며, 수많은 다 큰 자식들은 각자 집안일 하나씩을 바쁘게 하고 있었다. 클라파우치우시가 들어가자마자 그들은 뛰어 일어나 그를 덮쳤다. 뜨개질바늘은 수갑이 되었고, 램프는 마이크로폰이, 할머니는 지방 경찰서장이 되었다.

'이 사람들이 뭘 잘못 안 게 틀림없어.'

얻어맞고 감옥에 내동댕이쳐지면서 클라파우치우시는 이렇게 생각했다. 그는 참을성 있게 밤새 기다렸다. 달리 할 수 있는 일이 없었기 때문이다. 새벽이 오자 감방의 돌벽에 걸린 거미줄과 전에 갇혔던 죄수들의 녹슨 유해가 보였다. 한참 후에 그는 끌려 나와 조사를 받았다. 그 집과 마을 전체, 뿐만 아니라 어린아이까지 모든 것이 외국 스파이를 속이기 위한 함정이었다. 그러나 클라파우치우시는 길고 엄격한 심리를 겪을 필요는 없었다. 소송 절차는 신속하게 끝났다. 정보원인 아이 아버지와 접촉하려 한 벌은 제3급 기요틴이었다. 지방 행정부는 이미 그해 회계연도에 적 쪽 첩보원에게 기밀을 살 예산을 할당해놓았고, 클라파우치우시 쪽은 경찰에게서 어떤 국가 기밀도 사려고 하지 않았기 때문이었다. 또 그는 범법에 대한 형벌을 덜어줄 만한 현금도 준비해놓지 않은 상태였다. 죄수는 여전히 자기가 결백하다고 주장하고 있었지만, 판사는 한마디도 믿지 않았다. 판사가 그 말을 믿는다고 해도 죄수를 놓아주는 것은 관할 밖의 일이었다. 그래서 이 사건은 상급 법원으로 넘어갔고, 그러는 동안 실제로 필요해서라기보다는 형식을 갖추기 위해 클라파우치우시는 고문을 받았다. 약 일주일이 지나자 형세는 호전되었다. 그는 마침내 무죄방면되어, 수도로 가서 궁중 예의의 규칙과 주의할 점을 교육받은 다음 왕과 친견할 영광을 얻었다. 그들은 또한 그에게 뿔피리를 주었다. 모든 시민은 공적인 자리에서 오고 갈 때 적절한 나팔 소리를 내어 알려야 했고, 그것은 이 땅의 강철 같은 규율이었다. 이곳에서는 기상나팔이 울리지 않으면 해도 뜨지 않을 것이라고들 생각했다.

페로시투스는 새로운 무기를 요구했다. 클라파우치우시는 왕의 소원을 이루어주겠다고 약속했다. 그는 자신

의 계획이 군사행동의 일반적인 원칙에서 근본적으로
벗어나는 것이라는 점을 왕에게 납득시켰다. 처음에 그
는 질문을 던졌다. 언제나 승리하는 군대는 어떤 군대였
나? 가장 뛰어난 지도자와 가장 잘 훈련된 병사들이 있
는 군대였다. 지도자는 명령을 내리고, 병사들은 그것을
수행했다. 그러므로 전자는 현명해야 하고, 후자는 복종
해야 했다. 그러나 설령 군사적인 정신이라 해도, 정신의
지혜에는 근본적인 한계가 있었다. 더구나 위대한 지도
자가, 마찬가지로 위대한 지도자와 싸우게 될 수도 있었
다. 또 지도자가 자신의 군대를 지도자 없이 남겨놓은 채
전장에서 쓰러질 수도 있고, 더 끔찍한 일을 할 수도 있
었다. 말하자면 지도자는 생각을 하도록 전문적으로 훈
련받은 존재이며 그가 생각하는 대상은 권력이었다. 전
략, 전술로 머리가 꽉 차서 왕관을 갈망하게 된 한 떼의
늙은 장군들이 전장에 있는 것은 위험하지 않았던가? 여
러 왕국이 그 때문에 재난을 당하지 않았던가? 그렇다면
지도자들이란 분명 필요악이었다. 문제는 그 악을 불필
요하게 만드는 것이다. 계속해보자. 군대의 훈련이란 명
령을 정확히 수행하도록 하는 것이었다. 이상적인 상태
는 천千의 정신과 가슴을 하나의 가슴으로, 하나의 정신
으로, 하나의 의지로 녹여내는 것이다. 군대의 관리, 교

련, 훈련과 기동 연습은 모두 이 목적에 따랐다. 따라서 궁극적인 목표는 한 군대를 문자 그대로 한 사람으로, 스스로 목적의 창조자이자 수행자로 행동하게 만드는 것이었다. 하지만 이것은 어디에서 완벽하게 구현되었는가? 오직 개인 안에서다. 자기 자신만큼 기꺼이 복종할 수 있는 자는 아무도 없고, 명령을 내린 자만큼 기꺼이 그 명령을 수행하는 자는 없기 때문이다. 또 개인은 흩어질 수도 없고, 자기 자신에 대한 반항이나 폭동은 불가능하다. 그러면 문제는 자기 자신에게 봉사할 때의 열의, 개인에게 고유한 자기 숭배를 수천 명 규모를 지닌 군대의 특성으로 만드는 것이다. 이런 일을 어떻게 할 수 있을까? 이 지점에서 클라파우치우시는 열렬히 흥미를 느끼는 왕에게 위대한 가르강티우스가 발견한 단순한 아이디어를 설명하기 시작했다. 모든 천재적인 것들은 단순하지 않던가?

그는 설명했다. 신병 각각은 배에 플러그를 달고 등에 소켓을 단다. "앞뒤 간격 좁혀!" 하고 명령하면 플러그와 소켓이 연결되고, 조금 전까지만 해도 민간인 군중이 있었던 곳에 완벽한 대부대가 서 있게 된다. 지금까지는 온갖 종류의 비군사적 헛생각에 빠져 있던 분리된 정신들이 하나의 연대聯隊 의식으로 녹아들고, 군대는 수백만의 부분으로 구성된 하나의 전투 기계가 되었으니, 자동적으로 훈련될 뿐만 아니라 지혜도 갖추게 된다. 그리고 그 지혜는 군대에 속한 로봇 병사의 수에 직접적으로 비례한다. 1개 소대는 상사 1명분의 통찰력을 가진다. 1개 중대는 중령만큼 영민해지고, 여단은 육군 원수보다 더 영리하다. 그리고 1개 사단은 모든 군 전략가와 전문가를 합쳐놓은 것보다 가치가 있다. 이런 식으로, 실로 압도적인 통찰력을 가진 대형을 만들어낼 수 있다. 물론 그들은 문자 그대로 그들 자신의 명령에 따른다. 그러면 개인의 모든 변덕과 무모한 탈선은 끝날 것이고, 어느 특정한 사령관의 능력에 의존하는 일도, 끊임없는 경쟁도, 장군들 사이의 질투와 적의도 사라질 것이다. 그리고 일단 결합되고 나면 낱낱이 분리되어서는 안 된다. 혼란만 야기될 게 뻔하기 때문이다.

"지도자가 자기 자신뿐인 군대, 이것이 저의 아이디어입니다!"

클라파우치우시는 말을 맺었다. 그의 말에 몹시 감명받은 왕이 마침내 말했다.

"방으로 돌아가라. 나는 참모진과 의논해봐야……."

영리한 클라파우치우시는 깜짝 놀라는 척하며 말했다.

"아, 그러지 마십시오, 전하! 투르불론* 황제께서 바로 그렇게 하셨는데, 참모진들은 자기 자리를 지키려고 그런 것을 받아들이지 마시라고 조언했지요. 그래서 얼마 안 있어 이웃의 에나무엘** 왕이 혁신된 군대로 공격해서 투르불론의 제국을 잿더미로 만들어버렸습니다. 투르불론이 가진 전력의 8분의 1밖에 되지 않았는데도요!"

그 후 절을 하고 자기 방에 가서 작은 구슬을 살폈더니, 구슬은 사탕무만큼 새빨개져 있었다. 트루를이 아트로시투스의 궁정에서 똑같은 일을 했다는 뜻이었다. 왕은 곧 클라파우치우시에게 보병 소대 하나를 혁신해보라고 명령했다. 영혼에서 뭉치고 완전히 하나의 정신이 된 이 작은 부대는 "죽여! 죽여!" 하고 외치며 왕의 용기병 3개 대대를 급습했다. 용기병들은 완전무장한 데다 참모 아카데미의 걸출한 강사 여섯 명이 이끌고 있었다. 그런데 산산조각이 났다. 장군들, 원수들, 제독들과 총사령관들은 크게 비통해했다. 왕이 그들을 재빨리 퇴역시켜버렸기 때문이었다. 클라파우치우시가 고안해낸 방식의 효능을 완전히 확신한 왕은 전군을 혁신하도록 명령했다.

---

*   Turbulon. turbulent(혼란스러운, 휘몰아치는, 난폭한)에서 따온 이름—
      옮긴이
**   Enamuel. enamel(법랑칠, 에나멜 도료)에서 따온 이름—옮긴이

트루를과 클라파우치우시의 일곱 가지 여행 이야기

그래서 군수 전기 담당자들은 밤낮으로 일해 플러그와 소켓을 트럭으로 쏟아냈고, 이것들은 모든 병영에 필요한 만큼 설치되었다. 클라파우치우시는 메달로 뒤덮인 채 요새에서 요새로 차를 타고 돌아다니며 모든 것을 감독했다. 구두쇠로 유명한 왕 밑에서 일하느라 '조국의 위대한 배반자'라는 종신 직함으로 만족해야 했다는 것만 제외하면, 트루를도 아트로시투스의 왕국에서 그와 비슷하게 지내고 있었다. 양쪽 왕국은 이제 전쟁 준비가 한창이었다. 동원의 열기 속에서 핵무기뿐만 아니라 전통적인 무기들도 착착 갖추어졌고, 대포와 원자 무기들이 규정대로 엄청나게 광을 내기 시작했다. 준비가 거의 끝나가자, 두 제작자는 남몰래 짐을 꾸린 후 때가 되면 숲속에 두고 온 우주선 근처의 약속 장소로 가서 만날 준비를 했다.

그동안 하사관과 사병들 사이에서, 특히 보병 부대 내에서 기적이 일어났다. 두 다리를 가진 사람이 절대로 오른쪽 다리와 왼쪽 다리를 헷갈리는 일이 없고 굳이 다리 수를 셀 필요도 없는 것처럼, 중대는 더 이상 제식 행렬 연습을 할 필요가 없었고 인원수를 파악하기 위해 정렬하여 번호를 붙일 필요도 없었다. 이 새로운 부대가 "앞으로 가!", "뒤로 돌아!", "중대 멈춰!"를 하는 것은 만족스러운 장관이었다. 임무에서 놓여나면 그들은 잡담을 했는데, 나중에는 막사의 열린 창문으로 절대 진리, 분석적 대對 종합적 선험 명제, 물자체物自體* 같은 것을 논쟁하느라 합창하듯 울리는 목소리들이 들려왔다. 그들의 집합적 정신은 이미 그 수준에 도달한 것이었다. 여러 가지 철학적 체계가 고안되다가, 마침내 어떤 공병 대대가 자기 자신 외에 아무것도 실재하지 않는다고 주장하는 절대적 유아론의 견해에 도달했다. 이 견지에서는 왕도 존재하지 않고 적도 존재하지 않는다는 추론이 뒤따랐기 때문에, 그 대대는 완전히 해체되었고 대대 구성원들은 철저하게 인식론적 실재론**을 고집하는 부대로 재배치되었다. 바로 그때쯤 아트로시투스의 왕국에서는 제6수류양용사단이 해군 작전naval operation을 지나친 묵상naval contemplation 때문에 포기하고 완전히 신비주의에 빠지는 바람에 익사할 뻔했다. 이러저러해서 이 사고 때문에 전쟁이 선포되었고, 양쪽 군대가 우르르 절그럭거리며 국경으로 천천히 움직였다.

가르강티우스의 법칙은 냉혹한 논리에 따라 계속 작동했다. 진형이 진형과 결합하자 그에 비례하여 미학적 감

---

* 　모두 칸트 철학의 개념들이다.—옮긴이
** 　우리가 대상에 대해 알고 있는 것은 정신과 독립적으로 존재한다는 철학 이론—옮긴이

각이 발전했고, 그것은 강화 사단 수준에서 극치에 달했다. 부대의 종렬은 나비를 쫓느라 술술 길을 벗어나버렸고, 바르톨로코스트의 이름을 딴 자동화 군단이 질풍같이 점령할 예정이었던 적 요새에 다다라 그날 밤 펼친 공격 작전이란, 흉벽에 멋진 그림을 (그것도 추상화풍으로) 그린다는, 모든 군사적 전통을 거스르는 작전이었다. 포병 군단에서는 아주 무거운 형이상학적 질문을 고찰하다가 위대한 천재의 특성인 건망증 때문에 무기를 잃어버렸고, 장비를 잘못 놓은 데다가 전쟁 중이라는 사실까지 깡그리 잊어버렸다. 군대 전체로 말하자면, 그들의 정신은 수많은 콤플렉스에 싸여버렸다. 이것은 지나치게 발달한 지성이 종종 겪는 일이다. 그래서 행진 중에 적절한 정신요법을 행하는 특별 정신의학 모터사이클 여단을 하나씩 배속해야 했다.

이러저러하는 사이, 천둥처럼 울리는 군악에 맞추어 양측은 슬슬 자리를 잡았다. 곡사포 중대와 2개 지원 대대가 뒷받침하는 돌격대 6개 중대가 보초 근무를 서던 중조총 분대의 도움을 받아 '존재의 신비에 대하여'라는 제목의 소네트를 지었다. 양군 다 상당히 혼란스러웠다. 예를 들자면, 제80말라바디안 군단은 '적'이라는 개념 전체가 논리적 모순에 가득 차 있고 완전히 무의미하기 때문에, 그 개념을 좀 더 분명히 정의해야 한다고 주장했다.

낙하산병들은 지역 지세의 알고리듬을 발견하려고 했고, 대열 측면이 계속 중심과 충돌하는 바람에 결국 두 왕은 대열의 질서를 되찾기 위해 공수 부관들과 특별 밀사들을 보냈다. 그러나 문제의 군단으로 날아가거나 뛰어 들어간 자들마저 소동의 원인을 찾아내기도 전에 즉각 조직 정체성 속에서 자기 정체성을 잃었기 때문에, 왕들은 부관도, 밀사도 없이 홀로 남겨졌다. 마치 의식이 들어갈 수는 있어도 빠져나올 수는 없는 치명적인 덫을 만들어낸 것 같았다. 아트로시투스도 사촌인 불리온* 대공이 병사들의 사기를 높이려고 그 난장판에 뛰어들었다가, 대열에 결속하자마자 문자 그대로 영혼이 되어 날아가버리고 더 이상 존재하지 않게 된 상황을 목격했다.

뭔가 잘못되어가고 있음을 느낀 페로시투스는 오른쪽 가까운 곳에 있는 열두 명의 나팔수에게 고갯짓을 했다. 아트로시투스도 언덕 꼭대기에서 비슷한 동작을 했다. 나팔수들은 입술에 나팔을 대고 양쪽에 돌격 나팔을 불었다. 이 낭랑한 신호에 양군은 전부 완전히 연결되어버렸다. 접속을 마치는 금속성의 덜그럭 소리가 미래의 전장

---

*   순금 덩어리—옮긴이

에 무시무시하게 울려 퍼졌다. 수천의 포병 하사관과 척탄병, 의용군, 창기병, 포병대원, 저격병, 공병과 약탈자들이 있던 자리에 두 개의 거대한 존재가, 소용돌이치는 구름 아래 넓고 넓은 들판 맞은편에 있는 상대를 100만 개의 눈으로 서로 노려보았다. 절대적으로 고요했다. 양쪽 모두 위대한 가르강티우스가 수학적으로 정밀하게 예고한 바 있는 그 유명한 의식의 극치에 이르러 있었다. 국소적인 현상인 군국주의가 어느 정도를 넘어서면 시민 정신이 되어버리는데, 이것은 '우주 자체'가 본성적으로 완전히 시민적이기 때문이다. 사실, 양군의 정신은 진정 우주적인 규모에 이르러 있었다! 따라서 바깥쪽에는 죽음을 부르는 강철 포신과 갑옷이 여전히 빛나고 있었지만, 그 안에서는 상호 친선과 관용, 모든 것을 포용하는 박애심, 밝은 이성의 대해大海가 물결치고 있었다. 군악은 계속 울리고 있었지만, 양쪽 군대는 양쪽 언덕 꼭대기에 서서 햇빛에 무기를 빛내며 서로에게 미소 지었다. 트루를과 클라파우치우시는 그때 막 배에 올라탄 참이었다. 모든 것이 그들의 계획대로 되었다. 굴욕감에 빠져 격분한 지배자들의 눈앞에서, 양쪽 군대는 손에 손을 잡고 하얀 솜털 구름 아래 꽃을 꺾으며 전투라곤 일어난 적 없는 전장을 떠났다.

첫 번째 외출(A) 혹은 트루를의 전자 시인

우선, 일어날 수도 있는 오해를 피하기 위해, 이것은 엄밀히 말해 아무 곳에도 가지 않은 외출이라는 것을 밝혀야 한다. 사실, 병원에 몇 번 간 것과 소행성대로 별로 중요하지 않은 짧은 여행을 떠났던 것 외에는 트루를은 내내 자기 집을 벗어나지 않았다. 그러나 더 깊은, 그리고 더 고차원적인 의미에서, 이것은 이 유명한 제작자가 경험한 것 중 가장 먼 여행이었다. 그는 확률의 왕국 너머에 다녀올 뻔했기 때문이다.

트루를은 예전에 불운하게도 2 더하기 2라는 단 한 가지 연산만 할 수 있는 데다가, 그것마저 틀리는 거대한 계산 기계를 만든 적이 있다. 이 책 앞쪽에 나온 대로 그 기계는 또 굉장히 고집이 셌기 때문에, 기계와 기계의 제작자 사이에 일어났던 싸움은 하마터면 제작자의 목숨을 앗아갈 뻔했다. 그때부터 클라파우치우시가 기회가 있을 때마다 그 이야기를 하면서 무자비하게 놀려대는 바람에, 트루를은 시를 쓸 수 있는 기계를 만들어 클라파우치우시의 입을 완전히 다물게 해야겠다고 결심했다. 우선 트루를은 사이버네틱스 관련 서적 820톤과 명시집 2,000톤을 모은 다음, 앉은자리에서 모두 읽어치우려고 했다. 그는 도표나 방정식을 더는 못 보겠다고 느낄 때마다 시 쪽으로 손을 뻗었고, 그 반대 경우에도 마찬가지였다. 잠시후, 기계 본체를 만드는 일은 프로그램을 짜는 데 비하면 애들 장난이라는 것이 분명해졌다. 요컨대, 평균적인 시인의 머릿속에 있는 프로그램은 그 시인이 살았던 문명사회가 짠 것이고, 그 문명은 또 그 전에 있던 문명이 짠 것이고, 이러다 보면 시인 될 자에 대한 정보 조각들이 우주적인 깊이의 원시 혼돈 속에서 소용돌이치고 있는 '시간의 여명' 자체로까지 거슬러 올라가는 것이었다. 그러므로 시 기계를 프로그램하기 위해서는 우선 전체 우주를 시작부터, 아니면 최소한 상당 부분을 되풀이해야 했다.

트루를이 아닌 다른 로봇이었다면 아마 그쯤에서 포기했을 것이다. 그러나 우리의 용맹한 제작자는 전혀 꺾이지 않았다. 그는 기계를 만들고 '진공'의 디지털 모델을 만들어서, 정전기 영혼을 전해질 용액의 표면 위로 움직이게 했다. 그리고 빛 매개변수와 원시 은하계 구름 한두 점을 넣고, 차츰차츰 첫 빙하 시대까지 작업을 진척시켰다. 그의 기계가 40옥틸리언(10^{12}) 개의 서로 다른 장소에서 동시에 일어나는 100셉틸리언(10^{24}) 개의 사건을 50억 분의 1초 안에 시뮬레이트할 수 있었기 때문에 가능한 속도였다. 이 숫자에 의문을 품는 자가 있다면 스스로 계산해보기 바란다.

그다음 트루를은 문명을 모델링하기 시작했다. 부싯돌로 불붙이기, 가죽 무두질에 이어 그는 공룡과 홍수, 직립보행과 꼬리 퇴화를 선사했고, 그다음에 창백창백얼굴 Albuminidis Sapientia을 만들어서 창백얼굴*을 낳게 하고, 창백얼굴은 간단한 기계를 낳고, 그런 식으로 전류와 전기 회오리바람의 끝없는 웅웅거림 속에서 이온부터 밀레니엄까지 진행되었다. 종종 기계가 새 시대를 컴퓨터 시뮬레이트하기에 너무 작아지면 트루를은 보조 유닛을 붙여야 했다. 마침내 튜브와 터미널, 회로와 전환기의 메트로

---

* '창백얼굴(paleface)'에 대한 모든 호기심은 이 책에 실린 마지막 이야기 '페릭스 왕자와 크리스탈 공주'를 읽을 때까지 꾹(!) 억눌러주시길.—편집자

트루를과 클라파우치우시의 일곱 가지 여행 이야기

폴리스가 엉망으로 뒤엉키고 말려들어서 악마라고 해도 뭐가 뭔지 알아차릴 수 없을 정도에까지 이르렀다. 그러나 트루를은 그럭저럭 해냈고, 역사를 거슬러 올라가야 했던 것도 두 번뿐이었다. 한 번은 아벨이 카인을 살해해 버렸기 때문에 거의 처음 단계까지 거슬러 올라갔고(결함 있는 퓨즈 때문이었던 것이 확실했다), 또 한 번은 중생대 중기까지 3억 년만 거슬러 올라갔다. 물고기에서 양서류로, 다시 도마뱀에서 포유류로 진화하고 난 후, 영장류 단계에서 뭔가 이상한 일이 일어나 거대한 원숭이great apes 대신 회색 커튼gray drapes이 생겨버린 것이다. 아마 파리가 기계에 들어가서 다상 점감 지향성 도구를 누전시킨 모양이었다. 그것만 빼면 모두 근사하게 되어갔다. 고대와 중세가 재창조되었고 혁명과 개혁의 시대가 왔다(이때는 기계가 몇 번 심하게 흔들렸다). 문명이 급속도로 발전하는 바람에 트루를은 코일과 코어에 계속 물을 뿌려 과열을 막아야만 했다.

20세기 말에 가자, 기계는 별다른 이유 없이 처음에는 옆으로, 그다음에는 위아래로 떨기 시작했다. 트루를은 놀랐다. 그는 만일을 생각하여 시멘트와 쇠갈고리를 꺼냈지만, 다행히도 필요는 없었다. 기계는 서 있던 곳에서 튀어나오지 않고 안정을 찾더니 곧 20세기 훨씬 이후로 나아갔다. 5,000년 간격으로 문명이 오고 갔다. 이 문명에는 트루를 자신의 선조인 완전히 지성적인 존재들이 있었다. 전산화된 역사의 스풀(기록 테이프)이 차곡차곡 채워져 저장장치로 들어갔다. 곧 스풀이 너무 늘어나 강력 쌍안경을 가지고 기계 꼭대기에 서 있어도 끝을 볼 수 없을 정도가 되었다. 이 모든 과정이 시인을 만들기 위해서인 것이다! 그러나 그것은 과학적 광신의 길이었다. 마침내 프로그램이 준비되었다. 제일 응용성이 높은 것을 골라내는 일만 남았다. 이리하지 않는다면 전자 시인을 교육하는 데 최소한 수백만 년이 걸릴 것이다.

그다음 2주 동안 트루를은 미래의 전자 시인에게 일반적 명령을 입력하고, 필요한 논리회로와 감정 요소, 의미 센터를 만들어주었다. 그는 시범 작동의 순간에 클라파우치우시를 초대하려다가 마음을 고쳐먹고 직접 기계를 작동시켰다. 기계는 즉각 아분자 자기 이상 연구의 머리말인 결정학적 표면 마찰에 대한 강의를 시작했다. 트루를은 논리회로의 가운데쯤에 우회로를 내고 감정 쪽에 더 전력을 주었다. 기계는 흐느껴 울고 히스테리를 부리더니, 마침내 엉엉 통곡하면서 이 세상은 얼마나 잔인하냐고 훌쩍거렸다. 트루를은 의미 쪽을 강화시키고 성격 요소를 덧붙였다. 그러자 기계는 지금부터 트루를이 자기의 모든 소원을 들어주어야 하며 그 첫 번째로 9층인 몸에 6층을 덧붙여 만들어준다면 자기는 존재의 의미에 대해 더 잘 명상할 수 있을 것이라고 알려주었다. 트루를은 기계의 소원을 들어주는 대신 철학 조절판을 달았다. 기계는 조용해지더니 뚱하게 굴었다. 그가 끝없이 간청하고 감언이설을 늘어놓고 나서야 그 기계는 이런 말을 했다.

"산토끼 토끼야 어디로 가느냐."

그러고 나자 기계의 레퍼토리가 떨어져버린 것 같았다. 트루를은 조정하고, 변조하고, 훈계하고, 전류를 끊어보고, 체크하고, 다시 잇고, 리셋하고, 생각해볼 수 있는 모든 짓을 해보았다. 그러자 기계는 시를 보여주었는데, 클라파우치우시가 그곳에 없었던 게 천만다행이었다. 생각해보라. 문명을 세세히 시뮬레이트한 것은 물론이고 전체 우주를 몽땅 시뮬레이트했는데 이런 끔찍한 엉터리 시가 나오다니! 트루를은 클리셰* 필터를 여섯 개 집어넣었으나 필터가 성냥처럼 딱딱거리는 바람에 강옥鋼玉으로 다시 만들어 넣어야 했다. 그렇게 하니까 효력이 있는 것 같아서 그는 잭으로 의미 회로를 들어 올리고 대체 운율 생성기를 꽂았다. 그러다가 몽땅 망칠 뻔했다. 그 기

---

*   상투적으로 쓰이는 장면이나 어구—옮긴이

계는 멀리 있는 행성의 가난한 부족들을 찾아가는 선교사가 되기로 결심했던 것이다. 그러나 전부 포기하고 기계를 망치로 때려 부수려던 마지막 순간, 트루를은 영감을 받았다. 그는 논리회로를 모두 내던져버리고, 대신 자기 조정 에고 중심 나르시시스터를 가져다 꽂았다. 기계는 약간 선웃음을 짓더니 훌쩍거렸고, 비통하게 웃었다. 그러고는 3층이 엄청나게 아프다고 불평했다. 대체로 자기는 두루 넌더리가 난다, 세계는 아름답지만 인간들은 무시무시한 야수들이고, 기계가 죽어 사라져버렸을 때에도 인간들이 존재하리라는 것은 얼마나 끔찍한 일인가. 기계는 말했다. 그러더니 펜과 종이를 달라고 했다. 트루를은 안도의 한숨을 쉰 다음 스위치를 끄고 자러 갔다. 다음 날 아침, 그는 클라파우치우시를 보러 갔다. 클라파우치우시는 트루를이 전자 시인의 등단 무대에 초청한다는 얘기를 하자마자 만사를 제쳐두고 따라갔다. 그는 친구가 창피를 당하는 장면의 산증인이 되고파 몸이 달았던 것이다.

트루를은 우선 기계를 예열시키고 출력을 낮게 유지한 채, 낭독을 시키기 위해 금속 계단을 몇 차례 뛰어올랐다 (이 기계는 거대한 기선의 엔진같이 모든 층마다 리벳과 다이얼, 밸브가 줄지어 복도에 늘어서 있었다). 마침내 소수점 이

하 각 자리가 제자리에 있다는 것에 만족한 그는 말했다.

"좋아, 이제 준비되었어. 뭔가 간단한 걸로 시작해보는 게 어때?"

물론 나중에 기계가 그럴 마음이 나면, 클라파우치우시는 무엇이든 그가 좋아하는 주제를 가지고 시를 지어 달라고 요청해도 될 것이다.

전위차계가 기계의 서정 용량의 최고 눈금을 가리키자, 트루를은 신경이 곤두서서 손을 부들부들 떨며 주 스위치를 올렸다. 약간 허스키하지만 울림이 강한 매혹적인 목소리가 말했다.

"이기일곡원적, 미나비상형자, 홍명."

잠시 말문이 막혀 있던 클라파우치우시가 아주 정중하게 물었다.

"이게 끝인가?"

트루를은 입술만 깨물고 기계에 전류를 몇 대 먹인 후 다시 시작했다. 이번에는 목소리가 훨씬 더 분명하게 나왔다. 그것은 가슴 두근거리는 바리톤에, 장중했지만 묘하게 관능적이었다.

머물러 그대 오래 밤에 열
뉘 털에 지나갈 쎄까치니

회원랑 연도칼나, 연도칼 자쭈?

풀로스의 또다시 독일 피복!

"내가 뭔가 잘못 들었나?"

공황에 빠져 제어반을 두고 씨름하는 트루룰을 침착하
게 바라보면서 클라파우치우시가 말했다. 마침내 트루룰
은 절망에 빠져 팔을 내젓더니 덜걱거리며 금속 계단을
몇 계단 달려 올라가서 팔다리를 짚고 엎드려 뚜껑 문을
통해 기계 속으로 기어 들어갔다. 그는 안에서 망치질을
해대고, 미친놈처럼 땀을 흘리고, 뭔가 조이고, 지레로 들
어 움직이고, 다시 기어 나와 흥분해서 다른 층으로 뛰어
갔다. 한참 후 마침내 그는 승리의 함성을 지르더니, 타버
린 튜브를 어깨 너머로 던졌다. 그것은 난간에 맞고 튀어
마루로 떨어져 클라파우치우시의 발치에서 산산조각이
났다. 그러나 트루룰은 사과하느라고 시간을 낭비하지
않았다. 그는 재빨리 새 튜브를 끼우고 섀미 천에 손을
닦은 후, 이제 시험해보라고 아래를 향해 큰 소리를 질렀
다. 다음과 같은 말이 울려 나왔다.

무근깨! 실구 나무에 후딧혀

벽도라 세 망치릴.

무근깨, 어떤 실구가 나왔나

그대의 식료품실 꿈에?

트루블은 자신 없이 외쳤다.

"좋아, 진전이 있어! 특히 마지막 줄 말이야, 들었어?"

"자네가 내게 보여주려 했던 것이 이게 전부라면……."

예의의 화신인 클라파우치우시가 말했다.

"제기랄!"

트루블이 내뱉더니 다시 기계 속으로 사라졌다. 맹렬한 쿵쿵 소리와 쨍그렁 소리, 전선이 누전되어 풋풋 하는 소리와 참을성 없이 투덜거리는 소리가 난 다음, 트루블이 3층의 뚜껑 문에서 머리를 내밀더니 소리쳤다.

"이제 해봐!"

클라파우치우시는 그 말에 따랐다. 전자 시인은 온몸을 떤 다음 시를 읊기 시작했다.

자주, 그 악없는 샬레에서 모든 것이 사르라졌지

일쩌기가 이끼 낀 공병불법을 살랑거린 곳에서

그리고 당신은 둥 하는 것에 익숙해서—

트루블이 화가 나서 케이블 몇 개를 홱 잡아당기자 뭔

가가 와르르 씩씩거렸고 기계는 잠잠해졌다. 클라파우치우시는 너무 웃다가 그만 바닥에 주저앉고 말았다. 그때 갑자기, 트루를이 이리저리 뛰어다니는 도중에 우직우직 딱딱 소리가 나더니 기계가 완전히 안정된 목소리로 말했다.

천재가 비틀거리기는 하지만 결코 넘어지지는 않을 때
시시한 소인들은
원한에 압도당한다

나 예언하나니, 클라파우치우시도
트루를의 기계에서 이런 흠 없는 시구를 듣고
너무나 질투하게 되리라

"이봐, 경구야! 게다가 놀랍게도 들어맞는군!"

트루를이 웃으며 금속 계단을 달려 내려와 기쁜 나머지 동료의 팔 안으로 돌진했다. 마구 뒤로 밀린 클라파우치우시는 더 이상 웃지 않았다. 그가 말했다.

"뭐야, 이건? 자네가 모두 미리 짜 맞추어놓은 것뿐이잖아."

"짜 맞췄다고?"

"그럼, 아주 분명해⋯⋯. 서투르게 감춰진 적개심, 사유의 빈곤, 조야한 수법 하며."

"좋아. 그럼 뭐 다른 걸 지으라고 해봐! 뭐든지 자네 좋은 걸로! 어서! 뭘 기다려? 겁나는 거야?"

"잠깐만."

클라파우치우시가 약이 올라서 말했다. 그는 될 수 있는 대로 가장 어려운 요청을 하려고 했다. 기계를 아예 입 다물게 할 수 없다면, 기계가 만들어낼 시의 수준에 대해 논쟁하기는 아예 불가능하거나 아주 어렵다는 것을 알고 있었기 때문이다. 갑자기 얼굴이 밝아지더니 그가 말했다.

"시를 하나 지으라고 해. 이발에 대한 시를 짓는 거야! 하지만 고상하고, 고귀하고, 비극적이고, 영원하고, 사랑에 가득 차 있고, 배신이 등장하고, 인과응보가 있고, 확실한 파멸 앞에서 보이는 묵묵한 영웅적 태도를 그려야 해! 6행으로, 완전히 운율을 맞추고, 모든 단어는 S로 시작해야 해!"

"비선형 오토마타의 일반 이론 전체 설명이라도 끼워 넣지 그러나? 그런 바보 같은 명령을 하면⋯⋯."

트루를이 으르렁거렸다. 그러나 그는 말을 끝맺지 못했다. 음악적인 목소리가 홀을 가득 채웠기 때문이다.

유혹에 빠진 털북숭이 삼손은 코를 골았네.

그녀는 짧게 머리칼을 잘랐지. 비통하게 털을 깎이고,

이내 족쇄가 채워진 노예, 삼손은 한숨지었네.

조용히 음모를 짜고,

눈먼 채로 갈구했네

잔인하고 극적인 자살을.

(Seduced, shaggy Samson snored.

She scissored short. Sorely shorn,

Soon shackled slave, Samson sighed,

Silently scheming,

Sightlessly seeking

Some savage, spectacular suicide.)

"자, 이건 뭐라고 말할 건데?"

트루를이 자랑스럽게 팔짱을 끼며 물었다. 그러나 클라파우치우시는 이미 이렇게 외치고 있었다.

"이제 모두 G! 강약 6보격 소네트로, 열여섯 명의 인공 정부情婦를 둔 나이 든 사이클로트론(입자 공명 가속 장치)에 대한 시! 푸른색에 방사능이 있고, 네 개의 날개, 세 개의 자줏빛 천막에, 두 개의 래커칠 한 상자가 있고, 상자 각각에는 정확히 천 개의 메달이 담겨 있고, 그 메달에는

'머리 없는 차르' 무르디콕의 초상이 새겨져 있고……."

"즐겁게 기어를 돌리며, 게론토기론은 움켜쥐었네/낄 낄거리는 기넥 보발트-60 골렘들을."**

기계가 시를 시작했으나, 트루를은 제어반에 뛰어올라 전원을 끄고 몸으로 기계를 감싸며 돌아섰다. 트루를이 분개해서 거친 목소리로 말했다.

"그걸로 충분해! 자네는 어떻게 이 대단한 재능을 그런 헛소리에 낭비한단 말인가? 품위 있는 시를 쓰도록 하지 않으면 전부 중지시키겠어!"

"뭐? 이게 품위 있는 시가 아니란 말이야?"

클라파우치우시가 항의했다.

"아니고말고! 나는 우스꽝스러운 크로스워드 퍼즐을 풀라고 기계를 만든 게 아니야! 그건 위대한 예술이 아니라 매문賣文이야! 주제를 주란 말이야, 어떤 주제든, 자네 좋을 대로 어려운 걸로……."

클라파우치우시는 생각하고, 조금 더 생각했다. 마침내 그는 고개를 끄덕이며 말했다.

"좋아, 연애시를 짓게 해. 서정적이고 목가적이며 순수 수학의 언어로 표현된 것. 주로 텐서 대수학을 사용하되

---

*   Grinding gleeful gears, Gerontogyron grabbed/Giggling
      gynecvobalt-60 Golems.—옮긴이

필요하면 위상수학과 고차미적분을 조금 곁들여서. 하지만 다정다감해야 해, 알겠지? 사이버네틱 정신이 있어야 하고."

"사랑과 텐서 대수학? 자네 제정신이야?"

트루를이 말문을 떼다 멈추었다. 전자 시인이 이미 시를 낭독하고 있었다.

오라, 더 높은 면으로 서두르자

다이애드*가 벤**의 요정 들판을 거니는 그곳으로,

1부터 n까지로 장식된 지수가

끝없는 마르코프 체인*** 속에서 뒤섞인 그곳!

오라, 모든 절두체****들은 원뿔이 되고 싶어 하고

모든 벡터는 매트리스를 꿈꾼다

미풍의 온화한 변화에 귀를 기울여라

---

*   두 벡터 a와 b를 나란히 쓴 ab(한 쌍의 연인을 의미한다)―옮긴이

**   Venn(1834~1923). 영국의 논리학자, 벤다이어그램의 창시자―옮긴이

***   어떤 사건을 반복할 때 각 사건의 결과가 오직 그 직전의 실험 결과에만 영향을 받는다면 각 사건이 일어날 확률은 마르코프 체인을 이룬다.―옮긴이

****   어떤 입체를 밑면과 평행하는 평면으로 자를 때 그 밑면과 평면 사이의 부분―옮긴이

바람은 더 에르고드*적인 지대를 속삭인다

리만, 힐베르트와 바나흐 공간에서**
위첨자와 아래첨자가 자기 길을 가도록 하라
우리의 점근선은 더 이상 위상이 다르지 않으니
우리는 만날 것이다, 맞대면을 포함해서

나는 그대가 내 마음에 랜덤 액세스하도록 하겠네
그대는 나에게 그대 사랑의 모든 상수를 말해주겠지
그리고 우리 둘은 모든 사랑의 렘마***를 증명할 테지
우리의 경계 안에서 파티션은 결코 나뉘지 않을 거야

자와 컴퍼스, 펜을 휘두르는
코쉬가, 크리스토펠이, 푸리에가,
불과 오일러****가 무엇을 알았을까?

---

* 모든 접근 가능한 미소 상태(microstate)는 충분히 긴 시간이 흐르는
   동안 동등한 확률을 갖게 된다는 것이 에르고드 가설이다.—옮긴이

** 모두 수학자들로서 기하학 분야에서 특출난 활약을 보였다. 각각 자신
   의 이름이 붙은 '공간'을 가지고 있다.—옮긴이

*** 어떤 정리를 증명하기 위해 설정되는 예비적인 정리. 보조 정리—옮긴이

**** Cauchy(1789~1857), 프랑스의 수학자, 복소변수함수론과 해석학에서
   의 엄밀성을 주장했다. Christoffel(1829~1900), 독일의 수학자, 곡면론
   을 연구했다. Fourier(1768~1830), 프랑스의 수학자로서 근대 편미분
   방정식의 기초를 세웠다. 모두 수학자들이다.—편집자

그대의 숭고한 사인 곡선 마법에 대해?

나를 약분하지 말아줘. 그러면 무엇이 남겠어?

횡좌표, 가수, 기본 단위, 식,

한두 개 루트, 원환체와 노드

내 시의 역함수, 비어 있는 영역

지복의 타원, 수렴하네, 오 신성한 입술로!

우리 스칼라*의 산물이 정의되었네!

사이버리아드**는 가까이 끌려오고, 비대칭의 마음은

행복한 해버사인***처럼 뛰노네

나는 그대의 눈에서 아이겐밸류를 보고,

그대의 한숨에서 부드러운 텐서를 듣네

베르누이****는 만족한 채 죽어갔으리라,

---

*   벡터와 함께 물리학에서 사용하는 대표적인 물리량. 방향은 갖지 않고
      크기만 갖고 있다.—옮긴이
**   Cyberiad, '사이버'와 '일리아드'의 합성어로, 인공지능 로봇 세계의
      대서사시 정도로 풀이할 수 있다. 덧붙이자면 스타니스와프 렘이라는
      어느 폴란드 작가가 지은 책의 제목이기도 하다.—편집자
*** 구체 위에서 적용되는 삼각함수 중 하나—옮긴이
**** Bernoulli(1654~1705). 스위스의 수학자, '유체의 속력이 증가하면 압
      력이 감소한다'는 베르누이 정리를 확립했다.—옮긴이

트루를과 클라파우치우스의 일곱 가지 여행 이야기

이것으로 시 경쟁은 끝났다. 클라파우치우시가 갑작스레 떠나야만 했기 때문이다. 그는 기계에게 낼 시제를 더 많이 가지고 곧 돌아오겠다고 말했지만, 결코 그러지 않았다. 그러면 트루를이 더 의기양양해질까 봐 무서웠던 것이다. 물론 트루를은 클라파우치우시가 질투심과 분함을 감추려고 도망갔다는 얘기를 퍼뜨렸다. 반면 클라파우치우시는 트루를이 소위 엉터리 기계 시인의 나사를 느슨하게 죄었다는 말을 뿌렸다.

그리 오래지 않아 트루를의 컴퓨터 계관시인이 진짜 시인, 즉 보통의 시인 수준에 이르렀다는 소식이 널리 퍼졌다. 시인들은 몹시 성을 내며 그 기계의 존재를 무시하기로 결정했다. 그러나 몇몇 사람들은 호기심에 차서 트루를의 전자 시인을 남몰래 방문했다. 전자 시인은 글자가 빽빽하게 들어찬 종이가 높이 쌓인 홀에서 그들을 정중히 맞았다(기계는 쉬지 않고 밤낮으로 일했던 것이다). 이 시인들은 모두 아방가르드주의자였고, 트루를의 기계는 전통적인 방식으로만 시를 썼다. 시에 감식안이 없는 트루를은 프로그램을 짤 때 고전에 상당 부분 의지했던 것이다. 기계를 방문한 손님들은 기계를 조롱하고 승리감에 차서 떠났다. 그러나 기계는 자체 프로그램을 짜는 데다가 영광-추구 회로에 특별 야심-증폭 메커니즘을 담고 있었다. 그래서 곧 거대한 변화가 일어났다. 기계의 시는 어렵고 모호해졌으며, 매우 난해하고 풍부한 의미를 담게 되어 완전히 이해할 수 없는 것이 되었다. 그다음 시인 그룹은 기계를 무시하고 비웃으러 왔다가 기계가 아주 현대적인 즉흥시로 응답하는 바람에 혼쭐이 났고, 두 번째 시는 어떤 소네트 시인(시민 공원에 동상이 서 있는 것은 물론이고 그의 이름을 딴 국가 상이 두 개나 있는)을 굴복시켰다. 그 이후로 트루를의 전자 시인과 겨루어보고자 하는 치명적인 충동에 저항할 수 있는 시인은 아무도 없었다. 그들은 두루 먼 곳에서 원고가 가득 찬 트렁크와 슈트 케이스를 끌고 왔다. 기계는 도전자 한 사람씩 낭송하게 한 다음 그 시에서 즉각 알고리듬을 포착해내 완전히 같은 스타일의 답시를 지었는데, 다만 답시가 원래 시보다 220배에서 347배쯤 더 나았다.

기계는 이 일에 재빨리 능숙해져서 한두 편의 4행시만으로 일류의 음유시인을 거꾸러뜨릴 수 있게 되었다. 그러나 최악의 일은, 삼류 시인들은 한 사람도 상처 입지 않았다는 것이다. 그들은 삼류였기 때문에 좋은 시와 나쁜 시를 구별할 수 없었다. 그래서 자기네들이 처절하게

졌다는 것을 눈치채지도 못했다. 사실 그들 중 한 명은 밖으로 나가다가 기계가 막 완성한 서사시에 발을 헛디며서 다리를 분지르기도 했던 것이다. 그 시는 이런 시구로 시작하는 놀라운 작품이었다.

운명의 힘에 이끌려, 나는 노래하네
무기와 기계를, 지구의 해안에서 쫓겨나 망명한
거만한 인간의 무자비한 운명을⋯⋯.

반면 진짜 시인들은 트루를의 전자 시인 때문에 마구 죽어나갔다(기계는 손가락 하나 대지 않았건만). 첫 번째는 나이 든 엘레지 시인이었고, 그다음에 두 명의 모더니스트 시인이 절벽에서 뛰어내려 자살을 감행했는데, 불행히도 그 절벽은 트루를의 집에서 가까운 기차역으로 통하는 길 바로 옆에 있었다.

기계에게 작동 금지 명령을 내리고 폐기해야 한다고 공식적으로 항의하고 데모를 벌인 시인들이 많았다. 그러나 다른 사람들은 아무도 신경 쓰지 않는 것 같았다. 사실, 잡지 편집자들은 대체로 수준이 향상되었다. 트루를의 전자 시인은 한꺼번에 수천 개의 필명으로, 모든 주제에 대해, 얼마든지 요구받은 길이에 맞추어, 열광적인 독자들이 손에서 손으로 돌려보아 잡지가 찢어질 정도로 훌륭한 시를 썼다. 거리에서 사람들은 황홀한 표정과 멍한 미소를 지었고, 조용히 흐느끼기까지 했다. 모든 사람이 트루를의 전자 시인의 시를 알았고, 공중에 그 즐거운 운율이 울려 퍼졌다. 좀 더 감수성이 예민한 시민들은 특별히 훌륭한 은유나 압운에 감동해 실제로 기절하는 일도 없지 않아 있었다. 그러나 이 위대한 영감靈感의 거인은 이런 경우까지 대비하고 있었다. 기계는 즉각 필요한 수만큼 회복용 소네트를 공급했다.

트루를은 자기 발명품 때문에 상당히 곤란한 상황에 빠진 터였다. 보통 나이가 많은 고전주의자들은 별로 해롭지 않았다. 창문으로 돌을 던져넣거나 입에 담을 수 없는 물질로 그의 집 벽을 더럽히는 정도였다. 그러나 젊은 시인들은 더 악질이었다. 예를 들자면, 자기 시의 이미지만큼이나 힘센 몸집을 한 시인 하나는 트루를을 떡이 되도록 두들겨 팼다. 그리고 제작자가 병원에 입원해 있는 동안 사태는 제멋대로 흘러갔다. 자살이나 장례식 없이 지나가는 날이 하루도 없었다. 병원 주위에 피켓을 든 줄이 늘어섰다. 멀리서 총소리가 들렸다. 점점 더 많은 시인들이 트루를의 전자 시인을 이기기 위해 여행 가방에 원고 대신 라이플을 넣어 왔다. 그러나 총알은 기계의 무정한 외면에 맞아 튕겨 나갈 뿐이었다. 병원에서 돌아온 후 쇠약하고 절망한 트루를은 어느 날 밤 마침내 자기가 창조한 사이버 호메로스를 해체하기로 결심했다.

그러나 그가 약간 절뚝거리면서 기계에 다가갔을 때, 기계는 그의 손에 들려 있는 펜치와 으스스하게 빛나는 눈을 알아차리고 아주 웅변적이고 감동적으로 자비를 간청했다. 결국 제작자는 울음을 터뜨리며 도구를 던져버리고, 홀을 이 끝에서 저 끝까지 가슴 높이로 채우며 계속 떨어져 내리고 있는 종이의 바다, 즉 천재의 새로운 작품들 사이를 헤치고 자기 방으로 서둘러 들어갔다.

다음 달, 트루를은 기계가 쓴 전기료 고지서를 받고 의자에서 떨어질 뻔했다. 오랜 친구 클라파우치우시와 의논할 수만 있다면! 그러나 클라파우치우시는 어디에서도 찾을 수 없었다. 그래서 트루를은 어떻게든 혼자 힘으로 해나가야 했다. 어느 어두운 밤 그는 기계의 플러그를 뽑고 분해해 배에 실은 다음, 작은 소행성대로 날아가 그곳에서 재조립하면서 창조적 에너지원으로 쓰도록 기계에게 원자 전지를 주었다.

그리고 그는 몰래 집으로 돌아왔다. 그러나 그것으로 끝이 아니었다. 이제 걸작을 출판할 가망이 없어진 전자 시인은 자기 시를 모든 파장에 실어 방송하기 시작했다.

그 방송은 곧 지나가는 로켓의 승객과 승무원을 마비 상태에 빠뜨렸고, 더 섬세한 영혼을 가진 자들은 미적 엑스터시의 심각한 공격을 받았다. 이런 소란의 원인을 파악한 우주 함대 사령부는 트루를에게 모든 여행자들의 건강과 복지를 심각하게 손상시키고 있는 그의 기계를 즉각 제거하라는 공문을 보냈다.

그쯤 되자 트루를은 숨어버렸기 때문에, 사령부에서는 기술자 한 팀을 소행성대에 내려보내 기계의 출력 유닛에 재갈을 물리려고 했다. 그러나 기계가 발라드 몇 편으로 그들을 제압해버리는 바람에 그 임무는 포기할 수밖에 없었다. 다음번엔 귀머거리 기술자들을 보냈지만, 기계는 팬터마임을 선보였다. 그다음에는 전자 시인에게 무기형 탐험 여행을 명하거나, 폭탄을 떨어뜨려 굴복시키자는 이야기가 나오기 시작했다. 그러나 바로 그때 근처 성계의 지배자가 왔다. 그는 그 기계를 사서 소행성대째 자기 왕국으로 끌고 갔다.

이제 트루를은 다시 안심하고 공공연히 나다닐 수 있었다. 나중에 남쪽 지평선에서 지금까지 아무도 보지 못한 초신성이 폭발했다. 어느 보고서에 따르면, 그 지배자가 이상한 변덕에 휩싸인 나머지 우주공학자들에게 전자 시인을 백색 초거성 성운에 연결해서 시 한 줄 한 줄을 거대한 태양 홍염으로 바꾸라고 명령했다는 것이다. 그래서 '우주에서 가장 위대한 시인'은 원자핵 융합 반응으로 창조한 시를 즉각 무한한 우주로 쏘아 보낼 수 있게 되었다. 그러나 그것이 진실이라 해도 트루를은 신경 쓰지 않았다. 그는 신성한 모든 것에 걸고 절대로, 절대로 뮤즈의 사이버네틱 모델을 다시는 만들지 않겠다고 맹세했기 때문이다.

두 번째 외출 혹은 크룰 왕의 제안

가르강티우스 효과를 응용해 커다란 성공을 거두자, 제작자들은 둘 다 여행에 취미를 붙였다. 그들은 다시 한 번 알려지지 않은 지역으로 외출하기로 했다. 불행히도 그들은 목적지를 전혀 결정할 수 없었다. 열대 기후를 좋아하는 트루를은 불타는 플라밍고의 나라 '스칼도니아'에 가려고 마음먹고 있던 반면, 서늘한 곳에 가고 싶었던 클라파우치우시는 얼어붙은 별들 사이를 떠다니는 차가운 대륙 '내은하 냉극'을 방문하려고 마찬가지로 굳게 마음먹고 있었다. 이 친구들이 영원히 갈라서기 직전에, 트루를이 갑자기 한 가지 아이디어를 내놓았다.

"잠깐만, 우리 서비스를 광고로 내고, 제일 좋은 제의

가 들어오면 골라서 가는 거야."

클라파우치우시는 코웃음을 쳤다.

"말도 안 돼! 어떻게 광고하려고? 신문에? 신문이 제일 가까운 행성까지 닿으려면 얼마나 오래 걸리는지 알아? 첫 제의가 들어오기도 전에 죽어서 파묻히겠다!"

그러나 트루를은 다 안다는 미소를 지으며 계획을 밝혔는데, 클라파우치우시는 그 계획이 독창적이라는 것을 마지못해 인정할 수밖에 없었다. 그래서 그들은 일에 착수했다. 우선 필요한 장비들을 전부 빠르게 손에 넣은 후 그 지역의 별들을 그러모아 거대한 간판처럼 배열했다. 그 간판은 정말로 이루 헤아릴 수 없을 만큼 먼 거리에서도 보일 만한 것이었다. 우주 독자들의 주의를 끌기 위해 첫 번째 단어에는 청색 거성만 사용했고, 다른 단어들은 더 조그만 성간 물질들로 만들었다. 그 간판은 이러했다.

걸출한 제작자 두 명이 자신들의 기술에 걸맞고 무엇보다도 돈이 되는 일자리를 찾습니다. 따라서 될 수 있는 한 넉넉한 왕(자기 왕국을 가지고 있어야 합니다)의 궁정이었으면 좋겠습니다. 조건은 협의할 수 있습니다.

머지않아 어느 밝은 아침, 아주 훌륭한 우주선이 그들

의 앞마당에 내려앉았다. 자개 상감을 한 표면이 햇빛에 빛났다. 그 우주선에는 복잡하게 조각된 세 개의 다리와 여섯 개의 순금 보조 지지대(땅에 닿지도 않아서 아무 쓸모가 없었다. 그러나 그것을 만든 자들은 주체할 수 없을 만큼 부자인 게 분명했다)가 있었다. 양쪽에 굽이치는 분수가 붙은 웅장한 계단 아래로 한 인물이 여섯 다리 기계들의 수행을 받으며 위풍당당하게 나타났다. 어떤 기계는 마사지를 해주고, 어떤 기계는 그를 부축하고 부채질을 해주고, 가장 조그만 것은 그의 존귀한 눈썹 위를 날아다니며 분무기로 오드콜로뉴를 뿌려주고 있었다. 이 인상적인 사자使者는 제작자들을 고용하고 싶어 하는 자기 군주이자 통치자인 크룰* 왕을 대신하여 제작자들에게 인사했다.

"어떤 종류의 일인가요?"

트루를이 흥미를 느끼고 물었다.

"점잖으신 분들이여, 세부적인 사항은 적절한 때 아시게 될 것입니다."

그의 대답이었다. 그는 금실로 짠 느슨한 바지와 밍크 술로 장식된 반장화, 시퀀 장식이 달린 귀 가리개, 그리

---

* Krool. 렘이 만들어낸 말로, '잔혹하다'는 뜻의 cruel과 발음이 같다.— 옮긴이

고 아주 이상하게 재단한 로브(포켓 대신 민트와 마지팬이 가득 찬 작은 선반이 달려 있었다)를 입고 있었다. 작은 기계 파리들이 그의 몸 주위를 웅웅거리며 날아다녔다. 그놈들이 너무 대담하게 굴 때마다 그는 손을 저어 쫓아버렸다. 그가 말을 계속했다.

"지금으로서는, 전능하신 크룰 폐하께서는 사냥에 열광하시는 분이고 모든 종류의 은하 동물을 두려움 없이, 비할 바 없이 정복하신 분이며, 사실 지금까지 알려진 가장 흉포한 포식자조차도 그분께는 가치 있는 사냥감이 되지 못하는 경지에 이르렀을 정도로 용맹스럽다는 점만 말씀드리겠습니다. 이것은 저희에게도 유감입니다. 왜냐하면 그분께서는 흥분과 위험과 스릴을 열망하시기 때문입니다……. 그렇기 때문에……."

"그렇군요! 그분은 우리가 새 모델의 야수를 제작하기를 원하시는 거군요. 도전할 가치가 있는 거친 육식동물로 말입니다."

트루를이 말했다.

"훌륭한 제작자시여, 그대는 정말 이해가 빠르시군요! 그러면 합의가 된 거지요?"

왕의 사자가 말했다.

클라파우치우시는 사자에게 실제적인 일을 좀 더 자세

히 묻기 시작했다. 사자가 왕의 관대함을 열렬히 묘사하고 충분히 상세하게 이야기하고 나자, 그들은 책 몇 권과 물건들을 바삐 챙긴 다음 웅장한 계단을 뛰어올라 우주선에 깡충 타고 곧 이륙했다. 거대한 굉음이 나고 금으로 된 우주선 다리를 그슬리는 불꽃이 터지면서 그들은 별들 사이의 밤하늘로 날아갔다.

여행하는 동안 사자는 제작자들에게 크룰이 다스리는 왕국의 법과 관습을 간단히 알려주고 평원 도시만큼이나 관대하고 개방적인 군주의 성격과 남자다운 취미, 기타 등등을 말해주어서, 우주선이 착륙할 즈음 그들은 그 나라 언어를 원어민처럼 말할 수 있게 되었다.

우선 그들은 마을을 굽어보는 산허리에 있는 으리으리한 저택으로 안내되었다. 여기가 그들이 머물 곳이었다. 짧은 휴식 시간 후 왕이 여섯 마리의 불을 뿜는 괴물들이 끄는 마차를 보내왔다. 이 괴물들은 방화벽과 연기 필터 재갈이 물려 있었고, 땅 위에 붙어 있도록 날개가 잘렸으며, 꼬리에는 길게 못을 박았고, 가는 곳마다 깊이 팬 자국을 남기는 강철 발톱이 달린 여섯 개의 발이 있었다. 제작자들을 보자마자 괴물들은 모두 윙윙거리며 불과 유황을 내뿜고 달려들려 하는 바람에 고삐가 팽팽해졌다. 석면 갑옷을 입은 마부들과 펌프와 호스를 구비한 왕실 사냥꾼들이 발광하는 괴물들에게 달라붙어 레이저와 분자 증폭기 곤봉으로 때려대서 얌전하게 만들고 나서야 트루를과 클라파우치우시는 그 멋진 마차에 올라탈 수 있었다. 그들은 말없이 마차에 탔다. 마차는 목을 부러뜨릴 만한 속도로, 혹은 더 적절한 은유를 사용하자면 지옥에서 날아 나오는 박쥐처럼 맹렬히 달려 나갔다.

마차가 길에 있는 모든 것을 때려눕히고 유황 냄새가 나는 긴 연기 자국을 뒤로하며 달려 나가자, 트루를이 클라파우치우시의 귀에 대고 속삭였다.

"이봐, 이 왕은 웬만한 것으로는 만족하지 않을 것 같아. 무슨 말이냐 하면, 왕이 이런 말을 부린다는 건……."

그러나 분별력 있는 클라파우치우시는 아무 말도 하지 않았다. 이제 다이아몬드와 사파이어와 은으로 된 벽이 번쩍거리는 집들이 나타났다. 반면 용마들은 천둥처럼 발을 구르고 쉿쉿거렸고 마부들은 욕설을 퍼부으며 소리를 쳐댔다. 마침내 앞쪽에 거대한 내리닫이 격자문이 모습을 드러냈고 문이 열렸다. 그들이 탄 마차는 화단의 꽃이 모두 시들 정도로 급하게 질주해 궁정 안뜰로 소용돌이처럼 달려가, 칠흑 같은 밤처럼 검은 성 앞에 멈추었다. 이상하게 음침한 팡파르로 환영을 받고 거대한 계단과 난간, 특히 주 성문 앞을 지키고 선 돌 거인에게 위압감을 느끼며, 트루를과 클라파우치우시는 무시무시한 호위를 옆에 세운 채 거대한 성으로 들어갔다.

크룰 왕은 넓고 둥근 천장이 붙은 은박의 거대한 해골 모양 동굴 홀에서 그들을 기다리고 있었다. 마루에는 해골의 대후두공大後頭孔 모양으로 입을 벌린 구멍이 나 있었고, 그 너머에는 왕좌가 서 있었으며, 다시 그 위로는 두 줄기 빛의 흐름이 칼처럼 교차하고 있었다. 그것은 해골의 눈구멍 자리에 붙은, 모든 것에 잔인하고 지옥 같은 효과를 주도록 특별히 색깔을 넣은 높은 창에서 흘러나오는 빛이었다. 이제 제작자들은 크룰을 보았다. 이 군주는 너무나 참을성이 없어서 얌전히 자기 왕좌에 앉아 있지 못하고 은으로 된 마루를 가로질러 벽에서 벽까지 걸어 다녔다. 그의 발걸음이 유령 같은 동굴 속에서 쿵쿵 울렸다. 그는 말을 할 때면 공기가 휙휙 울릴 정도로 손을 갑자기 내저어 자기 말을 강조했다.

"환영하오, 제작자들이여!"

그는 두 제작자를 꿰뚫을 듯한 눈길로 바라보며 말했다.

"왕립사냥회장인 프로토조로 경에게서 분명히 들었겠지만, 내게 새롭고 더 훌륭한 사냥감을 만들어주었으면 하오. 그대들도 이해하겠지만, 나는 100여 개쯤 되는 다리가 달린 철로 된 산 따위에는 관심이 없소. 그것은 내 사냥감이 아니라 중포병대의 몫이오. 내 사냥감은 강하고 사나워야 하지만 또 재빠르고 민첩해야 하며, 무엇보다도 교활하고 엉큼해서 그놈을 땅에 쓰러뜨리기 위해서는 내 사냥 기술을 총동원해야 할 만한 놈이었으면 좋겠소. 그놈은 아주 지능적인 짐승이어야 하고, 자취를 숨길 줄도, 갑자기 반격할 줄도, 그늘 속에 숨고 숨죽여 기다릴 줄도 알아야 하오. 그것이 나의 뜻이오!"

"용서하십시오, 폐하. 하지만 저희가 폐하의 분부를 너무 잘 이행하면 폐하의 목숨과 사지를 위태롭게 할 수도 있지 않겠습니까?"

클라파우치우시가 조심스레 절하며 말했다. 왕이 커다란 웃음을 터뜨리자 그 소리에 샹들리에의 크리스털 장식이 두어 개 떨어져 벌벌 떨고 있는 제작자들의 발치에서 깨져버렸다. 왕은 음침한 미소를 띠며 말했다.

"그런 건 두려워하지 마시오, 고귀한 제작자들이여! 그대들이 처음으로 온 것도 아니고, 마지막도 아닐 테니까. 나는 공정하지만 아주 엄격한 군주라는 것을 알아두시오. 가지각색의 악한과 아첨꾼, 사기꾼 들이 나를 속이려고 한 적이 수도 없소. 이보시오, 그들은 오직 내 금고를 비우고 자기 주머니를 보석과 귀석貴石으로 채우기 위해서 뛰어난 사냥공학자인 척 가장하기 일쑤였소. 대신 내게는 손만 대면 산산조각 나버리는 보잘것없는 허수아비만 남겨주었지. 이런 일이 허다했기 때문에 적절한 조치를 취하지 않을 수 없었소. 지난 12년 동안 내 요구를 충족시키지 못한 제작자, 자기가 할 수 있는 것 이상을 약속했던 자들은 분명히 상금을 받았소. 그러나 상금과 함께 몽땅 저쪽의 깊은 우물에 내던져버렸지. 충분히 괜찮은 사냥감이 되어준 경우만 제외하고. 여러분, 그럴 때 나는 무기를 사용하지 않고 이 두 손만으로……."

"그럼…… 그럼, 그런 사기꾼들이, 음, 많았습니까?"

트루를이 기어드는 목소리로 물었다.

"많았냐고? 그건 뭐라 하기 어렵군. 아직까지 아무도 나를 만족시키지 못했고, 그들이 우물 바닥까지 떨어지면서 한결같이 내지르는 공포의 비명이 예전처럼 그렇게 오래가지 않는다는 것을 알 뿐이오. 확실히 잔해가 쌓이기 시작한 것 같소. 하지만 안심하시오, 여러분, 아직 그대들을 위한 공간은 충분하니까!"

이런 무시무시한 말이 끝나자 죽은 듯한 침묵이 뒤따랐다. 두 친구들은 그 어둡고 불길한 구멍 쪽을 보지 않을 수가 없었다. 왕은 가차 없이 다시 걷기 시작했고, 그의 부츠는 쇠망치처럼 마루를 때려 방에 메아리를 남겼다.

"하지만, 폐하가 허락하신다면…… 그러니까, 저

희…… 저희는 아직 계약서에 서명한 것은 아니니까요. 저희가 한두 시간 좀 생각해볼 수 있을까요? 폐하께서 인자하게 말씀하신 내용을 조심스레 심사숙고해보고, 물론 폐하의 너그러우신 제안을 받아들일 수도 있고, 아니면…….”

트루를이 더듬더듬 말했다. 왕은 천둥 같은 웃음을 터뜨렸다.

“하! 아니면 집에 가시겠다? 그렇게는 못 하실 것 같아 유감이오, 여러분! 인페르난다*호에 발을 디딘 순간부터, 여러분은 나의 제안을 받아들인 것이오! 이곳에 온 모든 제작자들이 원할 때 떠나도록 내버려두었다면, 내 가장 절절한 소망이 실현되는 것을 영원히 기다려야 할 게 아닌가! 아니, 그대들은 머무르며 내가 사냥할 짐승을 만들어주어야 하오. 그대들에게 열이틀을 주겠소. 그러니 이제 물러가도 좋소. 그동안 그대들이 원하는 즐거움은 모두 누리시오. 내가 딸려준 시종들에게 청하기만 하면 되오. 아무것도 거절당하지 않을 것이오. 그럼, 열이틀 안에!”

“폐하가 허락하신다면 즐거움을 잠시 미루고, 다만……

---

*   Infernanda. ‘지옥’이라는 뜻의 라틴어 inferno에서 따온 이름—옮긴이

음, 저희가 둘러볼 수 있을까요, 으음, 폐하가…… 말하자면, 저희 선임자들의 노력의 결과로 얻으신 사냥 기념물들을요?"

"아, 물론이오!"

왕은 관대하게 말하고 손뼉을 쳤는데, 그 힘이 얼마나 세었던지 불꽃이 일어 은으로 바른 벽을 가로질러 춤추다가 사라졌다. 이 강력한 손바닥에서 나온 광풍이 우리 제작자들의 모험열을 더욱 식혀버렸다. 흰색과 금색 옷을 입은 여섯 명의 경비병들이 나타나 거대한 뱀의 식도처럼 꼬이고 엉켜 있는 복도 아래쪽으로 그들을 안내했다. 마침내 크고 널따란 정원으로 길이 통해 있는 것을 보고 그들은 대단히 안도했다. 그곳에는 아주 잘 다듬어진 잔디밭 위에 크룰 왕의 사냥 기념물들이 늘어서 있었다.

가장 가까운 곳에는 칼 모양의 송곳니가 나 있는 거대한 형체가 있었는데, 몸통을 보호하던 쇠미늘 중갑옷과 판금 갑옷에도 불구하고 반쪽이 나다시피 쭉 찢어져 있었다. 균형이 맞지 않을 정도로 큰 뒷발은(확실히 크게 도약할 수 있도록 만들어진 것이었다) 꼬리 옆의 잔디밭을 딛고 있었다. 꼬리 끝은 화기火器였는데, 탄약실이 반쯤 비어 있었다. 이 생물이 왕과 싸워보지도 않고 진 것은 아니라는 분명한 표식이었다. 열려 있는 입에 매달려 있는 노란 천 조각 또한 이 가설을 뒷받침했는데, 트루를은 그 것이 왕의 사냥꾼들이 입던 반바지라는 것을 알아보았 다. 다음은 또 하나의 괴물이었다. 이놈은 용이었는데, 무 수히 많은 작은 날개들이 적의 사격에 모두 타고 검게 그 을려버렸다. 용의 회로는 녹아 붙은 채 흘러나와 구리- 도자기 웅덩이 속에 굳어 있었다. 그다음에도 또 다른 놈 이 서 있었는데, 기둥 같은 다리가 옆으로 완전히 뻗어 있었다. 그놈의 어금니 사이로 화사한 미풍이 부드럽게 불어왔다. 그리고 바퀴 위에 얹힌 잔해와 다리 위에 얹힌 잔해들이 있었다. 어떤 놈은 발톱이 있고 어떤 놈은 대포 가 있었으며, 모두 자기 코어가 산산조각 나 있었다. 포탑 이 짜부라진 전차 거북이에, 못쓰게 된 군사 노래기가 있 었고, 다른 이상한 것들도 부서지고 전투의 흔적이 아로 새겨진 모습이었다. 어떤 놈은 보조 두뇌가 장치되어 있 었고(타버렸다), 어떤 놈은 망원경 죽마 위에 앉아 있었고 (떨어져 나갔다), 흉악하게 물어뜯는 조그만 것들이 흩뿌 려진 채로 있기도 했다. 이놈들은 거대한 떼를 지어 공격 하고 나서는 다시 모여 총신과 총검이 빽빽하게 난 구가 되도록 설계된 것이었다. 영리한 생각이었지만 그것은 놈들 자신도, 놈들을 만든 제작자도 구해주지 못했다. 트 루를과 클라파우치우시는 창백한 얼굴로, 활발한 발명품들이 눈부시게 모여 있는 곳이 아니라 장례식에 온 듯한 표정으로 이 참상의 섬을 조용히 걸어갔다. 그들은 마침 내 크룰 왕의 승리를 기념하는 끔찍한 화랑의 끝에 다다 라 문에서 그들을 기다리던 마차에 탔다. 속력을 내어 숙소로 도로 데려다주는 이 용마들도 이제 별로 무서워 보이지 않았다. 사치스러운 설비가 된 녹색과 진홍색의 지정 응접실에 둘만 남게 되자마자, 거품이 이는 음료수와 진귀하고 맛있는 음식이 높이 쌓인 테이블 앞에서 트루를은 욕설을 퍼붓기 시작했다. 그는 이미 얻은 명예에 만족하고 편안히 집에 머물러 있을 수도 있었는데 왕립사냥회장이 한 제의를 덥석 받아들여 머리 위에 불행을 뒤집어쓰게 만든 클라파우치우시를 마구 헐뜯었다. 클라파우치우시는 아무 말도 하지 않고 트루를의 자포자기한 분노가 다 바닥날 때까지 참을성 있게 기다렸다가, 마침내 분노가 바닥난 트루를이 진주를 상감한 긴 의자에 털썩 무너져 내려 손에 얼굴을 파묻자 입을 뗐다.

"자, 일을 시작할까."

이 말에 트루를은 활기를 되찾았다. 두 제작자는 즉각 여러 가지 가능성을 고려하기 시작했다. 그들은 사이버네틱 세대의 신비로운 기술 중에서도 가장 심원하고 어두운 비밀을 끌어냈다. 무엇보다도 그들은 앞으로 만들어야 할 괴물의 갑옷이나 힘이 아니라 프로그램, 다른 말로 하자면 악마적인 유도 알고리듬에 전적으로 승패가 달려 있다는 데 의견의 일치를 보았다.

"이놈은 절대 악, 진실로 악마적인 피조물이어야만 해!"

그들은 이렇게 말했다. 아직 무엇을 어떻게 만들어야 할지 분명히 알지는 못했지만, 이런 추론은 정신을 상당히 고양시켜주었다. 너무나 이렇게 열광한 나머지 그들은 이 짐승의 초안을 그리려고 앉아 밤을 새우고, 낮에도 일하고, 잠시 저녁을 먹으려고 쉬기 전까지는 두 번째 밤낮도 내내 일했다. 그리고 라이덴병(일종의 축전지)이 다 떨어져갈 때쯤에는, 성공을 확신하며 서로 윙크를 하고 히죽히죽 웃었다. 하지만 시종들이 보고 있지 않을 때만 그랬다. 그들은 시종들이 왕의 스파이가 아닌가 하고 (정당한) 의심을 품었던 것이다. 그래서 제작자들은 남 앞에서는 일 얘기는 전혀 하지 않고, 웨이터들이 연미복을 펄럭이며 잘 세공된 수정 비커에 담아 갖고 들어오는 데운 전해물질을 칭찬했다. 일단 식사를 하고 나서 떨어지는 해의 마지막 금빛 광선을 반사하는 하얀 첨탑과 돔이 있는 마을을 내려다보는 베란다에 나갔을 때, 그제야 비로소 트루를은 클라파우치우시에게 몸을 돌려 말하는 것이었다.

"자네도 알겠지만, 아직 우리는 숲에서 빠져나오지 못했어."

"무슨 뜻이야?"

클라파우치우시는 조심스레 속삭여 물었다.

"난점이 하나 있어. 알다시피 왕이 우리의 기계 짐승을 이긴다면 의심할 바 없이 그는 우리를 그 구멍에 처박겠지. 그의 분부를 받들지 못했다고 말이야. 만약 반대로 그 짐승이…… 무슨 뜻인지 알지?"

"만약 그 짐승이 지지 않는다면?"

"아니, 만약 그 짐승이 그를 이긴다면 말일세, 친애하는 동료여. 만약 그런 일이 벌어진다면 왕의 후계자는 우리를 그리 쉽사리 놓아주지 않을 수도 있어."

"자네는 우리가 그에 대한 해답도 갖고 있어야 한다고 생각하는 건 아니겠지, 응? 법칙상 왕위 계승자는 왕위가 비면 아주 기뻐하는 법이라고."

"그래. 하지만 그 후계자는 그의 아들일 테고, 아들이 효심 때문에 우리를 처벌하건, 궁정 조신들이 처벌을 바란다고 생각해서 처벌하건, 우리에게는 별다른 차이가 없잖아."

"그 생각은 안 해봤어. 과연 자네 말이 옳네. 전망은 밝

지 않군. 자네는 이 딜레마에서 벗어날 방법을 생각해보
았나?"

클라파우치우시가 중얼거렸다.

"흠, 이 짐승이 몇 번씩 죽었다 살아나도록 만들 수도
있지. 상상해봐. 왕이 짐승을 죽이고, 짐승은 쓰러지고,
짐승이 되살아나면 왕이 다시 쫓고, 다시 죽이고, 뭐 이런
식이겠지. 왕이 이 일에 물리고 지칠 때까지 말이야."

트루를의 말에 클라파우치우시가 잠시 생각한 끝에 말
했다.

"왕은 별로 좋아하지 않을걸. 아무튼 어떻게 그런 짐승
을 만들어낼 건데?"

"아, 그건 모르지만…… 생명 기관 없이 만들 수도 있
지. 왕이 그 짐승을 산산조각 내도 조각들이 서로 다시
붙는 거야."

"어떻게?"

"장력을 써보지."

"자기장?"

"자네가 좋다면."

"그걸 어떻게 조작하지?"

"리모트 컨트롤로 하면 되지 않을까?"

트루를이 물었다.

"위험부담이 너무 커. 사냥을 하는 동안 왕이 우리를 지하 동굴에 가둬두지 않을 걸 어떻게 알겠어? 우리의 가련한 선임들은 바보가 아니었어. 하지만 그들이 어떻게 끝장났나 생각해봐. 내 확신하지만, 그들 중 여럿이 리모트 컨트롤을 떠올렸을 거야. 하지만 실패했겠지. 아니, 전투하는 동안 계속 짐승과 통신할 수 있을 거라고 생각해서는 안 돼."

"그럼 위성을 사용하면 어때? 자동 제어장치를 설치해서……."

트루를이 제안하자 클라파우치우시가 코웃음 쳤다.

"인공위성이라! 궤도에 올리는 건 둘째 치고, 그것을 어떻게 만들 건데? 우리 직업에 기적이란 없네, 트루를! 우리는 다른 방법으로 제어장치를 숨겨야 해."

"하지만 우리 일거수일투족을 다 보고 있는데 어떻게 제어장치를 숨겨? 시종들이 살금살금 모든 곳에 얼마나 코를 들이미는지 알잖아. 그 전제는 절대로 잊으면 안 돼. 그러니 커다란 장비를 밖으로 몰래 내갈 수도 없다는 게 확실해. 그건 불가능하다고!"

"진정해. 아마 처음부터 그런 장비가 필요하지는 않을 거야."

조심성 있는 클라파우치우시가 어깨 너머를 슬쩍 보며

말했다.

"무엇인가로 그 짐승을 조종해야 하는데 그 무엇인가가 짐승 내부의 전자두뇌가 아니라면, 자네가 안녕 소리를 내뱉기도 전에 왕이 그놈을 곤죽이 되도록 때려 부술 거야."

그들은 조용해졌다. 밤이 다가왔고 아래쪽 마을의 불빛이 하나씩 깜빡이며 켜졌다. 갑자기 트루를이 말했다.

"들어봐, 아이디어가 하나 있어. 짐승을 만드는 척하고 사실은 타고 빠져나갈 배를 만들기만 하면 돼. 귀와 꼬리, 발톱을 붙이면 아무도 의심하지 않을 테고, 그런 것은 이륙 때 쉽사리 내던져버릴 수 있어. 어떻게 생각해? 무사히 달아나면서 왕을 놀려주는 거야!"

"그런데 만약 왕이 우리 시종들 속에 첩자로 진짜 제작자를 심어두었다면 모두 끝장이고, 우리는 구멍으로 떨어지는 거야. 있을 수 없는 일은 아니야. 게다가 달아나는 것은…… 아니야, 그건 나한테 맞지 않아. 왕이냐, 우리냐야, 트루를. 피해 갈 수는 없어."

트루를은 한숨을 쉬었다.

"그래. 제작자를 첩자로 쓸 수도 있겠군. 그럼 위대한 혜성의 이름으로, 우리가 무엇을 할 수 있지? 광전자 유령은 어때?"

"환상 말이야? 왕에게 환상을 사냥시켜? 됐어! 한두 시간 후면 왕이 곧장 여기로 와서 우리를 유령으로 만들어버릴 거다!"

그들은 다시 잠잠해졌다. 마침내 트루를이 말했다.

"내가 보는 한에서는, 이 곤란에서 벗어나는 유일한 길은 왕을 유괴할 수 있는 짐승을 만드는 거야. 그런 다음……."

"그 이상 말할 필요 없어. 그래, 그건 꽤 좋은 생각이야……. 그리고 몸값으로 우리를……. 그런데 여보게, 알고 있었나? 여기 꾀꼬리는 메릴랜드 IV에서 본 것보다 더 진한 오렌지색이야."

바로 그때 몇몇 시종들이 은빛 램프를 베란다로 꺼내 오고 있었기 때문에 클라파우치우시는 이렇게 말을 끝맺었다. 다시 둘만 남자 그는 말을 계속했다.

"하지만 아직 문제가 있어. 그 짐승이 자네 말대로 할 수 있다고 쳐도, 정작 우리 자신이 지하 감옥 속에 앉아 있다면 어떻게 유괴된 왕과 협상을 할 수 있겠나?"

"핵심을 짚었군. 그런 상황을 피해 갈 방법을 생각해야 해……. 하지만 가장 중요한 건 알고리듬이야!"

"세 살배기라도 그건 알아! 알고리듬이 없는 짐승 같은 게 무슨 소용이야?"

그래서 그들은 소매를 걷어붙이고 앉아 시뮬레이션 실험에 들러붙었다. 즉, 수학적으로 모든 것을 종이 위에 계산하기 시작한 것이다. 크룰 왕과 짐승의 수학적 모델이 방정식으로 뒤덮인 탁자 위에서 너무나 치열한 전투를 벌였기 때문에 제작자들의 연필이 자꾸만 부러졌다. 그 짐승은 왕의 다항 강타를 받아 맹렬하게 몸부림치고 중적분을 꿈틀거리다가, 무너져 내려 불확정항의 무한 연속이 되었다. 그러더니 다시 몸을 추슬러 n제곱까지 일어났는데, 왕이 그놈을 미분과 편미분으로 세게 내리쳐 놈의 푸리에 계수가 모두 상쇄되어버렸다(리만의 정리를 보시라). 뒤이은 혼란 속에서 제작자들은 왕과 짐승의 자취를 시야에서 완전히 놓쳐버렸다. 그래서 그들은 잠시 쉬면서 다리를 뻗고, 라이덴병에서 한 모금 마셔 기운을 낸 다음 다시 일로 돌아가 도로 처음부터 시도했다. 이번에는 텐서 매트릭스와 대★정규 앙상블을 총동원해서 엄청난 열성으로 문제를 공략해댔더니 종이에서 연기가 나기 시작했다. 왕은 잔인한 좌표와 중간값을 모두 끌어올려 앞으로 내달리더니, 루트와 로그의 어두운 숲으로 비틀거리며 들어가 역행해서 나와야만 했다. 그러다가 무리수(F1) 들판에서 짐승과 마주치자 왕은 놈을 몹시 두들겨 팼다. 짐승은 소수점 이하 두 자리를 떨어뜨리고 입실

론을 잃어버렸다. 하지만 짐승은 접근선 근처로 슬슬 돌아 n차원 직교상 공간에 숨어서 전개를 겪고 나오더니, 순차곱셈의 불꽃을 뿜으며 왕을 덮쳐 쓸린 상처를 입혔다. 그러나 왕은 조금도 굽히지 않고 마르코프 체인 갑옷과 불침투 매개변수들을 모두 입은 채 자기 Δk를 무한까지 증가시켜 진정한 불함수 타격을 한 대 먹임으로써, 짐승이 x축과 중괄호 몇 개를 따라 쭉 뒷걸음치게 만들어버렸다. 그러나 짐승은 여기에 방비하고 있다가 뿔을 내렸고, 콰광! 연필이 초월함수와 2중 아이겐 전환 속을 미친 듯이 누볐다. 마침내 짐승이 다가가고 왕이 쓰러져 아웃 상태에서 카운트를 세자, 제작자들은 뛰어올라 지그춤을 추며 껄껄 웃고 노래를 불렀다. 그들이 종이를 모두 조각조각 찢어버리자 샹들리에에 앉아 있던 간첩들은 너무 놀랐다. 사실 그들은 헛수고를 한 셈이었다. 그들은 정밀한 고차 수학을 전수받지 못했고, 따라서 왜 지금 트루를과 클라파우치우시가 계속 "만세! 이겼다!" 하고 소리지르는지 알지 못했다.

자정이 한참 지나자, 제작자들이 일하다가 때때로 기분 전환 삼아 마시는 라이덴병이 왕의 비밀경찰 사령부로 조용히 운반되었다. 그들은 라이덴병의 2중 바닥을 열고 작은 테이프 녹음기를 꺼냈다. 전문가들이 스위치를 넣고 열심히 듣기 시작했지만, 해가 떠오를 즈음 그들은 진상은 하나도 모르는 채 수척한 몰골이었다. 이를테면, 목소리 하나가 이렇게 말한다.

"됐어? 왕은 준비됐나?"

"좋아!"

"그를 어디 놓았어? 거기? 좋아! 자……잠깐, 자네가 발을 모아야 해. 자네 발이 아니고, 바보, 왕의 발! 이제 됐어, 준비? 하나, 둘, 도함수 찾아! 빨리! 뭐가 나와?"

"파이."

"짐승은?"

"근호 아래 있어. 하지만 봐, 왕은 아직 서 있어!"

"어, 아직 서 있어? 양쪽에 인수, 둘로 나누고, 허수 몇 개 던져……. 좋아! 완벽해! 이제 변환해, 접근해서 x로 풀어. 됐나?"

"됐어! 클라파우치우시! 지금 왕 꼴을 봐!"

짧은 침묵 후에 미친 듯한 웃음이 터졌다.

같은 날 아침, 비밀경찰 내의 모든 전문가들과 고위 관료들이 밤을 새운 후 흐릿한 눈으로 고개를 내젓고 있을 때, 제작자들은 수정, 바나듐, 철, 구리, 백금, 라인석, 디스프로슘, 이트륨과 툴륨, 또 세륨과 게르마늄, 그리고 우주를 이루는 다른 원소들 대부분, 그에 더해 갖가지 기계와 자격 있는 기술자들을 요구했다. 잡다한 여러 간첩들을 요구한 것은 말할 나위도 없다. 제작자들은 오만해진 나머지, 세 통 작성한 요구서에 대담하게도 이렇게 써넣은 것이다.

"또 해당 당국의 승인을 받아 여러 가지 종류의 간첩들을 임의로 보내주십시오."

다음 날 그들은 톱밥과 스탠드에 걸린 커다랗고 붉은 벨벳 커튼을 요청했다. 가운데에는 작은 유리 종 다발이 있고 네 귀퉁이 각각에 술이 달려 있어야 했다. 제일 작은 유리 종에 이르기까지 모든 것이 아주 치밀하게 기입되었다. 왕은 이런 요청을 듣자 눈살을 찌푸렸으나, 왕으로서 약속한 것이니 문자 그대로 이행해주라고 명령했다. 그래서 제작자들은 원하는 것을 전부 손에 넣었다.

'원하는 것 전부'는 점점 이상해졌다. 예를 들어, 비밀 경찰 파일 코드 넘버 48999/11K/T에는 장식띠와 휴대 무기, 군모, 깃털 장식이 달린 6벌의 완전한 경찰 제복과 3개의 양복 마네킹, 또 잡지 〈애국적 경찰관〉의 과월호를 연보와 부록을 포함해 손에 넣을 수 있는 대로 전부 요청한 요청서 복사본이 들어 있다. '비고'란에 제작자들은 위에 열거된 물품들은 도착한 다음 24시간 안에 완전한 상태로 도로 반환될 것이라고 보증해놓았다. 또 다른 예로는, 경찰 문서보관소의 항목별 섹션에 있는 클라파우치우시의 편지 사본이 있다. 거기에서 그는 1) 정복을 차려입은 체신부 장관 모습의 등신대 인형, 2) 왼쪽에 등유 램프가 달리고 등에는 '생각해'라는 하늘색 신호가 쓰여 있는 녹색 경이륜마차를 즉각 부쳐달라고 요구하고 있다. 이 인형과 이륜마차는 경찰청장에게 너무 과했다. 그는 '매우 필요한' 휴식을 취하기 위해 끌려 나갔다. 그다음 사흘 동안 제작자들은 붉은 비버 오일 몇 통만 요청했고, 그 이후에는 아무것도 요청하지 않았다. 그때부터 그들은 궁전 지하실에서 작업을 했고, 부지런히 일하며 우주 뱃노래를 흥얼거렸다. 밤에는 지하실 창문에서 푸른빛이 번쩍거려 바깥 정원의 나무가 기묘한 모습이 되었다. 트루를과 클라파우치우시가 조수들을 많이 거느리고 호광弧光과 불꽃 사이를 분주하게 돌아다니다가 때때로 고개를 들면 창문에 눌린 얼굴들이 보였다. 시종들은 한가한 호기심에서 우러나온 행동인 척하며 그들의 모든 동작을 사진으로 찍었다. 어느 날 저녁 마침내 지친 제작자들이 침대로 몸을 질질 끌고 갔을 때, 그들이 작업하고 있던 기계의 부속들은 아무 특색 없는 기구氣球에 실려 재빨리 경찰 사령부에 전송되었고, 그 나라에서 가장 뛰어난 사이버네틱 학자 열여덟 명이 그것을 조립했다. 그들은 바로

이 작업을 위해 정당한 절차를 거쳐 선서하고 취임한 자들이었다. 그런데 그들의 손아래에서 작은 주석 생쥐가 만들어져 달려 나왔다. 생쥐가 비눗방울을 불어대고 꼬리 아래로 가느다란 분필 자국을 남기며 테이블 이쪽저쪽을 뛰어다니자, 이런 글씨가 새겨졌다. "뭐? 당신, 우리를 이제 사랑하지 않아?" 이 왕국의 역사상 경찰청장이 그토록 빠르고 조직적으로 교체되어야 했던 때는 또 없었다. 제복과 인형, 녹색 이륜마차, 심지어는 톱밥까지, 제작자들이 약속한 대로 돌려준 모든 것들이 전자 현미경으로 철저히 검사되었다. 그러나 '그냥 톱밥임'이라고 쓰인 톱밥 속의 아주 작은 카드 한 장 외에는 모든 것이 정상이었다. 그다음에는 제복과 이륜마차의 원소 하나하나까지 철저한 검사를 거쳤다. 그러나 마찬가지로 헛수고였다. 마침내 작업이 끝나는 날이 왔다. 300개의 바퀴가 달린, 냉장고처럼 생긴 거대한 탈것이 정문으로 끌려와 증인과 공무원 들 앞에서 개봉되었다. 트루를과 클라파우치우시는 마루 중앙에 벨과 술이 달린 커튼을 치고 그것을 조심스럽게 안에 들여놓았다. 그리고 자신들도 들어가서 문을 닫고, 무엇인가를 하고, 지하실에 가서 여러 가지 상자와 화학 물질 캔, 온갖 종류의 곱게 간 가루들—회색, 은색, 하양, 노랑, 녹색—을 가져와 커튼 아래와 주변에 뿌리더니, 그 탈것을 닫고 잠가둔 채 나와 시계를 보고 함께 14와 2분의 1초를 세었다. 그러자 모두가 깜짝 놀랐다. 그 탈것은 고정되어 있어서 안에서 미풍조차 불어 나올 수 없었는데(봉인은 용접되어 있었으므로) 유리 벨이 울렸던 것이다. 제작자들은 윙크를 교환하며 말했다.

"이제 가져가도 됩니다!"

그날 나머지 시간 동안 그들은 베란다에서 비눗방울을 불며 보냈다. 그날 저녁 왕립사냥회장 프로토조로 경이 호위병과 함께 와서 제작자들은 즉시 자신과 함께 지정된 장소로 가야 한다고 정중하지만 단호하게 알렸다. 그들은 소유물을 전부, 입은 옷까지 남기고 가라는 명령을 받았다. 대신 그들은 누더기를 걸치고 수갑을 찼다. 그곳에 있던 경비병들과 경찰 고관들은 그들이 아무런 동요도 보이지 않아 깜짝 놀랐다. 트루를은 수갑이 채워질 때 정의를 요구하거나 공포로 떠는 대신, 간지럽다며 킬킬 웃었다. 어둡고 비참한 지하 감옥으로 던져졌을 때, 제작자들은 재빨리 "노래하세, 즐거운 소프트웨어" 하고 합창 소리를 높였다.

한편 강력한 크룰 왕은 강력한 사냥 전차를 몰고 마을에서 나왔다. 모든 수행원이 그를 둘러싸고 있었고, 기수와 기계 들이 길고 구불구불한 행렬을 지어 그를 따랐다.

기계들에는 전통적인 투석기와 대포뿐 아니라, 거대한 레이저 대포와 베타선 바주카포, 걷고 헤엄치고 날거나 굴러가는 것은 무엇이든 움직이지 못하게 만든다고 보증된 타르 발사기도 포함되어 있었다.

그렇게 이 거대한 행렬은 왕립 사냥터로 행차했고, 많은 농담과 장담, 거만한 축배가 오갔다. "그 바보들이 꽤나 곤경에 처해 있겠군" 하는 말이 나온 것 외에는 아무도 두 제작자에 대해 생각하지 않았다.

그러나 은나팔이 폐하의 접근을 알리자, 거대한 냉장고 같은 탈것이 반대편에서 다가오는 게 보였다. 그 물체의 문이 휙 열리면서, 아주 짧은 순간 야포처럼 보이는 검은 구멍이 입을 벌렸다. 그다음에 쾅 소리가 나고 노란색 연기가 휙 불어오면서 무엇인가가 로켓처럼 뛰쳐나왔다. 모습은 회오리바람처럼 어릿어릿한 데다가 대체로 모래폭풍과 별로 다르지 않았다. 호를 그리며 공중을 아주 빠르게 달렸기 때문에, 사실 아무도 그것이 무엇인지 제대로 보지 못했다. 뭐든 간에 그것은 100걸음 정도를 날아 소리 없이 착륙했다. 그것을 감싸고 있던 커튼이 땅으로 펄럭 떨어지자 완전한 정적 가운데 유리종이 기묘하게 짤랑거렸고, 커튼은 뭉개진 딸기처럼 땅에 놓여 있었다. 이제 모두가 그 짐승을 또렷이 볼 수 있었다. 사실 전혀 또렷하지 않았지만, 짐승은 약간 언덕 같고, 좀 크고, 상당히 길고, 주위 환경과 비슷한 말라빠진 잡초 덤불 같은 색이었다. 왕의 사냥꾼들은 자동화 사냥개를 전부 풀어놓았다(주로 세인트 사이버나드들과 사이베르만 핀셔들이었고, 가끔 고주파 테리어도 눈에 띄었다). 이 개들은 침을 흘리고 윙윙 짖어대며 웅크리고 있는 짐승에게 기세 좋게 돌진했다. 그 짐승은 일어서지도 으르렁거리지도 않고 불도 뿜지 않았지만, 두 눈을 크게 뜨는 것만으로 개 떼의 절반을 순식간에 재로 만들었다.

"오호, 레이저 눈이라 그거지? 내 믿음직한 두랄루민 윗도리, 방탄 원형 방패, 도끼창과 화승총을 다오!"

왕이 외쳤다.

이렇게 차려입고 초신성처럼 번쩍이면서, 그는 겁 없는 하이피델리티 사이버 군마를 몰고 짐승에게 가까이 다가가 강력한 한 방을 날렸다. 파공성이 나면서 짐승의 머리가 깨끗이 땅에 떨어졌다. 수행원들은 충실하게 그의 승리에 함성을 외쳤지만, 왕은 아무 기쁨도 느끼지 못했다. 엄청나게 화가 난 그는 감히 제작자라고 자칭한 그 비열한 놈들을 위해 특별 고문을 고안해주겠노라고 충심으로 맹세했다. 그러나 그 짐승은 잘린 목에서 다른 머리를 흔들며 내밀더니, 새로 눈을 크게 뜨고 왕의 갑옷 너머로 희미한 광선을 쏘았다(그러나 그 갑옷은 모든 전자기 방사를 막아내는 것이었다).

"흠, 그 두 놈이 완전히 엉터리는 아니었군. 그래봤자 별 도움은 되지 않겠지만."

왕은 혼잣말을 하고 말을 다시 충전해서 싸움판을 향해 박차를 가했다.

이번에는 칼을 힘껏 휘둘러 그 짐승을 둘로 잘라놓았다. 그러나 짐승은 별로 개의치 않는 것 같았다. 사실, 바람 소리를 내며 떨어지는 칼날 아래에 도와주겠다는 듯 자기 몸을 가져다 놓고, 칼날이 떨어지자 고마워서 몸을 떨기까지 했다. 깜짝이야! 왕은 짐승을 다시 바라보았다. 짐승은 둘로 갈라지는 대신 둘이 되었다! 원래보다 조금 작지만 꼭 닮은 두 마리가 나타났고, 그에 더해 세 번째로 그 사이에서 아기 짐승이 뛰놀고 있었다. 그가 앞서 잘라버렸던 머리였다. 이제 그 머리에 꼬리와 발이 돋아나 잡초 사이로 재주를 넘고 있었다. 왕은 생각했다.

'다음엔 뭐야? 저것이 쥐나 자그만 벌레가 될 때까지 잘라버려? 훌륭한 사냥이로군!'

왕은 매우 성이 나서 그 일에 착수했다. 그는 발밑에 조그만 짐승도 남지 않을 때까지 전력을 다해 마구 베었다. 그러나 갑자기 그 조각들이 모두 물러나 뒤죽박죽 모이더

니, 다시 원래의 짐승이 되어 서 있었다. 짐승은 새로 태어
난 것같이 말끔한 채로 하품을 참았다. 왕은 생각했다.

'흠, 분명 이것은…… 그놈 이름이 뭐더라? 펌핑튼……
그 펌핑튼이 쓰려고 했던 안정 메커니즘 비슷한 것인 모
양이로군. 그래, 그 바보 같은 속임수 때문에 내가 친히
그놈을 죽여주었지……. 자, 반물질 대포를 가져오기만
하면…….'

그는 6피트 구경 대포를 가져와 정렬을 하고 직접 장전
한 다음, 목표물을 겨냥하고 끈을 당겼다. 완벽하게 고요
하고 섬뜩하게 깜빡거리는 포탄이 짐승을 영원히 산산조
각으로 부수기 위해 똑바로 짐승에게 날아갔다. 그러나
아무 일도 일어나지 않았다. 그러니까, 아무 큰일도 일어
나지 않았다는 말이다. 짐승은 몸을 약간 낮게 웅크렸을
뿐이다. 짐승은 길고 털이 북슬북슬한 왼손을 내밀어 손
가락으로 왕을 가리켰다.

"제일 큰 놈 가져와!"

왕은 그 모습을 보지 못한 척하며 고함쳤다. 그러자 수
백 명의 농부가 80피트 구경짜리 진짜 거대한 대포 하나
를 질질 끌고 왔다. 왕이 그것을 겨냥해서 막 발사하려던
찰나, 갑자기 짐승이 뛰어올랐다. 왕은 칼을 들어 방어하
려고 했으나 이미 그곳에 짐승은 없었다. 그다음에 일어

난 일을 본 사람들은 자기들이 얼이 빠졌던 것이 분명하다고 말했다. 공중을 날아오르는 순간 그 짐승은 번개같이 변신했던 것이다. 회색 덩치가 나뉘어 제복을 입은 세 남자, 세 명의 경찰관이 되었다. 여전히 높이 뜬 채로 그들은 이미 직무를 수행할 준비를 갖추고 있었다. 첫 번째 경찰관은 경사였는데, 손수건을 꺼내며 똑바로 서려고 다리를 움직이고 있었다. 두 번째는 한 손으로 깃털 장식 모자를 잡아서 날아가지 않게 하고, 다른 손으로는 가슴에 달린 주머니에서 영장을 꺼냈다. 세 번째는 분명 신참이었는데, 처음 두 명의 발아래에 수평 자세를 취하고 그들이 떨어질 때 쿠션이 되어주었다. 그러나 그다음에는 발딱 튕겨 일어나 제복에서 먼지를 떨어냈다. 첫 번째 경찰이 어리둥절한 왕에게 수갑을 채우는 동안 두 번째가 왕의 손에서 칼을 쳐냈다. 약하게 항의했으나 용의자는 당장 들판에서 끌려 나갔다. 잠시, 사냥 행렬은 전부 그 자리에 뿌리를 내린 듯 서 있었다. 그러다가 소리를 지르며 열띤 추적에 나섰다. 콧김을 뿜는 사이버 군마들이 납치자들을 거의 다 따라잡았고, 칼집에서 뽑혀 나온 칼과 사브르가 일격을 가하기 위해 높이 솟아올랐다. 그러나 세 번째 경찰이 몸을 구부리더니 배꼽을 누르자 즉각 팔이 두 개의 축이 되었고, 다리는 둘둘 감겨 올라 바퀴

트루를과 클라파우치우시의 일곱 가지 여행 이야기

살이 나더니 돌기 시작했으며, 등은 녹색 경주용 이륜마
차 좌석으로 변해 다른 두 경찰관을 앉혔다. 그 둘은 이
제 마구를 걸친 왕에게 맹렬하게 채찍질을 해서 더 빨리
달리도록 하고 있었다. 왕은 미친 듯이 팔을 흔들어 고귀
한 머리에 떨어지는 타격을 막으려 애쓰며 급작스레 맹
렬한 속도로 뛰어갈 수밖에 없었다. 사냥꾼들이 다시 따
라붙자 경찰관들은 왕의 등 위로 뛰어올랐다. 한 사람은
차축 사이로 미끄러져 내려가 헐떡헐떡거리더니 회전 지
붕으로 변해 춤추는 소용돌이가 되었다. 그러자 작은 이
륜마차는 날개가 달린 듯이 언덕과 골짜기를 넘어 먼지
구름 속으로 사라져버렸다. 왕의 수행원들은 서로 나뉘
어서 가이거 계수기와 블러드하운드로 죽어라 찾아댔고,
챙 넓은 모자를 쓰고 화염방사기를 갖춘 특수 분견대가
출동해 근처에 있던 묘지들을 뼈째 그을려버렸다. 그것
은 분명 실수였다. 사냥을 모니터링하던 관찰 기구氣球에
서 떨리는 손으로 바쁘게 명령 전문을 보내다가 일어난
실수일 가능성이 가장 컸다. 경찰 몇 부대가 여기저기 몰
려다니며 땅과 덤불, 잡초를 샅샅이 조사했고, 상상할 수
있는 모든 것의 엑스레이를 찍고 실험 샘플을 부지런히
채취했다. 왕의 군마는 군 검찰관이 지정한 특수 조사국
에 출두하라는 명령을 받았다. 진공청소기와 체를 휴대한

낙하산병 한 부대가 왕립 사냥터에 투하되어 먼지 한 톨 남기지 않고 체로 쳤다. 마침내 경찰 비슷한 자들을 전부 보석 없이 억류하라는 명령이 발동되었는데, 이는 당연히 혼란을 불러왔다. 경찰 병력의 절반이 다른 절반을 체포했고, 그 반대의 일도 일어났던 것이다. 해 질 녘에 사냥꾼들과 군인들은 걱정의 물길에 젖은 채 얼떨떨하니 마을로 돌아왔다. 왕의 가죽도, 털도 찾을 수 없었다.

모두가 잠든 한밤중, 횃불을 밝힌 가운데 쇠사슬에 묶인 제작자들이 수상과 왕실 봉인 수호자 앞으로 끌려왔다. 왕실 봉인 수호자는 그들에게 다음과 같이 말했다.

"그대들의 죄를 더욱더 무겁게 하는 행위, 즉 공무원으로 분장한 것은 차치하더라도, 그대들이 우리의 사랑하는 군주이자 가장 고귀한 통치자이신 크룰 왕의 생명과 왕위에 반하는 부정한 공모를 꾸미고 사악한 계획을 세우고 게다가 감히 반역적인 손을 들어 야비하게 통치권을 정지시켰다는 것을 고려하면, 그대들은 인정사정없이 능지처참당해 마땅하며, 말뚝에 꿰지르는 형에 처해 칼을 씌워 조리돌리고, 창자를 꺼내고 생매장하고, 십자가에 못 박고 말뚝에 묶어 화형시켜야 하며, 이후 그대들의 재는 모든 국왕 시해 기도자들에게 보내는 경고 겸 영원한 교훈으로서 궤도에 띄워야 하느니라. 아멘."

"잠깐 기다리지 그래요? 흠, 우리는 편지가 있을 거라고 생각했는데……."

트루를이 말했다.

"이 무례하고 천한 악당들아, 편지라니?"

바로 그때 경비병들이 체신부 장관에게 길을 비켰다. 정말이지, 고관이 들어오는데 그들이 어찌 감히 전투용 도끼를 들고 가로막을 수 있겠는가? 체신부 장관이 훈장을 전부 달고 다가오자 메달들이 장엄하게 짤랑거렸다. 그는 작은 사파이어 가방에서 편지를 꺼내 수상에게 건네면서 이렇게 말했다.

"나는 마네킹입니다. 하지만 폐하께서 보냈지요."

다음 순간, 그는 고운 가루로 분해되었다. 수상은 자기 눈을 믿을 수 없을 지경이었지만, 자줏빛 봉랍 위에 왕의 옥새가 찍혀 있는 것을 재빨리 알아보았다. 그는 편지를 열었다. 내용은 이러했다. 폐하는 적과 협상해야만 한다. 제작자들이 왕을 붙잡기 위해 알고리듬적, 대수적 수단을 사용했기 때문이다. 제작자들이 요구를 늘어놓을 텐데, 군주가 온전히 돌아오기를 바란다면 수상은 그 요구를 전부 들어주는 편이 좋다. '제복 세 벌 속에 체현된 가짜 경찰관 짐승에 의해 어딘지 모를 곳의 동굴에 갇힌 크룰이 친히 서명하고 봉인하노라'라는 문장으로 편지는 끝이 났다.

어마어마한 소란이 일어났다. 모두 고함을 치며 이게 무슨 소리이고 그 요구란 무엇인지 밝히라고 했지만, 트루를은 이렇게만 말했다.

"괜찮다면 사슬을 풀어주시지요."

대장장이가 불려 와 그들의 사슬을 벗기자, 트루를이 말했다.

"우리는 배가 고프고 더러워졌으니, 목욕과 면도, 마사지, 가벼운 음식이 필요하오. 모두 최고급이어야 하고 아주 호사스러워야지. 디저트로는 불꽃놀이를 곁들인 수중 발레를!"

물론 궁정 조신들은 미친 듯이 팔짝팔짝 뛰었지만, 전부 승낙할 수밖에 없었다. 새벽이 되어서야 제작자들은 우아하게 머릿기름을 바르고 몸을 꾸미고, 가마꾼(예전에 그들에게 붙어 있던 정보원)들이 멘 교자에 기대어 저택에서 돌아왔다. 그리고 황송하옵게도 회견을 허락하여, 앉아서 자신들의 요구를 피력했다. 물론 법석대지 않고, 이런 경우를 대비해 방 커튼 뒤에 숨겨놓았던 작은 공책을 펼친 후, 그들은 다음의 조항들을 읽었다.

첫째, 제작자들을 집으로 모셔 가기 위해 가능한 한 제일 좋은 모델의 가장 잘 만든 우주선을 준비하라.

둘째, 위의 배는 아래 명시한 것과 같은 여러 가지 화물을 실어야 한다. 다이아몬드 4부셸, 금화 40부셸, 백금, 팔라듐, 그리고 제작자들이 보기에 가치가 있을 법한 다른 것들은 무엇이든 각각 8부셸씩, 또 이 증서 조인자가 적절하다고 생각하는, 왕실 소유의 저택에서 기념이 될 만한 것은 무엇이든.

셋째, 위의 배가 이륙할 준비를 마칠 때까지, 즉 모든 볼트와 너트가 제자리에 박히고, 모든 물건이 실리고, 80인조 송별 밴드의 연주와 아이들의 합창을 들으며 훈장과 장식, 상을 듬뿍 받은 제작자들이 미친 듯이 환호하는 관중 속에서 붉은 카펫 위를 걸어 완전히 우주선에 올라탈 때까지, 그때까지 왕은 없다.

넷째, 영원한 감사를 공식적으로 표현하는 문구를 큰 메달에 찍어 '전 우주의 기쁨이자 공포인 탁월하고 명석한 제작자 트루를과 클라파우치우시 님'께 증정해야 할 뿐만 아니라, 그들이 거둔 승리를 상세히 글로 기록해 이곳의 모든 고위, 하위 관료들이 정식으로 서명하고 공중한 다음 왕이 가장 좋아하는 대포의 포신에 아름답고 화려하게 새겨야 한다. 왕립사냥회장 프로토조로 경이 그것을 직접, 전적으로 혼자서 우주선으로 날라야 한다. 가장 탁월하고 명석한 제작자들을 이 행성으로 꼬드겨내 고통스럽고 수치스러운 죽음을 선사하려 들었던 바로 그 자 말이다.

다섯째, 위에서 말한 프로토조로는 제작자들이 회항하는 동안 모든 종류의 속임수, 추적 등등에 대한 보험으로서 동행해야 한다. 배에 타면 그는 $3 \times 3 \times 4$피트짜리 우리에 들어가, '가장 탁월하고 명석한 제작자들'이 왕의 어리석음에 말려드는 과정에서 주문했고 그 결과 특색 없는 기구가 경찰 사령부로 날라 갔던 바로 그 톱밥으로 속을 채운 파이만 매일 먹어야 한다.

마지막 여섯째로, 왕은 '가장 탁월하고 명석한 제작자들'에게 무릎을 꿇고 용서를 구하지 않아도 된다. 왕은 그들의 눈에 들기에는 너무 비천하기 때문이다.

이에 대한 증인으로 다음의 관계자들은 이 문서에 오늘 날짜의 봉인과 지장을 찍는다. 서명: 제작자 트루를과 클라파우치우시, 시종 장관, 비밀경찰 장관, 집사, 대대장, 왕실 기구 전담자.

장관과 고관 들은 모두 파랗게 질렸지만, 어쩌겠는가? 그들에게는 선택의 여지가 없었다. 그래서 즉각 우주선을 발주했다. 그러나 느긋하게 아침을 마친 제작자들이 예기치 않게 나타나 이 작업을 감독했는데, 아무것도 그들을 만족시키지 못했다. 이를테면 이런 식이었다. 이 재료는 소용없고, 저 기술자는 완전히 바보 천치고, 메인 홀에는 회전 요술 랜턴을 달아야 하며, 네 개의 압축 공기어쩌고 장치가 달려 있어야 하고 꼭대기에는 눈금이 있는 뻐꾸기시계가 자리해야 한다. 이곳의 주민들이 어쩌고 장치를 모른다면 참 딱한 일이다. 왕은 놓여나고 싶어 안달할 게 분명하고, 감히 이를 지연시킨 사람은 누구든, 자유의 몸이 된 왕이 인정사정없이 죽여버릴 테니까 말이다. 이 말을 들은 사람들은 얼어붙어 무릎에 힘이 빠지고 달달 떨었으나, 일은 일사천리로 진행되었다. 마침내 우주선이 준비되고 왕실 인부들이 짐칸에 화물을 싣기 시작했다. 다이아몬드, 진주 자루, 어마어마한 양의 금이 계속 승강구에서 흘러나왔다. 그동안 경찰은 남몰래 전국 방방곡곡을 뛰어다니며 샅샅이 뒤지고 다녔는데, 트루를과 클라파우치우시는 이 모습에 매우 즐거워했다. 겁에 질렸지만 매료된 청중들에게 그들은 지금까지 일어난 모든 일, 자신들이 아이디어를 차례차례 폐기해나가다 마침내 완전히 다른 종류의 짐승을 떠올린 이야기를 기꺼이 들려주었다. 제어장치, 즉 두뇌를 어디에 어떻게 두어야 안전할지 몰랐기에, 제작자들은 짐승이 다리나 꼬리 혹은 사랑니(지혜 이빨)만 장착된 턱으로도 생각할 수 있도록 그냥 모든 것을 두뇌로 만들기로 했다. 그러나 그것은 시작에 지나지 않았다. 진짜 문제가 되는 것은 두 가지였는데, 알고리듬적인 면과 심리 분석적인 면이었다. 우선 그들은 왕을 무엇으로 억누를 수 있을지, 말하자면 무엇이 왕을 불시에 기습할 수 있을지 결정해야 했다. 이 목적을 달성하기 위해 그들은 비선형 변화를 주어 짐승 안에 경찰 부분집합을 만들어냈다. 왜냐하면 법에 따라서 체포하는 경찰에게 저항하거나 간섭하는 것은 우주적인 불법이며 절대 생각할 수조차 없는 일임을 모든 사람이 분명히 알고 있었기 때문이다. 심리학에 대해서는 이 정도로 하고, 비슷한 근거에서 체신부 장관 또한 이용했다는 것만 밝혀두자. 하위 공무원은 경비병을 통과하지 못할 테고, 그러면 편지는 전달되지 않고, 제작자들은 문자 그대로 모가지가 달아났을 것이다. 게다가 체신부 장관 마네킹에게는 경비병들에게 뇌물을 건넬 장치도 달아두었고, 이는 나중에 보니 꼭 필요한 작업이기도 했다. 그들은 모든 우발적인 사태를 예상하고 준비했다. 이제 알고리듬 부분인데, 함께, 또 따로 작동하는 여러 가지 법칙들의 제약을 받으며 적절한 폐쇄 짐승 영역을 찾아내기만 하면 되는 일이었다. 그것을 한두 개의 경찰 상수와

트루를과 클라파우치우시의 일곱 가지 여행 이야기

몇 개의 수뢰收賂 그래프, 경관 방정식과 범죄 곡선에 대입했다. 그 결과물을 일단 (종 달린 커튼 뒤에서) 비버 오일 잉크로 쓰는 공문서 프로그램 작성기로 활성화시키고, 관료적 형식주의 생성기 역할을 하도록 삼키기 좋게 딱딱하게 굳히자 나머지는 짐승이 스스로 알아서 했다. 나중에 제작자들이 저명한 과학 잡지에 「회귀 베타(β): 동물적 감금-연결에 의해 풀린, 뭇사람들의 주의를 돌리기 위해 왼쪽에 등유 램프를 단 녹색 이륜마차와 유리 종의 진동 조화계에서의 가짜 다중경찰 변형이라는 특이 경우에서의 메타함수」라는 논문을 실었고, 그 결과 타블로이드판 신문에서 "경찰국가가 추악한 고개를 들다"라는 제목의 기사를 냈다는 사실을 여기에 덧붙여도 좋을 것이다. 물론 대신들이나 고관들, 사냥꾼들은 이런 이야기를 단 한 마디도 이해할 수 없었으나, 별문제는 되지 않았다. 크룰 왕의 충실한 신하들은 이 제작자들을 경멸해야 하는지, 아니면 경외하고 존경하며 입을 벌리고 서 있어야 하는지 알 수가 없었다.

이제 이륙 준비가 모두 끝났다. 트루를은 협정에 명기된 대로 커다란 부대를 짊어지고 왕의 개인실을 누비면서 침착하게 자기가 좋아하는 물건을 닥치는 대로 쓸어 담았다. 마침내 마차가 도착해 두 승리자를 우주 공항으로 모셨다. 공항에서는 군중이 열렬하게 환호했고 아이들의 합창이 울렸으며 민속 옷을 차려입은 사랑스러운 어린 소녀가 살포시 인사를 하며 리본을 단 꽃다발을 증정했다. 고위 관료들은 그칠 길 없는 감사를 표현할 차례를 기다려 두 제작자에게 다정한 작별을 고했고, 밴드가 음악을 연주하는 가운데 몇 명의 숙녀들이 기절했다. 그러자 군중 위에 침묵이 덮였다. 클라파우치우시는 입에서 이를 잡아 뺐다. 그것은 보통 이가 아니라 송수신기, 즉 쌍방향 앞어금니였다. 그가 작은 스위치를 넣자 지평선에서 모래 폭풍이 나타나 점점 커지고 점점 빠르게 소용돌이치더니, 우주선과 군중 사이의 공터까지 와서 사방으로 먼지와 파편을 뿌리다가 갑자기 멈추었다. 모두 숨을 몰아쉬며 뒤로 물러섰다. 그곳에는 몹시 무섭게 생긴 짐승이 레이저 눈을 번쩍거리고 용의 꼬리를 휘두르며 서 있었다!

"자, 이제 왕을 데려오렴."

클라파우치우시가 말했다. 그러나 짐승은 아주 정상적인 목소리로 대답했다.

"어림도 없지. 이제는 내가 요구할 차례니까……."

"뭐? 너 미쳤어? 너는 복종해야 해! 매트릭스를 그렇게 만들었단 말야!"

클라파우치우시가 외쳤다. 모두가 멍하니 그들을 쳐다보았다.

"엉터리 매트릭스 같으니. 이봐, 친구, 난 그냥 보통 짐승이 아니라고. 알고리듬적이고 휴리스틱*하며 사디스틱하고, 독자적이고 독재적, 즉, 비민주주의적인 데다 피드백을 많이 받으니까, 그런 식으로 말대꾸하지 마. 안 그러면 너희를 인두로 갈겨주겠다. 말하자면 왕과 함께, 녹색 이륜마차에 죄수로 가둬주겠단 말이야, 알겠어?"

"내, 네놈에게 피드백을 먹여주마!"

클라파우치우시가 화가 나서 으르렁거렸다. 트루를은 짐승에게 물었다.

"정확히 네가 원하는 게 뭔데?"

그리고 그는 짐승이 보지 못하도록 슬쩍 클라파우치우시 뒤로 돌아가서 자기의 특제 이를 뺐다.

"어디 보자, 제일 먼저 나는 결혼하고 싶고……."

그러나 트루를이 작은 스위치를 넣고 재빨리 "이니, 미니, 마이니, 모**, 입력, 출력, 나가, 꺼져라!"라고 읊조렸

---

*   heuristic. 시행착오를 거쳐 스스로 학습하며 최적의 답을 찾아가는 과
      정─옮긴이
**   영어권 나라에서 아이들이 놀이의 편을 가르거나 술래를 정할 때 외치
      는 노래 또는 구호─옮긴이

기 때문에, 그들은 짐승이 누구를 마음에 두고 있었는지 끝내 알 수 없었다. 짐승의 원자를 제자리에 붙들어주던 환상적으로 복잡한 전자기파 시스템이 트루를이 내뱉은 단어들의 영향을 받아 흐트러지자, 짐승은 눈을 껌벅이고 귀를 뒤틀고 침을 삼키며 몸을 추스르려 했다. 하지만 짐승이 이를 갈기도 전에 오존 냄새가 진동하는 뜨거운 바람이 한 줄기 불더니 추스를 것 하나 남지 않았다. 야트막한 잿더미 가운데에 왕이 서 있을 뿐이었다. 왕은 무사했고 멀쩡했지만, 목욕이 시급한 상태였고 이렇게 된 데 눈물이 날 정도로 분개했다.

"분수대로 살아야지."

트루를이 말했지만, 그게 왕 이야기인지 짐승 이야기인지는 아무도 알 수 없었다. 어느 쪽이었건 간에, 알고리듬은 자기 임무를 십분 다했다.

"그럼, 여러분, 만약 그대들이 왕립사냥회장을 우리에 넣을 수 있도록 친절하게 도와준다면, 우리는 우리 갈 길을 가겠는데……."

트루를이 마지막으로 말했다.

세 번째 외출 혹은 확률 드래곤

트루를과 클라파우치우시는 위대한 엄프터의 세레브론의 제자였다. 세레브론은 47년 동안 고등 네안티칼 닐리티 학교에서 '일반 드래곤 이론'을 강의했다. 드래곤이 존재하지 않는다는 것은 다들 알고 있다. 그러나 이 아주 단순한 공식은 문외한들을 만족시킬지는 몰라도 과학적 정신을 만족시키지는 못한다. 고등 네안티칼 닐리티 학교는 사실 무엇이 존재하는가에는 완전히 무관심했다. 기실 존재의 진부함은 충분히 증명되었기 때문에, 우리가 여기서 더 이상 그것을 논의할 필요는 없다. 영민한 세레브론은 문제를 분석적으로 공략하면서, 신화적, 키메라적, 순수 가설적 드래곤이라는, 서로 구별되는 세 가지 종류의 드래곤을 발견했다. 사람들은 그것들이 모두 존재하지 않는다고 말할지도 모르지만, 각각이 존재하지 않는 방식은 서로 완전히 달랐다. 그리고 상상적 드래곤이 있었고, a-, anti, 마이너스 드래곤이 있었다(전문가들은 보통 반[反], 무[無], 부[否]라고 불렀다). 마이너스 드래곤은 유명한 드래곤 논리학 역설의 측면에서 가장 흥미로운 것이었다. 두 마리의 마이너스 드래곤이 하이퍼 근접(드래곤 대수에서는 대충 간단한 곱셈에 해당하는 연산)을 하면, 그 결과는 0.6드래곤, 리얼 논플러서*다. 전문가들 사이에서는 치열한 논쟁이 일어났다. 그들 중 반은 이 분수 짐승을 머리부터 계산해 내려와야 한다고 주장했고, 다른 반은 꼬리부터 올라간다고 주장했다. 트루를과 클라파우치우시는 양쪽 입장에 전부 오류가 있다는 것을 밝힘으로써 지대한 공헌을 했다. 그들은 이 분야에 확률 이론을 적용한 최초의 로봇들이었고, 그 과정에서 엘프, 페어리, 놈, 마녀, 픽시** 등등과 마찬가지로 드래곤은 확률적 의미에서만 열역학적으로 존재가 불가능하다고 하는 통계적 드래곤학 분야를 창조했다. 두 제작자들

---

*　　real nonplusser. 진짜 딱한 궁지—옮긴이
**　　판타지 생물들을 지칭하는 여러 이름들—옮긴이

은 불가능성의 일반 방정식을 사용하여 픽세이션, 엘피니티, 코볼딩* 등등의 계수를 얻어냈다. 그들은 임의로 한 마리의 평균 드래곤이 나타나려면 넉넉잡고 $16 \times 5 \times 10^{24} \times 10^{42}$년은 기다려야 한다는 것을 발견했다. 다른 말로 하면, 트루를의 그 유명한 뚝딱뚝딱 만들기에 대한 열정이 아니었다면 이 문제는 전부 수학적인 수수께끼로 남아 있었을 것이다. 그는 비非현상을 경험적으로 조사하기로 했다. 우선, 고도의 불가능성을 다루면서 그는 확률 증폭기를 발명하고 지하실에서 실험했다. 나중에는 학술원이 설립하고 기금을 댄 드래곤유전학Dracogenic 증명장에서 실험을 했다. 이날까지 (딱하게도) 불가능성의 일반 이론을 몰랐던 사람들은 왜 트루를이 엘프나 고블린이 아니라 드래곤을 확률화하려고 하는지 물어보았다. 대답은, 애초에 드래곤 쪽이 엘프나 고블린보다 더 확률이 높기 때문이라는 것이었다. 사실 첫 번째 실험에서 그렇게 기가 꺾이지 않았다면 트루를은 증폭 실험을 더 진전시켰을지도 모른다. 물질화된 드래곤이 그를 잡아먹으려 들었으니 기가 꺾일 수밖에. 다행히도 근처에 있던 클라파우치우시가 확률을 낮추었기 때문에 그 괴물은 사라졌

---

*   pixation, elfinity, kobolding, fixation(고정), infinity(무한대), cobol(코볼)과 발음 유사성을 이용한 말장난—옮긴이

다. 그 뒤에 수많은 학자들이 환상입자가속장치*로 그 실험을 되풀이했지만, 그들에게는 필요한 노하우와 침착성이 없었기 때문에 상당한 수의 드래곤 새끼들이 지독한 혼란을 일으키며 도망쳤다. 그제야 이 가증스러운 짐승들이 보통의 찬장이나 탁자, 의자와는 아주 다른 존재 양식을 즐긴다는 것이 분명해졌다. 드래곤들은 현실성보다는 확률로 유명한 존재이기 때문에, 당연하게도 일단 그들이 현실화되고 나면 확률이 압도하게 마련이다. 예를 들어 누군가가 드래곤 사냥을 조직해 놈을 둘러싸고 포위해서 막다른 곳으로 몰아갔다 치자. 무기를 장전하고 둥그렇게 선 사냥꾼들은 땅이 불탄 자국을 발견하고 의심할 여지 없는 드래곤 냄새만 맡게 될 뿐이었다. 궁지에 몰린 것을 안 드래곤이 실제 공간에서 원자 배열 공간으로 미끄러져 들어간 것이다. 물론 그놈은 극도로 우둔하고 난폭한 동물이기 때문에 어디까지나 본능적으로 그렇게 한다. 그러면 무지하고 반동적인 사람들은 때때로 이 원자 배열 공간을 보여달라고 요구할지도 모르는데, 제정신인 사람이라면 존재를 의심할 일 없는 전자도 원자 배열 공간에서만 움직이고 그 움직임은 확률 곡선에 온전히 달려 있

---

*   phantasmatron. phantasma(환영)+tron(입자, 주로 입자 가속장치에 쓰이는 접미사)—옮긴이

트루를과 클라파우치우시의 일곱 가지 여행 이야기

다는 사실을 알지 못하고서 말하는 게 분명하다. 드래곤보다는 전자가 더 믿기 어려운 게 사실이지만, 최소한 전자는 당신을 잡아먹으려고 들지는 않잖은가.

트루를의 동료 하르보리지안 사이브르는 드래곤을 양자화하고 드래코트론dracotron으로 알려진 분자를 찾아낸 최초의 인물이었다. 당연하게도, 드래코트론의 에너지는 드래코미터당 드래콘의 단위로 계량했다. 그는 드래곤의 꼬리의 좌표까지도 측정했는데, 그러느라고 목숨을 잃을 뻔했다. 하지만 이런 과학적 성취가 이제 시골까지 퍼진 드래곤들에게 시달리느라 죽을 맛인 일반인들과 무슨 상관이 있겠는가? 공중에는 온통 드래곤의 울음소리와 화염과 쿵쿵거리는 발걸음 소리가 울려 퍼지고, 심지어 드래곤들이 여기저기에서 처녀 공양까지 요구하는 마당에? 비결정적이고 따라서 휴리스틱한 트루를의 드래곤들이 모든 예절 관념에는 반反하지만 정확히 이론에 따라 행동한다는 사실이나, 창고를 박살내고 농작물을 망쳐버리는 드래곤들의 꼬리 궤적 곡선을 그의 이론으로 예측할 수 있다는 사실이 불쌍한 마을 사람들과 무슨 상관이 있겠는가? 상황이 그럴진대 대중이 트루를의 혁명적 발명의 가치를 음미하기는커녕 매우 불쾌하게 받아들였다는 사실은 하나도 놀랍지 않다. 과학의 '과' 자도 모르는 한 무리의 사람들은 매복해서 이 유명한 제작자를 기다렸다가 늘씬하게 매타작을 안겨주었다. 그렇다고 그와 그의 친구 클라파우치우시가 실험에 한층 박차를 가하는 것을 중지시키지는 못했다. 그 실험은 드래곤의 존재 정도가 포만감 정도에도 좌우되지만 주로 놈의 변덕에 좌우된다는 것, 그리고 놈을 무효화하는 확실하고 유일한 방법은 확률을 0이나 그 이하로 낮추는 것임을 밝혀냈다. 당연하게도 이 모든 연구에는 대단한 에너지와 시간이 들었다. 그러는 동안 도망친 드래곤들은 마구 퍼져나가며 여러 개의 행성과 달을 쑥대밭으로 만들었다. 더욱 나쁜 것은 그들이 증식했다는 사실이다. 그래서 클라파우치우시는 「드래곤에서 새끼 드래곤으로의 공변 변형, 물리법칙으로 금지된 상태에서 지역 당국이 금지한 상태로 변천하는 특이 사례」라는 훌륭한 논문을 출판할 수 있었다. 대담무쌍한 제작자들이 동료들의 죽음에 복수하기 위해서 크룰 왕에게 사용했던 놀라운 다중 경찰 짐승 이야기에 아직도 빠져 있던 과학계에 이 논문은 센세이션을 일으켰다. 그러나 은하를 여행하는 고르고나이트 바실리스쿠스*라는 제작자가 모습을 비치는 곳마다

---

*   Basiliscus the Gorgonite. '고르고 기사 바실리스크'라는 뜻. 고르곤과 바실리스크는 둘 다 뱀과 닮은 환상 속의 생물이다.—옮긴이

드래곤이 출몰한다는 소식이 훨씬 더 큰 흥분을 불러일으켰다. 예전에는 아무도 드래곤을 본 적이 없는 곳들인데 말이다. 상황이 금방 절망적인 재앙으로 변하려고 할 때마다 이 바실리스쿠스가 나타나서 그 지역의 통치자에게 접근해, 오랫동안 협상한 끝에 엄청난 요금에 합의한 다음 그 짐승들을 박멸하는 일을 떠맡은 것이다. 혼자 비밀스럽게 일하기 때문에 아무도 그가 어떻게 했는지는 모르지만, 그는 대체로 성공했다. 정말이지, 그가 드래곤을 없애는 데 요구하는 금액은 통계학에서밖에 나올 수 없는 액수였다. 어떤 지배자가 그에게 비슷한 액수를, 즉 통계학적으로만 유효한 두카트 화폐로 지불하기는 했지만 말이다. 그다음부터 이 무례한 바실리스쿠스는 왕에게 받는 대가의 금속적 확실성을 시험하기 위하여 언제나 염산과 질산 혼합액을 사용해보았다. 어느 화창한 오후 트루를과 클라파우치우시는 만나서 이런 대화를 나누었다.

"바실리스쿠스라는 자에 대해 들어보았나?"

트루를이 물었다.

"응."

"음, 어떻게 생각해?"

"난 그자가 마음에 들지 않아."

"나도 그래. 그자가 어떻게 그런 일을 하는 것 같아?"

"증폭기로."

"확률 증폭기?"

"그거든지, 아니면 진동장場이든지."

"아니면 중重자기드래곤 생성기든지."

"드라쿨레이터 말인가?"

"응."

"아."

트루를이 외쳤다.

"하지만 정말이지, 그건 범죄인데! 그자가 확률이 0에 가까운 잠재 상태로 드래곤을 데리고 다닌다는 거잖아. 그리고 착륙해서 터를 잡은 후에, 확실에 가까워지도록 기회를 증가시키고 잠재력을 높이고 확률을 강화하는 거지. 그러면 물론 현실화, 물질화, 완전한 현시가 되는 거고."

"물론이지. 그리고 그는 아마 매트릭스의 글자 패를 섞어서 드래곤들을 부풀렸을 거야."

"그래, 그리고 불쌍한 사람들은 유혈과 고통 속에서 신음하는 거지. 끔찍한 일이야!"

"어떻게 생각해? 그런 다음 비가역성 반反드래곤적 역추진 엑토플라즘 가속장치를 쓰는 걸까, 아니면 그냥 확률을 낮추고 금을 들고 나가버리는 걸까?"

"뭐라 말하기는 곤란한걸. 하지만 만약 그놈이 그냥 확률만 낮추는 거라면 그건 더 나쁜 악당 짓이야. 조만간 소수 변동이 드래곤 동위 진동을 증가시킬 테니 말이야. 그럼 모두 처음부터 다시 시작이고."

"하지만 그때쯤에는 그놈과 돈은 사라지고 없겠지."

클라파우치우시가 토를 달았다.

"주主 관청에 놈을 고발해야 하지 않을까?"

"아직은 안 돼, 그자가 그런 짓을 한 게 아닐 수도 있어. 우리에겐 물증이 없잖아. 통계적 변동은 증폭기를 쓰지 않아도 일어날 수 있어. 알다시피, 그 옛날, 증폭기도, 환상입자가속장치도 없을 때에도 드래곤은 나타났다고, 완전히 무작위적 기준으로."

"그건 맞지만…… 이 드래곤들은 놈이 행성에 도착하자마자 나타나잖아!"

트루를이 반격했다.

"나도 알아. 하지만 동료 제작자를 고발하는 건…… 그건 안 돼. 우리가 스스로 조치를 취하지 못할 이유는 없지만 말이야."

"전혀 없지."

"자네가 찬성하니 기쁘네. 하지만 우리가 도대체 뭘 해야 하는 거지?"

이 시점에서 두 저명한 드래곤학자들은 아주 기술적인
토론에 들어갔기 때문에, 듣는 사람들은 아무도 뭐가 뭔
지 알 수 없었다. '불연속 직直드래곤성'이라든지, '대大드
래곤적 총체', '고주파 이항 파프너레이션'*, '불규칙 도
마뱀 분포', '이산 드래곤', '연속 드래곤', '맹렬드래곤추
측통계학적 제어', '단순 그렌델** 우위', '약弱상호작용
드래곤 회절', '변형형 저항', '정보적 형상화' 등등의 신
비로운 단어들이 오갔다.

이 모든 예리한 분석이 내린 결론은 세 번째 외출이었
다. 제작자들은 아주 조심스럽게 이 외출을 준비했고, 매
우 복잡한 장비를 배에 한 아름 실었다.

특히 그들은 산개 주파수대 변환기와 음陰의 축을 발
사하는 특수 총을 가져갔다. 이니카에 착륙했다가 미니
카에 갔다가 마침내 미나모아카에 착륙해서, 그들은 감
염 지역 전부를 이런 식으로 훑고 다니는 것은 불가능하
며 일을 분담해야 한다는 것을 깨달았다. 서로 떨어지기
만 하면 되니 가장 쉬운 일인 게 분명했다. 그래서 짧은

---

* fafneration. 파브니르(Fafnir)는 동굴 속의 보물을 지키다가 시구르트
   (Sigurd)에게 살해된 용—옮긴이

** Grendel. 베오울프가 퇴치한 괴물—옮긴이

전략 회의를 가진 다음, 그들은 각자 길을 떠났다. 클라파우치우시는 프레스토폰도라에서 막시밀리언 황제를 위해 잠시 일했는데, 황제는 클라파우치우시가 이 사악한 짐승들을 없애주기만 한다면 자기 딸과 결혼시킬 용의도 있었다. 최고도 확률의 드래곤들이 어디에나 있었다. 심지어 수도 길거리에도 있었다. 그곳은 문자 그대로 가상 드래곤으로 넘쳐났다. 교육받지 못한 단순한 사람들이라면 가상 드래곤은 '실제 그곳에는 없었다'라고 말할지도 모른다. 가상 드래곤은 관측할 수 있는 실체도 없고 그 실체를 얻으려는 의도도 전혀 보이지 않았기 때문이다. 그러나 사이브르-트루를-클라파우치우시-리치 계산은 (드라첸드랭잉어* 파동 방정식은 말할 필요도 없고) 드래곤이 벼랑에서 뛰어내리는 것만큼이나 쉽게 원자 배열 공간에서 실제 공간으로 뛰어오를 수 있다는 것을 분명히 입증해 보였다. 따라서 지하 창고든 다락방이든, 확률만 충분히 높으면 드래곤이나 심지어는 메타드래곤까지 만날 수 있는 것이다.

짐승의 뒤를 쫓아도 얻는 것이 별로 없거나 아예 없을 게 뻔하기 때문에, 진정한 이론가인 클라파우치우시는

---

*   Drachendranginger, Drachen(용-)+drang(노도)—옮긴이

방법론적으로 이 문제에 접근했다. 그가 광장과 골목길, 창고와 여관 들에 통계적 전지 구동 드래곤 제동기를 설치하자, 즉시 드래곤을 찾아보기가 어려워졌다. 보수와 함께 명예직과 애정을 나타내는 트로피를 받고, 클라파우치우시는 친구와 다시 합류하기 위해 요란하게 이륙했다. 도중에 그는 한 행성에서 누군가가 그에게 미친 듯이 손을 흔들고 있는 것을 보았다. 트루를이 무슨 곤란한 지경에 빠진 것일지도 모른다고 생각한 그는 그곳에 착륙했다. 그러나 그 사람은 손짓으로 이야기하는 트루플란드리아의 주민, 프티우스 왕의 신민일 뿐이었다. 트루플란드리아 사람들은 여러 가지 미신과 원시적 신앙을 간직하고 있었다. 그들의 종교인 영적 드래곤 숭배는 드래곤들이 죄에 대한 신의 징벌로 나타나며 모든 부정한 영혼을 차지한다고 가르쳤다. 이 충실한 드래곤 숭배자와 토론해보았자 소용없다는 것을 재빨리 깨닫고(그들의 토론 방식은 주로 흔들 향로를 흔들고 신성한 유골을 뿌리는 것이었다) 클라파우치우시는 그와 토론하는 대신 외딴 지역을 조사했다. 그러자 이 행성에는 드래곤이 오직 한 마리만 있는데, 그 짐승은 바늘두더지공룡 하이퍼독사라는 끔찍한 속屬의 일원이라는 사실이 드러났다. 클라파우치우시는 왕에게 자신을 고용하라고 제안했다. 그러나 왕

트루를과 클라파우치우시의 일곱 가지 여행 이야기

은 모호하게 에둘러 대답했다. 드래곤들은 초자연적 기원을 갖고 있다는 그 우스꽝스러운 교리의 영향을 받은 것이 분명했다. 그 지역 신문을 숙독하면서 클라파우치우시는, 어떤 사람들은 그 행성을 공포에 떨게 하는 드래곤이 한 놈이라고 생각하고 또 다른 사람들은 동시에 여러 곳에서 움직일 수 있는 다중 송신 생물이라고 생각한다는 것을 알게 되었다. 이 때문에 그는 잠시 주저했다. 그러나 이 혐오스러운 현상의 지역적 한정이 이른바 드래곤-이상 때문이라는 것을 고려하면 그리 놀랍지는 않다. 드래곤-이상에서 어떤 표본은 (특히 추상화되었을 때) '희미해짐' 효과를 겪는데, 그것은 사실 비동위 양자 적률의 동위원소 회전 가속일 뿐이다. 물속에서 손가락을 편 채 수면 위로 손을 들어 올릴 때 다섯 개의 형태가 서로 분리된 독립적인 사물인 것처럼 보이듯, 드래곤도 원자 배열 공간에 있는 제 소굴에서 나타날 때 사실의 관점에서는 단 하나일지라도 때로는 여러 개로도 보일 수 있는 것이다. 왕과의 두 번째 접견이 끝나갈 때쯤, 클라파우치우시는 트루를이 그 행성에 있는지 물어보면서 동료의 모습을 상세히 묘사했다. 그렇다는 말을 들은 클라파우치우시는 너무나 놀랐다. 그의 동료는 바로 최근에 그 왕국에 방문해서 괴물을 내쫓는 일을 맡았고, 수임료를 받은 다음 그 짐승이 가장 자주 출몰하는 근처의 산맥으로 떠났다는 것이었다. 그러더니 다음 날 돌아와서 나머지 보수를 요구하며, 성공했다는 증거로 24개의 드래곤 이빨을 보여주었다. 그러나 뭔가 오해가 생겨서, 그게 확실히 풀릴 때까지 지불을 미루기로 결정되었다. 그러자 트루를은 펄펄 화를 내더니, 위험할 정도로 대역죄나 불경죄에 가까운 말을 고래고래 퍼부어대고는 어디로 간다는 말도 없이 뛰쳐나갔다. 바로 그날 그 괴물이 아무 일도 없었던 것처럼 다시 나타나더니, 맙소사, 전보다 더 맹렬하게 농장과 마을을 유린했던 것이다.

이 선량한 왕이 거짓말을 하고 있다고 생각하기는 어려웠지만 상당히 의심스러운 이야기였기에, 클라파우치우시는 온갖 종류의 강력한 드래곤 박멸 도구로 배낭을 채우고 산맥으로 출발했다. 동쪽에 정상이 눈으로 뒤덮인 산봉우리들이 장엄하게 솟아 있었다.

오래지 않아 그는 드래곤의 발자국을 발견했고 틀림없는 유황 냄새를 맡을 수 있었다. 그는 드래곤 계수기의 바늘을 뚫어지게 쳐다보며 언제라도 쏠 수 있게끔 무기를 준비하고 대담하게 계속 나아갔다. 드래곤 계수기 바늘은 한참 동안 0에 머물러 있다가 소심하게 조금씩 씰룩거리기 시작하더니, 갈등하는 것처럼 천천히 숫자 1을 향해 기어올랐다. 이제 의심할 여지가 없었다. 바늘두더지 공룡이 막 나타나려 하는 것이다. 이 사실에 클라파우치우시는 깜짝 놀랐다. 자신의 믿음직한 친구이자 유명한 이론가인 트루를이 어디서 계산을 망쳤기에 그 드래곤을 영원히 쓸어내지 못했는지 이해할 수 없었기 때문이었다. 또 트루를이 맡은 일도 해내지 못했으면서 왕궁에 돌아가 보수를 요구했다는 것도 상상할 수 없었다.

그때 클라파우치우시는 한 무리의 원주민과 마주쳤다. 사방을 두리번거리면서 똘똘 뭉쳐 있는 모습을 보니 겁에 질린 것이 분명했다. 등과 머리 위에 균형을 잡아 올려놓은 무거운 짐 때문에 몸을 구부린 채로 그들은 한 줄로 서서 산허리를 기어오르고 있었다. 클라파우치우시는 행렬에 가까이 가서 앞장선 원주민에게 무엇을 하려는 것인지 물어보았다. 그는 누더기 옷을 입고 허리띠를 두른 지방 관리였다.

"나리! 이건 드래곤에게 가져가는 공물입니다유."

원주민이 대답했다.

"공물? 아, 그래, 공물! 그럼 그 공물이란 게 뭔가?"

"드래곤이 우리더러 가져오라는 것들이쥬, 나리. 금화에 보석, 수입 향수, 다른 귀중품도 한 보따리유."

그것은 정말 믿을 수 없는 일이었다. 드래곤은 절대로

그런 공물을 요구하는 법이 없었기 때문이다. 드래곤은 절대로 향수나 화폐를 요구하지 않았다. 어떤 향수도 드래곤 고유의 강한 악취를 가릴 수 없었고, 드래곤에게는 화폐가 소용없었다.

"선량한 백성이여, 그러면 그놈은 젊은 처녀를 요구하나?"

클라파우치우시가 물었다.

"처녀유? 아녀유, 나리. 그런 때가 있기는 혔지만……아가씨들을 수레로 실어 날라야 했던 때가 있었쥬. 실지 그리하기도 혔구……. 그 이방인이 오기 전에만 그랬습쥬. 그 낯선 이방인이, 상자와 이상한 장치를 갖고 바위 근처를 도니께, 저절로……."

여기서 그 훌륭한 원주민은 갑자기 말을 멈추더니 클라파우치우시가 갖고 있는 도구와 무기를 뚫어지게 바라보았다. 특히 그동안 내내 부드럽게 똑딱거리고 있던 커다란 드래곤 계수기를. 계수기에서는 붉은 지침이 흰 다이얼을 지나서 왔다 갔다 했다.

"에, 그분도 이런 거 하나…… 꼭 나리 것 같은 거유. 예, 꼭…… 요로코롬 조그만 마술 지팡이랑 다른 것두……."

그가 쉰 목소리로 말했다.

"이 물건들은 세일할 때 산 거야."

원주민의 의심을 달래려고 클라파우치우시가 말했다.

"하지만 말해보게, 선량한 백성이여. 그 이방인이 어떻게 되었는지 아나?"

"어떻게 되었냐고 물으시나유? 우리는 모르는디유, 나리, 정말유. 지가 잘못 알지 않았다믄, 그건 2주 전이지유……. 가일즈 되련님, 2주 전이지유? 그보다 더 전은 아니쥬?"

"그려, 그려. 자네가 야그한 것두 사실이구, 사실이여. 확실히 2주 전이여, 아니믄 4주 전이든가."

"그려유! 그래, 그분이 우리헌테 와서, 글쎄, 나리, 우리의 시시한 음식들을 같이 먹었어유. 말하자믄 예의 발랐구유, 거짓말 아니구, 절대, 완전, 진짜 신사시구, 값두 잘 쳐주시구, 마나님들 안부두 물어주시구, 아시쥬? 그리구 앉아서 요상한 장치를 펼치시군 시계 같은 게 든 얇은 걸 끄내서, 아시지유, 뭔가 숫자를 하나하나 휘갈기시드니, 가슴 포켓에 넣어두는 이 작은 책에, 그러더니 음…… 뭐라구 하시드라…… 온도게 으짜구……."

"온도계?"

"네, 그거유! 온도계…… 그게 드래곤용이라구 하시드라구유. 그러더니 그걸루다 여기저기 쿡쿡 찔러보시구,

그 책에 다시 막 갈겨 쓰시구, 그 요상한 장치랑 딴 것들을 거둬서 꾸려갖구 등에 지시더니 잘 있으라 하시구 즐겁게 떠나셨어유. 그담에 그분을 못 봤시유, 나리. 바로 그날 밤에 천둥소리랑 덜걱거리는 소리가 나더니, 아, 엄청 멀리서, 아마 무르디그라스 산만큼 멀리서…… 아, 그건 찌어기 옆에 험한 봉우리구만유, 나리. 찌어기 매같이 보이는 봉우리유, 우리는 저 봉우리를 우리 사랑하는 폐하 이름을 따서 프티우스봉이라구 합쥬. 그리고 찌어쪽 저놈은, 그 궁둥이를 둘러싸는 것맨코롬 구부려 있는 건, 돌리모그 되겠습다. 전설에 따르면……."

"산 얘기는 그만하게, 훌륭한 주민이여. 자네는 밤에 천둥소리가 났다는 데까지 얘기했네. 그다음에 무슨 일이 일어났나?"

클라파우치우시가 말했다.

"그다음이유, 나리? 뭐 아무것도 안 일어났지유, 그럼유, 오두막집이 들썩하구 저는 침대에서 굴러떨어졌시유. 근디 저는 그거에 익숙해져 있었던 게, 아시겠슈? 꼭 그 사악한 짐승이 꼬리루다 집을 후려치구 사람을 날려보내는 거랑 비슷하니께……. 꼭 놈이 지붕 구석탱이에다 몸을 문지르는 바람에 가일즈 되렴님 동생이 변소에 굴러떨어진 것같이……."

"이봐, 요점을 말하게, 요점을! 천둥이 치고, 자네가 굴러떨어지고, 그리고 어쨌다고?"

클라파우치우시가 외쳤다.

"그러구는 아무 일도 없었다니께유. 이미 똑바루 다 말하지 않았남유. 암것두유. 그리고 뭔가 있었으믄 뭔가 있었다구 말했쥬. 하지만 아무것도 없었구 그것뿐이라니께유. 안 그래유, 가일즈 되련님?"

"그려, 자네가 말한 게 맞지, 그려."

클라파우치우시는 허리를 굽혀 인사하고 뒤로 물러났다. 행렬은 계속 산을 올랐고, 원주민들은 드래곤의 공물에 짓눌려 끙끙거렸다. 그는 그들이 그 짐승이 만든 동굴에 공물을 갖다 놓으리라 생각했지만, 자세한 것은 묻고 싶지 않았다. 그의 머리는 이미 그 지방 관리와 가일즈에게 들은 것을 토대로 핑핑 돌아가고 있었다. 하여간 그는 한 원주민이 다른 원주민에게 드래곤이 '될 수 있는 대로 우리랑도 그놈이랑도 가까운 장소'를 골랐다고 말하는 것을 들었던 것이다.

클라파우치우시는 체인을 달아 목에 걸어놓은 드래고노미터의 바늘을 따라 서둘러 길을 계속 갔다. 계수기에 따르면, 지침은 정확히 0.8드래곤에 이르러 있었다.

"비결정적 드래곤이라니, 도대체 뭐야?"

그는 전진하면서 생각했다. 태양이 맹렬히 내리쬐고 공기가 너무 뜨거워 모든 것이 가물거렸기 때문에 때때로 휴식을 취하기 위해 쉬기도 했다. 식물이라고는 찾아볼 수 없었고 눈길이 닿는 곳에는 바싹 마른 진흙과 바위, 둥근 돌만 보였다.

한 시간이 지나자 태양이 기울었고, 클라파우치우시는 여전히 자갈과 돌 더미밖에 없는 들판의 울퉁불퉁한 길을 가로지르다가 마침내 한기와 어둠이 가득한 좁은 계곡과 협곡이 있는 장소에 들어왔다는 것을 깨달았다. 붉은 지침은 0.9로 올라가 약간 떨리더니, 그 상태로 고정되어버렸다.

클라파우치우시가 바위 위에 배낭을 올려놓고 안티드래곤 벨트를 막 꺼냈을 때 계수기가 미친 듯이 움직였다. 그래서 그는 확률 절멸기를 움켜잡고 두리번거렸다. 높은 절벽 위에 있었기에 그는 골짜기 아래에서 무엇인가 움직이는 것을 볼 수 있었다.

'그 계집일 거다!'

바늘두더지공룡은 항상 암컷이기 때문이었다.

그래서 그 드래곤이 젊은 처녀를 요구하지 않은 걸까? 하지만 그것도 아니다. 원주민은 그 전에는 드래곤이 처녀를 요구했다고 말했다. 이상하다, 정말 이상해. 하지만 지금 중요한 것은 똑바로 쏘는 거다. 그럼 다 잘될 거야. 클라파우치우시는 혼잣말을 했다. 그러나 만일을 대비하여 그는 배낭을 다시 뒤져 드래곤 퇴치약 한 캔과 분무기를 꺼냈다. 그러고는 바위 가장자리에서 자세히 관찰했다. 골짜기 아래쪽에는 말라붙은 계곡 밑바닥을 따라 회색빛이 도는 거대한 덩치의 갈색 드래곤 암컷이 마치 굶주려 죽겠다는 듯 홀쭉한 배로 걸어가고 있었다. 클라파우치우시의 머릿속에 온갖 생각이 달음질쳤다. 펜타펜드래곤 계수의 부호를 양에서 음으로 바꿔 비존재의 통계적 확률을 존재의 확률보다 올림으로써 저놈을 절멸시켜버려? 아, 하지만 최소한의 편차도 재앙으로 변할 수 있으니 너무 위험한 일이다. 드래곤을 없애버리려다가 대신 드래곤 등을 만들어내 한 짐승에 두 개의 등을 달아주고는 당황해서 죽을 뻔한 불쌍한 인간들이 한둘이던가! 게다가 완전 비확률화를 실시하면 바늘두더지공룡의 행동을 연구할 가능성이 없어질 것이다. 클라파우치우시는 주저했다. 휘황한 드래곤 껍질이 자기 서재의 벽난로 위쪽 벽에 못 박혀 있는 모습이 떠오르기까지 했다. 그러나 지금은 백일몽에 빠질 때가 아니었다. 드래곤 동물학자라면 그런 묘한 상태의 동물을 받고 기뻐하겠지만, 마침내 클라파우치우시가 행동에 들어가려던 순간, 잘 보존

된 표본의 강도에 대해 괜찮은 소논문을 쓸 수 있겠다는 생각이 불현듯 들었다. 그래서 그는 절멸기를 내려놓고 음陰 축을 장전한 총을 들고 조심스럽게 겨냥해서 방아쇠를 당겼다.

으르렁거리는 소리에 귀가 멀 것 같았다. 하얀 연기 구름이 클라파우치우시를 삼키는 바람에 잠시 짐승의 모습을 시야에서 놓쳤다. 그러더니 안개가 걷혔다.

드래곤에 대해서 할머니들이 하는 이야기에는 여러 가지가 있다. 예를 들면, 종종 일곱 개의 머리를 가진 드래곤이 있다는 이야기가 그것이다. 이것은 말도 안 된다. 두 개의 머리를 가지면 불화가 일어나고 폭력적인 싸움이 벌어진다는 간단한 이유 때문에, 한 드래곤에게는 하나의 머리밖에 없다. 학자들의 용어로는 '다多히드로충'인 것들은 내부 분쟁 때문에 자멸한다. 천성상 고집이 세고 완고한 드래곤들은 반대를 참아내지 못하기 때문에, 한 몸에 두 개의 머리를 가진 드래곤은 언제나 요절해버린다. 머리 하나하나는 순전히 다른 놈에 대한 심술 때문에 먹기를 거부하고 악의적으로 숨을 멈춘다. 그런 행동에는 일반적인 결과가 따른다. 유포리우스 클로이*가 안

---

*   Euphorius Cloy. Eutopia(행복감, 도취감)+Cloy(과식)—옮긴이

티카피타反頭 대포를 발명할 때 바로 이 현상을 이용했다. 드래곤의 몸에 작은 보조 전자 머리를 발사한다. 이것은 즉시 타협 불가능한 의견 차이를 일으키고, 드래곤은 잇달아 일어나는 교착 상태 때문에 움직일 수 없게 된다. 널빤지처럼 뻣뻣해져서 하루고, 일주일이고, 심지어 한 달 동안 서 있는 일도 자주 있다. 때로는 지쳐 쓰러질 때까지 1년이 걸리기도 한다. 그러면 그놈을 마음대로 다룰 수 있다.

그러나 클라파우치우시가 쏜 드래곤은 아무리 좋게 표현한대도 이상한 반응을 보였다. 사실 그놈은 소리를 질러 산사태 한두 개를 일으키고, 뒷발로 서서 바위를 후려 갈겨 협곡에 온통 불꽃이 튀게 만들었다. 그러나 다음 순간 귀를 긁고 헛기침을 하더니, 약간 더 빠른 걸음으로 달리기는 했지만 침착하게 가던 길을 계속 갔다. 제 눈을 믿을 수가 없었지만, 클라파우치우시는 산마루를 따라 달려 말라붙은 계곡의 입구에서 그 생물의 머리를 날려 버리려고 했다. 이제 드래곤학 학회지의 소논문 한두 편에서 자신의 이름이 보이지는 않았지만, 드래곤과 저자의 사진이 표지에 나란히 인쇄된 우아한 장정의 단행본 한 권이 눈앞에 왔다 갔다 했다.

첫 번째 굽이에서 그는 둥근 돌 뒤에 웅크려 불가능성

자동권총을 뽑아 겨누고 확률 탄도 동요기를 작동시켰다. 개머리판이 손에서 떨렸고, 붉게 달아오른 총신이 김을 뿜었다. 나쁜 날씨를 예고하는 달처럼 드래곤은 후광에 둘러싸였지만, 사라지지 않았다! 클라파우치우시는 다시 한번 최대한도의 불가능성을 그 짐승에게 먹였다. 비핍진성의 강도가 너무 높았던 나머지, 근처를 우연히 날아 지나가던 나방이 작은 날개로 《제2정글북》을 모스부호로 똑똑 두드려 보내기 시작했고, 절벽과 바위산 여기저기서 마녀와 마술사, 하피 들의 그림자가 춤추었으며, 근처 어딘가에 불가능성 투사기의 무시무시한 힘으로 소환된 켄타우로스들이 깡충거리고 있다는 것을 발굽소리가 알려주었다. 그러나 드래곤은 그곳에 앉아서 느긋하게 하품을 하고 털이 북실북실한 목을 개처럼 뒷발로 긁었다. 클라파우치우시는 지글거리는 무기를 움켜잡고 필사적으로 계속 방아쇠를 잡아당겼다(그는 자신이 그렇게 무력하다고 느껴본 적이 없었다). 그러자 가까이 있던 돌멩이들이 천천히 공중으로 떠올랐고, 드래곤이 차올린 먼지는 가라앉는 대신 공중에 떠서 표지판을 만들었다. 표지판에 쓰인 '봉사하는 정부'라는 글자까지 또렷이 읽을 수 있었다. 날이 어두워졌다. 낮은 밤이고 밤은 낮이었다. 추워졌다. 지옥이 얼어붙고 있었다. 돌멩이 두어 개가 산책을 나가서 조용히 이 얘기, 저 얘기를 했다. 간단히 말해 이곳저곳에서 기적이 일어났지만, 클라파우치우시에게서 서른 발짝도 떨어지지 않은 곳에 앉아 있는 그 끔찍한 괴물은 사라질 기미가 안 보였다. 클라파우치우시는 총을 던져버리고 조끼 주머니에서 안티드래곤 수류탄을 꺼내어, 초한超限 변형 전칭 매트릭스에 자신의 영혼을 맡긴 채 온 힘을 다해 던졌다. 커다랗게 '콰쾅' 소리가 나더니 드래곤의 꼬리가 날려 보낸 돌멩이들이 빗발치듯 공중에서 쏟아졌고, 드래곤이 사람과 똑같이 "으엑!" 하고 외치더니 클라파우치우시를 향해 똑바로 뛰어왔다. 죽음이 가까워옴을 느낀 클라파우치우시는 숨어 있던 둥근 바위 뒤에서 뛰어나와 반물질 사브르를 무턱대고 휘둘렀다. 그러나 그때 다른 외침 소리가 들렸다.

"그만! 그만해! 날 죽이지 마!"

'이게 뭐야. 드래곤이 말을 한다고? 내가 미쳐가는 거야……'

클라파우치우시는 그렇게 생각했지만 일단 물어보았다.

"말을 한 건 누구야? 드래곤?"

"무슨 드래곤? 나야!"

먼지구름이 걷히자 트루를이 그 짐승에게서 걸어 나오면서 단추를 눌렀다. 그러자 그 드래곤은 무릎을 꿇고 길게 씩씩거리는 소리를 내면서 죽어버렸다.

"트루를, 대체 이게 무슨 일이야? 왜 이런 분장을 했어? 그런 옷을 어디서 찾았나? 그리고 진짜 드래곤은 어떻게 된 거야?"

클라파우치우시는 친구에게 폭격하듯 질문을 던졌다. 트루를은 솔질을 끝내더니 손을 들었다.

"잠깐만, 나도 말할 틈을 좀 줘! 나는 드래곤을 없앴지만 왕은 돈을 주지 않았어……."

"왜?"

"인색해서 그랬겠지. 물론 그는 관료주의 탓을 했어. 공증된 사망 증명서가 첨부되어야 하고, 공식적인 검시가 있어야 하고, 모든 서류는 세 벌씩 작성해야 하고, 왕실 지출 위원회의 허가 따위가 필요하다고 하더라고. 재무 장관은 그 돈이 급료도 아니고 유지비로 들어가지도 않기 때문에 돈을 건네줄 절차를 모르겠다고 주장했어. 나는 왕에게서 회계원에게로, 회계원에게서 위원회로 왔다 갔다 했지만, 누구도, 아무 일도 하지 않았어. 마침내 그들이 내게 사진과 신원 보증이 붙은 이력서를 내라고 했을 때, 나는 나가버렸네. 하지만 그때는 드래곤을 다시 불러올 수 없었지. 그래서 나는 저 껍질을 벗겨내고 나뭇가지를 몇 가닥 잘라내고 옛날 전신주를 찾아냈네. 사실 그거면 충분했지. 껍질을 유지하기 위한 틀과, 도르래 몇 개……. 자네도 뭔지 알겠지? 그리고 준비를……."

"트루를, 자네가? 그런 수치스러운 책략에 기댔단 말인가? 말도 안 돼! 그렇게 해서 무엇을 얻으려고 했나? 그러니까, 만약 그들이 처음에 자네에게 돈을 주지 않았다면……."

트루를은 고개를 흔들었다.

"이해 못 하겠나? 이런 식으로 해서 나는 공물을 얻었어! 벌써 어떻게 해야 좋을지 모를 정도로 많아졌다고."

"아! 그런 것이로군!"

클라파우치우시는 이제 모든 것을 알 수 있었다. 그러나 그는 이렇게 덧붙였다.

"하지만 사람들에게 강제로 시킨 건 옳지 않아……."

"누가 강제로 시켜? 나는 산에서 걸어 다니고 저녁때 잠깐씩 울부짖은 것뿐이야. 하지만 사실, 완전히 지치긴 했어."

그는 클라파우치우시 옆에 앉았다.

"왜? 울부짖느라고?"

"울부짖어? 무슨 소리를 하는 거야? 밤마다 나는 내가 정해준 동굴에서 금 자루를 끌고 나와야 했단 말이야. 저기까지 내내 올라가야 했어!"

그는 멀리 있는 봉우리를 가리켰다.

"바로 저기에, 내가 직접 이륙대를 만들었어. 해가 질 때부터 뜰 때까지 몇백 파운드의 금괴를 운반해보게나. 그럼 무슨 소린지 알 테니! 그리고 드래곤은 보통 드래곤이 아니었어. 가죽만 해도 2톤쯤 나가는데, 그걸 하루 종일 몸에 두르고 끌고 다니면서 소리치고 쿵쿵 발을 구르고…… 밤새 끌어 올리고……. 자네가 나타나서 기쁘다네. 더 이상은 견디기 어려웠거든……."

"하지만…… 왜 그 드래곤이…… 가짜 말이야…… 그 놈은 왜 기적 수준까지 확률을 낮추었는데도 사라지지 않았던 거지?"

클라파우치우시가 물었다. 트루를이 미소를 지었다.

"나는 절대로 위험을 무릅쓰고 싶지 않았거든. 어떤 바보 사냥꾼이나, 재수 없으면 바실리스쿠스 본인과 마주칠지도 모르는 일이잖아? 그래서 드래곤 껍질 아래 확률 방지 방패를 넣었지. 그건 그렇고, 이보게, 백금이 몇 자루 남았어. 그놈들은 제일 무거워서 마지막에 나르려고 남겨두었거든. 정말 잘됐어. 이제 자네가 손을 좀 빌려주면……."

트루를과 클라파우치우시의 일곱 가지 여행 이야기

네 번째 외출 혹은 트루를이 판타군 왕자를 사랑의
고통에서 구하기 위해 팜프파탈라트론을 만들고
나중에는 아기 폭격을 했던 이야기

어느 날 트루를이 통나무처럼 깊이 잠들어 있던 한밤중에, 누군가가 경첩을 망가뜨릴 만큼 거칠게 그의 집 문을 두드렸다. 트루를은 여전히 잠에 취한 채로 문을 열었다가, 거대한 우주선이 희미한 별들을 배경으로 서 있는 것을 보았다. 우주선은 거대한 사각 바탕면의 원뿔꼴이나 날아다니는 피라미드 같은 모양이었다. 바로 그의 앞마당에 착륙한 이 거대한 우주선에서 안드로메다 성인들이 짐을 진 채 길게 줄을 서서 넓은 경사로를 걸어 내려왔고, 터번과 토가를 차려입은 검은색 로봇들이 트루를의 문간에 짐을 내려놓았다. 어찌나 빨랐던지 부지불식간에 트루를은 둑처럼 높이 쌓여가는 불룩한 자루들에 둘러싸였다. 하지만 그 안쪽으로 좁은 통로가 남아 있었고, 놀랄 만한 용모의 전자 기사가 그 사이로 다가왔다. 보석이 박힌 눈은 혜성처럼 빛났고, 멋지게 빛을 반사하는 레이더 안테나가 달려 있었으며, 다이아몬드가 달린 우아한 목도리를 두르고 있었다. 이 훌륭한 인물은 투구를 벗더니 웅장하지만 부드러운 목소리로 물었다.

"고귀한 가문의 트루를, 저명한 제작자 트루를, 트루를 각하와 이야기할 영광을 누릴 수 있을까요?"

"아, 예, 물론…… 들어오시지 않겠……. 예기치 못한 일이라…… 말하자면, 자고 있었습니다."

트루를은 몹시 당황해서 실내복을 꿰입으며 말했다. 그는 잠옷 바람이었고, 그나마 제일 깨끗한 잠옷도 아니었던 것이다.

그러나 그 고상한 전자 기사는 트루를의 차림새에서 아무런 흠도 보지 못한 듯했다. 짙은 눈썹 위에서 웅웅, 윙윙거리던 투구를 다시 벗더니 그는 우아하게 방으로 들어왔다. 트루를은 잠시 양해를 구하고 대충 몸을 씻은 다음 서둘러 아래층으로 도로 내려갔다. 그쯤 되자 바깥은 점차 밝아왔다. 아침 첫 햇살이 로봇들의 터번 위에서 번쩍거렸다. 로봇들은 집과 피라미드 모양의 배 주위에 세 줄로 서서 슬프고 감상적이고 오래된 노예들의 노래인 〈내 고향으로 가리〉를 부르고 있었다. 트루를이 맞은 편 자리에 앉자, 손님은 빛나는 눈을 깜박이다가 마침내 이렇게 말했다.

"제작자 귀하, 제가 떠나온 행성은 지금 깊은 암흑시대에 빠져 있습니다. 아, 하지만 귀하께서는 저희가 안 좋은 때에 도착해서 귀하를 불편하게 한 것을 용서해주시겠지요. 아시다시피, 경축스럽게도 귀하의 주거가 자리하고 있는 이 귀한 행성의 이런 특정 소재지에 여전히 밤이 맹위를 떨치며 하루의 시작을 막고 있다는 것을 배 위에서는 알 길이 없었으니까요."

그리고 그가 헛기침을 했는데, 그 소리는 꼭 누군가가 글라스 하모니카*를 달콤하게 연주하는 것 같았다. 그는 말을 계속했다.

"자매 행성인 아펠리온과 페리헬리온**의 주권자이시며, 애뉴리아의 세습 군주이시며, 모노다미트와 바이프록시칸, 트리파르티잔의 황제요, 아나만도린스, 글로곤지르와 에스콰치아카투르비아의 대공, 유스칼리피와 알고리시모, 플로라 델 포트란***의 백작이시고, 방패에 모

샘치 문장이 있는 성 기사이시고, 몹시 난폭하시고, 이다, 피다와 아딘피니다의 기름 부음을 받은 특별 총독인 데다가 봄과 어프, 클라라폰카스터브라케닝언의 남작이시며 저의 왕이자 주인이신 프로튜베론 아스테리스티쿠스 전하께서는 그분의 너그러운 이름으로, 왕위 계승자 판타군 전하의 세 배로 불행한 심취가 빚어낸 총체적인 굴욕에서 우리를 구해줄 유일한 인물이자 오랫동안 기다려온 왕권의 구원자인 명성 찬란한 귀하를 우리 왕국으로 초대하고자 저를 보내셨습니다."

"하지만 정말이지, 저는 그런 인물이⋯⋯."

트루를은 이의를 제기하려 했으나, 그 고관은 아직 말을 끝내지 않았다는 뜻으로 손을 젓더니 여전히 웅웅 울리는 목소리로 말을 이었다.

"자비롭게도 호의적으로 귀를 기울여주시고 우리의 국가적 재난 극복을 원조해주시는 대가로 이에 프로튜베론 전하께서는 약속하시고 서약하시고 엄숙하게 맹세하시는바, 전하께서는 제작자 귀하께 부와 명예를 소나기처럼 쏟아부어주실 것이고, 귀하를 둘러싼 존경 어린 광채는 전하의 시대가 다하는 그날까지 결코 끊이지 않을 것입니다. 그리고 이제, 일을 진전시키기 위하여, 혹은 사람들 말마따나 고용 약속으로서, 저는 당장 그대에게 작위를 드리겠습니다."

그러더니 이 귀족은 일어나 검을 뽑고 칼등으로 트루를의 양어깨를 두드리면서, 한마디, 한마디에 단호하게 힘을 주어 말했다.

"그대는 오츠, 그로츠와 피노클레아의 백작이며 트룬들과 스클라의 명예 후작이고, 대大구아멜로니안 호크의 사자使者이며, 본다칼론다와 쿡스의 호족임은 말할 필요도 없고, 묵시스와 프툭시스의 총독이며, 또한 끌려오지 않는 방랑자 기사단의 명예 자작이로다. 아침에 일어날 때 21정의 총으로 경례를 받고 밤에도 같은 예식이 치러지는 가운데 자리에 드는 것, 저녁 만찬 후에 팡파르를 울리는 것, 멸절된 지수 교차를 포함하는 모든 부수적인 권리와 그로 인해 생기는 특권과 더불어 이니카, 미니카, 미나모아카 영토의 영구적인 주인으로서 정식으로 자격을 얻고 상아와 슬레이트, 마지팬*에 이를 새길지어다. 또한 호의의 증거로 나의 주인이자 군주께서는 그대에게 얼마 안 되는 하찮은 것들을 보내나니, 이는 내가 그대의 주거에 가져다 놓을 권리를 위임받았음이로다."

사실, 자루들이 이미 하늘을 막아버린 바람에 방은 침

---

*   설탕, 달걀, 밀가루, 호두와 으깬 아몬드를 섞어 만든 과자—옮긴이

침해졌다. 웅변 도중에 들어 올린 손은 아직 공중에 떠 있었으나, 그 귀족은 일단 말을 마쳤다. 트루를은 그 기회를 잡아 이렇게 말했다.

"프로튜베론 전하께 매우 감사하는 바입니다만, 연애 문제는 제 전공이 아닙니다……."

귀족의 번쩍거리는 시선에 거북해진 그가 덧붙였다.

"하지만 그 문제를 설명해주신다면……."

귀족은 고개를 끄덕였다.

"그건 간단합니다, 제작자 귀하! 왕위 후계자께서는 이웃 나라 이브의 통치자의 외동딸인 아마란디나 사이버넬라와 사랑에 빠졌습니다. 그러나 오랜 적대 관계가 우리 양국을 갈라놓고 있고, 만약 우리의 친애하는 군주께서 지칠 줄 모르는 왕자의 간청에 양보하여 그쪽 황제에게 아마란디나를 왕자의 신부로 달라고 요청한다면, 그 대답은 절대 불가라는 데 의심의 여지가 없습니다. 이렇게 1년 하고도 엿새가 지나갔고, 왕세자께서는 우리 눈앞에서 점점 쇠약해지셨습니다. 왕자가 이성을 찾게 하려는 모든 노력이 실패했고, 이제 우리의 유일한 희망은 찬란한 고명을 떨치는 귀하께 달려 있습니다!"

그러더니 귀족은 깊이 허리를 숙여 절했다. 트루를은 창문 바로 바깥에 늘어서 있는 전사들을 곁눈질하고, 헛기침을 한 후 기어드는 목소리로 말했다.

"음, 정말 제가 어떻게 도움이 될 수 있을지……. 하지만 물론, 왕께서 원하신다면…… 그 경우에는……."

"감사합니다!"

고관은 그렇게 소리치고 박수를 한 번 쳐서 커다랗게 탁 소리를 냈다. 그러자 즉시 칠흑처럼 검은 열두 명의 중기병이 잘그락거리는 갑옷을 입고 방으로 몰려 들어와 트루를을 우주선으로 떠메고 갔고, 우주선은 스물한 번 엔진을 점화하더니 닻을 올리고 깃발을 흔들며 넓은 하늘로 날아올랐다.

날아가는 동안 왕의 대시종관인 그 귀족은 트루를에게, 왕자가 불운하게 매혹당한 이야기의 세부 사항을 줄줄이 말해주었다. 도착하자마자 환영식을 받고 테이프가 나부끼는 수도의 거리를 누비며 행진을 한 후, 제작자는 일에 착수했다. 그는 웅장한 왕실 정원에 도구를 설치했고, 3주 후 그곳에 있던 명상의 사원은 금속과 케이블, 번쩍이는 스크린이 가득한 이상한 대저택으로 변해버렸다. 이것은 팜프파탈라트론이라는 확률론적이고 나긋나긋하고 바쿠스*적이고 엄청난 피드백 능력을 가진 에로티즘

---

*   로마 신화에 나오는 술의 신—옮긴이

증진 장치라고 그는 왕에게 말했다. 누구든지 이 기구 안에 들어가면 즉각 전 우주 여성들의 온갖 종류의 매력과 유혹, 희롱과 윙크와 요력을 동시에 겪게 되는 것이다. 시스템의 리비도적* 동요(당연히 킬로큐피드로 측정된다)가 리모트 컨트롤 애무마다 각 6유닛까지 생산되는 동안, 팜므파탈라트론은 주어진 색욕상수에서 96퍼센트의 최대 효율, 40메가모르**의 힘으로 동작한다. 게다가 이 멋진 메커니즘은 가역 열정 정지기, 전 방향 결혼 증폭기, 몸섞기 필터, 음란 주변 장치, 그리고 '첫눈에' 플립플롭 회로를 갖추었다. 트루를은 여기서 저명한 '첫눈에-첫 키스' 느낌 이론의 창시자인 엔치쿠스 박사의 자리에 올랐기 때문이다.

온갖 종류의 보조 기구들도 있었다. 고주파 찌찌 활성기, 교호 감질 내기, 거기에 호색 요소와 방탕의 전 세트가 구비되어 있었다. 바깥의 특수 유리 케이스 위에는 거대한 계기판이 있었는데, 그것으로 전체 매혹 과정이 얼마나 진행되었는지 주의 깊게 관찰할 수 있었다. 통계 분

---

*   프로이트 심리학에서 무의식에 내재한 성적 본능을 가리키는 용어—옮긴이

**   megaamor. mega(대규모)+amor(사랑)의 복합어로 '엄청난 사랑'이라는 뜻—옮긴이

트루를과 클라파우치우서의 일곱 가지 여행 이야기

석은 팜므파탈라트론이 짝사랑 강세화 100건 중 98건에 대해 영구적 양성 결과를 얻는다는 것을 밝혀냈다. 따라서 왕세자를 구하는 건 떼어놓은 당상이었다.

그 왕국의 덕망 있는 귀족 마흔 명이 네 시간 넘게 정원에서 왕자를 밀고 끌고 해서야 명상의 사원으로 데리고 올 수 있었다. 마음을 굳게 먹긴 했지만 귀족들은 왕족에게 적합한 예의를 보여야만 했고, 매혹에서 풀려나고 싶은 마음이 전혀 없던 왕자는 충실한 조신들을 맹렬히 차고 떼밀었기 때문이다. 마침내 수많은 깃털 베개로 떠밀려 왕자가 기계 속으로 들어가고 그 뒤에서 함정 문이 닫히자, 근심 가득한 트루를이 스위치를 넣었고, 컴퓨터가 지루하고 단조로운 음색으로 카운트다운을 시작했다.

"5, 4, 3, 2, 1, 0…… 개시!"

동시 작동 에로틱모터가 쿵쿵거리고 돌아가면서, 강력한 역유혹 전류를 흘렸다. 방향을 잘못 택한 왕자의 비극적인 애정을 다른 쪽으로 옮기기 위해서였다. 한 시간 동안 계속한 후 트루를은 계기판을 보았다. 계기판의 바늘은 선정성의 무시무시한 무게로 떨고 있었으나, 슬프도다! 의미 있는 진전을 보여주지는 못했다. 그는 이 치료법의 성공 여부에 심각한 회의를 품기 시작했으나, 이제

와서 뭘 고치기에는 너무 늦어버렸다. 그러니 주먹을 쥐고 참을성 있게 기다릴 수밖에 없었다. 그는 처음 난봉기와 음란증적 뚜쟁이 인자가 너무 막 나가지는 않는지, 자동 입술이 올바른 장소에 올바른 각도로 내려앉고 있는지 확인하는 검사만 해보았다. 환자가 맹목적 애정 전이를 겪고 아마란다나 대신 그 기계를 우상화하는 꼴이 나는 게 아니라, 사랑에서 완전히 벗어나기만 바랐기 때문이다. 마침내 엄숙한 침묵 속에서 함정 문이 열렸다. 아주 달콤한 향수가 구름을 이루며 소용돌이치는 어둠침침한 기계 내부에서, 창백해진 왕자가 부서진 장미 꽃잎 사이로 비틀거리며 걸어 나왔다. 그러더니 무시무시한 열정 과잉으로 기절했다. 충실한 시종들이 달려와 왕자의 맥 빠진 사지를 들어 올리다가, 그가 거칠게 속삭이는 외마디 말을 들었다. 아마란다나. 모든 것이 허사였고, 팜프파탈라트론이 낼 수 있는 최대한의 메가모르와 킬로포옹보다 왕자의 광기 어린 사랑이 더 강하다는 것이 밝혀졌기 때문에 트루를은 낮은 소리로 욕설을 퍼부었다. 마비된 왕자의 이마에 열광 측정기를 가져다가 누르자 170을 가리키더니, 유리가 터지고 수은이 흘러나와 바들바들 떨렸다. 수은조차 그 광폭한 감정의 영향을 받은 것 같았다. 그렇게 첫 번째 시도는 완전히 실패했다.

트루를은 매우 불쾌한 기분에 싸여 방으로 돌아갔다. 누군가가 엿들었다면 그가 해답을 찾으며 이쪽 벽에서 저쪽 벽까지 서성거리는 소리를 들을 수 있었을 것이다. 그동안 정원에서는 끔찍한 소란이 일어났다. 작은 온실 벽을 고치라는 명령을 받은 몇몇 석공들이 호기심에 팜므파탈라트론 안으로 살금살금 들어갔다가 우연히 기계를 작동시켜버린 것이다. 그들이 불붙은 채 튀어나오며 연기를 피우기 시작하는 바람에 소방대를 불러야 했다.

그다음에 트루를은 과중 의무 방탕자가 탑재된 역추진 근질근질 에로 동력기를 시도해보았다. 그러나 긴 이야기를 짧게 줄이자면, 그 또한 실패였다. 왕자는 아마란디나의 매력에서 조금도 벗어나지 못했다. 오히려 예전보다 더 빠져든 것 같았다. 다시 한번 트루를은 왔다 갔다 하며 방 마루를 몇 마일이나 걸었고, 전문 기술 서적을 읽으며 반쯤 밤을 새우다가 책을 벽에 내던져버렸다. 그날 아침 그는 대시종관에게 가서 왕에게 접견을 신청했다. 왕을 알현하자, 트루를은 이렇게 말했다.

"관대하신 군주 전하! 전하의 아드님께 시행한 사랑 환멸 처치는 가장 강력한 것이었습니다. 분명 왕자 전하께서는 살아서는 사랑에 환멸을 느끼지 못할 것이옵니다. 전하께서는 진실을 아셔야 합니다."

이 소식에 왕은 희망이 꺾여 침묵했다. 그러나 트루를은 말을 계속했다.

"물론 제가 손쉽게 쓸 수 있는 매개변수에 따라 아마란디나를 합성하여 왕자 전하를 속일 수도 있겠습니다만, 조만간 왕자 전하의 귀에 진짜 아마란디나의 소식이 들어가면 왕자 전하도 사실을 알게 될 것입니다. 아, 다른 방법이 없습니다. 왕자 전하께서는 황제의 딸과 결혼하셔야 합니다!"

"허, 그렇지만 그것이 바로 문제 아니오, 이방인이여! 황제는 절대로 그 결혼에 찬성하지 않을 거요!"

"만약 황제에게 승리한다면 어떻습니까? 황제가 화평을 청하고 자비를 호소한다면요?"

"그렇다면 확실히……. 하지만 그대는 내가 두 개의 커다란 왕국을 피의 전쟁으로 몰아넣게 할 참이오? 그것은 좋게 평가한다 해도 위험한 계획인데, 오로지 내 아들을 황제의 딸과 결혼시키기 위해서? 아니, 말도 안 되오!"

"전하께서 말씀하시리라고 생각했던 대답 그대로입니다! 하지만 전쟁이란 일어나기 마련이죠. 제가 계획 중인 전쟁은 완전한 무혈 전쟁입니다. 우리는 무기로 황제의 영토를 공격하지는 않을 테니까요. 사실 우리는 단 한 사람의 시민도 희생시키지 않을 겁니다. 오히려 그 반대의 일을 행할 것입니다!"

트루를은 침착하게 말했다.

"무슨 말을 하는 겐가? 무슨 뜻인고?"

왕이 외쳤다. 트루를이 고귀한 귀에 비밀 계획을 속삭이자, 걱정에 찌든 군주의 얼굴이 점차 밝아졌다. 왕이 외쳤다.

"그러면 가서 그 일을 하시오, 선량한 이방인이여. 신이 그대와 함께하시기를!"

바로 다음 날, 왕실 대장간과 작업장은 트루를의 설계도에 따라 어마어마한 수의 거대한 대포를 주조하는 데 착수했다. 그러나 그 목적은 분명하지 않았다. 이것들은 행성 주변에 배치되었고 방위 시설로 위장되었기 때문에 아무도, 아무것도 추측할 수 없었다. 그동안 트루를은 밤낮으로 왕실 사이버 유전자 실험실에 앉아, 마법의 스프가 펄펄 끓는 비밀 가마솥을 들여다보고 있었다. 그곳에 스파이가 있었다 해도 이중으로 잠긴 문 뒤에서 때때로 이상한 가냘픈 울음소리가 나고, 기술자와 조수 들이 아기 기저귀 더미를 가지고 미친 듯이 이리저리 뛰어다니는 것 말고는 아무것도 알아내지 못했을 것이다.

일주일 후 자정에 폭격이 시작되었다. 노련한 포수들이 화약을 잰 대포의 포신을 쳐들고 황제의 제국인 하얀

별을 똑바로 조준하더니 미사일을 발사했다. 그러나 그것은 죽음을 퍼뜨리는 미사일이 아니라 생명을 선사하는 미사일이었다. 트루를이 대포에 신생아들을 장전했기 때문이다. 신생아들은 찡찡거리고 앵앵거리며 적진에 비 오듯 수없이 떨어져서 쑥쑥 자라나, 사방을 기어 다니며 모든 것에 침칠을 했다. 아기들이 어찌나 많던지 엄마, 아빠, 까까, 와아 소리가 귀를 찢을 듯이 공중에 진동했다. 이 아기 홍수가 계속되자, 마침내 그 부담으로 경제가 무너지기 시작하고 제국은 무시무시한 공황에 직면했다. 하늘에서는 여전히 꼬마들, 사내애들과 계집애들, 아장거리는 아기들이 쏟아져 내렸다. 아기들은 모두 토실토실했고 까르르거리면서 기저귀를 펄럭였다. 황제는 프로튜베론 왕에게 항복할 수밖에 없었고, 프로튜베론 왕은 자기 아들이 결혼식에서 아마란디나의 손을 잡는다는 조건으로 모든 적대 행위를 그만둘 것을 약속했다. 황제는 여기에 허겁지겁 동의했다. 그러자 아기 대포의 포문을 전부 조심스럽게 닫고 대포를 치운 후, 안전을 기하기 위해 트루를이 손수 팜므파탈라트론을 분해했다. 나중에 트루를은 신랑 들러리가 되어 에메랄드가 박힌 양복을 입고 예식용 봉을 잡은 채 떠들썩한 결혼 피로연에서 축배를 제의하는 역할을 맡았다. 그리고 그는 왕과 황제가 수여한 작위와 감사장, 훈장 들을 로켓에 싣고, 영광을 만끽하며 집으로 향했다.

다섯 번째 외출 혹은 발레리온 왕의 해로운 장난

킴베리아의 왕 발레리온은 국민을 잔인함으로 억압하지 않았다. 오히려 유흥으로써 억압했다. 게다가 제 마음에 흡족하도록 축제를 열거나, 밤새 주연을 벌이거나 하지도 않았다. 아주 순진한 놀이들만 했다. 원반 튕기기, 잭나이프 던지기, 여왕 잡기 카드놀이, 새벽 낚시, 돌차기 놀이, 등 짚고 넘기 같은 것이었다. 하지만 그가 무엇보다 좋아한 것은 술래잡기 놀이였다. 중요한 결정을 내려야 할 때, 국정 서류에 서명해야 할 때, 행성 간 사절들을 만나야 하거나 어느 장성이 알현을 요청할 때마다, 왕은 숨고 사람들은 왕을 찾아내야 했다. 그러지 않으면 아주 끔찍한 처벌을 받았다. 그래서 조신들은 전부 왕을 쫓아 궁전을 이리저리 뛰어다니고, 지하 감옥을 조사하고, 도개교 아래를 살펴보고, 탑과 포탑 들을 이 잡듯이 뒤지고, 벽을 두드려보고, 왕좌를 뒤집어보았다. 왕은 언제나 새로 숨을 곳을 고심했기 때문에 이렇게 왕을 찾는 데는 오래 걸리곤 했다. 한번은 엄청나게 중요한 전쟁이 포고되지 않은 적이 있었는데, 전부 왕 때문이었다. 왕은 반짝거리는 금은박과 수정 장식들을 몸에 달고 메인 홀 천장에 사흘 동안 매달려 샹들리에인 척했고, 아래에서 미친 듯이 뛰어다니는 대신들을 보면서 웃음을 참느라 입을 다물고 있었던 것이다. 누구든 왕을 찾는 사람은 즉각 왕실 발견자라는 칭호를 얻었다. 궁정에는 이미 왕실 발견자가 736명이나 있었다. 그러나 왕이 들어본 적 없는 새로운 놀이로 왕을 기쁘게 하는 자만이 왕의 총애를 얻을 수 있었다. 발레리온이 놀이라는 주제에 대단히 정통하다는 것을 감안하면, 그것은 절대 쉬운 일이 아니었다. 그는 공기놀이나 구슬치기 같은 옛날 놀이들을 전부 알고 있었고, 전자 돌리기 같은 최신 놀이도 다 알았다. 그리고 그는 가끔, 자기의 왕권까지 포함한 모든 것이 놀이이고, 전세계가 놀이라고 말하곤 했다.

이 경박하고 생각 없는 말에 공경할 만한 추밀원 의원들은 격분했다. 특히 5-근일점원院 불룩배 의장인 수상은 왕이 아무것도 신성하게 여기지 않으며 자기 자신조차 비웃고 있다고 말하며 화를 냈다.

그래서 왕이 수수께끼를 낼 시간이라고 불시에 선포하자, 모든 사람의 마음은 공포로 가득 찼다. 왕은 언제나 수수께끼에 정열적이었다. 옛날에 한번은 대관식 도중에 왕이 대법관에게 왜 반물질이 반물집과 다르냐고 물어서 대법관을 난처하게 한 적도 있었다.

그리 오래지 않아, 왕은 조신들이 자기가 낸 수수께끼를 풀려고 제대로 노력하지 않는다는 것을 깨달았다. 조신들이 아무렇게나 머리에 떠오르는 대로 대답했기 때문에 왕은 격노했다. 그러나 수수께끼에 뭐라고 답하는지에 따라 왕실의 모든 임명과 승진을 결정하자, 사태는 상당히 호전되었다. 훈장과 승진, 좌천과 해고가 정신없이 오갔고, 조신들은 전부 좋든 싫든 진지하게 놀이에 임해야 했다. 불행히도 많은 고관들이 왕을 속이려고 했는데, 왕은 기본적으로 선량한 사람이기는 했지만 속임수꾼을 참아주지는 못하는 성미였다. 옥새 보관소장은 왕의 면전에서 갑옷 속에 숨겨놓았던 커닝 페이퍼를 썼기 때문에 추방형에 처해졌다. 그의 오랜 적 중 하나인 어느 장군이 왕에게 주의를 주지 않았다면 결코 들키지 않았을 것이다. 불룩배 의장 자신도 고위직에서 물러나야 했

트루를과 클라파우치우시의 일곱 가지 여행 이야기

다. 외계에서 가장 어두운 곳이 어디인지 몰랐기 때문이
다. 시간이 흐르자, 왕의 내각은 크로스워드 퍼즐과 아크
로스틱 퍼즐*, 글자 맞추기 수수께끼를 전국에서 가장 잘
푸는 사람들로 채워졌고, 대신들은 어딜 가든 백과사전
을 들고 다녔다. 조신들은 곧 아주 능숙해져서 왕이 질문
을 끝마치기도 전에 올바른 답을 내놓을 수 있게 되었다.
법령과 행정 결정 사항들의 지루한 목록 대신 수수께끼
와 말장난, 실내 게임 정보만 실려 있는 〈공무원 기록부〉
를 모두 탐욕스럽게 구독하는 것을 감안하면, 별로 놀라
운 일은 아니었다.

　그러나 해가 지나면서 왕은 점점 더 생각하는 것을 싫
어하게 되었고, 점차 그의 첫 놀이이자 가장 사랑하는 놀
이인 술래잡기로 돌아갔다. 유난히 놀이 기분에 들떠 있
던 어느 날, 왕은 세상에서 가장 훌륭한 숨을 곳을 찾아
주는 사람에게 아주 후한 상을 내리겠노라고 했다. 상은
진짜 값진 보석이 가득 박힌 킴베리아 왕조의 왕관이었
다. 이 왕관은 왕실 창고에 엄중히 보관되었기 때문에 몇
세기 동안 아무도 이 경이로운 물건을 보지 못했다.

　그런데 그때 트루를과 클라파우치우시가 여행하던 도

---

* 　각 행의 머리글자를 모으면 말이 되는 유희시─옮긴이

중에 우연히 킴베리아에 들르게 되었다. 왕이 그런 선언을 했다는 소식은 재빨리 왕국 전역에 퍼져나가 우리의 제작자들 귀에도 들어갔다. 그들이 묵었던 여관에서 마을 사람들이 알려준 것이다.

다음 날, 그들은 궁정에 가서 다른 어느 곳에도 비할 바 없는 숨을 장소를 알고 있노라고 알렸다. 불행히도, 상을 타겠다고 온 사람들이 너무 많았기 때문에 문에 몰린 군중을 뚫고 지나갈 수는 없을 것 같았다. 그래서 트루를과 클라파우치우시는 숙소로 돌아왔고, 다음 날 운을 시험해보기로 했다. 그러나 그들이 운에만 맡기고 있던 것은 아니었다. 신중한 제작자들은 이번에는 준비를 했다. 트루를은 길을 가로막는 모든 경비병과 누구냐고 묻는 모든 관리에게 조용히 동전 몇 닢을 쥐여주었고, 효력이 없으면 몇 닢 더 쥐여주었다. 그러자 5분도 안 지나 그들은 전하의 왕좌 앞에 서 있었다. 이렇게 유명한 현자들이 왕에게 완벽하게 숨을 곳의 비밀을 알려준다는 오직 그 이유만으로 이토록 멀리까지 왔다는 소식을 듣고 왕은 물론 기뻐했다. 발레리온 왕에게 '어떻게'와 '왜'를 설명하는 데는 조금 시간이 걸렸지만, 어렸을 때부터 속임수와 퍼즐로 훈련된 왕의 정신은 마침내 그들의 아이디어를 파악했다. 왕은 불길같이 열광하며 왕좌에서 뛰어

트루를과 클라파우치우시의 일곱 가지 여행 이야기

내리더니, 두 친구들에게 영원한 감사의 마음을 열렬히 표하고, 그들은 분명 상을 받을 것이라고 약속했다. 그들의 비밀 방법을 당장 시험해보도록 해주기만 한다면 말이다. 클라파우치우시는 이 지점에서 머뭇거리면서, 우선 양피지와 장식 술, 인장으로 적법한 계약서를 작성해야 한다고 중얼거렸다. 그러나 왕이 엄청나게 고집스럽게 굴면서 열렬하게 간청하고 그 상은 그들의 것이나 마찬가지라고 굳게 맹세하는 바람에, 제작자들은 굴복할 수밖에 없었다. 트루를은 자기가 가져온 작은 상자를 열고 필요한 장비를 꺼내 왕에게 보여주었다. 이 발명품은 사실 술래잡기와는 아무 상관이 없었으나, 그 놀이에 놀라울 정도로 잘 응용할 수 있었다. 그것은 휴대용 양방향 인격 전환기였는데, 물론 역방향 피드백이 가능한 것이었다. 그것을 사용하면 두 명의 개인이 재빠르고 손쉽게 마음을 바꿀 수 있다. 그 장치는 사람 머리에 붙이면 한 쌍의 뿔처럼 보였다. 교환하고 싶은 사람의 이마에 대고 가볍게 누르면 이 장치가 작동하면서 즉시 두 가지의 정반대 충격을 만들어낸다. 한쪽 뿔로는 사람의 영혼이 다른 쪽으로 흘러들어 가고, 다른 쪽 뿔로는 이쪽으로 흘러들어 온다. 따라서 한쪽 기억이 총체적으로 유출되고 그 자리에 즉각적으로 다른 쪽이 유입되며, 그 역도 성립하는 것이다. 실제로 보여주기 위해 트루를은 자기 이마에 장치를 붙이고 왕에게 절차를 설명하면서 왕의 이마 가까이에 뿔을 가져다 댔는데, 그때 왕이 충동적으로 머리를 들이대는 바람에 기계가 작동해 즉각 인격 전이가 일어났다. 모든 것이 아주 빨리 일어나버렸기 때문에, 한 번도 직접 그 장치를 시험해본 적이 없었던 트루를도, 나란히 서 있던 클라파우치우시도 알아차리지 못했다. 하지만 클라파우치우시는 트루를이 말을 갑자기 멈추고, 말이 끝난 곳에서부터 발레리온이 즉각 말을 받아 '부副기억량의 비선형 전환에 연관되는 전위'라든지, '이드의 단열 유량차' 같은 말을 쓰는 것이 이상하다는 생각이 들었다. 왕이 끽끽 우는 듯한 목소리로 1분가량 말을 계속하고 나서야 클라파우치우시는 무엇인가가 잘못되었다는 것을 깨달았다. 자기가 트루를의 몸속에 들어왔다는 것을 깨달은 발레리온은 더 이상 강의를 듣지 않고 이 새로운 몸속에서 좀 더 편해지려는 듯이 손가락과 발가락을 까딱거려보았다. 그는 엄청난 호기심을 가지고 이 몸을 살펴보기 시작했다. 반면 긴 자줏빛 로브를 입은 트루를은 팔을 휘저으며 상호 이전 시스템의 역엔트로피에 대해 설명하고 있었으나, 무엇인가 이상한 낌새를 채고는 손을 내려다보다가 자기가 왕홀을 쥐고 있다는 것을 깨

트루를과 클라파우치우시의 일곱 가지 여행 이야기

닫고 어리둥절했다. 그는 무슨 말인가 하려고 했으나, 왕은 웃음을 터뜨리며 도망갔다. 트루를은 그를 쫓아가려다 왕의 로브에 걸려 쓰러지며 바닥에 얼굴을 부딪혔다. 이런 소동이 벌어지자 재빨리 왕실 근위대원들이 왔다. 그들은 클라파우치우시가 왕을 공격했다고 생각하고 곧장 그를 덮쳤다. 트루를이 바닥에서 옥체를 일으켜 근위대원들에게 자신이 무사함을 확인시켰을 때쯤에는 이미 발레리온이 트루를의 몸을 입고 까불까불하며 멀리 가버린 다음이었다. 트루를은 그를 뒤쫓으려고 했으나 조신들이 허락하지 않았다. 자기는 왕이 아니고 인격 전이가 일어난 것이라고 항의하자, 조신들은 퍼즐을 너무 많이 푸는 바람에 마침내 왕께서 착란을 일으키셨다고 결론을 내렸다. 그들은 정중하지만 단호하게 그를 왕의 침실에 가두었고, 그가 고함을 지르고 문에 쾅쾅 부딪는 동안 어의를 모셔 왔다.

그동안 클라파우치우시는 궁정 밖으로 내동댕이쳐진 후, 방금 일어난 일이 불러일으킬지도 모르는 귀찮은 문제를 생각하면서 도로 여관으로 향했다(경각심이 없지는 않았다).

'내가 트루를의 처지에 있었다면, 내 위대한 정신은 분명히 오늘 일을 간단히 해결했을 텐데. 야단법석을 떨고 원거리 인격 전이에 대해서 고래고래 고함치는 대신, 왕의 몸에 들어갔다는 이점을 활용해서 그들에게 트루를, 그러니까 발레리온을 즉각 붙잡으라고 명령했을 거야(하지만 지금쯤 그놈은 도시 어딘가를 자유롭게 돌아다니고 있겠지). 그리고 나는 또 한 명의 제작자를 곁에 둘 거야. 특별 고문 자격으로 말이지. 그런데 그 천치 녀석은(이것은 트루를을 뜻한다) 완전히 얼이 빠졌으니, 이제 내가 모든 전술적 재능을 동원해야 하게 생겼단 말이야. 안 그러면 이 일이 형편없이 끝날지도 모르니⋯⋯.'

그는 인격 전환기에 대해 아는 것을 전부 기억해내려고 했다. 그 지식은 상당히 많았다. 그가 보기에 가장 큰 위험은 발레리온이 트루를의 몸을 입고 무모하게 달려가다가 구르는 바람에 뿔로 무생물을 건드릴지도 모른다는 것이었다. 그 경우 발레리온의 의식은 즉각 그 무생물로 들어가고, 무생물에는 의식이 없기 때문에 아무것도 돌려줄 수 없으므로, 트루를의 몸은 생명 없이 땅 위에 나뒹굴게 될 것이다. 왕의 마음은 돌이나 가로등이나 버려진 신발 속에 영원히 갇혀 있게 될 테고 말이다. 불안해진 클라파우치우시는 발걸음을 빨리했고, 여관에서 멀지 않은 곳에서 몇몇 마을 사람들이 흥분해서 하는 말을 엿듣게 되었다. 그의 동료 트루를이 무엇에 씐 사람처럼 왕궁에서 쏜살같이 뛰어나오더니, 항구로 향하는 가파르고 긴 계단을 달려 내려가다가 떨어져 다리를 분질렀다는 것이다. 그 바람에 트루를은 아주 놀라운 광증을 앓게 되어, 그 자리에 누운 채 자기는 발레리온 왕이라고 고함을 치면서 어의를 데려오고 깃털 베개와 달콤한 향수와 향유가 함께 실린 들것을 갖고 오라고 했다는 것이다. 이런 광증을 보고 사람들이 비웃자, 그는 인도를 따라 엉금엉금 기어가면서 심한 욕설을 퍼붓고 옷을 쥐어뜯었다. 그러다가 지나가던 로봇이 그를 불쌍히 여겨 도와주려고 몸을 구부렸다. 그러자 쓰러진 제작자는 머리에서 모자를 내동댕이치면서 악마의 뿔을 드러냈다. 이것을 보았다고 맹세할 수 있는 목격자들이 있었다. 그는 이 뿔로 착한 사마리아인의 이마를 들이받더니 이상하게 뻣뻣해지고 약하게 신음하면서 정신을 잃고 쓰러졌고, 반면 그 착한 사마리아인은 갑자기 '악령이 들린 듯' 변해서 춤추고 깡충거리고 자기 앞에 있는 모든 사람을 밀치며 항구로 향하는 계단을 뛰어 내려갔다는 것이다.

이 말을 다 들은 클라파우치우시는 창백해졌다. (그렇게 짧은 시간 사용했는데도) 발레리온이 트루를의 몸에 이미 상처를 입힌 데다, 교활하게도 다른 이방인의 몸에 옮겨 갔다는 것을 깨달았기 때문이었다. 그는 공포를 느끼며 생각했다.

'이제 시작이군. 발레리온은 내가 알지도 못하는 몸에 숨어 있는데, 그를 어떻게 찾지? 어디서부터 찾아봐야 할까?'

그는 그 지나가던 로봇, 상처 입은 가짜 트루를을 도와주려고 다가간 고결한 로봇이 누구인지, 또 그 뿔은 어떻게 되었는지 마을 사람들에게서 알아내려고 했다. 그 착한 사마리아인에 대해서 그들이 아는 것이라곤, 옷차림은 낯설었지만 분명 선원복이었으니 아마 먼 창공에서 온 탈것에서 내려왔으리라는 것뿐이었다. 뿔에 대해서는 아무것도 알 수 없었다. 그러나 그때 (홀아비인 탓에 테이프를 붙이고 타르를 발라줄 사람이 없어서) 다리가 완전히 녹슨 바람에 엉덩이에 달린 바퀴(땅 위에서는 더 나은 이점이 되어주었다)로 다녀야 하는 거지가 클라파우치우시에게 말을 걸었다. 그 훌륭한 선원이 고꾸라진 제작자의 머리에서 아주 빠른 속도로 뿔을 낚아챘기 때문에 자기 외에는 아무도 그 모습을 보지 못했다는 것이었다. 그래서 발레리온이 다시 전환기를 손에 넣었으며, 몸에서 몸으로 옮겨 다니는, 털이 쭈뼛 설 만한 일을 계속할 수 있다는 게 분명해졌다. 그가 이제는 선원의 몸에 들어가 있다는 소식이 특히 골치 아팠다.

트루를과 클라파우치우시의 일곱 가지 여행 이야기

'하고 많은 로봇 중에 선원이라니! 상륙 허가 시간이 끝났는데 선상에 나타나지 않으면(자기 배가 무엇인지도 모르는데 어떻게 나타날 수 있겠어!) 선장은 당국에 통보할 수밖에 없을 테고, 당국은 물론 도망자를 체포할 것이고, 왕은 감옥 신세가 될 텐데! 그리고 그가 절망에 빠져 뿔을 단 채로 감옥 벽에 머리를 들이받기라도 한다면, 하나님 맙소사!'

선원 발레리온을 찾아낼 가능성은 별로 없었으나, 그래도 클라파우치우시는 서둘러 항구로 갔다. 앞길에 꽤 많은 군중이 모여 있는 것을 보았으니 행운이 따른 셈이다. 길을 제대로 따라왔다고 확신하며 군중에 섞여든 클라파우치우시는 여기저기서 사람들이 말하는 것을 얻어듣고 최악의 두려운 상상이 실현되고 있다는 것을 깨달았다. 겨우 몇 분 전에 어느 존경할 만한 선장이자 상선 함대 전부를 소유한 로봇이 믿을 수 있는 사내인 자기 선원에게 인사를 건넸다. 그러나 이 훌륭한 선원은 지나가는 로봇과 정신 차리지 않으면 경찰이 올 거라고 주의를 주는 로봇 모두에게 모욕을 퍼부으며, 자기는 원하면 어떤 로봇이든 될 수 있다, 경찰도 마찬가지다, 하고 외쳤다는 것이다. 그런 행동으로 물의를 빚자 선장은 선원에게 충고를 했으나, 선원은 대답 대신 커다란 지팡이로 선장을 때렸다. 그때, 사소한 싸움이나 무질서가 자주 일어나는 부두를 순찰하던 경찰 일개 분대가 그 현장에 도착했는데, 마침 경찰대장이 지휘를 맡고 있었다. 경찰대장은 그 제멋대로인 선원이 이성에 귀를 기울이지 않는 것을 보고, 그를 감옥에 집어넣으라고 명령했다. 그러나 그들이 체포해 끌고 오자 선원은 갑자기 귀신 들린 사람처럼 경찰대장에게 몸을 내던지더니 뿔 같은 것으로 받아버렸다. 바로 그 직후, 그는 자기가 경찰이라고, 보통 경찰도 아니고 부두 순찰대 대장이라고 울부짖기 시작했다. 반면 경찰대장은 이 무례한 헛소리에 화를 내는 대신 엄청난 농담이나 들은 듯이 웃어젖혔으나, 다음 순간 부하들에게 그 말썽꾼을 지체 없이 감옥에 집어넣고, 그 과정에서 곤봉과 주먹을 아끼지 말라고 명령했다.

그래서 한 시간도 안 되어 발레리온은 자기 몸을 세 번이나 바꾸었고 지금은 경찰대장의 몸을 차지하고 있는데다가, (신은 그의 무죄를 아시겠지만) 경찰대장은 어느 어둡고 축축한 감옥에 앉아서 애태우는 형편인 것이다. 클라파우치우시는 한숨을 짓고 곧장 경찰서로 갔다. 경찰서는 해변의 단단한 석조 건물이었다. 아무도 길을 가로막지 않았기에 그는 안으로 들어가 몇 개의 빈방을 통과해서, 마침내 제복보다 몸이 몇 사이즈 더 크고 머리끝부터 발끝까지 무장하고 있는 거인 앞에 섰다. 이 태산 같은 거인은 클라파우치우시를 노려보더니 그를 송두리째 던져버릴 것처럼 앞으로 걸음을 내디뎠다. 그러다 갑자기 윙크를 하고(하지만 클라파우치우시는 그를 전에 본 적이 한 번도 없었다) 웃음을 터뜨렸다. 그 목소리는 거칠었고, 의심 한 점 없이 경찰관의 목소리였다. 하지만 그 웃음과 특히 윙크는 발레리온을 연상시켰고, 사실 책상 건너편에 있는 자는 분명 제 몸속에 있지는 않았지만, 발레리온이었다!

"나는 그대를 금방 알아봤지. 그대는 궁전에 있었고, 그 장치를 가졌던 자의 친구지. 자, 어떤가? 정말 멋진 숨을 곳 아니야? 사람들은 절대로 나를 찾아내지 못할 거야, 100만 년 동안! 게다가 강하고 몸집 큰 경찰이 되는 건 정말 재미있단 말이야! 보라고!"

경찰 발레리온이 말했다. 그리고 그는 그 커다란 경찰의 주먹으로 힘차게 책상을 갈겨 반으로 쪼개놓았다. 하지만 손에서도 뭔가 빠각 부서지는 소리가 났다. 발레리온은 움찔하며 말했다.

"아우, 뭐가 부서졌나 봐. 하지만 괜찮아. 만약 필요하면 언제든 몸을 바꿀 수 있으니까. 예를 들어 그대라도!"

클라파우치우시는 문쪽으로 뒷걸음질 쳤으나, 경찰은

거대한 몸집으로 문을 막고 계속 말했다.

"그대에게 개인적으로 아무 원한도 없다는 걸 이해해주기 바라. 하지만 그대는 너무 많은 걸 알고 있거든. 그러니 그대를 감옥에 집어넣는 게 최선이라고 생각해. 그래, 감옥에 집어넣는 거야!"

그리고 그는 사악하게 웃었다.

"이런 방식으로 하면 내가 경찰을 떠날 때는 아무도, 그대조차도 내가 어디 있고 누구인지 절대로 알지 못할 거야! 하하!"

"하지만 폐하, 폐하는 그 장치의 위험을 알지 못하십니다. 만약 치명적인 병을 앓고 있는 사람이나 현상 수배 중인 범죄자의 몸에 들어가신다면……."

클라파우치우시가 반대했다.

"문제없어. 한 가지만 기억하면 돼. 몸을 바꾼 후엔, 뿔을 잡아챈다!"

왕은 이렇게 말하고 부서진 책상을 가리켰다. 열린 서랍 속에 그 장치가 들어 있었다.

"방금 나였던 사람의 머리에서 그때그때 뿔을 떼어내 붙이기만 하면, 아무것도 나를 해칠 수 없지!"

클라파우치우시는 인격 전이를 또 하겠다는 생각을 포기하라고 왕을 설득하는 데 최선을 다했으나, 전혀 가망 없는 일이었다. 왕은 웃고 농담만 해대더니, 마침내 명백히 즐거워하는 어조로 말했다.

"난 궁정으로 돌아가지 않을 테야. 염려 말라고! 하여간 잘 들어. 나는 멋진 여행을 앞두고 있어. 내 신민들의 몸에서 몸으로 여행하는 거야. 결국 이건 내 민주적인 원칙에 아주 잘 맞는다는 말씀이야. 그리고 디저트로는 예쁜 처녀의 몸도 좋을 거야. 정말 교육적인 경험이겠지, 안 그런가? 하하!"

그러더니 그는 털이 북슬북슬한 거대한 손으로 문을 열고 자기 부하들을 소리쳐 불렀다. 클라파우치우시는 지금 당장 무슨 행동을 하지 않으면 그의 부하들이 자기를 가둬버리리라는 것을 알고, 잉크병을 쥐고 그 내용물을 왕의 얼굴에 끼얹었다. 그다음에 일어난 혼란 속에서 그는 창문을 통해 거리에 뛰어들었다. 엄청나게 운이 좋아 목격자가 하나도 없었던 덕분에, 그는 경찰이 경찰모를 갖춰 쓰고 공중에 경찰봉을 흔들면서 경찰서에서 쏟아져 나오기 전에 사람 많은 광장으로 나와 군중 속에 섞여 들어갈 수 있었다.

클라파우치우시는 전혀 즐겁지 않은 생각에 빠진 채 항구에서 나와 걸어갔다.

'저놈의 제멋대로 구는 발레리온일랑 자기 운명에 맡

겨두고, 병원에 가서 무고한 선원이 들어 있는 트루를의 몸을 궁정으로 가져간 다음, 내 친구가 다시 몸과 영혼 공히 자기 자신이 되도록 하는 편이 제일 좋을 거야. 발레리온 대신 그 선원이 왕이 되기는 하겠지만, 그 악당에겐 쌤통이지!'

그것도 나쁜 계획은 아닐 것이다. 그러나 작지만 없어서는 안 될 물건, 즉 뿔 달린 인격 전환기가 없으면 실행할 수 없는 계획이다. 그런데 지금 당장 그것은 경찰서 책상 서랍 안에 들어 있었다. 클라파우치우시는 새로 장치를 만들까, 하고 잠시 생각해보았다. 안 된다. 시간도 없고 수단도 없다.

'하지만 한 가지 생각이 떠오르는군. 왕인 데다가 지금 쯤 정신도 되찾았을 트루를에게 가야겠어. 그리고 항구 경찰서 주변에 군대를 배치하라고 말해주는 거야. 그렇게 하면 장치를 되찾고 트루를도 예전의 자신으로 돌아갈 수 있을 테지!'

그러나 클라파우치우시는 왕궁 입장 허가를 받을 수 없었다. 초병이 말해준 바로는 의사들이 강한 정전기 진정제를 왕에게 주사했기 때문에 최소한 24시간 이상은 쿨쿨 잘 터였다.

"바로 그런 게 필요한데!"

트루를과 클라파우치우시의 일곱 가지 여행 이야기

클라파우치우시는 투덜거리며 트루를의 몸이 있는 병원으로 서둘러 향했다. 그 몸이 이미 퇴원해서 대도시의 미궁 속으로 찾아낼 수 없이 숨어버리는 사태가 일어날까 두려웠기 때문이다. 병원에서 그는 다리가 부러진 환자의 친척이라고 말하고는 간신히 입원 환자 명부에서 이름을 찾아냈다. 심한 염좌였지만 골절은 아니니까 심각한 것은 아니었다. 하지만 환자는 며칠간 깁스를 하고 입원해 있어야 했다. 물론 클라파우치우시는 환자를 방문할 생각은 없었다. 서로 알지도 못한다는 게 드러날 테니까. 최소한 트루를의 몸이 불시에 달아나지는 않으리라는 것을 다시 확인한 다음, 그는 병원에서 나와 깊이 생각에 잠겨 거리를 헤맸다. 어쩌다 보니 도로 항구 근처에 오게 되었는데, 그곳은 경찰로 바글바글했다. 그들은 모든 사람을 세워서 경찰관 하나하나가 갖고 다니는 공책의 용모파기와 주의 깊게 대조하고 있었다. 클라파우치우시는 즉각 이것이 발레리온의 소행이라고 추측했다. 발레리온은 어떤 대가를 치러서라도 그를 감금해놓고 싶은 것이다. 바로 그때 순찰이 다가왔다. 그리고 반대쪽 모퉁이에는 두 명의 경비대가 서서 퇴로를 차단했다. 클라파우치우시는 조용히 체념하고 그냥 그들에게, 경찰대장에게 데려가달라, 아주 긴급한 일이다, 자기는 어떤 끔찍한 범죄에 관련된 아주 중요한 증거를 갖고 있기 때문이다, 하고 말해두기만 했다. 그들은 그를 구금하고 수갑을 채워 우락부락한 경찰에게 넘겨주었다. 경찰서에서 경찰대장, 즉 발레리온은 구슬 같은 눈을 사악하게 반짝이며 그를 맞아 만족의 말을 중얼거렸다. 그러나 클라파우치우시는 이미 자기 목소리와 다른 목소리로 외치고 있었다.

"위대하신 분! 높고 높으신 경찰 나리! 이분들이 절 데려왔어요, 나를 클라파우치우시라고 하면서, 난 클라파우치우시 아니고, 아니고, 아니고, 난 클라파우치우시가 누군지, 뭔지도 몰라요! 아마 그놈의 클라파우치우시는 나쁜 놈, 붕붕 뿔을 머리에 달고, 엄청난 마법을 쓰고, 나쁜 마법, 나를 내가 아니게 만들고, 머리를 다른 머리에 갖다 대고, 옛날 머리를, 뿔을 가져다 붕붕. 아, 경찰 나리들! 도와주세요!"

이렇게 말하면서 약삭빠른 클라파우치우시는 무릎을 꿇고 머리를 흔들며 낯선 나라의 말을 중얼거렸다. 넓은 견장을 단 제복을 입고 책상 너머에 선 발레리온은 조금 놀라 눈을 깜박거렸다. 그는 무릎을 꿇은 클라파우치우시를 자세히 바라보더니 고개를 끄덕거렸다. 그가 넘어온 것이 분명했다. 제작자가 경찰서로 오는 도중에 자유로운 손으로 자기 이마를 눌러 인격 전환기의 뿔이 남기는 것 같은 두 개의 표시를 만들어냈다는 것은 알지 못했다. 발레리온은 부하들에게 클라파우치우시를 풀어주고 방에서 나가라고 했다. 둘만 남자, 발레리온은 그에게 아무것도 생략하지 말고 정확히 무슨 일이 일어났는지 얘기하라고 했다. 클라파우치우시는 긴 이야기로 대답했다. 자기는 부유한 외국인인데, 바로 그날 항구에 도착했다. 자기 배에는 30명의 자동태엽 예쁜 소녀들과, 만들어지는 도중에 있는 아주 예쁜 200개의 퍼즐 상자가 실려 있다. 이 물건들을 위대한 발레리온 왕에게 보여주고 싶었기 때문이다. 그것은 위대한 황제 프로보시디언이 보내는 선물이고, 황제는 이런 방식으로 위대한 킴베리아 가문에 끝없는 경의를 표하고 싶어 한다. 도착해서 하선한 후, 그는 긴 여행 끝에 다리를 좀 펴고 싶어서 평화로이 부두를 거닐었다. 그런데 바로 이렇게 생긴 이 사람이(여기서 클라파우치우시는 자기를 가리켰다), 겉보기에도 탐욕스럽게 자기의 화려한 외국 옷을 바라보는 바람에 의심을 품었는데……. 간단히 말해서 이 사람은 갑자기 미친 것처럼 그를 깔아뭉갤 듯이 달려와서는, 깔아뭉개는 대신 그의 모자를 벗기고 고약하게도 한 쌍의 뿔로 그를 받았다. 그러자 괴상하게도 마음이 바뀌어버렸다는 이야기였다.

클라파우치우시는 될 수 있는 대로 믿을 만하게 이야기를 꾸며내려고 온갖 세부 사항을 이야기에 집어넣었다. 그는 잃어버린 몸에 대해 상세히 이야기했고, 이제 불행히도 자기가 소유하게 된 몸에 숱한 모욕을 퍼붓고, 심지어 자기 얼굴을 철썩 때리고 다리와 가슴에 침을 뱉기까지 했다. 그는 자기가 가져온 보물을 아주 상세하게 묘사했고, 특히 자동태엽 소녀들을 자세히 이야기했다. 자기가 남겨두고 온 가족과 이온 자식들, 하이파이 강아지, 여러 아내 중에서도 황제의 식탁에 올라갈 만큼 훌륭하고 따뜻한 전자맥주를 만들어내는 한 아내를 회상했다. 그는 심지어 경찰대장에게 가장 큰 비밀, 즉 배에 올라 암호를 대면 자기 배의 선장이 보물을 넘겨주도록 해놓았다는 것까지 털어놓았다.

발레리온은 탐욕스럽게 그 이야기를 들었다. 전후 사정이 아주 논리적으로 보였기 때문이다. 경찰로부터 숨을 곳을 찾던 클라파우치우시가 외국인의 몸에 들어가 숨었다. 게다가 멋진 옷을 차려입고 있으니 부자일 게 분명한 외국인을 골랐다. 일단 전이만 이루어지면 상당한 재산을 갖게 될 것이기 때문이다. 발레리온의 머리에도 분명 비슷한 계획이 자리 잡은 것 같았다. 그는 교활하게

트루를과 클라파우치우시의 일곱 가지 여행 이야기

가짜 외국인을 구슬려 비밀 암호를 알아내려고 했다. 그렇게 열심히 구슬릴 필요도 없이, 외국인은 곧 발레리온의 귀에 암호를 속삭여주었다. 암호는 '니터크'*였다. 이제 제작자는 발레리온이 미끼를 물었다고 확신했다. 왕은 예전과 마찬가지로 퍼즐을 아주 좋아했기 때문에, 그 선물들을 왕이 차지한다는 것을 견딜 수 없었다. 왕은 더 이상 그가 아니니까. 발레리온은 모든 이야기를 믿었고, 클라파우치우시가 또 하나의 인격 전환기를 갖고 있다는 것도 믿었다. 사실, 달리 생각할 이유가 없었다.

그들은 잠시 조용히 앉아 있었다. 발레리온의 머릿속은 팽팽 돌아갔다. 그는 무관심한 척하면서 그 외국인에게 배의 위치와 선장 이름 등등을 캐묻기 시작했다. 클라파우치우시는 대답을 하면서 왕의 탐욕에 불을 질렀다. 그는 헛다리를 짚지 않았다. 왕이 갑자기 일어나더니 그 외국인이 말한 이야기를 검증해야겠다며 서둘러 방에서 나갔기 때문이었다. 나가면서 왕은 문을 단단히 잠갔다. 그리고 클라파우치우시는 발레리온이 떠나면서 창문가에 경비병을 세우는 소리를 들었다. 발레리온은 과거의 경험을 통해 더 현명해진 것이 분명했다. 그러나 배도, 보

---

* Niterc. 바보, 백치라는 뜻의 cretin을 거꾸로 한 말—옮긴이

물도, 자동태엽 소녀고 뭐고 아무것도 없으므로 그는 당연히 무엇 하나 발견하지 못할 것이다. 그러나 그것이 클라파우치우시가 세운 계획의 핵심이었다. 왕이 사라지자마자 그는 책상에 달려가 서랍에서 장치를 꺼내 재빨리 머리에 붙였다. 그리고 왕이 돌아오기를 조용히 기다렸다. 그리 오래지 않아 바깥에서 무거운 발소리와 숨죽인 욕설, 이 가는 소리, 열쇠가 자물쇠를 긁는 소리가 났다. 그리고 경찰대장이 불쑥 방으로 들어오며 크게 고함을 질렀다.

"이 악당! 배와 보물, 예쁜 퍼즐이 어디 있어?"

그러나 그는 그 말밖에 하지 못했다. 클라파우치우시가 문 뒤에서 뛰어나오더니 미친 숫양처럼 덤벼들어 그의 이마를 똑바로 들이받았기 때문이다. 발레리온은 일이 어떻게 되어가는지 파악할 시간도 없이 클라파우치우시 안에 들어갔고, 이제 경찰대장이 된 클라파우치우시는 경비병들에게 그를 즉각 감옥에 던져 넣고 잘 감시하라고 고함쳤다! 이런 갑작스러운 반전에 얼떨떨해진 바람에 발레리온은 처음에는 자기가 얼마나 창피하게 속았는지 알아차리지도 못했다. 그런데 교활한 제작자가 내내 자기를 갖고 놀았고 부유한 외국인 같은 건 애초부터 없었다는 것을 마침내 깨닫자, 발레리온은 어두운 지하 감옥을 무시무시한 맹세와 위협으로 가득 채웠다. 하지만 장치를 빼앗았으니 해로울 것은 없었다. 반면 클라파우치우시는 익숙한 몸을 잠시 잃기는 했지만, 인격 전환기를 얻는 데 성공했다. 그는 가장 좋은 제복을 입고 곧장 왕궁으로 갔다.

왕은 아직 자고 있다고 했지만, 클라파우치우시는 경찰대장의 권능을 빌려 자기는 잠시만이라도 긴급하게 전하를 뵈어야 한다, 아주 중요한 일이고 비상사태이며 나라를 뒤흔들 수도 있다, 이런 말을 계속 해댔다. 조신들은 놀라서 그를 왕의 침실로 데려갔다. 친구의 습관과 괴벽을 잘 알고 있는 클라파우치우시는 트루를의 발뒤꿈치를 건드렸다. 엄청나게 간지럼을 잘 타는 트루를은 벌떡 뛰어 일어났고, 즉시 번쩍 깨어났다. 그는 눈을 비비면서 자기 앞에 서 있는 거대한 덩치의 경찰을 놀라 바라보았다. 그러나 그 거인은 몸을 굽히더니 그에게 속삭였다.

"나야, 클라파우치우시. 경찰대장 몸에 들어올 수밖에 없었어. 배지가 없었으면 절대로 나를 들여보내지 않았을 거야. 그리고 장치를 갖고 있어. 바로 내 주머니에……."

클라파우치우시가 자신의 계책을 말하자, 트루를은 기쁜 나머지 왕의 침대에서 벌떡 일어나더니 자기는 완전히 회복되었다고 공포했다. 그다음 자줏빛 옷을 주렁주렁 걸치고 왕의 보주實珠와 왕홀을 잡은 채 왕좌에 앉아 몇 가지 명령을 내렸다. 첫째, 그는 발레리온이 항구 계단에서 다리를 삐게 한 자기 몸을 병원에서 데려오도록 했다. 이 명령은 신속히 이행되었고, 그는 어의들에게 모든 기술과 열정을 다해 환자를 돌보라고 명령했다. 그리고 경찰대장, 즉 클라파우치우시와 짧게 면담을 한 후 트루를은 자기가 이 왕국에 질서를 회복하고 모든 것을 정상으로 돌려놓겠다고 선언했다.

쉬운 일은 아니었다. 바로잡아야 할 문제가 끝없이 나왔다. 제작자들은 잘못 자리 잡은 모든 영혼을 예전 몸으로 돌려놓을 생각은 없었다. 사실 그들의 주요 관심사는 트루를이 가능한 한 빨리 트루를이 되고, 클라파우치우시가 클라파우치우시가 되는 것이었다. 육체적으로 말이다. 그래서 트루를은 죄수(자기 동료의 몸에 들어간 발레리온)를 감옥에서 끌어내 어전御前으로 끌고 오라고 명령했다. 첫 전이는 재빨리 이루어졌다. 클라파우치우시는 다시 자기 자신이 되었고, (이제는 예전 경찰대장의 몸에 들어간) 왕은 서서 아주 불쾌한 강의를 들어야만 했다. 그런 다음 그는 성의 지하 감옥에 갇혔는데, 그에 대한 공식적인 설명은 경찰대장이 어떤 글자 맞추기를 풀지 못했기

트루를과 클라파우치우시의 일곱 가지 여행 이야기

때문에 왕의 눈 밖에 났다는 것이었다. 다음 날 아침, 트루를의 몸도 되돌아가도 좋을 만큼 건강을 회복했다. 단하나의 문제가 남았다. 왕위 계승 문제를 어떻게든 제대로 해결하지 않고 떠나면 안 된다는 것이었다. 발레리온을 경찰의 몸에서 풀어주고 다시 한번 국가의 지배자로 앉히는 것은 생각할 수도 없다. 그래서 그들은 이렇게 했다. 그들은 트루를의 몸에 들어가 있는 정직한 선원에게 비밀을 지키겠다고 엄숙하게 맹세하게 한 다음, 모든 것을 말해주었다. 그 단순한 영혼에 얼마나 분별력이 깃들어 있는지를 보고, 그들은 그가 나라를 통치할 자격이 있다고 판단했다. 그래서 전이 후에 트루를은 자기 자신이 되고 선원은 왕이 되었다. 그러나 그 전에 클라파우치우시는 거리를 돌아다니다가 근처 가게에서 본 커다란 뻐꾸기시계를 궁정에 가져오라고 명령했다. 그리고 발레리온 왕의 마음은 뻐꾸기 속에 들어가고, 대신 뻐꾸기는 경찰의 몸에 들어갔다. 이렇게 정의가 실현되었다. 왕은 그 후 밤낮으로 성실하게 일하면서 의무적으로 뻐꾹뻐꾹, 시간을 알려야 했다. 그는 시계의 날카로운 톱니바퀴 이빨에 쫓겨 정확한 시간을 알릴 수밖에 없었다. 이것으로 그는 자기 시대의 기념품이 되어 메인 홀의 벽에 매달린 채, 생각 없이 놀이들을 한 죄를 속죄하는 처지가 된 것이다. 자주 마음을 바꾸어대서 두 명의 유명한 제작자들의 생명과 사지를 위험에 빠뜨린 죄는 말할 것도 없다. 경찰대장은 업무에 복귀해 흠 없이 일함으로써 그 자리는 뻐꾸기의 정신 상태로도 충분히 유지할 수 있다는 것을 보여주었다. 마침내 제작자들은 왕관을 쓴 선원에게 허가를 얻어내, 소지품을 챙기고 그 말썽 많은 왕국의 흙을 발에서 떨어낸 다음 가던 길을 계속 갔다. 왕의 몸에 들어 있을 때 트루를이 취한 마지막 행동은, 왕실 창고에 들어가 세상에서 가장 숨기 좋은 장소를 찾아낸 대가로 정당하게 획득한 상품인 킴베리아 왕조의 왕관을 챙기는 것이었다는 사실을 덧붙여두자.

다섯 번째 외출(A) 혹은 트루를의 처방

여기서 멀지 않은 하얀 태양 옆, 녹색 별 뒤에 유명하고 부지런하고 근심 없는 스틸리핍스*가 살았다. 그들에게는 싸움이 없었고, 규칙도, 학교도, 우울함도, 달의 사악한 영향도, 물질이나 반물질이 일으키는 말썽도 없었다. 그들은 기계를 가지고 있었는데, 그 기계는 기계의 꿈이었고 스프링과 기어가 달렸으며 모든 면에서 완벽했기 때문이다. 그들은 그 기계와 함께, 그 기계 위에서, 아래에서, 안에서 살았다. 그들에게는 그것밖에 없었기 때문이다. 우선 그들은 모든 원자를 모은 다음 전부 합쳤다. 하나가 맞지 않으면 그것을 약간 깎아냈다. 그러면 전

---

* Steelypips. '강철 눈'이라는 뜻도 된다.—옮긴이

부 괜찮아졌다. 모든 스틸리픕스는 자신만의 작은 소켓과 플러그를 갖고 있었고, 각자 전적으로 자신의 것에 의지했다. 그들은 그 기계를 소유하지 않았고 그 기계도 그들을 소유하지 않았지만, 모두 열심히 일했다. 어떤 스틸리픕스는 기계공이고, 다른 스틸리픕스는 기계 기사이고, 또 다른 스틸리픕스는 기계론자였다. 그러나 모두 기계적인 정신을 갖고 있었다. 밤이나 낮, 일식을 만드는 일등 그들에게는 할 일이 너무 많았다. 그러나 그런 일이 아주 잦지는 않았다. 그렇지 않았다면 그들은 그 일에 싫증이 났을 것이다. 하루는 보닛을 쓴 혜성, 즉 여자 혜성이 녹색 별 뒤의 흰 태양을 향해 날아올랐다. 그 혜성은 못처럼 못됐고, 머리끝부터 네 개의 긴 꼬리 끝까지 엄청나게 커서 바라보기만 해도 무서울 정도였으며, 시안화수소 때문에 온통 새파랬고, 당연히 쓴 아몬드 냄새를 풍겼다. 그 여자 혜성이 날아올라 말했다.

"우선 너희들을 모두 태워 잿더미를 만들겠다. 그리고 그것은 시작일 뿐이야."

스틸리픕스는 그녀를 바라보았다. 그녀의 눈에서 타오르는 불길이 내는 연기가 하늘을 절반쯤 가릴 정도였다. 그녀는 중성자를, 탄약 같은 중간자를, 파이-와 뮤-와 중성미자들도 끌어올리며 말했다.

"피-파이-포-펌-플루-토-늉."*

그들은 대답했다.

"자, 잠깐만 기다려요. 우리는 스틸리핍스입니다. 우리는 겁이 없고, 싸움도 없고, 규칙도, 학교도, 우울함도 없고, 달의 사악한 영향도 받지 않습니다. 우리는 기계를 가지고 있는데, 그 기계는 기계의 꿈이며 스프링과 기어가 달리고 모든 면에서 완벽하기 때문이지요. 그러니 가십시오, 혜성 여사. 아니면 후회하게 될 겁니다."

그러나 그녀는 이미 하늘을 가득 채운 채 타오르고, 그슬리고, 소리치고, 쉿쉿거리고 있었기 때문에, 결국 스틸리핍스의 달은 시들어버리고 뿔에서 뿔까지 그슬렸다. 비록 달이 원래 약간 금이 가고 낡고 크기도 작은 편이었지만, 그래도 그것은 부끄러운 일이었다. 그래서 그들은 더 이상 말하지 않고 제일 강한 역장을 친 다음, 훌륭하게 매듭을 지어 이쪽저쪽 뿔에 역장을 매고 스위치를 켰다. 자, 해보시지, 이 늙은 마녀야. 천둥 같은 소리가 나고 지진이 일어나고 혜성이 신음했다. 하늘은 눈 깜박할 사이에 맑아졌고 혜성은 재 한 줌밖에 남지 않았다. 그리고 다시 평화가 돌아왔다.

---

* '피, 파이, 포, 펌'은 영국 동요집 《머더구스의 노래》중 한 구절이다.—옮긴이

얼마인지 모를 시간이 흐른 다음 무엇인가가 나타난다. 끔찍하게 생겼고 어느 각도에서 바라보든 더더욱 끔찍하다는 것만 제외하면 **그것**에 대해 아는 이는 아무도 없다. 무엇이든 간에 **그것**은 날아올라서 가장 높은 봉우리에 착륙한다. 상상할 수도 없이 무거운 놈이다. **그것**은 편안하게 자리 잡고 꿈쩍도 하지 않는다. 하지만 마찬가지로 무섭고 불쾌하다.

그래서 근처에 있던 스틸리핍스들이 말한다.

"실례합니다. 우리는 스틸리핍스입니다. 우리는 무서운 것이 없고, 행성 위에 사는 게 아니라 기계 안에 살고 있습니다. 그 기계는 기계의 꿈이며 스프링과 기어가 달리고 모든 면에서 완벽합니다. 그러니 꺼져라, 더러운 것. 아니면 후회하게 될 거다."

그러나 **그것**은 그냥 그곳에 앉아 있을 뿐이다.

그래서 비용을 많이 들이지 않으려고 그들은 별로 크지 않은, 사실 꽤 작은 스케어크롬*을 보낸다. 스케어크롬은 겁을 주어 **그것**을 쫓아낼 테고, 다시 평화가 돌아올 것이다.

스케어크롬이 출발한다. 안에서 들리는 것은 스케어크

＊　　scarechrome. scarecrow(허수아비)+chrome(크롬)의 합성어—옮긴이

롬의 프로그램이 윙윙거리는 소리뿐인데, 점점 더 무시무시해진다. 스케어크롬이 다가온다. 쉿쉿거리고, 침을 뱉는다! 스케어크롬도 자기가 무서울 판이다. 그러나 **그것**은 그저 그곳에 앉아 있다. 스케어크롬은 이번에는 다른 주파수를 잡아 다시 한번 시도한다. 하지만 이제는 형식적으로만 겁을 주고 있다.

스틸리핍스는 뭔가 다른 조치가 필요하다는 것을 깨닫는다. 그들은 말한다.

"구경이 더 크고, 유압식이고, 미분-지수 방식이고, 유연하고, 확률론적으로 가능하고, 근육도 아주 많은 것을 만듭시다. 핵력이 있으면 위축되지도 않을 테지요."

그래서 그들은 그런 것을 보냈다. 보편적이고, 가역적이고, 연발식이고, 모든 면에서 피드백을 하며, 모든 시스템이 '우왓!' 소리가 나올 정도로 멋지게 작동하고, 안에는 기계공 한 명과 기계론자 한 명이 있었다. 그것만이 아니었다. 안전조치일 뿐이지만, 그들은 꼭대기에 스케어크롬을 하나 붙였다. 기계가 도착했다. 어찌나 매끄럽게 착륙하는지 바늘 떨어지는 소리도 들릴 지경이다. 기계는 포탄을 쏘기 전의 준비 동작에 들어가 카운트다운을 한다. 1, 0.75, 0.5, 0.25, 0! 콰쾅! 엄청난 폭발이다! 버섯구름이 자라나는 것을 보라! 방사능 백열광과 함께 크는 버섯! 기름이 부글부글 끓고, 톱니바퀴들이 덜그럭거리고, 기계공과 기계론자는 승강구를 내다본다. 상상할 수 있겠는가? 흠집 하나 없다.

스틸리핍스는 전쟁위원회를 열고 다음 기계를 만들었다. 그 기계는 작동하자 메타 기계를 만들었고, 메타 기계는 엄청난 메갈로 기계를 만들어서 가장 가까운 별들이 뒤로 물러서야 할 정도였다. 그리고 그 한가운데에는 톱니와 바퀴가 달린 기계가 있고 그 기계 한가운데에는 자동 유령이 있다. 이제 스틸리핍스는 정말 진지하게 일에 임했던 것이다.

메갈로 기계는 온 힘을 다해 발사했다! 천둥, 우르릉 소리, 떠들썩한 소리가 나고, 피어난 버섯이 어마어마하게 커서 버섯 수프를 끓이려면 대양만큼 물을 부어야 할 터였다. 이를 악물고, 암흑, 암흑이 너무 짙어서 뭐가 뭔지 알 수가 없다. 스틸리핍스는 바라본다. 아무것도, 무슨 일도 일어나지 않았다. 그들이 만든 기계들이 생명의 징후 없이 전부 고철처럼 주변에 널브러져 있을 뿐이다.

이제 그들은 팔뚝을 걷어붙였다. 그들은 말한다.

"어쨌건 우리는 기계공이자 기계론자고, 모두 기계적인 정신을 갖고 있어요. 그리고 기계의 꿈이며 스프링과 기어가 달리고 모든 면에서 완벽한 기계를 갖고 있습니다. 그런데 이 사악한 놈이 어떻게 그곳에 앉아서 움직이지 않을 수가 있습니까?"

이번에 그들은 아주 거대한 사이버담쟁이 매복-기습기를 만든다. 그 기계는 마치 자기 일에만 신경 쓰는 듯 아무렇지도 않게 훌쩍 감고 올라갈 것이다. 그다음에 어깨 너머로 슬쩍 훑어보고 약간 더 대담하게 한두 개의 뿌리를 내밀 것이다. 뿌리는 뒤편에서부터 자라면서 충분히 뜸을 들일 것이다. 마침내 사이버담쟁이가 완전히 포위하면, 그때가 바로 **그것**의 종말이다. 그리고 사실, 모든 일이 정확히 예상대로 일어났다. 그 일이 끝났을 때가 **그것**의 종말이 전혀 아니었다는 점만 제외하고.

스틸리핍스는 절망에 빠져서 무슨 생각을 해야 할지도 알 수 없었다. 예전에는 한 번도 겪어보지 못한 일이기 때문이었다. 그래서 그들은 동원 체제로 들어가 분석하고, 그물과 풀, 올가미와 조이개, 함정과 신기한 장치를 만들었다. **그것**을 빠뜨리고, 부서뜨리고, 무너뜨리고, 그도 아니면 가두기 위한 장치들이었다. 그들은 이 방법, 저 방법, 다른 방법을 시도하지만, 이것도 다른 것과 마찬가지로 효과가 없다. 모든 수를 써보지만, 아무것도 도움이 되지 않는다. 희망을 포기하려던 참에, 그들은 갑자기 누군가가 다가오는 것을 본다. 그는 말에 타고 있다. 아니다, 말에는 바퀴가 없다. 그러면 자전거일 것이다. 하지만 잠깐, 자전거에는 뱃머리가 없다. 그러니까 아마 로켓일 것이다. 그러나 로켓에는 안장이 없다. 그가 타고 있는 것이 무엇인지는 아무도 모르지만, 안장에 탄 로봇은 우리 모두 잘 알고 있는 인물이다. 그는 바로 트루를, 신나게 놀기 위해 나왔거나 그 유명한 외출을 하는 중인 제작자다. 그는 평온하게 미소를 지으며 가까이 오고 있다. 지나쳐서 날아가려 한다. 그러나 멀리서 보아도 그가 어중이떠중이가 아니라는 것은 알 수 있다.

그는 고도를 낮추고 공중을 맴돈다. 그래서 그들은 그에게 모든 사정을 털어놓는다.

"우리는 스틸리핍스입니다. 우리는 기계를 가지고 있는데, 그 기계는 기계의 꿈이며, 스프링과 기어가 달리고 모든 면에서 완벽합니다. 우리는 모든 원자를 모은 다음 직접 합쳤습니다. 우리는 겁이 없고, 싸움도 없었고, 규칙도, 학교도 없었습니다. 무엇인가가 날아와 착륙한 다음 앉아서 움직이려 하지 않을 때까지는요."

"겁을 주어서 쫓으려고 해보았나?"

트루를은 친절한 미소를 지으며 물었다.

"스케어크롬과 자동 유령과 메갈로 기계를 써보았습니다. 모두 유압식이고 구경이 커다랗고, 중간자를 탄약

처럼 내뿜고, 파이-와 뮤-와 중성미자, 양자와 광양자도
내뿜는 것이었습니다. 그러나 전혀 듣지 않았습니다."

"기계로는 안 된다, 그 말인가?"

"네, 제작자님, 기계로는 안 됩니다."

"흠, 재미있군. 그런데 그것은 대체 무엇인가?"

"저희도 모릅니다. **그것**은 갑자기 나타나서 여기로 날
아왔고, 아무도 **그것**이 무엇인지 모릅니다. **그것**이 끔찍
하게 생겼고, 어느 각도에서 바라보든 더더욱 끔찍하다
는 것 외에는요. **그것**은 날아올라서 착륙했고, 상상할 수
도 없이 무겁습니다. **그것**은 그저 그곳에 앉아 있을 뿐입
니다. 하지만 마찬가지로 무섭고 불쾌합니다."

"흠, 사실 나는 시간이 별로 많지 않아. 자문 위원 자격
으로 이곳에 잠시 머무는 게 고작일 거야. 그래도 괜찮은
가?"

트루를이 말한다.

괜찮다마다. 스틸리핍스는 즉각 "무엇을 가져올까요?"
하고 물었다. 광양자, 나사, 해머, 대포 혹은 다이너마이
트나 TNT는 어떤지? 그리고 손님께서는 커피를 원하시
는지, 차를 원하시는지? 물론 자동판매기에서 뽑아다 드
릴 것이다. 트루를이 찬성한다.

"커피가 좋겠어. 나 때문이 아니라 당면한 일 때문에

그러네. 나머지는 필요 없을 것 같아. 이보게들, 스케어크롬도, 자동 유령도, 사이버담쟁이 매복-기습기도 성공해 내지 못했다면, 다른 방법을 써야 하네. 고풍스럽고 고문서에 실려 있으며 법률을 존중하는, 따라서 사디스틱한 방법이지. 나는 이제부터 양도 불이행 때의 송금 기일과 한도를 살펴보겠어."

"뭐라고 하셨죠?"

스틸리핍스가 묻지만, 트루를은 설명을 하지 않고 말을 계속한다.

"사실 아주 간단한 일이야. 자네들은 종이, 잉크, 우표와 봉인 도장, 밀랍과 압정, 압지, 금전출납계 창 하나, 아연 티스푼 하나, 커피는 이미 있고, 집배원 한 명만 있으면 돼. 그리고 필기구…… 필기구는 있나?"

"가져오겠습니다!"

그들이 떠난다.

트루를은 의자를 빼고 앉아서는 구술한다.

"임대인의 방해에 대하여 이로써 통보하는바, CTSP 위원회법의 개정 법령 c.117(e) 대시 2 대시 KKP4에 상술된 것에 따르면 199절에 명백히 위배되고, 따라서 비난받아 마땅한 위법 행위를 구성하므로, 우리는 그곳에 발생하는 모든 용역의 종결, 파해, 완전한 중단을 선언한다.

법령 67 DPO No. 14(j) 1101과 그에 따르는 조항의 권위에 의거하여 현재 연 17월 19일에, 77 F. Supp. 301을 확인한다. 임대인은 위의 행동에 대해 24시간 안에 특별 절차를 따라 위원회 회장에게 상고할 수 있다."

트루를은 봉인을 하고 우표를 붙인 후 중앙 장부에 올리고, 공무 기록부를 참고한 다음 말한다.

"이제 집배원에게 배달시키자."

집배원이 그것을 가져간 다음, 그들은 기다리고, 또 기다리고, 집배원이 돌아온다.

"배달했습니까?"

트루를이 묻는다.

"네."

"그러면 환송 영수증은?"

"여기 있습니다. 서명은 이 줄에 있습니다. 여기 상고장이 있고요."

트루를은 그 상고장을 받더니 하나도 읽어보지 않고 발송인에게 되돌려 보내라고 하면서 봉투 위에 대각선으로 '접수 불가–적합한 서식대로 첨부되지 않음'이라고 쓴다. 그런 다음 그는 알아볼 수 없게 자기 이름을 서명한다.

"그럼 이제 일을 하세!"

트루를이 말한다.

그가 앉아서 기다리는 동안 호기심 많은 스틸리핍스는 계속 관찰하지만 아무것도 이해하지 못하고 결국 이것은 무엇인지, 무엇을 하도록 되어 있는지 묻는다.

"공무야. 그리고 일은 잘될 거야. 지금 진행 중이거든."

트루를이 대답한다.

집배원은 귀신 들린 사람처럼 하루 종일 이쪽저쪽 왔다 갔다 한다. 트루를은 공증하고, 명령을 발부하고, 타자기가 딸각거리고, 조금씩 전체 관공서가 모습을 갖춘다. 고무 스탬프와 고무줄, 서류 클립과 서류 다발, 포트폴리오와 분류 선반의 칸막이들, 풀스캡 판 종이와 작은 서류들, 티스푼, '출입 금지'라고 쓰인 표지판, 잉크병, 서류철의 서식, 그러는 동안 내내 활자를 찍어내며 달가닥거리는 타자기. 눈에 들어오는 곳마다 커피 얼룩, 종이 쓰레기, 고무 지우개 조각이 보인다. 스틸리핍스는 걱정이 된다. 그들은 하나도 이해하지 못한다. 그동안 트루를은 착불로 택배를 보내고, 환송 영수증이 붙은 택배를 받고, 특히 송금 기한과 송금 한도를 살핀다. 그는 독촉 편지, 화물 청구서, 공고, 강제 명령을 끝없이 보낸다. 이미 특별 회계 장부가 만들어졌다. 당분간은 아무 항목도 없지만, 그는 그것이 일시적인 현상일 뿐이라고 말한다. 얼마 후, **그것**이 그다지 끔찍하지는 않게 보인다. 특히 옆모습이 그렇다. 사실은 점점 작아지고 있다! 그래, 그래, 더 작다! 스틸리핍스는 트루를에게 묻는다. 이제 어쩌죠?

"사무실에서 게으르게 잡담하면 안 돼."

그의 대답이다. 그러더니 그는 스태플러를 찍고, 도장을 찍고, 바우처를 검사하고, 면허를 취소하고, 세부에 이르기까지 검사하고, 넥타이를 늦추고, 다음은 누구인지 묻고, 죄송합니다만 근무 시간이 끝났습니다, 한 시간 안에 돌아오겠습니다, 하고 말한다. 커피는 차갑고, 크림은 시고, 천장에서 마루까지 거미줄이 덮이고, 비서의 서랍에는 낡은 나일론 양말 한 짝이 들어 있다. 네 짝짜리 새 파일 캐비닛을 여기 설치하고, 공무원에게 뇌물을 주려는 시도가 있고, 문제들의 파일과 파일들에 대한 문제, 강제 집행 영장, 이종족 혼교로 인한 투옥, 그리고 일곱 개의 봉인이 된 상고들.

타자기가 달가닥거린다.

"송달된 영장, 즉 대KRS 사이버네틱 공화정의 강제 퇴거 명령서에 따라 권리가 양도된 부동산에서 임대인이 퇴거를 불이행하고 부동산을 미양도한 까닭에, 제3심 법정은 '인 바쿠오 엑스 니힐로'* 즉각적인 퇴거와 그에 따

---

*　　in vacuo and ex nihilo, '현실에서 유리되어 무(無)로부터', 융통성 없는 실정법 체제를 풍자하는 표현—옮긴이

른 철수를 명령한다. 임대인은 이 판결에 불복해 상고할 수 없다."

트루를은 집배원을 보내고 주머니에 영수증을 넣는다. 그런 다음 일어서서 책상, 의자, 고무 스탬프, 봉인, 서류 분류 선반의 칸 등등을 질서정연하게 바깥의 깊은 우주로 내던진다. 자동판매기만 남는다.

"도대체 무슨 짓입니까? 어떻게 이러실 수가?"

이 모든 것에 익숙해지기 시작하던 스틸리핍스는 당황하여 외친다.

"쯧쯧, 이보게들. 그러지 말고 한번 보는 게 어떤가!"

그가 대답한다.

진짜다. 그들은 바라보고 숨을 멈춘다. 자, 그곳에는 아무것도 없다. **그것**은 존재한 적이라곤 없는 것처럼 사라져버렸다! 그러면 **그것**은 어디로 갔을까? 엷은 공기 속으로 사라져버렸을까? **그것**은 비겁하게 물러나서 아주 작아졌다. 정말 아주 작아졌기 때문에 확대경으로 보아야할 것이다. 그들은 사방을 뒤져보지만 약간 축축한 작은 반점 하나밖에 찾을 수 없다. 무엇인가가 그곳에 떨어진 것은 분명하지만, 무엇이 왜 그랬는지 그들은 알 수 없다. 그것이 전부다.

"내 생각대로야. 이보게들, 기본적으로 이 일은 다 간

트루를과 클라파우치우시의 일곱 가지 여행 이야기

단한 것이었다네. **그것**이 첫 번째 속달 문서를 받아들고 서명을 한 순간부터, 일이 다 된 거였어. 나는 대문자 B로 시작하는 특별 기계*를 썼어. 우주가 우주인 것과 마찬가지로, 아무도 그 기계를 이긴 적이 없거든!"

"좋습니다. 그렇지만 왜 서류를 던지고 커피를 부어버리셨죠?"

그들이 묻는다.

"그 기계가 이번에는 자네들을 삼켜버리지 못하도록 그랬지!"

트루를은 그렇게 대답하고 그들을 향해 친절하게 고개를 끄덕이며 날아간다. 그의 미소는 별과 같다.

---

* Bureaucracy(관료제)를 말한다.─옮긴이

여섯 번째 외출 혹은 트루를과 클라파우치우시가
해적 퍼그를 이기기 위해 제2종 악마를 창조한 이야기

'상上태양국'에서 남쪽으로 가는 카라반의 길은 두 갈래뿐이다. 첫 번째는 오래된 길로, 스텔라 콰드리페룸*에서 대大글로사우론투스를 지난다. 글로사우론투스는 광도가 잘 변하는 아주 불안정한 별이고 가장 어두울 때에는 아비시르스**의 왜성과 비슷하기 때문에, 여행자들은 실수로 대大장막 황무지로 들어가곤 하는데 그곳은 아홉 명의 카라반이 가면 단 한 명만 살아 돌아오는 곳이다. 두 번째의 새 길은 미라포클레인 제국이 연 것으로, 제국의 터보자동노예들이 글로사우론투스의 심장부를 가로

---

*　　Stellar Quadriferum. '무자비한 사성좌(四星座)'—옮긴이
**　Abyssyrs. 심연을 뜻하는 Abyss에서 따온 이름—옮긴이

질러 60억 마일 거리를 파냈다.

그 터널의 북쪽 입구는 다음과 같은 방법으로 찾을 수 있다. '이제 나는 누워서 잡니다'를 일곱 번 읊을 시간 동안 '상태양국'의 마지막 태양에서 곧장 극점으로 간다. 그다음에 왼쪽으로 계속 가면 불의 벽이 나오는데, 그 벽은 글로사우론투스의 옆면이다. 입구를 찾아라. 희게 달아오른 용광로 속의 검은 점 하나처럼 보이는 곳이다. 그 속으로 똑바로 내려가라. 공포는 느끼지 않아도 좋다. 터널은 배 여덟 척이 뱃전을 맞대고 지나갈 정도로 넓으니까. 터널을 빠져나와 현창 바깥으로 펼쳐지는 광경은 비할 바 없이 훌륭할 것이다. 우선 그 유명한 플로지스티니언* 화염벽이 있고, 그다음은 날씨에 달려 있다. 10억 마일 혹은 그 이상 떨어진 곳까지 넘실대는 열자기폭풍이 태양의 심연까지 휩쓸고 나면, 뒤틀리고 거대한 불의 매듭이 희고 빛나는 덩어리들로 부풀어 오르며 맥박치는 동맥이 보일 것이다. 반면 폭풍이 더 가깝거나, 그 폭풍이 7차 폭풍이라면 백열광의 흰 덩어리가 금방이라도 떨어질 듯 지붕이 덜덜 떨릴 것이다. 그러나 이것은 환상일 뿐이다. 그 빛은 파이안 역장의 장력 이랑에 막혀, 퍼

---

*   Phlogistinian. phlogiston은 17세기 초까지 열(熱)의 원인이라고 여긴 물질로, 열소라고도 한다.—옮긴이

져나가지만 떨어지지는 않고, 타오르지만 없어지지는 않기 때문이다. 그러나 그 유명한 돌출부의 핵과, 사람들이 '지옥불'이라고 부르는 길게 갈래 진 번갯불의 원천을 더 가까운 곳에서 관찰할 때는, 조종키를 꽉 잡고 성도星圖가 아닌 태양의 내부를 주의 깊게 들여다보는 것이 가장 좋다. 이곳에서는 최고의 조종술이 필요하기 때문이다. 사실, 그 길은 늘 바뀌기 때문에 같은 방식으로는 두 번 다시 건널 수 없다. 글로사우론투스 전역에 걸쳐 파인 터널은 도리깨질을 당한 뱀처럼 끊임없이 꼬이고 뒤틀리고 몸부림친다. 주의를 게을리하지 말고, 그대 신변의 안전은 (투명 고드름으로 보호 유리의 테를 두른) 저온 보관팩으로 단단히 지켜라. 그리고 위로 밀어닥쳐 천둥 같은 소리를 내면서 혓바닥을 날름거리며 타오르는 벽을 주의 깊게 지켜보아라. 그러면 선체가 지글거리기 시작하고, 펄펄 끓는 태양의 가마솥 안에서 찌부러지고 튀겨지는 소리를 듣게 될 것이다. 그때는 자신의 번개 같은 반사 신경만을 믿어야 한다. 터지는 화염이나 요동치는 터널이 모두 별 지진이나 흰 불바다 속의 돌풍을 의미하지는 않는다는 것 또한 명심해야 한다. 노련한 선원이라면 성냥개비 하나 떨어진 일로 "모두 펌프로 가서 물을 길어 와라!"하고 외치지는 않을 것이다. 나중에 동료들이 "저

녀석은 액체 니트로젠 비커 한 컵으로 영원한 별빛을 꺼 보려는 놈"이라고 비웃을 테니까. 만약 우주선에 진짜 별지진이 닥치면 어떻게 하느냐고 묻는 자가 있다면, 대부분의 까불이들은 그러면 기도를 올리거나 유언장을 쓸 시간도 없을 테니 한숨이나 내쉬라고, 눈은 자기 취향에 따라 뜨거나 감거나 마음대로 하라고, 눈 따위 어차피 불길이 다 태워버릴 거라고 대답할 것이다. 그러나 그런 재앙은 극히 드물다. 미라포클레인 제국이 장착해놓은 받침대와 버팀대는 놀라울 정도로 내구성이 강하기 때문이다. 사실 구불구불하고 불꽃을 튀기는 글로사우론투스의 수소 거울을 지나 활강하는 성계 내 비행은 아주 즐거운 경험이 될 수도 있다. 또 로봇들은, 누구든 그 터널에 들어가는 자는 최소한 금방 나올 테고 '대장막 황무지'에 대해서 들을 일도 없으리라 말한다. 근거 없는 얘기는 아니다. 만약 터널이 별 지진으로 완전히 파괴되었다면, 다른 길은 '대장막 황무지'를 지나는 것밖에 없다. 이름처럼 그곳은 밤보다 더 검다. 이웃 별들의 빛이 감히 그곳에 들어오지 못하기 때문이다. 그 황무지에는 막자사발 속처럼 고철과 깡통이 떠다니고, 글로사우론투스의 배신으로 길을 잃고 바닥 없는 중력의 소용돌이가 무자비하게 움켜쥐는 바람에 뭉개진 배들이 끊임없이 충돌하고 파괴된다(무시무시한 소음을 일으킨다). 그런 다음 그 잔해들은 우주 자체가 닳아 멈추는 그날까지 원을 그리며 둥둥 떠다닌다. '장막'의 동쪽에는 슬립조* 왕국, 서쪽에는 보글아이드** 왕국, 남쪽에는 높은 사망률로 점철된 길들이 있다. 그 길은 더 온화한 천체인 하늘색 라줄리아로 향하고, 라줄리아 너머에는 실낱같이 빛나는 무르군디간이 있다. 그곳에는 '알카론의 마차'로 알려진 철이 부족한 항성들의 다도해가 핏빛으로 붉게 빛난다.

앞에서 말했듯이 장막은 글로사우론투스의 통로가 흰 만큼이나 검다. 또한 장막의 소용돌이 속, 어질어질한 높이에서 조류에 휩쓸려 떨어지는 파편들과 미쳐버린 유성 무리 속만이 위험한 것은 아니다. 알려지지 않은 장소에, 캄캄하고 어두컴컴한 동굴들 속에, 헤아릴 수 없이 깊은 심연의 바닥에, 수많은 세월이 흘러오는 동안 어떤 생물이 줄곧 앉아 있다고 말하는 자들이 있기 때문이다. 그 생물은 변칙적인 존재이고 절대 익명이다. 그것을 만나 그 이름을 들은 자는 아무도 살아 나오지 못하기 때문이다. 또 이 '익명자'는 해적이자 마법사이며, 암흑중력으로 세운 성안에 산다고 한다. 성의 해자는 영원히 휘몰아

---

*   Slipjaw. 미끄러지는 입—옮긴이
**   Boggle-eyed. 귀신 눈깔—옮긴이

치는 폭풍이고, 성벽은 무無이기에 꿰뚫을 수 없는 비존재이며, 창문은 모두 눈이 멀었고, 문은 말을 못 한다고 한다. '익명자'는 카라반들을 기다리며 도사리고 있다. 금과 해골에 대한 압도적인 욕구를 느낄 때마다 그것은 표지판 역할을 하는 태양의 얼굴에 검은 먼지를 불어댄다. 일단 태양이 꺼지고 나그네들이 안전한 길에서 벗어나면, 그것은 소용돌이치며 허공에서 나타나 그들을 똬리로 꽁꽁 감은 다음, 작은 루비 브로치 하나 남기지 않고 자기가 사는 망각의 성으로 운반한다. 그 괴물은 괴물같이 꼼꼼하기 때문이다. 그다음에는 갉아먹힌 잔해만이 흘러나와 정처 없이 황무지를 떠돈다. 괴물의 입에서 과일 씨처럼 뱉어져 나온 배의 대갈못에 매달린 긴 줄이 그 뒤를 따른다. 그러나 최근 헤아릴 수 없이 많은 터보자동노예들의 강제 노동으로 글로사우론투스 터널이 뚫리고 모두들 통로 가운데 가장 밝은 그 길을 택한 다음부터, 더 이상 약탈을 하지 못하게 된 '익명자'는 분노한다. '익명자'가 격노하며 뿜어내는 열은 '장막'의 어둠을 밝히고, '익명자'는 인광을 발하는 축축한 고치 속에서 썩어가는 마왕의 해골처럼, 중력의 검은 방어막을 뚫고 시뻘겋게 타오른다. 그렇다, 그런 괴물은 없으며 단 한 번도 존재했던 적 없다고 말하면서 비웃는 자들이 있다. 그렇게 말해도 아무 탈은 없다. 형용할 말이 없는 것에 대한 의견을 공박하기는 어렵기 때문이다. 게다가 그런 의견은 우주의 장막과 별의 완전 연소와는 완전히 동떨어진 고요한 여름철 오후에 생겨난 것이다. 그렇다. 괴물들을 믿지 않기는 쉽다. 그러나 괴물들의 공포스럽고 혐오스러운 마수에서 도망치기는 아주 어렵다. 무르군디간의 사이버 총독마저도 여든 명의 측근을 태운 세 척의 배와 함께 삼켜져버리지 않았나. 그 강대한 귀족들이 남긴 것이라고는 씹은 자국이 있는 버클 몇 개뿐이었다. 성운의 파도에 실린 버클은 태양계 소행성의 해변에 떠밀려와서, 그 지역 주민들에게 발견되지 않았던가? 그 외에도셀 수 없이 많은 훌륭한 인물들의 애절한 호소도 덧없이무자비하게 삼켜지지 않았던가? 그러니 그들의 한을 풀어주고 오래된 성좌법에 따라 가해자에게 복수할 사람을찾을 수 없다면, 최소한 묻히지도 못한 이 수많은 가엾은자들을 위해 전자 메모리로 고요히 묵념하자.

어느 날, 트루를은 세월로 누레진 책에서 이런 글을 읽었다. 그는 지나가는 행상인에게 우연히 그 책을 얻었다. 그는 곧장 클라파우치우시에게 가서 그 글을 두 번째로, 소리 내어 처음부터 끝까지 읽었다. 그는 그 책에 묘사된 놀라운 이야기에 매우 큰 흥미를 느꼈던 것이다.

우주에 통달했으며 태양과 여러 종류의 성운에 대해서도 적잖이 꿰고 있는 현명한 제작자 클라파우치우시는 미소를 짓고 고개를 끄덕이며 이렇게 말할 뿐이었다.

"자네가 그 시시한 이야기를 한마디도 믿지 않기를 바라네만?"

트루를은 삐쳤다.

"왜 내가 믿으면 안 되는데? 이봐, 여기에는 솜씨 있게 그린 판화까지 있어. 광양자 스쿠너 두 척을 삼키고 제 저장고에 노획물을 숨기는 '익명자'가 그려져 있다고. 하여간 초거성을 지나는 터널이 있는 건 사실이잖아? 벳-엘-기우스* 말이야. 물론 자네가 그런 가능성을 의심할 정도로 우주 지리에 무지하지는 않겠지……."

"삽화 이야기라면, 자, 나는 당장 자네에게 눈 하나하나마다 천 개의 태양이 달린 드래곤을 그려줄 수 있어. 자네는 그 스케치를 그런 용이 존재한다는 증거로 받아들일 텐가? 그리고 그 터널 이야기 말인데, 우선 자네가 말하는 터널은 수십억이 아니라 길이가 200만 마일밖에 안되네. 두 번째로, 자네가 말하는 별은 사실상 타버리고 없

---

*   베텔기우스, 오리온자리의 적색 초거성—옮긴이

어. 그리고 세 번째로, 성간 여행에는 어떤 위험도 없어. 그 길을 직접 날아보았으니 자네가 누구보다 잘 알겠지. 그리고 소위 그 '대장막 황무지'는 사실 마에리디아와 테트라치다 근처에 있는 직경 몇십 킬로파섹의 우주 쓰레기장일 뿐이야. 그 주변에는 슬립조나 가우사우론트 같은 건 없어. 그런 건 어디에도 없지. 그래, 그곳은 어두워. 하지만 그건 순전히 갖가지 쓰레기들 때문이야. 그리고 자네의 '익명자' 이야기로 말할 것 같으면, 그런 건 절대로 없어! 그건 심지어 훌륭한 고대 신화 축에도 못 끼네. 반쯤 구워진 대가리에서 날조된 싸구려 허풍일 뿐이야."

클라파우치우시가 대답했다. 트루를은 입술을 깨물었다.

"자네는 내가 그곳을 날았다고 해서 그 터널이 안전하다 생각하는군. 그렇지만 자네가 그곳에 갔더라면 전혀 다른 식으로 생각하게 되었을 걸세. 그렇지만 터널 이야기는 이 정도로 해두지. 장막과 '익명자'에 관해 말하자면, 이런 걸 말로 해결하려 드는 건 내 스타일이 아냐. 우리 거기에 가보자고. 그러면 자네는 그곳에서 무엇이 진실이고 무엇이 아닌지 알게 될 거야!"

트루를은 그 무거운 책을 들어 올리며 말했다.

클라파우치우시는 가지 말자고 그를 설득하려 최선을 다했다. 그러나 여느 때와 마찬가지로 완고한 트루를이 그 별난 착상에서 나온 외출을 단념할 생각이 전혀 없음을 알게 된 클라파우치우시는 처음에는 트루를에게 더이상 아무것도 해주지 않겠다고 선언했지만, 오래지 않아 함께 항해 준비를 했다. 그는 친구가 혼자 비명횡사하는 것을 보고 싶지 않았다. 아무래도 둘이라면 혼자일 때보다 더 기분 좋게 죽음을 직시할 수 있을 테니까.

거대한 불모지를 가로지르는 길(확실히 그 책에 묘사된 것처럼 그림 같지는 않다)을 가기 위해 식료품실에 비품을 가득 채운 다음, 마침내 그들은 믿을 만한 우주선에 올라타 이륙했다. 비행하다가 그들은 때때로 멈추어서 방향을 물었다. 특히 낯익은 지역으로부터 멀리 왔을 때는 더욱 그랬다. 그러나 원주민들에게서는 많은 것을 알아낼 수 없었다. 자기네가 사는 지역의 환경에 대해서만 믿을 만한 이야기를 들려주었기 때문이다. 그 너머에 있는 것, 그들이 감히 절대로 가지 않는 곳에 대해서는 말도 안 되는 설명을 늘어놓았다. 그런 설명의 여러 세부에는 즐거움과 공포감이 깃들어 있었다. 클라파우치우시는 그런 이야기들을 '부식했다'라고 평했다. 모든 노화하는 두뇌를 공격하는 '부식경화'*를 염두에 둔 말이었다.

---

*   corrosis-sclerosion. 인간의 동맥경화에 대응하는 로봇의 질환. 물론 렘의 말장난이다.—옮긴이

그러나 그들이 '검은 황무지'에서 500~600만 광블록 안에 이르렀을 때, 스스로를 'PHT 해적'이라고 부른다는 어느 거물 강도의 소문이 들려오기 시작했다. 그들과 이야기한 로봇 중 누구도 실제로 그를 본 적은 없었고, 'PHT'가 무슨 뜻인지도 몰랐다. 트루를은 이것이 'pH'를 비튼 말일 수도 있다고 생각했다. 그것은 고농축되고 매우 비열한 이온 해적을 가리키는 말일 것이다. 그러나 트루를보다는 분별력 있는 클라파우치우시는 재미로 그런 가설을 세우지 않는 쪽이 더 낫다고 판단했다. 어떤 소문을 들어보아도 이 해적은 성질 나쁜 짐승 같은 놈이었다. 제 희생자들에게서 모든 것을 벗겨내고도 절대로 만족하지 못한다는 사실로 증명되는 바였다. 그의 탐욕은 엄청났고 만족을 몰랐다. 그는 희생자들을 자유롭게 풀어주기 전에 오랫동안 잔인하게 팼다. 제작자들은 '황무지'에 들어가기 전에 총이나 칼로 무장하지 않아도 될지 잠시 생각했으나, 곧 가장 좋은 무기는 제작자라는 직업 덕분에 날카로워진, 미묘하고 날렵하며 보편적인 자신들의 기지라는 결론을 내렸다. 그래서 그들은 그냥 평소대로 출발했다.

여행을 계속하면서 트루를이 지독한 환멸을 느꼈다는 사실은 털어놓아야 한다. 오래된 책이 약속했던, 눈을 유혹하며 반짝이는 별빛, 타오르는 불길, 동굴 속의 허공, 운석 암초와 내달리는 모래톱은 근처 어디에도 없었다. 그곳에는 오래된 별이 몇 개 떠 있을 뿐이었고, 그 별들은 썩 인상적이지도 않은 데다 아주 초라하기까지 했다. 어떤 별들은 잿더미 속의 뜬숯처럼 간신히 깜빡였고, 어떤 별들은 완전히 어두침침했다. 그런 별은 표면이 딱딱했고, 까맣게 타고 주름진 지각 틈으로 붉은 암맥이 둔한 빛을 발했다. 불타는 별의 정글과 신비로운 소용돌이를 가리키는 이정표는 눈을 씻고 찾아봐도 없었고, 아무도 그런 것에 대해 들어본 적이 없었다. 그 황량한 황무지는 지루한 장소였고, 그곳이 황량한 데다 황무지라는 사실 때문에 극단적으로 지루했다. 운석으로 말하면 사방에 널려 있었다. 그러나 덜그럭거리고 떠들썩한 운석 무리는 정직한 자철광, 텍타이트나 석질 운석보다 더 멀리 날아가지는 않았다. 우주 극極이 돌 던지면 닿을 거리에 있다는 단순한 이유 때문이었다. 소용돌이치는 검은 조류가 막대한 양의 허섭스레기를 은하의 중심 지역에서부터 남쪽 바로 이 지점으로 빨아들였다. 따라서 근처에 있는 모든 부족들과 국가들은 이 영역을 일러 '장막' 같은 거창한 이름이 아니라 더도 덜도 말고 생긴 그대로, '고물 쌓는 곳'이라고 불렀다.

트루를은 클라파우치우시에게 비아냥 섞인 말을 듣지 않으려고 최대한 실망을 감춘 채 황무지 안으로 똑바로 배를 몰았다. 즉각 모래가 이물에 톡탁거리며 튀기 시작했다. 태양의 홍염이나 초신성이 내뿜은 온갖 종류의 별 부스러기들이 선체에 부딪혀 두껍게 떡지며 들러붙었기 때문에, 제작자들은 배를 원상 복구할 수 있으리라는 희망을 버렸다.

이때 별들이 온 사방에 깔린 어둠 속으로 사라져버리는 바람에 둘은 더듬거리며 계속 나아갔다. 갑자기 배가 기울어지면서 모든 가구와 취사도구들이 날아다녔다. 그들은 배가 점점 더 빨리 앞으로 내달아가는 것을 느꼈다. 그러다가 마침내 끔찍한 우두둑 소리가 나며 멈추었다. 뱃머리가 밀가루 반죽 같은 것에 들러붙은 것처럼, 배는 비스듬하면서도 아주 부드럽게 착륙했다. 그들은 창가로 달려갔지만 바깥이 칠흑처럼 검어 아무것도 볼 수 없었다. 바로 그때 누군가가 우주선을 쾅쾅 치는 소리가 들렸다. 누군지 몰라도 벽이 안쪽으로 패는 것을 보니 무시무시하게 강한 자였다. 이 시점에서 트루를과 클라파우치우시는 무기보다 자신들의 지혜를 믿기로 한 게 잘한 짓인지 확신이 서지 않았다. 그러나 후회해도 때는 늦었다. 그래서 그들은 승강구를 열었다. 열지 않으면 바깥에서 강제로 힘을 줘 완전히 부숴버릴 것 같았다.

그들이 지켜보는 가운데 누군가가 입구에 얼굴을 들이밀었다. 아주 거대한 얼굴이었기에, 나머지 몸이 얼굴을 따라 기어드는 것은 절대로 불가능했다. 그 얼굴은 거대할 뿐 아니라 말할 수 없을 정도로 끔찍했다. 위아래와 모든 방향에 눈이 불룩 튀어나와 있고, 코는 톱이고 강철 갈고리가 턱 역할을 했다. '얼굴'은 열린 승강구에 눌린 채 움직이지 않았고 눈들만 앞뒤로 쏜살같이 왔다 갔다 하며 포획물이 수고를 무릅쓸 만큼 가치 있는 것인지 평가하려는 듯 모든 것을 탐욕스럽게 조사했다. 그 모습은 오해의 여지가 없을 만큼 명백했으므로, 우리의 제작자들보다 훨씬 덜 지성적인 로봇이라도 이 검사가 무엇을 뜻하는지 이해했을 것이다.

침묵 속에 계속 뻔뻔하게 훑어보는 그 모습에 화가 난 트루를이 말했다.

"자, 뭘 원하는 거지, 씻지도 않은 낯짝아? 나는 제작자이자 전능한 자인 트루를이고, 이쪽은 또한 명성이 자자한 내 친구 클라파우치우시다. 우리는 여행자로서 배를 타고 지나가는 길이었다. 그러니 네 추한 주둥이를 치우고 잡동사니와 쓰레기로 가득 찬 이 고약한 장소 밖으로 우리를 즉시 데려가거라. 그리고 우리에게 깨끗하고 홀

룽한 구역을 가르쳐다오. 아니면 우리는 고소를 할 테고 재판부에서는 너를 조각조각 부숴버릴 게다. 이놈, 청소부, 넝마주이, 잡동사니나 주워 모으는 놈아, 내 말이 들리느냐?"

그러나 그 얼굴은 아무 말도 하지 않고 얼마나 값어치가 나갈까 어림하듯 보고 또 바라볼 뿐이었다.

"이봐, 좀 들어, 이 영락없는 괴물아!"

클라파우치우시는 친구더러 좀 자제하라고 계속 팔꿈치로 쿡쿡 찔러댔지만, 트루를은 조심성 따위 전부 바람에 날려버리고 외쳤다.

"우리는 금도, 은도, 보석도 없다! 그러니 즉각 우리를 놓아주고 당장 네 커다란 상판 좀 가리라고. 말할 수 없이 끔찍한 그 상판 말이야!"

그러더니 그는 클라파우치우시를 바라보며 말했다.

"그리고 자네는 팔꿈치로 그만 좀 찔러대! 이런 놈들에게는 이런 식으로 말해야 한다고!"

갑자기 그 얼굴이 빛나는 천 개의 눈으로 트루를을 바라보며 말했다.

"금이나 은 같은 것은 내게 아무 소용이 없다. 그리고 너희는 우아하고 존경 어린 태도로 내게 말해야 한다. 나는 박사학위Ph.D.가 있는, 좋은 교육을 받고 천성이 매우 예민한 해적이니까 말야. 다른 손님들도 여기에 왔었고 내게 더 굽실거릴 필요가 있었지. 내가 너희 배를 예의 바르게 두드렸을 때 너희는 제대로 된 태도로 눈물을 뚝 뚝 흘려야 했어. 내 이름은 퍼그다. 내 덩치는 모든 방향으로 70척이 넘지. 내가 강탈하는 것은 사실이지만, 나는 현대적이고 과학적인 방식으로 강탈한다. 왜냐하면 나는 귀중한 사실, 진짜 진실, 값을 헤아릴 수 없는 지식을 수집하고, 보통은 값어치 있는 정보라면 뭐든 마다하지 않으니까. 그러니 이제 그런 것들을 내놓아라. 아니면 휘파람을 불겠다! 좋아, 그러면 다섯까지 세겠다. 하나, 둘, 셋……."

다섯까지 세어도 그들이 아무것도 건네주지 않자 그는 엄청나게 커다란 휘파람을 불었다. 그 바람에 그들은 고막이 날아갈 뻔했다. 클라파우치우시는 원주민들이 겁에 질려 말한 'PHT'가 사실은 'Ph.D.'였다는 것을 깨달았다. 그 해적은 '범죄자 아카데미' 같은 고등교육 기관에서 공부한 게 분명했다. 트루를은 머리를 붙잡고 신음했다. 퍼그의 휘파람은 퍼그의 크기에 아주 걸맞은 것이었다.

"네놈에게는 아무것도 주지 않을 테다! 그러니 여기서 얼굴을 치워!"

클라파우치우시가 귀마개용 솜을 찾으러 달려가는 동

안, 트루를이 외쳤다.

"내 얼굴이 마음에 들지 않나 보군. 내 손은 좋아할지도 모르지. 아주 거대하고 훌륭하며 악마처럼 무겁거든! 여기 손이 간다!"

해적이 대답했다. 정말이었다. 클라파우치우시가 가져온 솜은 이제 필요 없었다. 얼굴이 사라지고 그 자리에 손이 들어왔기 때문이다. 사마귀와 혹과 삽 같은 손톱이 달린, 모든 것을 끝장낼 수 있는 손이었다. 그 손은 탁자와 서랍장과 벽장을 부수며 취사도구가 전부 떨어져 부서질 때까지 배를 뒤지고 움켜잡아댔고, 트루를과 클라파우치우시를 엔진실까지 뒤쫓았다. 엔진실에 도달하자, 그들은 원자로 꼭대기에 올라가 해적의 손가락 관절을 부지깽이로 두들겼다. 펑! 펑! 이것은 학위를 가진 해적을 미친 듯이 화나게 만들었다. 그는 승강구에 도로 얼굴을 집어넣더니 말했다.

"이봐, 강력하게 충고하건대 나와 즉각 타협하자. 아니면 나중을 위해 너희를 내 저장고 맨 밑바닥에 따로 남겨놓겠다. 너희를 쓰레기로 뒤덮고 움직일 수 없게 바위로 쐐기를 박을 거다. 그러면 너희는 그곳에 앉아서 천천히 녹슬어갈 수밖에 없다. 자, 어느 쪽을 택하겠나?"

트루를은 협상하자는 말을 들으려 하지 않았지만, 클

라파우치우시는 대학자님께서 과연 무엇을 바라시는지 공손하게 물었다.

"이제 이야기가 통하는군. 나는 풍부한 정보 자원을 모으고 있다. 그것이 내 필생의 사랑이자 직업이거든. 고등 교육의 결과이기도 하고. 덧붙이자면 상황을 실질적으로 장악하는 힘이지. 이곳에는 무식한 해적들이 모으기 좋아하는 보통 보물로는 살 수 있는 축복받은 물건이 하나도 없다는 것을 고려할 때 말이다. 반면 정보는 지식에 대한 갈망을 충족시켜주지. 그뿐만 아니라 존재하는 모든 것이 정보라는 것은 주지의 사실이야. 따라서 나는 오랜 세월에 걸쳐 정보를 모으고 있고, 앞으로도 계속 그럴 것이다. 때때로 약간의 금이나 다이아몬드를 손에 넣을 때도 있지만(어여쁘고 장식에 좋으니까), 그것은 엄밀히 말해 상황이 허락하는 덤일 뿐이지. 그렇지만 가짜 동전과 마찬가지로 가짜 정보로는 매타작을 벌 뿐이라는 것을 알아두도록. 나는 품위 있고 확실한 것만을 고집하니까!"

"그렇지만 어떤 종류의 확실하고 가치 있는 정보를 요구하시는 건가요?"

클라파우치우시가 물었다.

"진실이라면 종류를 가리지 않아. 후딱 쓸 수 있는 실용적인 사실 같은 것은 안 돼. 그런 것들로는 이미 우물과 창고를 몇백 개쯤 채웠으니까. 하지만 그 두 배쯤 되는 공간이 남아 있어. 그러니 다 말해. 너희가 아는 모든 것을 말하라고. 그러면 내가 적어두지. 그러니 빨리 말해!"

"잘되어가는군. 우리가 아는 모든 것을 말해주려면 한두 이온은 걸릴 거야. 우리의 지식은 엄청나잖나!"

클라파우치우시가 트루를의 귀에 속삭였다.

"기다려. 내게 생각이 있어."

트루를이 속삭였다. 그다음, 그는 소리 높여 말했다.

"들어봐라, 이 학위를 가진 도둑놈아. 우리는 다른 어떤 것보다도 가치 있는 정보를 하나 갖고 있다. 다른 원자에서 금을 만들어내는 공식이지. 예를 들자면, 우주가 무한정 공급할 수 있는 수소 원자 같은 걸로부터 말이야. 우리를 놓아준다면 너에게 알려주겠어."

얼굴이 맹렬하게 눈을 깜박이며 대답했다.

"그런 비결은 트렁크로 하나 가득 있어. 그리고 전부 소용이 없었지. 나는 또 속을 생각은 없어. 먼저 공식을 증명해봐."

"좋아, 당연하지. 질냄비가 있나?"

"아니."

트루를과 클라파우치우시의 일곱 가지 여행 이야기

"괜찮아. 질냄비가 없어도 할 수 있으니까. 방법은 간단하기 그지없어. 금 원자 한 개 무게만큼의 수소 원자, 그러니까 수소 원자 196개를 모은다. 우선 전자의 껍데기를 벗긴 다음 중간자가 나타날 때까지 원자핵을 치대면서 양자를 반죽한다. 그리고 이제 전자들을 골고루 뿌리면, 보라, 여기에 금이 있도다. 봐!"

그리고 트루를은 원자들을 잡기 시작했다. 그는 전자를 벗기고 양자를 빠른 속도로 섞었다. 엄청나게 빨랐기에 손가락이 아른아른하게 보였다. 그러고 나서 그는 전자를 모두 도로 집어넣고 아원자 반죽을 휘젓더니 다음 분자로 넘어갔다. 5분도 안 되어 그는 최고 순도의 금덩어리를 쥐고 있었다. 그는 얼굴에게 그 금을 주었다. 얼굴은 콧방귀를 뀌더니 끄덕거리며 말했다.

"그래, 금이로군. 하지만 나는 너무 덩치가 커서 그렇게 원자를 쫓아 돌아다닐 수 없어."

"괜찮아, 네게 알맞은 기계를 주지! 생각해보라고, 이런 식으로 하면 수소뿐만 아니라 무엇이든 금으로 바꿀 수 있어. 다른 원자 버전의 공식도 줄게. 자, 이 공식을 적용하기만 하면 전 우주를 금으로 바꿀 수도 있다고!"

트루를이 그를 구슬렸다.

"우주가 금이라면, 금은 아무 가치도 없겠지. 아니, 네 공식은 필요 없어. 다 적어놓기는 했지. 그래, 하지만 그걸로는 충분치 않아! 내가 정말 갖고 싶은 것은 지식의 부유함이야."

"하지만 도대체 뭘 알고 싶은 거야?"

"모든 것을!"

트루를은 클라파우치우시를 쳐다보았고, 클라파우치우시는 트루를을 쳐다보았다. 마침내 트루를이 말했다.

"먼저 가슴 위에 십자를 긋고 우리를 놓아주겠다고 진지하게 맹세한다면 정보를, 무한한 정보에 대한 정보를 주겠다. 즉, 네게 제2종 악마를 만들어주겠다는 것이다. 이것은 마법적이고 열역학적이며 뉴턴 물리학으로는 파악할 수 없고 확률론적인 동시에, 낡은 통이나 심지어는 재채기에서조차 모든 것의 과거와 현재와 가능한 상태와 미래의 상태에 대한 정보를 네게 추출해줄 것이다. 그리고 이 악마는 제2종이므로, 이 악마 이상의 악마는 없다. 갖고 싶다면 당장 맹세해라!"

박사 학위를 받은 해적은 의심을 품었고, 이 조건에 당장 찬성하지는 않았다. 하지만 결국은 요구받은 대로 맹세했다. 그러나 우선 악마가 그 훌륭한 정보 기술을 명명백백히 입증해 보여야 한다는 조건이 달렸다. 트루를은 수락했다.

"커다란 얼굴, 이제 잘 들어라! 공기를 갖고 있느냐? 공기가 없으면 악마는 일하지 않는다."

"조금은 있지. 하지만 그렇게 깨끗하지는 않은데……."

퍼그가 말했다.

"퀴퀴하고 괴어 있고 오염된 공기라도 전혀 상관없어. 우리를 그쪽으로 안내하면, 네게 무언가 보여주지!"

제작자들이 대답했다.

그래서 그는 얼굴을 빼고 그들이 배를 출발시키도록 해주었다. 해적의 뒤를 따라 그의 집에 가면서, 제작자들은 그의 다리가 탑 같고 어깨는 절벽 같으며, 몇 세기 동안이나 씻지 않고 기름칠도 안 해서 끔찍할 정도로 삐걱거린다는 것을 알게 되었다. 그들은 손이란 손마다 썩어가는 배낭을 들고 창고 복도로 내려갔다. 해적이 자기가 훔친 사실들을 넣어둔 배낭이었다. 배낭 다발과 꾸러미는 전부 끈으로 묶여 있었고, 가장 중요하고 값진 품목들은 빨간 색연필로 표시해두었다. 벽에는 엄청난 목록이 걸려 있었다. 그 목록은 녹슨 쇠사슬로 바위에 매여 있었고 표제와 제목으로 빽빽했다. 그 표제와 제목은 물론 A부터 시작한다. 그들이 복도를 계속 걸어가자 소리 죽여 메아리가 울렸다. 트루를은 그곳을 둘러보며 얼굴을 찌푸렸고, 클라파우치우시도 그랬다. 그곳에는 최고 품질의 확실한 정보가 여기저기 흩어져 있었지만, 눈 닿는 곳마다 곰팡이와 먼지, 난삽한 것들이 널려 있었다. 공기 또한 많았지만 곰팡내에 푹 절어 있었다. 그들이 멈추어 섰고 트루를이 말했다.

"이제 잘 봐! 공기는 원자로 되어 있고, 이 원자들은 이쪽저쪽으로 뛰면서 자기 주변의 세제곱 마이크로밀리미터 속에서 1초에 수십억 번 충돌한다. 공기를 구성하는 것은 엄밀히 말해 원자들의 이런 영원한 놀이와 상호 충돌이지. 자, 원자가 뛰노는 방식은 맹목적이고 완전히 무작위적이지만, 틈이란 틈마다 수십억의 수십억 배의 원자들이 있고, 이런 엄청난 수가 있기 때문에 원자들이 뛰놀고 뛰는 자그만 움직임들은 순전히 우연에 의해 중요한 배열을 만들어낸다……. 그 배열이 뭔지 알아, 돌머리야?"

"제발 날 모욕하지 마! 나는 너희가 아는 보통의 투박한 해적이 아니라, 세련되고 박사 학위도 있고 극도로 예민하다고."

퍼그가 말했다.

"좋아. 그러면 이제, 온통 주변을 뛰어 돌아다니는 이 원자들에서 우리는 중요한, 즉 의미심장한 배열을 얻게 되지. 예를 들어 눈을 가리고 벽에 총을 발사했는데 그 총알구멍이 글자 모양을 이루는 것처럼 말이야. 대규모로는 아주 드물고 있을 법하지 않은 사건이지만, 원자 기체 속에서는 내내 일어나고 있어. 그 안에서는 10만 분의 1초마다 1조 번씩 충돌이 일어나기 때문이야. 그렇지만 이런 문제가 있어. 어떤 기체는 아주 적은 양 속에서 원자들이 흔들리고 부딪치면서 정말 심원한 진실과 교화의 격언을 만들어내지만 반대로 전혀 이치에 맞지 않는 진술을 만들어내기도 하고, 전자보다 후자가 수천 배는 많다는 거지. 그러면 바로 지금 여기 너의 톱 같은 코 앞에 있는 1밀리그램의 공기 속에, 1초를 무수히 나눈 시간의 조각 안에, 실존의 모든 수수께끼와 존재의 신비에 대한 해답을 포함한 놀랍고 풍부한 진실과 더불어 앞으로 100만 년 동안 탄생할 모든 서사시의 모든 시편이 들어 있다는 사실을 안다 해도, 여전히 그 정보를 분리해낼 방법이 없는 것이야. 특히 원자가 서로 머리를 부딪쳐 무엇인가를 형성하자마자 원자는 산산이 흩어지고 형성되었던 것은 영원히 사라질 테니까 더욱 그렇지. 그러므로 비결은 혼란스럽게 쇄도하는 원자의 배열 속에서 오직 의미를 가진 것만 선택하는 선별자를 만드는 데 있다. 이것이 바로 제2종 악마 뒤에 깔린 아이디어인 것이지. 거대하고 끔찍한 자여, 조금이라도 이해가 가는가? 자, 우리에게는 원자의 춤에서 진실한 정보만을 추출할 악마가 필요해. 그 정보는 수학적 정리나 패션 잡지, 청사진, 역사적 연대기 혹은 이온 크럼펫(핫케이크) 요리법, 석면 옷을 빨고 다림질하는 법, 시, 과학적 조언, 책력, 달력, 비밀문서, 우주의 모든 신문에 나왔던 모든 것, 미래의 전화번호부……."

"됐어, 됐어! 무슨 이야기인지 알겠어!"

퍼그가 외쳤다.

"하지만 원자들이 즉각 산산이 흩어지고 만다면 그렇게 결합하는 게 원자들에게 무슨 소용이지? 그리고 어쨌든, 헤아릴 수 없이 값진 진리를 공기 중 미립자의 진동과 충돌에서 골라낼 수 있다는 건 믿어지지 않아. 말도 안 되는 데다 아무에게도 전혀 가치가 없잖아!"

"내 생각만큼 바보는 아니로구나, 왜냐하면 모든 난관은 그런 선택을 실행하는 과정에 있기 때문이지. 네게 이에 관한 이론적 논쟁을 소개할 생각은 없어. 하지만 약속대로 나는 지금 여기에서 네가 기다리는 동안 제2종 악마를 만들어낼 테니, 그 메타 정보처리자의 놀라운 완벽성을 직접 보라고! 나한테 상자를 하나 찾아주기만 하면돼. 크기는 상관없지만, 밀폐된 것이어야 해. 우리는 그안에 작은 바늘구멍을 내고 입구에 악마를 앉힐 거야. 악마는 그곳에 앉아서 헛소리는 전부 안에 가둬두고 중요한 정보만 내보낼 테고. 원자 한 무리가 우연히 의미 있는 방식으로 배열될 때마다, 악마는 그 의미를 낚아채 즉각 종이테이프에 특제 다이아몬드 펜으로 기록한다네. 악마는 우주 자체가 멸망할 그날까지 밤낮으로, 게다가 1초에 1조 비트의 속력으로 일할 테니, 종이테이프를 끝없이 계속 공급해야 하는데…… 하지만 우선 네 눈으로 직접 제2종 악마를 보도록."

그리고 트루를은 악마를 만들기 위해 배로 돌아갔다. 그동안 해적은 클라파우치우시에게 물었다.

"그러면 제1종 악마는 어떤 거지?"

"아, 그건 그렇게 재미있는 놈이 아니야. 그놈은 일반적인 열역학적 악마이고, 하는 일이라곤 상자 구멍으로 빠른 원자들을 내보내고 느린 것을 잡아두는 것뿐이야. 그런 식으로 열역학적 페르페투움 모빌레*를 얻을 수 있지만, 그것은 정보와 아무 상관이 없어. 하지만 이제 상자를 가져오는 게 좋겠어. 트루를이 언제 돌아올지 모르니까!"

박사 학위를 받은 해적은 다른 저장고로 가서 갖가지

---

*   상동곡. 짧은 음표로 이루어져 있으며, 처음부터 끝까지 쉴 새 없이 빠른 속도로 연주하는 곡―옮긴이

깡통과 깡통 사이를 찔러보고 돌아다니면서 욕설을 퍼붓고 물건을 차다가 걸려 넘어졌으나, 마침내 낡고 텅 빈 커다란 강철 통을 끄집어냈다. 그는 그 통에 작은 구멍을 내고 서둘러 돌아왔다. 마침 트루를이 손에 악마를 쥐고 돌아온 참이었다.

통 안의 공기는 악취가 심해서, 작은 구멍 가까이 코를 가져다 대면 코가 도망치고 싶을 정도였다. 그러나 악마는 별로 신경 쓰는 것 같지 않았다. 트루를은 이 작디작은 악마를 통 구멍에 걸터앉히더니, 악마의 머리 꼭대기에 커다란 종이테이프 뭉치를 붙이고 작은 다이아몬드 펜촉 아래 테이프를 꿰었다. 펜은 열심히 흔들리더니, 떠들썩하게 타타타, 파파파 소리를 내며 긁고 끼적이기 시작했다. 꼭 전신기 같았지만, 100만 배쯤 빨랐다. 미친 듯이 움직이는 펜촉 아래에서 단어들로 뒤덮인 정보 테이프가 더러운 창고 바닥 위로 천천히 떨어져 내리기 시작했다.

퍼그는 통 옆에 앉더니 100개의 눈에 종이테이프를 대고 악마가 영원한 원자의 뛰놀이와 춤에서 열심히 정보 그물로 훑어 올린 것을 읽었다. 이 의미 있는 지식 조각들에 푹 빠져든 바람에 그는 두 제작자가 서둘러서 황급히 창고를 떠나는 것도, 배의 키 손잡이를 움켜쥐고 한

번, 두 번 당긴 다음 세 번째에 해적이 붙여놓은 진창에서 빠져나간 것도 알지 못했다. 제작자들은 배에 타고 최대한 빨리 이륙했다. 그들은 악마가 일을 하리라는 것, 그것도 너무 잘하리라는 것, 퍼그가 예상한 것보다 훨씬 더 풍부한 정보를 생산하리라는 것을 알고 있었다. 한편 퍼그는 통에 기대앉아 읽었다. 악마가 진동하는 원자들에서 알아낸 모든 것을 기록하는 다이아몬드 펜촉이 계속 찍찍거리고 또 찍찍거리는 가운데, 그는 할레바도니아의 꿈틀이들이 얼마나 정확히 꿈틀거렸는가를, 라본디아의 페트롤리우스 왕의 딸이 험피넬라라고 이름 지어진 사연, 창백얼굴 왕 중 한 명인 프레데릭 2세가 그웬돌리스에게 전쟁을 선포하기 전에 점심으로 무엇을 먹었는지, 테르미놀리움이라는 원자가 존재한다면 그 원자 한 개의 전자껍질이 몇 개일지, 그리고 와비안 마지팬들이 신성한 항아리에 그렸던 '촘촘한 멍청이'라는 새의 배설강의 직경은 얼마인지, 또 다중 투명 털가죽 위의 대양의 습지가 내는 세 가지 맛은 어떤지, 하층 기능 불량 사냥꾼들이 새벽에 깨울 때마다 울긋불긋하게 두들겨 패며 일어나는 디벌릭 꽃에 대해서, 불규칙 20면체의 밑각을 얻는 방법, 구푸스의 보석 상인은 누구인지, 보반트의 왼손잡이 푸주한은 누구인지, 그리고 마리노티카에서 7만 년

간 발행된 우표의 권수, 음주 발작을 일으킨 어느 클래먼
드인이 침대에 못 박은 붉은 발가락 사이브린다의 무덤
은 어디 있는지, 마총그와 나총그를 구별하는 법, 또 우주
에서 가장 작은 장대풀용 낫은 누구에게 있는지, 왜 공작
벼룩은 이끼를 먹지 않는지, 수건곯리기 놀이를 하는 법
과 이기는 법, 아브로퀴안 필미니데스가 백발의 바람잡
이 계곡에서 8마일 떨어진 알본긴 대로를 비틀거리며 걸
어가다가 밟은 똥 덩어리 속에 몇 개의 금어초 씨가 있었
는지……. 점차 100개의 눈이 풀리기 시작했고, 분자 단
위에 이르기까지 완전히 진실하고 의미 있는 이 모든 정
보가 완전히 쓸모없다는 것을 그는 서서히 이해하기 시
작했다. 쏟아지는 정보들이 지독한 혼란을 가져오는 바
람에 그는 머리가 끔찍이도 아팠고 다리가 떨렸다. 그러
나 제2종 악마는 1초당 3억 팩트의 속도로 계속 작동해
서 수 마일 길이의 테이프가 차곡차곡 똬리를 틀며 박사
해적을 점차 두루마리 아래 파묻었고, 말하자면 종이 거
미줄 속에 감쌌다. 미친 듯이 떨고 씰룩거리는 작은 다이
아몬드 펜촉과 더불어 퍼그는 이제 매분마다 아주 터무
니없고 들어보지도 못한 것들, 존재의 신비를 열어줄 것
들을 알게 되는 듯했다. 그래서 그는 다이아몬드 펜촉 아
래에서 날아가듯 튀어나오는 모든 것을 탐욕스럽게 읽었

다. 퀘이다카본디시의 술 노래와 콥 대륙에서 살 수 있는 방울술 달린 침실 슬리퍼와 방울술 없는 침실 슬리퍼의 크기, 코가 휘어진 멍청이의 놋쇠 너클마다 자라난 털의 개수, 토착민 입양아 유아 천문*의 평균 폭, 블로토 벤 블리어** 목사님을 일으키기 위한 음흐트-트마-혼흐 마술사의 연도蓮禱, 질히 공작의 취임식 때 쏟아진 야유, 밀 크림을 요리하는 여섯 가지 방법, 염소수염을 기르는 삼촌들에게 쓰는 질 좋은 독약, 법의학적 간지럼증의 열두 가지 유형, M이라는 글자로 시작하는 '헛소동 환승역'의 시민들 이름 전부, 버섯 시럽을 섞은 맥주 맛에 대한 여론 조사 결과…….

100개의 눈앞이 점점 깜깜해졌고, 그는 엄청난 목소리로 이제 충분하다고 외쳤다. 그러나 30만 마일에 이르는 정보가 그를 얽어 칭칭 감고 둘둘 두르는 바람에 움직일 수도 없이 그저 읽어야만 했다. 만약 키플링이 《제2정글북》을 쓸 때 소화불량이었다면 그 책의 첫 부분을 어떻게 썼을지, 결혼하지 않은 고래들은 나이를 먹으면서 무슨 생각을 하게 될지, 시체파리의 구애에 대한 모든 것, 오래

---

* 天門. 두골의 통합 부위에 골질이 없고 결합 조직만으로 덮인 곳. 신생아부터 유아기에 걸쳐 나타난다.—옮긴이

** Blotto Ben-Blear. 정신이 흐릿할 정도로 곤드레만드레 취한 벤—옮긴이

된 굵은 삼베 자루를 수선하는 법, 스프롯하우스가 무엇인지, 왜 파리지엔의 '파리'나 모기지론의 '모기'는 날지 않는지, 사람은 한 번에 얼마나 많은 타박상을 입을 수 있는지. 그다음에는 '가려움과 그리움'이나 '사랑과 사망'과 '가두리와 가마리'가 어떻게 다른지 적어둔 기나긴 목록이 있었다. 그리고 '시금치'라는 각운을 가진 단어들 전부, 펜도라의 움 교황이 포킹의 음룸 반 교황에게 어떤 모욕을 수북이 안겼는지, 8음조의 자동 빗을 누가 연주하는지.

그는 절망에 빠져 종이 똬리와 올가미에서 놓여나려고 기를 썼으나, 갑자기 현기증이 났다. 테이프를 차고 찢어대기는 했지만, 눈이 너무 많아서 점점 늘어나는 새로운 정보 조각을 전혀 받아들이지 않을 수는 없었다. 최소한 눈 중의 몇 개는 정보를 받아들일 수밖에 없었고, 그는 인도차이나에서 지방 의용군이 어떤 권위를 행사하는지, 플럭서스의 코엘렌테리드는 왜 너무 많이 먹어서 마실 수가 없다고 끊임없이 말하는지 우격다짐으로 알 수밖에 없었다. 마침내 정보의 엄청난 홍수에 압도된 그는 뻣뻣이 굳은 채 눈을 감고 그곳에 앉아 있는 신세가 되었고, 악마는 계속 종잇조각으로 그를 묶어댔다. 이렇게 해서 해적 퍼그는 지식에 대한 지나친 갈망 때문에 심한 벌을 받게 되었다.

그는 오늘날까지도 산더미 같은 종이에 묻힌 채 잡동사니 무더기와 쓰레기통의 바닥에 앉아 있고, 다이아몬드 펜촉은 저장고의 어둠 속에서 여전히 순수한 불꽃처럼 뛰놀고 깜빡이면서, 낡은 통의 구멍으로 흘러나오는 역겨운 공기 속의 춤추는 원자들에서 제2종 악마가 모을 수 있는 것을 닥치는 대로 기록하고 있다. 그래서 사실들의 눈사태 아래 뭉개진 가련한 퍼그는 인력거와 임대료와 잉어, 그리고 이 책에서 이야기하고 있는 자신의 운명에 대해서 끝없이 알게 되었다. 왜냐하면 별들이 불타 사라지는 그날까지 창조되는 모든 것에 대한 역사와 보고와 예언과 마찬가지로, 그의 운명 또한 이 테이프의 어느 부분엔가 포함되어 있기 때문이다. 그리고 그에게는 희망이 없다. 이것은 제작자들이 그의 해적질에 대해 내린 가혹한 선고인 까닭이다. 물론 테이프가 종이 부족으로 끊기지 않는다면 말이지만.

일곱 번째 외출 혹은 트루를의 완벽함이
소용없었던 이야기

우주는 무한하지만 한계가 있고, 따라서 광선은 충분히 강력하기만 하다면 어느 방향으로 여행하든 수십억 세기 후에는 출발 지점으로 되돌아올 것이다. 별에서 별로 날아다니며 행성마다 모조리 퍼져나가는 소문도 마찬가지다. 어느 날, 트루를은 아주 먼 곳으로부터 매우 현명하고 뛰어나서 비할 자가 없는 두 강력한 제작자-은인에 대한 소문을 들었다. 그는 이 소식을 가지고 클라파우치우시에게 달려갔으나, 클라파우치우시는 이 소문의 제작자들이 수수께끼의 라이벌이 아니라 그들 자신이라고 설명해주었다. 그들의 명성이 우주를 한 바퀴 돌았던 것이다. 그러나 명성은 실패에 대해서는 아무것도 알려주지 않는다는 결함이 있다. 그 실패가 위대한 완벽함의 산물일 때조차 그렇다. 혹여 이 사실을 의심하는 자가 있다면 클라파우치우시를 빼놓고 트루를 혼자 떠났던 일곱 번째 외출의 결말을 상기시켜주기로 하자. 클라파우치우시는 당시 긴급한 일 때문에 집에 머물 수밖에 없었다.

그 시절, 트루를은 엄청나게 자만심이 강했다. 그래서 그에게 바쳐지는 숭배와 영예의 표시를 전부 당연한 거라고, 지극히 정상이라고 받아들였다. 그는 배에 타고 북쪽으로 향했다. 북쪽 지역에 대해서는 전혀 알지 못했기 때문이다. 그는 전쟁의 아우성으로 가득 찬 천체들과 결국 폐허가 되어 완벽한 평화를 획득한 천체들을 지나치며 상당한 시간 동안 진공 속을 날아갔다. 그때 갑자기 작은 행성 하나가 시야에 들어왔다. 사실 행성이라기보다 길 잃은 물질 파편에 더 가까운 것이었다.

이 바윗덩어리 표면에서 누군가가 앞뒤로 뛰어다니며 펄쩍펄쩍 뛰고 아주 이상한 태도로 팔을 흔들었다. 트루를은 이토록 절대적인 고독을 보자 얼떨떨했고, 절망의 거친 몸짓에 걱정이 되어(아마 화도 조금 났을 것이다) 재빨리 착륙했다.

이리듐과 바나듐을 온통 뒤집어쓴 엄청나게 오만한 인물이 철컹거리며 그에게 다가오더니, 자신이 판크레

온*과 사이스펜데로라의 통치자인 타타르** 사람 엑셀시우스***라고 소개했다. 이 양쪽 왕국의 주민들은 반역의 광기로 발작하는 바람에 폐하를 왕좌에서 몰아내고 중력의 어두운 물결과 조류 속을 영원히 떠도는 이 불모의 소행성대로 추방했다는 것이다.

그 폐위 군주는 방문객의 정체를 알고 나자마자 자신의 옛 지위를 되찾아달라고 트루를에게 고집을 부리기 시작했다. 어쨌건 트루를은 선행을 베푸는 데에는 뛰어난 전문가가 아닌가. 이렇게 사태를 반전시킬 생각을 떠올린 군주의 눈은 복수의 불꽃으로 타올랐고, 그의 강철 손가락은 이미 사랑하는 신하들의 목덜미를 죄고 있는 듯 공중을 움켜쥐었다.

트루를은 엑셀시우스의 이런 요구에 응할 생각이 전혀 없었다. 그렇게 하면 이루 말할 수 없는 악과 고통이 생겨날 터이기 때문이었다. 그러나 동시에 그는 창피당한 왕을 어떻게든 위로하고 달래주고 싶었다. 잠시 생각

---

*   Pancreon. 판크레아틴(전분, 단백질, 지방 분해력이 있는 효소)에서 따온 이름—옮긴이

**   Tatar. 러시아 연방 중동부, 볼가강과 카마강 유역에 있는 터키계 자치 공화국의 이름이기도 하다.—옮긴이

***   Excelsius. '더 높이, 뛰어나게'라는 뜻의 라틴어 excelsior에서 온 말— 옮긴이

하다가, 그는 이런 경우라 해도 할 수 있는 일이 없는 것은 아니라는 결론에 다다랐다. 왕의 옛 신하들을 위험에 빠뜨리지 않고도 왕을 완전히 만족시킬 수 있는 것이다. 그래서 트루를은 소매를 걷어붙이고 자신의 기술을 전부 동원해서 왕에게 완전히 새로운 왕국을 만들어주었다. 그곳에는 여러 개의 도시, 강, 산, 숲과 시내, 구름이 낀 하늘, 의기충천한 군대, 요새, 성과 여성용 화장실이 있었다. 햇빛 속에서 화려하게 빛나는 시장, 등골 빠지는 노동의 한낮, 새벽까지 춤과 노래가 가득한 밤, 펜싱의 경쾌한 챙강챙강 소리가 있었다. 또 트루를은 이 왕국에 대리석과 설화석고만으로 이루어진 아주 멋진 수도를 정성스럽게 세웠다. 백발의 마법사들의 협의회를 소집했고, 겨울 궁전과 여름 별장, 음모, 음모자, 거짓 증인, 간호사, 밀고자, 장엄한 준마 편대, 바람에 진홍색으로 흔들리는 깃털을 만들었다. 그런 다음 그는 은빛 팡파르를 울리고 21발의 예포를 쏘아 대기를 종횡으로 휘젓고, 꼭 필요한 한 움큼의 배신자, 한 줌의 영웅, 한 자밤의 예언자와 선지자, 구세주와 위대한 시인 각각 한 명씩을 던져 넣었다. 이렇게 한 후 그는 몸을 구부려 작품을 작동시키면서, 작품이 돌아가는 동안 미세 도구로 솜씨 좋게 마지막 조정을 했다. 그리고 그는 왕국의 여자들에게는 아름다움을,

남자들에게는 뚱한 침묵과 술 취했을 때의 험악한 기세를, 공무원에게는 오만과 비굴을, 천문학자들에게는 별에 대한 열광을, 아이들에게는 소음을 낼 수 있는 엄청난 능력을 주었다. 그리고 이 모든 것을 아주 정밀하게 설치하고 연결해서 상자에 맞춰 넣었다. 아주 큰 상자가 아니라 그냥 쉽게 들고 나를 수 있는 크기의 상자였다. 트루를은 영원히 이 왕국을 통치하고 지배하도록 엑셀시우스에게 선물했다. 그러나 그는 먼저 신품 왕국의 입출력 단자가 있는 곳, 전쟁하는 법, 폭도를 진압하고 공물을 강요하며 세금을 징수하는 법을 가르쳤고, 또 마이크로 미니어처 사회의 임계점과 이행 상태, 다른 말로는 궁전 쿠데타와 혁명의 최대-최소치를 가르쳐주었다. 트루를이 모든 것을 아주 잘 설명했기 때문에, 전제정치를 해봐서 익숙한 왕은 즉각 운용법을 파악했다. 제작자가 지켜보는 앞에서 그는 황제의 독수리와 제왕의 사자들이 조각된 제어 다이얼들을 망설임 없이 제대로 조작하며 시험 포고를 몇 가지 내렸다. 긴급 사태, 계엄령, 야간 통행금지와 특별 세금 징수를 선언하는 포고였다. 왕국 시간으로 1년이 지난 후(트루를과 왕에게는 채 1분도 되지 않았지만) 왕은 최대한의 관용을 베풀어, 즉 제어장치를 손가락으로 살짝 돌림으로써 사형 한 건을 취소하고 세금을 덜어

트루를과 클라파우치우시의 일곱 가지 여행 이야기

주고 긴급 사태 발령을 취소했다. 그 결과로 상자 안에서는 꼬리를 잡아 들어 올린 작은 쥐들이 찍찍거리는 소리처럼 떠들썩한 감사의 외침이 일어났고, 상자의 조각된유리 뚜껑 너머 더러운 큰길 위와 푹신한 구름을 비추는느릿느릿한 강의 둑길을 따라, 그들의 군주가 보여준 위대하고 비할 데 없는 자비심을 칭송하고 기뻐하는 사람들이 보였다.

그래서 처음에는 왕국이 너무 작고 아이들 장난감 같아 트루를의 선물에 모욕감을 느꼈던 군주는 두꺼운 유리 뚜껑을 통해 안에 있는 것을 전부 크게 볼 수 있다는사실을 알았다. 또 그는 정부란 미터와 킬로그램으로 계량되는 것이 아니고, 거인의 것이든 난쟁이의 것이든 감정은 같은 감정이기에 여기서는 크기가 문제가 아니라는것을 느리게나마 이해하고, 다소 뻣뻣하긴 했지만 제작자에게 약간 고마워했다. 사실은 그저 안전조치로 트루를을가둬 고문해 죽이고 싶었는지도 모른다. 그것은 어느 상민 방랑자 땜장이가 강력한 군주에게 왕국을 선물했다는소문의 싹을 잘라내는 확실한 방법이었을 테니까.

그러나 엑셀시우스는 근본적인 불균형 때문에 이런 일이 불가능하다는 것을 알 정도의 분별은 있었다. 벼룩이숙주를 포로로 잡을 수 없는 것과 마찬가지로, 왕의 군대는 트루를을 잡을 수 없기 때문이었다. 그래서 또 한 번 차갑게 고개를 끄덕이면서 그는 겨드랑이에 보주와 왕홀을 끼고, 쿵 소리를 내며 상자 왕국을 안아 들어 제 초라한 망명처 오두막으로 가져갔다. 소행성대의 회전 리듬에 따라 바깥의 타는 듯한 낮이 짙은 밤으로 바뀌면서, 자기 신민들에게 세상에서 가장 위대한 자로 추앙받는 왕은 부지런히 왕국을 통치했다. 이것을 명하고 저것을 금하고, 목을 베고 포상을 하며, 이 모든 방법을 동원해 자신의 작은 신민들이 왕좌에 충성을 바치고 왕을 숭배하도록 끊임없이 박차를 가했다.

한편 트루를은 집에 돌아가 친구 클라파우치우시에게, 자기가 제작자의 천재성으로 엑셀시우스의 독재에 대한 열망을 만족시키면서 동시에 그의 옛 신민들의 민주에 대한 열망을 보호한 이야기를 약간의 자부심을 갖고 털어놓았다. 그러나 놀랍게도 클라파우치우시는 트루를에게 찬사를 던질 낌새도 보이지 않았다. 사실, 그의 표정에는 비난이 어려 있었다. 그가 마침내 입을 열었다.

"내가 자네 말을 제대로 이해한 건가? 자네는 그 난폭한 독재자, 타고난 노예주, 고통을 퍼뜨리고 노예 매매나 하는 사디스트에게 한 문명 전체를 영원히 지배하고 통치하라고 내주었다는 건가? 게다가 고작 잔인한 포고 몇 가지를 취소했다고 해서 기쁨의 외침이 일어났다고 내게 이야기하는 건가? 트루를, 어떻게 자네가 그런 일을 저지를 수가 있나?"

"자네, 지금 농담하는 거지!"

트루를이 외쳤다.

"그 왕국은 전부 해봤자 3×2×2.5피트 상자에 딱 들어맞아……. 그건 그냥 모형이라고……."

"무엇의 모형?"

"무엇의 모형이냐니, 무슨 말이야? 당연히 문명의 모형이지. 수억 분의 1 크기라는 점만 제외하고."

"그러면 자네는 우리보다 수억 배 더 큰 문명이 없다는 걸 어떻게 알지? 만약 그런 문명이 있다면 그때는 우리 문명이 모형이 되는 건가? 어쨌건 간에 규모가 뭐가 중요해? 그 상자 왕국의 거주자들에게는 수도부터 모퉁이까지 가는 데 몇 달이 걸리지 않겠어? 그들은 괴로움을 안 겪어? 노동의 짐을 모르나? 죽지도 않나?"

"이봐, 잠깐만. 자네도 단지 내가 프로그램을 했기 때문에 이 프로세스 전체가 진행된다는 걸 알잖아. 그러니까 그들은 진짜가 아니야……."

"진짜가 아니라고? 그 상자는 비어 있고, 행진과 고문과 참수는 그저 환상이라는 거야?"

"환상은 아니야. 그래, 그들은 현실성을 갖고 있으니까. 순전히 내가 원자들을 조작해서 만들어낸 미세 현실이기는 하지만 말이야. 요점은 뭐냐면, 이 탄생과 사랑과 영웅적인 행위와 위협은 공간에 있는 전자들의 작은 장난질에 지나지 않는다고. 내 비선형적 기술로 정확하게 배열한……."

"자네가 으스대는 건 됐어. 더 이상 한마디도 하지 마! 그 프로세스가 자체 조직적이야, 아니야?"

클라파우치우시가 쏘아붙였다.

"물론 자체 조직적이지!"

"그것들은 미세 전하 구름 속에서 발생하지?"

"그렇다는 거 알잖아."

"그리고 새벽과 일출과 유혈 전투의 현상적 사건은 실수형 변수의 연결로 생성되지?"

"당연하지."

"우리를 물리학적으로, 기계 논리적으로, 통계학적으로 꼼꼼하게 조사한다면, 우리 또한 전자구름의 작은 장난질에 지나지 않잖아? 공간에 배열된 양과 음의 전하들 말이야. 그리고 우리 존재는 아원자적 충돌과 분자 간 상호작용의 결과가 아닌가. 우리 자신은 그 분자의 수레바퀴들을 공포로, 열망으로, 묵상으로 지각하겠지만. 자네가 백일몽을 꿀 때 자네 두뇌 속에서 무슨 일이 일어나나? 바로 회로의 연결과 단락의 이진법 대수, 전자의 끊임없는 배회가 아닌가?"

"뭐라고? 클라파우치우시, 자네는 우리 존재를 유리 상자 안에 갇힌 모조 왕국의 존재들과 똑같이 보는 건가? 아냐, 그건 정말 너무 멀리 나간 얘기야! 내 목적은 국가의 시뮬레이터를 만드는 것뿐이었어. 사이버네틱적으로 완벽한 모형, 그 이상은 절대 아니야!"

트루를이 외쳤다.

"트루를! 우리의 완벽함은 우리가 받은 저주야. 그것은 우리의 모든 노력이 가져올 결과를 전혀 예측할 수 없게 만들어버리기 때문이지!"

클라파우치우시가 커다란 목소리로 말했다.

"만약 고통을 주고 싶어 하는 불완전한 모방자가 나무나 밀랍으로 조악한 우상을 만들고, 나아가 그 우상을 어느 정도 지성적 존재와 닮은 모습으로 만든다면, 그가 그것을 고문하는 광경은 사실 하찮은 조롱거리겠지! 그렇지만 이런 행위가 발전하고 계승된다고 생각해보게! 배속에 녹음기를 넣어서 때리면 신음하는 인형을 만드는 조각가를 생각해봐. 맞았을 때 자비를 간청하는 인형, 더이상 조잡한 우상이 아니고 항상성을 가진 기계인 인형을 생각해봐. 눈물을 흘리는 인형, 피를 흘리는 인형, 죽음만이 가져다줄 평화를 열망하면서도 죽음을 두려워하는 인형을 생각해봐! 모르겠어? 모방자가 완벽하다면 모방작도 완벽할 것이고, 유사성은 진실이 되고, 흉내는 본체가 된다는 것을! 트루를, 자네는 고통을 느낄 수 있는 헤아릴 수 없는 숫자의 생물들을 만들고 사악한 폭군의 손아귀에 영원히 넘겨주었어……. 트루를, 자네는 끔찍한 범죄를 저지른 거야!"

"순 궤변이야!"

친구의 논증에 도사린 힘을 느꼈기 때문에, 트루를은 더욱 크게 외쳤다.

"전자는 우리 머릿속에만 돌아다니는 게 아니라 축음기 음반 위에도 돌아다녀. 그 사실은 아무것도 증명할 수 없고, 그런 본질적 유추의 근거가 되지 않아! 그 괴물 같은 엑셀시우스의 신민들은 참수되면 죽고, 흐느껴 울고, 싸우고, 사랑에 빠져. 내가 매개변수를 그렇게 설정해놓았기 때문이야. 하지만 클라파우치우시, 그 과정에서 그들이 무엇인가 느낀다고 말하는 건 있을 수 없는 일이야. 그들의 머릿속에 뛰어다니는 전자들은 그 문제에 대해 자네에게 아무것도 알려주지 않을걸!"

"그리고 내가 자네 머릿속을 들여다본다면 나도 전자

트루를과 클라파우치우시의 일곱 가지 여행 이야기

밖에는 보지 못하겠지. 이봐, 내가 하는 말을 이해 못 하는 척하지 마. 자네가 그렇게 어리석지 않다는 걸 알고 있으니까! 축음기 음반은 자네를 위해 심부름을 가지도 않고, 자비를 간청하거나 무릎을 꿇지도 않을 거야! 자네는 엑셀시우스의 신민들이 두들겨 맞을 때, 실제 목소리를 본떠 연주하는 톱니바퀴들처럼 신음하는지, 아니면 실제로 신음하는지, 즉 정말로 그 고통을 경험하는지 알 수 없다는 거지? 순전히 그 안을 뛰어 돌아다니고 있는 전자들 때문에? 참 깜찍한 구별이군! 아니야, 트루를. 고통받는 자는 자네가 그의 고통을 만져보고 무게를 달아보고 동전처럼 깨물어볼 수 있도록 고통을 건네주는 자가 아니야. 고통받는 자는 고통받는 자답게 행동하는 자야! 지금 여기서 단호하게 증명해보게. 그들이 느끼지 않고, 생각하지도 않고, 탄생 이전의 심연과 죽음 다음의 심연이라는 망각의 두 심연 사이에 포위되어 있음을 결코 의식하지 못한다는 걸 내게 증명해봐, 트루를. 그러면 나는 자네를 그냥 놓아두겠네! 자네가 다만 고통받음을 '모방했을' 뿐이고 그것을 창조하지 않았다는 것을 증명해봐!"

"자네는 그것이 불가능한 걸 완벽하게 잘 알잖아. 내가 도구를 손에 들기 전부터, 상자가 비어 있을 때부터 나는 바로 그런 증명의 가능성을 예상할 수밖에 없었어. 바로 그 가능성을 배제해야만 했거든. 안 그러면 그 왕국의 군주는 조만간 자기 신민들이 진짜가 아니라 꼭두각시에 마리오네트라는 인상을 받았을 테니까. 다른 방식으로는 그렇게 할 수 없었다는 걸 이해해줘! 완벽한 현실성이라는 환상을 조금이라도 파괴하는 것은 무엇이든 그 왕국의 의미와 통치의 위엄을 파괴했을 것이고, 그것을 그냥 기계 게임으로 만들었을 거야……."

트루를이 조용히 대답했다.

"이해해, 너무나 잘 이해하고말고!"

클라파우치우시가 외쳤다.

"자네의 의도는 정말 고귀한 것이었어. 자네는 다만 최대한 실물과 같은 왕국을 만들어내려 했을 뿐이야. 진짜 왕국과 너무나 비슷한 나머지 아무도, 절대로 아무도 그 차이를 알아낼 수 없는 왕국 말이야. 그리고 자네가 성공을 거둔 것 같아 걱정이네! 자네가 돌아온 다음 몇 시간밖에 흐르지 않았지만, 그들에게는, 그 상자에 갇혀 있는 이들에게는 몇 세기가 지나가버렸어. 얼마나 많은 존재들이, 얼마나 많은 생명이 덧없이 스러졌겠는가? 그것이 모두 엑셀시우스 왕의 허영을 만족시키고 그를 즐겁게 하기 위해서라니!"

다른 말 없이 트루를은 도로 자기 배로 달려갔다. 그는 친구가 자기와 함께 온 것을 알았다. 그가 우주로 배를 발사하고 영원한 두 갈래 화염 사이로 이물을 향한 채 전속력으로 달리자, 클라파우치우시가 말했다.

"트루를, 자네는 정말 어쩔 수가 없군, 자네는 언제나 행동이 먼저고 생각은 나중이란 말이야. 우리가 이제 그곳으로 가면 뭘 어쩌려고?"

"왕에게서 그 왕국을 빼앗아야지!"

"그런 다음 그걸로 무엇을 할 건데?"

"부숴버릴 거야!"

트루를은 이렇게 외치려고 했으나, 자기가 무슨 말을 하려는지 깨닫자 첫음절부터 숨이 막혔다. 마침내 그가 웅얼거렸다.

"선거를 열겠어. 자기네 안에서 정당한 지배자를 선택하도록 해야지."

"자네는 그들을 전부 봉건 영주나 패기 없는 가신들이 되도록 프로그램했잖아. 선거가 무슨 소용이야? 먼저 그 왕국의 구조를 전부 원래대로 돌린 다음, 무에서부터 다시 조립해서……."

"구조의 변화는 어디서 끝나고, 마음에 손대는 것은 어디서 시작하는데?"

트루를이 소리쳤다. 클라파우치우시는 답할 말이 없었다. 그래서 그들은 엑셀시우스의 행성이 눈에 보일 때까지 계속 침울한 침묵 속에서 날아갔다. 그 행성을 선회하며 착륙할 준비를 하다가, 그들은 아주 놀라운 장면을 목격했다.

행성 전체가 헤아릴 수 없는 수의 지적 생명체로 덮여 있었다. 아주 작은 다리들이 조그만 선처럼 시내와 개울마다 놓여 있었고, 별빛을 반사하는 웅덩이들은 떠다니는 톱밥처럼 보이는 작은 배들로 가득 차 있었다…… 거주자들은 너무 조그마해서 가장 배율이 높은 렌즈로도 관찰할 수 없었지만, 행성의 밤을 맞이한 쪽에는 빛나는 도시들이 점점이 흩뿌려져 있었고, 낮 쪽에는 번영하는 메트로폴리스들이 보였다. 왕은 마치 땅에 삼켜진 듯 흔적도 없었다.

"그는 여기서 사라졌어. 저들이 무슨 일을 한 거지? 어떻게 했는지 몰라도 상자의 벽을 부수고 이 소행성을 차지했어……"

트루를이 경외감을 품고 속삭였다.

"저것 봐!"

클라파우치우시가 버섯 같은 모양을 한 골무 크기의 작은 구름을 가리키며 말했다. 그 구름은 천천히 대기권으로 올라왔다.

"원자 에너지를 발견한 거야……. 그리고 저기…… 자네, 저 유리 조각 봤어? 상자에서 남은 유리 조각일 텐데, 저것을 사원 같은 것으로 만들었어……."

"이해할 수가 없어. 어쨌든 그건 모형일 뿐이었다고. 엄청나게 많은 매개변수를 가진 프로세스, 시뮬레이션, 필요한 피드백과 변수와 다중 스탯을 가지고 군주가 계속 통치할 수 있는 모형……."

트루를은 멍하니 중얼거렸다.

"그래. 하지만 자네는 복제물을 너무 완벽하게 만든다는 용서받을 수 없는 실수를 저질렀어. 단순한 시계 같은 기계를 만드는 것을 원하지 않았기에 자네는 뜻하지 않게, 자네 특유의 꼼꼼한 방식으로, 가능하고 논리적이고 필연적인 방식으로, 그런 기계와는 정반대인 것을 창조했지……."

"제발 그만!"

트루를이 외쳤다. 그들은 침묵 속에서 그 소행성을 바라보았다. 그러던 중 갑자기 무엇인가가 그들의 배에 부딪혔다. 아니, 스쳤다고 해야 할 것이다. 물체의 꼬리에서 뿜어 나오는 얇은 리본 같은 불길이 비춰주어 그들은 그 물체를 볼 수 있었다. 아마 배나 인공위성이었을 것이다.

그러나 그것은 폭군 엑셀시우스가 신고 있던 강철 부츠 한 짝과 매우 비슷했다. 그리고 제작자들이 위를 올려다보았을 때, 그들은 그 작은 행성의 높은 곳에 빛나고 있는 천체를 보았다. 예전에는 그곳에 그런 게 없었다. 그들은 그 차갑고 파리한 구체 속에 갇힌 엑셀시우스의 엄숙한 얼굴을 알아볼 수 있었다. 이렇게 해서 엑셀시우스는 마이크로미니인들의 달이 되었다.

트루틀과 클라파우치우스의 일곱 가지 여행 이야기

게니우스 왕의 이야기 기계 세 대 이야기

어느 날 트루를의 거주지에 이방인이 왔다. 그가 양자 쌍두마차에서 내리자마자 한눈에 보통 로봇이 아니라 먼 곳에서 온 로봇이라는 것을 분명히 알아볼 수 있었다. 우리 모두 팔을 달고 있는 곳에는 부드러운 산들바람만 흐르고 있었고, 보통은 다리가 있어야 할 곳에는 반짝이는 무지개밖에 없었다. 그리고 그는 머리카락 대신 깃털을 꽂은 펠트 중절모를 쓰고 있었다. 그의 목소리는 몸 중앙에서 흘러나왔는데, 사실 그는 완벽한 구체求體였다. 아주 매력적인 외모와 우아한 반투과성 장식 허리띠를 맨 구체. 그는 트루를에게 굽실 절하더니, 실제로는 자기가 위쪽 절반과 아래쪽 절반으로 이루어진 두 명이라는 것을 밝혔다. 위쪽은 싱크로니쿠스*였고 아래쪽은 심포니쿠스**라고 했다. 트루를에게 이것은 지성적 존재를 만들 때 겪게 마련인 문제에 대한 완벽한 해답으로 보였다. 그는 이렇게 잘 조율되고, 이렇게 정확하고, 이렇게 찬란히 빛나는 존재를 한 번도 만나보지 못했다고 말할 수밖에 없었다. 이방인은 그 찬사에 대한 답례로 트루를의 몸을 칭송하더니, 그다음 자기가 방문한 목적을 끄집어냈다. 그는 유명한 게니우스*** 왕의 가까운 친구이자 충실한 부하로서, 세 대의 이야기 기계를 주문하기 위해 왔다.

"우리의 강력한 주권자이며 군주이신 분은 오랫동안 지배와 통치를 전혀 하지 않으셨습니다. 그분은 이 세계와 다른 세계의 작동 방식을 꼼꼼히 연구하신 후 얻은 지혜 때문에 지금 이렇게 완전히 퇴위하셨습니다. 그분은 자기 왕국을 떠나 건조하고 바람이 잘 통하는 동굴에 은거해서 명상에 몸 바치고 계십니다. 그렇지만 종종 슬픔과 자기혐오가 덮칠 때가 있고, 그럴 때면 그분을 위안할 수 있는 것은 이야기뿐입니다. 새롭고 보기 드문 이야기

---

*   Synchronicus. synchro-(동시에 작동하는)+-nicus(남성 이름의 호칭)—옮긴이

**   Symphonicus. symphony(조화)+-cus—옮긴이

***   '천재'라는 뜻의 영어 단어 genius와 철자가 같다.—옮긴이

말입니다. 아아, 그렇지만 그분 곁을 충실히 따르는 우리들 몇 명에게는 오래전에 새 이야기가 바닥났습니다. 그래서 우리는 당신을 떠올렸습니다. 오, 제작자님, 우리를 도와주십시오. 기계로 우리 왕의 기분을 전환시켜주십시오. 당신은 기계를 아주 잘 만드시지 않습니까."

"예, 그건 가능하지요. 그런데 왜 세 대가 필요합니까?"

트루를이 물었다.

"첫 번째 기계는 듣는 이를 열중케 하지만 괴롭지 않은 이야기를, 두 번째 기계는 교묘하고 재미로 가득한 이야기를, 세 번째는 의미심장하고 주목하지 않을 수 없는 이야기를 하게 만들고 싶기 때문이지요."

싱크로포니쿠스가 천천히 회전하며 대답했다.

"다른 말로 하면, 1) 정신을 운동시키고, 2) 즐겁게 하고, 3) 교화하는 것이군요. 알겠습니다. 보수에 대해서는 지금 이야기할까요, 아니면 나중에 이야기할까요?"

"기계를 완성하면 이 반지를 문지르십시오. 그러면 당신 앞에 쌍두마차가 나타날 것입니다. 그 안에 기계를 싣고 타시면, 마차가 즉시 게니우스 왕의 동굴로 모실 것입니다. 그곳에서 원하는 바를 말씀하십시오. 그분께서는 당신이 원하는 바를 충족시켜주기 위해 할 수 있는 일을 하실 것입니다."

그는 이렇게 대답하더니 다시 절을 하고, 트루를에게 반지 하나를 건네주며 눈부시게 윙크를 했다. 그런 다음 쌍두마차로 둥둥 떠서 되돌아갔다. 마차는 즉시 눈이 멀 것 같은 빛의 구름에 휩싸였고, 다음 순간 트루를은 반지를 쥔 채 집 앞에 혼자 서 있었다. 그는 방금 일어난 일이 썩 유쾌하지는 않았다. 그는 작업장으로 돌아가며 중얼거렸다.

"할 수 있는 일을 하신다고. 오, 그런 말을 들으면 얼마나 기분 나쁜지 몰라! 그런 말이 뜻하는 건 하나밖에 없어. 요금 문제를 꺼내기만 하면 그동안 굽실거리고 정중하게 굴던 태도는 끝이라는 거지. 고생해서 얻는 거라곤 대개는 엄청난 말썽과 타박상……."

이 말에 그의 손바닥에서 반지가 움찔거리더니 말했다.

"'그분이 할 수 있는 일을 하신다'라는 표현은 단지 게니우스 왕께는 왕국이 없기 때문에 방법이 제한되어 있음을 가리킵니다. 오, 제작자여. 한 철학자가 다른 철학자에게 호소하듯이 그분이 당신께 호소합니다. 그리고 그릇된 판단으로 그렇게 하시는 것이 아님은 분명합니다. 왜냐하면 반지가 이런 말을 하는데도 당신은 놀라지 않으시니까요. 그렇다면 폐하의 제한된 사정에 대해서도

트루를과 클라파우치우시의 일곱 가지 여행 이야기

놀라지 마십시오. 당신은 충분한 보수를 지불받을 것입니다. 금은 아닐지라도요. 그렇지만 금보다 더 바람직한 것들이 있답니다."

"사실은 반지 경, 철학은 아주 훌륭하고 좋은 것이지만, 다른 시시한 것들은 논외로 치더라도 기계를 만드는 데 필요한 에르그와 암페어, 이온과 원자 들에는 돈이 듭니다. 엄청나게 돈이 들어요!"

트루를이 비딱하게 대답했다.

"그래서 나는 계약을 확실하게 하는 편을 좋아합니다. 모든 것이 계약과 조항으로 자세히 명시되고, 서명과 봉인이 아주 많이 달린 것 말입니다. 나는 탐욕스럽고 욕심 많은 로봇은 절대 아니지만, 금을 사랑합니다. 특히 대량의 금을요. 그리고 그것을 인정하는 걸 부끄러워하지 않소이다! 금의 반짝임, 노란 색조, 손에 쥐었을 때 느껴지는 달콤한 무게……. 짤랑거리는 두카트를 마루에 한두 자루 쏟아놓고 뒹굴 때면 이런 것들이 내 가슴을 따뜻하게 하고 내 영혼을 밝히지요. 누군가가 내 안에 작은 태양을 켜놓은 것처럼 말이오. 그래요, 제기랄, 나는 내 금을 사랑해!"

그는 자기 말에 넋을 잃은 나머지 큰 소리로 외쳤다.

"하지만 왜 꼭 다른 이가 가져오는 금이어야 하지요?

당신은 원하는 만큼 자기 자신에게 금을 만들어줄 수 있지 않나요?"

반지가 놀라서 깜박거리며 물었다. 트루를은 비꼬아 대답했다.

"흠, 당신의 게니우스 왕은 얼마나 현명하신지 모르겠지만, 당신이 완전히 무식한 반지라는 것은 알겠군요! 뭐라고? 나에게 내 금을 만들라고? 도대체가 말이 될 소릴 해야지! 구두 수선공이 자기 구두를 고치는 구두 수선공인가요? 요리사가 자기가 먹을 요리를 하고, 군인이 자기가 싸우고 싶은 전투를 골라 합디까? 하여간 당신이 모를까 봐 말해주지만, 금 다음으로 내가 좋아하는 것이 불평이오. 그러니 이런 한가한 잡담은 그만합시다. 할 일이 있으니까."

그러더니 그는 낡은 주석 깡통 속에 반지를 넣어두고, 소매를 걷어 올리더니 한 번도 작업장을 떠나지 않고 사흘 만에 세 대의 기계를 만들었다. 그런 다음 기계들의 외형을 어떻게 만들지 생각했다. 그는 단순하면서도 기능적인 모습을 원했다. 그는 여러 가지 케이스를 하나하나 씌워보았다. 그동안 그 반지가 얼마나 논평과 제안을 던지며 끼어들던지, 깡통을 닫아둘 수밖에 없었다.

마침내 트루를은 첫 번째는 하얗게, 두 번째는 푸른 하

트루를과 클라파우치우시의 일곱 가지 여행 이야기

늘빛으로, 세 번째는 새까맣게 칠했다. 그런 다음 반지를 문지르고, 즉각 대령한 쌍두마차에 짐을 실은 다음 자신도 올라타고는 이다음에 무슨 일이 일어날지 기다렸다. 씽 하고 쉿쉿 소리가 나더니 먼지가 일었다. 마차가 내려가자 트루를은 창밖을 내다보고 바닥이 흰 모래로 덮인 커다란 동굴에 와 있다는 것을 알았다. 그다음 그는 몇 개의 긴 의자에 높이 쌓여 있는 책들을 보았고, 빛나는 구체들이 줄을 지어 서 있는 것을 보았다. 그 줄에서 그는 기계를 주문했던 그 이방인을 알아보았고, 나머지 구체들보다 크고 오랜 세월의 선들이 새겨져 있는 한가운데의 구체가 왕이리라고 추측했다. 트루를은 마차에서 내려 절을 했다. 왕은 그를 친절하게 맞으며 말했다.

"두 가지의 지혜가 있네. 첫 번째는 행동하게 하는 지혜이고, 두 번째는 무위無爲의 지혜지. 훌륭한 트루를이여, 그대는 두 번째가 더 위대하다는 데 찬성하지 않는가? 가장 멀리까지 내다보는 선견지명이 있는 정신도 눈앞의 사건의 궁극적인 결과를 예견할 수는 없다는 게 확실하니까. 따라서 그 결과도 아주 불확실하며 일을 해결하기는 더욱 어려워지지. 그러므로 완벽은 모든 행동을 회피하는 데 있네. 여기서 진정한 지혜는 단순한 지성과는 다르지."

"폐하의 말씀은 두 가지 방식으로 받아들일 수 있겠습니다. 첫 번째로 그 말씀은 제 노동(그 노동의 결과로 저는 이 쌍두마차에 세 대의 기계를 싣고 배달했습니다)의 가치를 과소평가하겠다는 미묘한 암시를 담은 것일 수 있습니다. 그런 해석에 저는 아주 큰 불쾌감을 느낍니다. 그것은 말하자면, 보상할 마음이 내키지 않는다는 암시를 담고 있으니까요. 그게 아니라면 다른 암시 없이 순전히 '무위의 도'에 대한 진술을 들었을 뿐이겠지요. 그런데 그것은 자기모순이라고 말할 수 있습니다. 행동을 삼가기 위해서는 먼저 행동할 수 있어야 합니다. 수단이 없어서 산을 옮기지 않으면서도 그런 지혜의 가르침 때문에 산을 옮기지 않는다고 주장하는 자는 그저 자신의 철학을 과시하며 듣는 자를 농락할 따름이지요. 무위는 확실합니다. 무위를 권할 만한 이유는 그것뿐이에요. 행동은 불확실하고, 거기에 행동의 매력이 있지요. 그 문제에서 생각해볼 수 있는 다른 경우에 대해서는, 폐하가 바라신다면 그 주제에 관한 대화를 나누는 데 알맞은 기계를 만들어드리겠습니다."

"보수 이야기는 그대가 우리나라까지 오게 만든 이 즐거운 일이 끝날 때까지 미뤄두세."

왕은 트루를의 결론을 듣고 느낀 커다란 기쁨을 가볍

게 선회하는 동작으로 표현하면서 말했다.

"고귀한 제작자여, 그대는 우리 손님일세. 그러니 우리의 초라한 식탁에 와서 이 충실한 친구들 사이에 앉게. 그리고 우리에게 그대가 한 행동들과 하지 않기로 한 행동들에 대해 들려주게."

"폐하께서는 정말 친절하십니다. 그러나 안타깝게도 제게는 그럴 만한 화술이 없습니다. 이 세 대의 기계가 저 대신 폐하의 명을 받들 수 있을 것입니다. 덧붙여 이 일은 폐하께서 제 기계들을 시험해볼 기회를 드린다는 장점도 갖고 있습니다."

"그대의 말대로 하세."

왕이 찬성했다.

모든 이가 엄청난 흥미와 기대를 품은 듯 보였다. 트루를은 쌍두마차에서 하얗게 칠한 첫 번째 기계를 꺼내, 단추 하나를 누른 다음 게니우스 왕의 옆자리에 앉았다. 기계가 말했다.

"여기에 멀티튜디안*들과 그들의 왕 만드릴리온**과 왕의 완벽한 조언자와 그 조언자를 만들고 나중에는 부

---

*   Multitudian. 군중 행성인—옮긴이

**   Mandrillion. Mandrake(맨드레이크)+-rillion(큰 수의 뒤에 붙는 접미사)—옮긴이

수어버린 제작자 트루를의 이야기가 있습니다!"

* * *

멀티튜디안들의 땅은 거주자들 때문에 이름나 있고, 그 거주자들은 무수하다는 사실로 유명하다. 어느 날 제작자 트루를은 딜리리아(정신 나간) 성좌의 사프란 지역을 지나가다가, 길을 잃고 큰길에서 약간 벗어나 몸부림치는 것 같은 행성을 보았다. 가까이 다가간 그는 이것이 행성의 표면을 덮은 군중들 때문임을 알게 되었다. 그는 넓이가 몇 평방피트쯤 되는, 상대적으로 사람이 없는 장소를 찾아(꽤 어려운 일이었다) 착륙했다. 원주민들이 즉각 달려와 그의 주위에 우글거리며 자기들이 얼마나 많은지 외쳤다. 다들 한꺼번에 말하는 바람에 트루를은 한마디도 알아들을 수 없었다. 마침내 그들의 말을 알아들은 그는 이렇게 물었다.

"무수하다고, 당신들이?"

"그렇다! 우리는 셀 수 없을 정도로 많다."

그들은 자부심으로 가득 차서 외쳤다. 다른 자들은 이렇게 외쳤다.

"우리는 바다의 물고기 같아!"

"바닷가의 조약돌 같아!"

"하늘의 별 같아! 원자들 같아!"

"그렇다 치고, 그게 뭐 어떻다고? 당신들은 하루 종일 자기네 숫자를 세면서 보내나? 그러면 즐거워?"

"오, 미개한 외계인이여, 우리가 발을 구르면 산도 떨고, 우리가 훅훅 숨을 불면 허리케인이 되어 나무가 날아가고, 우리가 모두 한꺼번에 앉으면 숨 쉴 공간도 없다는 것을 알라!"

"하지만 왜 산이 떨고, 허리케인에 나무가 날아가고, 숨 쉴 공간도 없어야 하지?"

멀티튜디안은 트루를이 자기들의 굉장한 숫자와 엄청난 힘에 존경심을 보이지 않자 매우 화가 나서, 자신들이 얼마나 많으며 그것이 무엇을 뜻하는지 보여주려고 발을 구르고, 훅훅 숨을 불고, 앉았다. 지진이 나무들을 절반쯤 쓰러뜨리는 바람에 70만 명이 깔렸고, 허리케인이 나머지 나무들을 쓰러뜨려 70만 명이 더 죽었다. 살아남은 사람들은 여전히 숨 쉴 공간도 없었다.

"세상에! 이게 무슨 재난이람!"

트루를이 벽돌벽 속의 벽돌처럼 앉아 있는 원주민들 사이에 낀 채 말했다. 그들은 그 말에 훨씬 더 모욕을 느꼈다.

"오, 야만스럽고 무지몽매한 외계인 같으니! 셀 수도 없이 무수한 멀티튜디안들에게 몇십만 명쯤 무슨 대수라고. 눈에 띄지 않을 정도의 손실이라면 손실도 아니야. 발을 구르고 숨을 훅훅 불고 주저앉을 때 우리가 얼마나 강력한지 보았지? 그렇다면 우리가 더 큰 일들을 할 때 무슨 일이 일어날지 상상해봐!"

"당신들 같은 생각을 처음 듣는 건 아니야. 사실, 양이 충분히 많다면 무슨 일이 일어나든 대체로 감탄하게 된다는 건 다 아는 사실이야. 예를 들어 낡은 통 바닥에서 냄새나는 기체가 느릿느릿 돌고 있다 해서 감탄하는 사람은 없어. 하지만 그 기체가 은하계의 성운을 구성할 정도로 많다면 모든 이가 당장 경외감에 휩싸이게 돼. 그렇지만 사실은 그 둘 다 똑같은 냄새가 나는 완전히 평균적인 기체야. 단지 한쪽이 엄청나게 양이 많을 뿐이지."

트루를이 말했다.

"네 말은 마음에 안 들어! 우리는 냄새나는 기체 이야기를 듣고 싶지 않아!"

그들이 외쳤다.

트루를은 경찰을 찾아 주변을 둘러보았으나, 군중이 엄청나게 많아서 경찰도 밀고 들어올 수가 없었다.

"친애하는 멀티튜디안들이여, 당신들의 행성을 떠나

게 해주시오. 셀 수 있다는 특성밖에 없다 해도 엄청난 숫자는 그 자체로 영광스럽다는 당신들의 믿음을 나는 공유하지 않기 때문이오."

트루를은 그렇게 말했다. 그러나 그를 보내주는 대신 그들은 눈길을 교환하고 고개를 끄덕이더니 손가락으로 딱 소리를 냈다. 그러자 아주 엄청난 위력을 가진 충격파가 일어나, 트루를은 공중으로 내동댕이쳐져 데굴데굴 날아갔다. 꽤 시간이 흘러 그는 발을 땅에 대고 왕궁 정원에 내려앉았다. 멀티튜디안들의 지배자인 만드릴리온 대제가 다가왔다. 그는 제작자가 날아와 내려앉는 모습을 지켜보고 있었다. 그가 말했다.

"오, 외계인이여, 네가 내 백성들의 무수함에 적절한 감탄을 표하지 않았다고들 하더구나. 네가 완전히 돌아버렸기 때문에 그랬을 게다. 그렇지만 고차적인 문제에 대해서는 아무것도 이해하지 못한다 해도 너는 분명 저차원적인 기술은 갖고 있을 것이야. 다행이다. 나는 '완벽한 조언자'를 원하노니, 너는 내게 '완벽한 조언자'를 만들어주어야 한다!"

"도대체 그 '조언자'는 무엇을 해야 하고, 그것을 만드는 대가로 저는 무엇을 받게 됩니까?"

트루를이 몸에서 먼지를 떨며 물었다.

"그것은 모든 질문에 대답해야 하고, 모든 문제를 풀어야 하고, 무조건 최선의 충고를 해야 하고, 한마디로 말해 아주 위대한 지혜를 완전히 내 마음대로 쓸 수 있게 해주어야 한다. 그 대가로 너는 내 신민 이삼십만을 받게 된다. 원한다면 더 가져도 좋다. 몇천 정도에 인색하게 굴지는 않을 테니."

'생각하는 존재들이 너무 많아 모래 정도의 값어치밖에 갖지 못한다면, 너무 많다는 것도 위험해 보이는군. 이 왕은 내가 낡은 슬리퍼를 처분하듯이 자기 신민들을 처분할 거야!'

트루를은 그렇게 생각했으나, 소리 내어서는 이렇게 말했다.

"폐하, 제 집은 작아서 그렇게 많은 노예를 둘 수 없습니다."

"오, 후진적인 외계인이여, 두려워 말라. 내게는 많은 노예를 소유할 때 얻을 수 있는 끝없는 이익에 대해 네게 설명해줄 전문가들이 있다. 예를 들자면 노예들에게 여러 가지 다른 색의 로브를 입혀 커다란 광장에 세워서 살아 있는 모자이크를 만들 수도 있고, 어떤 의미를 나타내는 표지판을 만들 수도 있지. 무더기로 묶어서 언덕 아래로 굴려도 되고, 오천은 머리로, 삼천은 손잡이로 써서 거대한 망치를 만들어 바위를 깨거나 숲을 개간할 수도 있다. 그들을 땋아 밧줄로 만든 다음 벽걸이 장식품을 만들 수도 있다. 그 밧줄을 심연 위로 늘어뜨리면 맨 아래 있는 자들은 몸을 익살스럽게 돌리고 발로 차고 깩깩거려서, 마음이 기쁘고 눈이 즐거운 광경을 만들리라. 혹은 젊은 여자 노예 10만 명을 모두 한 다리로 세우고 오른손으로는 세모를, 왼손으론 동그라미를 그리게 해도 좋지. 정말이지 장관이거든, 한번 보면 반해버릴 게다. 내 경험으로 하는 말이야!"

"폐하! 숲과 바위는 제가 기계로 어떻게든 할 수 있습니다. 표지판과 모자이크에 대해 말하자면, 고용되는 쪽을 더 기꺼워할 존재들을 써서 모양을 만들어내는 것은 제 취향이 아닙니다."

트루를이 말했다.

"오, 무례한 외계인이여, 그러면 완벽한 조언자의 대가로 무엇을 원하는가?"

왕이 물었다.

"금 100자루입니다!"

만드릴리온은 금을 내놓기가 매우 싫었지만, 한 가지 생각이 떠올랐다. 아주 교묘한 계획이었다. 그러나 그는 그것을 혼자만 간직하기로 했다.

"그러면 그렇게 하자!"

"폐하께서는 완벽한 조언자를 얻으실 것입니다."

트루를은 그렇게 약속하고, 만드릴리온이 그를 위해 작업장으로 꾸며준 성탑으로 갔다. 오래지 않아 그곳에서는 풀무가 내는 쉿쉿 소리, 망치가 울리는 소리, 톱이 끽끽거리는 소리가 들렸다. 왕은 스파이들을 보내 그곳을 살피게 했으나 그들은 매우 놀라서 돌아왔다. 트루를이 조언자를 만드는 게 아니라 연마하고, 용접하고, 자르고 배선하는 기계들만 여럿 만들고 있었기 때문이었다. 다음으로 그는 앉아서 못 하나를 들고 긴 종잇조각에 작은 구멍들을 냈다. 조언자를 분자 수준에서 프로그램하는 것이었다. 그런 다음 기계들이 밤새 탑 안에서 열심히 일하는 동안 그는 산책하러 갔다. 이른 아침에 그 작업이 끝났다. 정오 즈음에 트루를은 두 다리와 작은 손 하나를 가진 거대한 인형을 데리고 메인 홀에 들어오더니, 이것이 완벽한 조언자라고 선언하며 왕 앞에 내놓았다.

"정말일까."

만드릴리온은 그렇게 중얼거리며 대리석 바닥에 사프란과 시나몬을 흩뿌리라고 명령했다. 조언자가 풍기는 달군 쇠 냄새가 너무 강한 까닭이었다. 방금 오븐에서 꺼낸 조언자는 군데군데 빛까지 났다. 왕이 트루를에게 말했다.

"너는 가도 좋다. 오늘 저녁 네가 돌아오면 그때 누가, 누구에게, 얼마나 빚을 졌는지 살피도록 하자."

만드릴리온이 헤어지면서 한 이 말이 후한 보수의 약속 따위와는 전혀 무관하며 악한 의도까지도 숨기고 있을지 모른다고 생각하며 트루를은 그곳을 떠났다. 이렇게 되자 그 조언자의 범용성에 작지만 절대로 사소하지 않은 조건 하나를 지정해둔 것이 잘한 일인 듯싶었다. 그는 조언자의 프로그램 속에 지시문 하나를 입력했다. 조언자가 무엇을 하든 절대로 자기를 창조한 자를 파괴하지는 못하게 하는 효과를 내는 지시문이었다.

조언자와 둘만 남게 되자 왕이 말했다.

"너는 무엇이고, 무슨 일을 할 수 있느냐?"

"저는 왕의 완벽한 조언자입니다. 그리고 저는 왕에게 가능한 한 최고의 조언을 할 수 있습니다."

빈 통에서 말하는 것처럼 웅웅 울리는 목소리로 기계가 대답했다.

"좋다. 그러면 네가 충성을 바치고 완벽하게 복종해야 하는 것은 누구냐? 나냐, 너를 만든 다른 자냐?"

"저는 폐하께만 충성을 바치고 완벽하게 복종해야 합니다."

조언자가 웅웅거렸다.

"좋아, 좋아……. 이제 우선 나는…… 그러니까, 자…… 내 말은, 내 첫 번째 요구로 내가, 말하자면, 인색하다는 인상을 주고 싶지는 않아……. 그러나 음, 어느 정도로는, 네가 이해할지 모르겠지만, 어떤 원칙들을 유지하기 위해서라면…… 그렇지 않은가?"

"폐하께서는 아직 당신이 원하시는 것이 무엇인지 말씀하지 않으셨습니다."

조언자는 일시적으로 균형을 잃고, 옆에서 세 번째 다리를 내뻗어 몸을 받치며 말했다.

"완벽한 조언자라면 주인의 생각을 읽을 수 있어야지!"

만드릴리온 왕이 쏘아붙였다.

"물론이지요. 하지만 당황하실까 봐, 요청하실 때만 읽습니다."

조언자는 그렇게 말하며 배에 달린 작은 문을 열고 '텔레파시트론'이라고 쓰여 있는 손잡이를 돌렸다. 그러더니 고개를 끄덕이며 말했다.

"폐하께서는 트루를에게 구리 플러그 하나 주고 싶지 않으신 거지요? 알겠습니다!"

"누구에게든 한마디라도 지껄이면 내 신민들을 한 번

에 3만 명씩 갈아버릴 수 있는 커다란 맷돌 속으로 너를 던져버리겠다!"

왕이 조언자를 위협했다. 조언자는 왕을 안심시켰다.

"누구에게도 말하지 않겠습니다! 폐하는 돈을 지불하고 싶지 않으십니다. 쉬운 일입니다. 트루를이 돌아오면 그에게 금은 한 푼도 주지 않을 테니 꺼지라고 말하기만 하면 됩니다."

왕은 콧방귀를 뀌었다.

"너는 조언자가 아니라 바보 천치구나! 나는 돈을 지불하고 싶지 않지만, 그게 모두 트루를의 잘못 때문인 것처럼 보였으면 좋겠어! 내가 그에게 빚진 게 하나도 없는 것처럼 말이다. 알아듣겠어?"

조언자는 왕의 생각을 읽기 위해 다시 손잡이를 돌리더니, 웅웅 울리는 목소리로 말했다.

"또한 폐하께서는, 트루를은 경멸받아 마땅한 사기꾼이자 악한으로 밝혀지되 폐하께서는 법과 폐하가 내리신 신성한 말씀에 따라 공정하게 행동하는 것처럼 보이기를 원하시는군요⋯⋯. 잘 알겠습니다. 폐하께서 허가하시면, 저는 이제 폐하의 멱살을 잡고 목을 조르겠습니다. 폐하께서 그럴싸하게 몸부림을 치고 도움을 청하는 비명을 지르시면⋯⋯."

"너 미쳤냐? 왜 네가 내 목을 조르고 내가 비명을 질러야 하는 거야?"

만드릴리온이 말했다.

"그러면 폐하께서는 트루를이 제 도움을 받아 국왕 시해의 죄를 저지르려 했다고 고발할 수 있습니다. 따라서 폐하가 그를 매질하고 해자에 던져버리면 모두가 아주 자비로운 행동이라고 칭송할 것입니다. 보통 그런 대역죄인에게는 먼저 고문을 한 다음 익사시키고 사지를 찢기 때문입니다. 폐하는 제가 트루를의 손에 놀아난 의식 없는 도구에 불과하다는 이유로 저를 완전히 사면해주시면 됩니다. 그러면 모든 이들이 왕의 관대함과 동정심을 찬양할 테고, 모든 일이 폐하가 바라신 그대로 될 것입니다."

조언자가 경쾌하게 설명했다.

"좋아, 내 목을 졸라라. 하지만 조심조심 해, 이놈아!"

왕이 말했다.

모든 일은 완벽한 조언자가 예상한 바와 같이 되었다. 사실 왕은 트루를을 해자에 던져 넣기 전에 다리를 뽑아 놓을 작정이었지만, 어째서인지 그렇게 되지는 않았다. 나중에 이를 알게 된 왕은 명령 체계에 혼란이 생겼기 때문이라고 생각했다. 그러나 사실은 그 기계가 사형집행인의 조수 한 사람에게 신중하게 간섭했기 때문이었다.

그 후 왕은 조언자를 사면하고 법정에서 복권시켰다. 한 편 두들겨 맞고 멍이 든 트루를은 고통스럽게 절뚝거리며 집으로 걸어갔다. 돌아오자마자 그는 클라파우치우시를 찾아가 모든 이야기를 털어놓았다. 그런 다음 이렇게 말했다.

"그놈의 만드릴리온은 내가 생각했던 것보다 더 악당이었어. 그는 수치스럽게도 나를 속였을 뿐 아니라, 내가 만들어준 바로 그 조언자를 써먹었어. 조언자를 써서 그 파렴치한 계획을 더 교묘하게 다듬었다고! 아, 하지만 이 트루를이 패배를 받아들이리라고 생각한다면 유감스럽게도 잘못 짚은 거지! 내가 그 폭군에게 원수를 갚지 않고 잊어버린다면, 녹이 나를 다 먹어치울지어다!"

"자네, 무슨 일을 할 생각인데?"

클라파우치우시가 물었다.

"그놈을 법정에 데려가겠어. 내가 받을 액수 문제로 고소할 테다. 그리고 그건 시작일 뿐이야. 그놈은 모욕과 상해죄에 대해서도 대가를 치러야 해."

"어려운 법적 문제로군. 자네가 무슨 일을 하려 들기 전에 좋은 변호사를 고용하는 게 좋겠는데."

클라파우치우시가 말했다.

"왜 변호사를 고용해? 내가 변호사가 되면 되지!"

트루를은 집에 가서 커다란 냄비 속에 트랜지스터를 여섯 숟가락 듬뿍 넣고, 다시 그만큼의 콘덴서와 레지스터를 넣고 그 위에 전해액을 붓고 잘 저어 단단히 뚜껑으로 덮은 다음, 자러 갔다. 사흘이 지나자 그 혼합물은 1급 변호사로 자라났다. 냄비는 변호사를 키울 용도로 쓰려던 것이었으므로 트루를은 혼합물을 냄비에서 꺼낼 필요조차 없었다. 그래서 그는 식탁 위에 냄비를 놓고 물었다.

"너는 무엇이지?"

"저는 자문 변호사이고 법률 지식의 전문가입니다."

전해액이 좀 많았기 때문에 냄비는 꼬르륵거리며 말했다. 트루를은 사건 전체를 이야기했고 냄비는 이렇게 말했다.

"당신은 조언자가 당신을 죽이지 못하게 하는 지시문을 입력해 조언자의 프로그램을 제한했다는 말입니까?"

"그래, 그래서 조언자가 나를 죽일 수 없었지. 조건은 그것뿐이었어."

"그렇다면 당신은 거래에서 당신 쪽이 져야 하는 책무를 만족시키지 못한 것입니다. 조언자는 완벽하고 어떤 종류의 제한도 받지 않았어야 합니다. 만약 조언자가 당신을 죽이지 못한다면 완벽한 것이 아닙니다."

"하지만 그놈이 나를 죽인다면 지불을 받을 사람이 아

무도 없잖아!"

"서로 독립된 일이고 완전히 다른 문제입니다. 그것은 만드릴리온의 형사책임을 판단하는 서면 요약 항목에 넣어야 하고, 당신의 주장은 민사소송의 성격이 더 강합니다."

"이봐, 법적인 헛소리를 늘어놓는 냄비 같은 건 필요 없어. 너는 도대체 누구 변호사야? 내 변호사야, 그 깡패 왕의 변호사야?"

트루를이 분을 토했다.

"당신 변호사입니다. 하지만 그는 당신에게 지불을 거절할 권리가 있습니다."

"그러면 나를 자기 성벽에서 해자로 던지라고 명령할 권리도 있나?"

"제가 말했듯 그 둘은 완전히 다른 문제입니다. 민사가 아니라 형사죠."

냄비가 대답했다. 트루를은 격노했다.

"낡은 철사 한 다발과 스위치와 그리드를 써서 지적인 존재를 만들었더니, 이놈은 진지한 조언 대신 전문 용어를 늘어놓는군! 이 싸구려 사이버네틱 악덕 변호사 같으니, 나를 놀리면 어떻게 되는지 가르쳐주마!"

그는 냄비를 뒤엎어 식탁 위에 모든 것을 쏟아내고, 변호사가 소송 절차를 밟을 기회를 갖기 전에 갈기갈기 잡아 뜯었다.

그런 다음 트루를은 일에 착수해서 2층짜리 법학자를 만들었다. 그 법학자는 변론술적으로 4중 강화되고, 법전과 부록을 첨가하고, 민사와 형사를 버무려 마무리했다. 순전히 안심 차원에서 그는 국제법과 대륙법 성분을 첨가했다. 마침내 그는 플러그를 꽂고 자기 사건을 진술한 후 기계에게 물었다.

"내가 받아야 할 것을 어떻게 얻어낼 수 있지?"

"쉽지 않겠는데요. 위쪽에 트랜지스터 500개, 옆면에 200개가 더 필요합니다."

기계가 말했다. 트루를이 그대로 갖추어주자 기계가 말했다.

"이것으로는 충분치 않아요! 용량을 늘려주시고 스풀을 두 개 더 주세요."

그렇게 해주자, 비로소 기계가 말을 시작했다.

"아주 흥미로운 사건입니다. 사실 고려해야 할 것은 두 가지입니다. 하나는 진술의 근거인데, 여기에서는 우리가 취할 수 있는 조처가 많습니다. 그다음에는 소송 절차자체가 있습니다. 자, 왕을 어느 법정으로든 민사소송의 당사자로 소환하는 것은 절대로 불가능합니다. 그것은 행성 간 법뿐만 아니라 국제법에도 모순되니까요. 제 최종적인 의견을 말씀드리겠습니다. 그렇지만 우선 그 의견을 듣고 저를 잡아 뜯지 않겠다고 약속하셔야 합니다."

트루를은 그렇게 약속하고 말했다.

"하지만 내가 너를 잡아 뜯을 거라는 생각은 어디서 나온 거야?"

"음, 모르겠습니다. 그냥 그럴지도 모른다는 생각이 들었어요."

트루를은 자기가 이 기계를 만들면서 냄비 변호사의 부속을 사용했기 때문에 그럴 것이라고 추측했다. 분명히 그 사고에 대한 기억의 흔적이 새 회로에 흘러들어가서, 무의식적인 콤플렉스를 만들어낸 것이다.

"자, 그러면 네 최종 의견은?"

트루를이 물었다.

"간단하게 말해서 이렇습니다. 이 사건에 적합한 법정은 존재하지 않는다. 따라서 소송도 있을 수 없다. 다른 말로 하면, 당신의 사건은 이길 수도, 질 수도 없습니다."

트루를은 펄펄 뛰며 법 기계를 향해 주먹을 휘둘렀으나, 자기 말은 지켜야 했으므로 아무 해도 가하지 않았다. 그는 클라파우치우시에게 가서 모든 것을 말했다.

"처음부터 나는 가망 없는 일이라는 것을 알고 있었지.

하지만 자네는 내 말을 믿지 않았을 거야."

클라파우치우시가 말했다.

"이런 무도한 짓이 아무 벌도 받지 않고 넘어갈 수는 없어. 법정에서 만족스러운 판결을 얻을 수 없다면, 그 불한당 왕을 다룰 다른 방법을 찾아야겠어!"

트루를이 대꾸했다.

"어떻게 하려고? 기억해둬. 자네는 왕에게 자네를 파괴하는 것만 빼고 무엇이든 할 수 있는 완벽한 조언자를 만들어주었잖아. 그 조언자는 왕이나 그의 왕국에 자네가 가하는 어떤 타격이나 전염병이나 불행도 막아낼 수 있어. 그리고 실제로 막아내겠지. 친애하는 트루를, 나는 자네의 제작 능력을 전적으로 믿거든!"

"맞아……. 완벽한 조언자를 만들면서 내가 그 날강도 왕을 이길 가능성을 전부 없애버린 것 같군. 하지만 아니야, 그 갑옷에도 분명 어떤 틈이 있을 거야! 그 틈을 발견할 때까지 쉬지 않겠어!"

"그건 무슨 말이야?"

클라파우치우시가 물었지만, 트루를은 어깨만 움츠려 보이고 집으로 갔다. 그는 집에 앉아서 생각에 잠겼다. 때때로 그는 자기 도서관에 있는 책 수백 권을 성급하게 휘리릭 넘겼다. 또 어떤 때는 실험실에서 비밀 실험을 했다.

클라파우치우시는 이따금 친구를 방문했고, 트루를이 그토록 끈기 있게 스스로를 정복하려 하는 것을 보고 놀랐다. 트루를은 그 조언자에게 자기 자신의 지혜를 나누어 주었기에, 어떤 의미로 조언자는 트루를의 일부분이었다. 어느 날 오후 클라파우치우시는 늘 들르던 시간에 찾아왔으나, 트루를은 집에 없었다. 문은 모두 잠겨 있고 창문에는 덧문이 닫혀 있었다. 그는 트루를이 멀티튜디안의 통치자에 대한 작전을 개시했다는 결론을 내렸다. 그리고 클라파우치우시의 추측은 들어맞았다.

한편 만드릴리온은 예전에 한 번도 맛보지 못한 권력을 누리고 있었다. 아이디어가 떨어질 때마다 그는 조언자에게 물어보았고, 조언자는 바닥이 보이지 않을 정도로 많은 조언을 들려주었다. 왕은 궁전 쿠데타나 조신의 음모 혹은 어떤 종류의 적이든 두려워하지 않고 철권으로 통치했고, 왕국의 남쪽 포도밭에서 무르익은 포도알 수만큼 많은 교수대가 왕의 정원을 우아하게 수놓았다.

그 무렵 조언자는 왕에게 했던 여러 가지 제안 덕분에 네 개의 가슴에 메달을 가득 달았다. 트루를이 멀티튜디안의 땅에 보낸 마이크로스파이 하나가 새 소식을 갖고 돌아왔다. 조언자가 가장 최근에 올린 성과(조언자는 왕의 행차 때 색종이 대신 시민들을 뿌려대라고 조언했다) 때문에

만드릴리온 왕은 공공연하게 그를 자기 '친구'라고 부른
다는 이야기였다.

트루를은 신중하게 준비한 작전을 개시했다. 그는 자
리에 앉아 조언자에게 편지 한 통을 써 내려갔다. 달걀
껍질처럼 노란 바탕에 화식조 나무의 자재화*가 그려진
편지지에 쓴 내용은 간단했다.

조언자야! 내 일이 잘 풀려가듯 네 일도 잘되면 좋겠구
나, 아니, 더욱 잘되어가길 바란다. 네 주인이 너를 신임
한다고 들었다. 그러니 너는 후손과 공공의 복리 앞에
짊어진 엄청난 책임을 명심하고, 최고의 근면함과 열의
로써 임무를 수행하렴. 그리고 왕의 소원을 들어주기가
아주 어려울 때는, 옛날에 내가 말한 아주 특별한 방법
을 써보아라. 내게 편지를 쓰고 싶으면 한두 줄 써주렴.
하지만 답장이 늦다고 화내지는 마라. 지금은 D왕을 위
해 조언자를 만드는 작업을 하고 있거든. 당장 닥친 일
이고 시간도 넉넉지 않아. 네 친절한 주인에게 나의 존
경을 전해주렴. 다정하게 행복을 빌며 안부를 전한다.

너의 제작자 트루를

---

*   自在畫. 도구를 쓰지 않고 손으로만 그리는 그림—옮긴이

당연하게도 이 편지는 멀티튜디안 비밀경찰의 의심을 샀고 아주 꼼꼼하게 조사받았다. 그러나 아무리 조사를 해도 편지지에 숨겨진 물질이라곤 드러나지 않았고, 화식조 나무 그림에서도 숨은 암호 같은 건 발견되지 않았다. 사령부는 혼란에 빠졌다. 그들은 트루를의 편지를 사진 찍고, 복사하고, 손으로 베껴 쓴 다음 원본은 다시 봉인해 목적지로 보냈다. 조언자는 경각심을 가지고 그 편지를 읽으며, 이것은 자신의 지위를 파괴하거나 최소한 더럽히려는 술수임을 깨달았다. 조언자는 즉시 왕에게 편지 이야기를 하며, 자신의 신용을 깎아 주인의 눈 밖에 나게 하려는 트루를을 불량배로 매도했다. 그런 다음 조언자는 그 편지를 해독하려고 했다. 순진해 보이는 말은 가면이고 그 아래에 어둡고 끔찍한 의도가 숨겨져 있다고 확신했기 때문이다.

그러나 이 지점에서 현명한 조언자는 행동을 멈추고 잠시 생각했다. 그는 왕에게 자신이 트루를의 편지를 해독할 작정임을 알리고, 자기는 이런 방식으로 제작자의 배신을 드러내려 한다고 설명했다. 그다음 조언자는 삼발이, 여과기, 깔때기, 시험관과 시약을 필요한 만큼 가지고 가서 봉투와 편지지 양쪽 다를 분석하기 시작했다. 물론 경찰은 이 모든 과정을 면밀히 감시했다. 경찰은 여느

304
사이버리아드

때와 같이 조언자의 방 벽에 엿보고 엿듣는 장치를 박아 두었던 것이다. 화학적 검증에 실패한 조언자는 비문 해독 쪽으로 방향을 돌렸다. 암호 대원수가 직접 지휘하는 경찰의 전문가팀이 자신의 동작을 전부 따라 하고 있다는 사실은 알지 못한 채, 그는 전자계산기와 로그표의 도움을 얻어 편지를 긴 수열로 변환했다. 그러나 아무것도 소용이 없어 보였고, 사령부는 점점 더 심기가 불편해졌다. 암호를 풀려는 이토록 집요한 노력에 저항할 수 있는 암호라면, 지금까지 고안된 암호 가운데 가장 교묘한 것임이 분명했기 때문이다. 대원수는 궁정 고관에게 이런 이야기를 했는데, 우연히도 그 고관은 만드릴리온이 조언자를 신임하는 것에 끔찍할 정도로 질투하는 자였다. 왕의 가슴속에 의심의 씨앗을 심을 수 있기만을 바랐던 이 고관은 왕이 총애하는 기계가 밤마다 일어나 앉아 문을 잠가놓고 수상한 편지를 연구하고 있다고 왕에게 고했다. 왕은 웃으면서, 자기도 잘 알고 있을뿐더러 조언자가 이미 자신에게 직접 말했다고 했다. 질투에 찬 고관은 혼란스러워하며 그곳을 떠나 곧장 이 소식을 대원수에게 전했다. 존경할 만한 암호 해독가는 외쳤다.

"오! 기계가 진짜로 폐하께 말했다는 겁니까? 이 무슨 뻔뻔스러운 대역죄입니까! 그리고 정말이지, 감히 그토록 공개적으로 떠들 수 있다니, 이 무슨 악마 같은 암호란 말입니까!"

그리고 그는 자기 휘하의 여단에 두 배로 노력하라고 명령했다. 그러나 아무 결과 없이 일주일이 흘러가자, 가장 위대한 비밀문서 전문가가 불려 왔다. 알려지지 않은 몸짓 언어의 발견자로 유명한 크루스티쿠스* 교수였다. 그 학자는 군의 전문가들이 시행했던 모든 일의 기록과 고발 문서들을 검토한 후, 천문학적인 용량을 가진 컴퓨터를 사용해 시행착오의 방식을 적용해야 한다고 선언했다.

그 말대로 실행한 결과, 편지는 318가지의 다른 방식으로 읽을 수 있다는 점이 밝혀졌다.

첫 번째의 다섯 가지 변형은 이렇다.

"바커스빌에서 온 바퀴벌레**는 온전히 도착했다. 그러나 변기는 퓨즈가 나가버렸다."

"기관차의 이모를 커틀릿에 말아 넣어라."

"이제 버터는 결혼할 수 없다. 나이트캡이 못 박혔기

---

*   Crusticus. crusty(껍질이 딱딱하고 두꺼운, 까다롭고 쉽게 화를 내는)+cus—옮긴이
**   영국의 추리소설 작가 아서 코난 도일의 《바스커빌 가문의 사냥개》를 패러디한 표현—옮긴이

때문이다."

"소유하던 자가 존재했다. 그러나 존재하지 않던 자가 소유되었다."

"고문당하는 딸기에서는 모든 것을 뽑아낼 수 있다."

크루스티쿠스 교수는 이 마지막 변형을 암호의 열쇠로 삼아 30만 번의 연산을 한 후, 그 편지의 모든 문자를 더하고 태양의 시차와 우산의 연간 생산량을 뺀 나머지의 세제곱근을 구하면 '크루사픽스'라는 단어에 도달한다는 것을 발견했다. 전화번호부에는 '크루시팩스'라는 시민이 있었다*. 크루스티쿠스는 이렇게 몇 글자를 바꾼 것은 해독자들을 따돌리기 위한 것일 뿐이라고 주장했고, 크루시팩스는 체포되었다. 6등급 설득을 슬쩍 당하자, 범인은 사실은 자기가 트루를과 공모했고 트루를이 그에게 왕을 못 박아 죽일 독 압정과 망치를 보내오기로 했다고 털어놓았다. 대원수는 이런 반박할 수 없는 죄의 증거를 지체 없이 왕에게 바쳤다. 그러나 만드릴리온은 조언자를 지극히 신뢰했기 때문에 그에게 해명할 기회를 주었다.

조언자는 그 편지의 글자를 재배열하면 여러 가지 방

---

* 　작가는 '십자가(crucifix)'라는 단어로 말장난을 하고 있다.—옮긴이

식으로 읽을 수 있다는 것을 부인하지 않았다. 조언자 자신도 크루스티쿠스 교수가 찾아낸 것 외의 변형을 30만 가지 더 찾아냈다. 그러나 이로써는 아무것도 증명할 수 없었고, 사실 그 편지는 암호로 되어 있지도 않았다. 어떤 글이든지 말이 되거나 말이 될 것같이 글자를 재배열할 수 있으며, 이를 애너그램(철자 바꾸기)이라고 부른다고 조언자는 설명했다. 순열과 조합 이론이 그런 현상을 다룬다. 아니, 트루를은 전혀 존재하지 않는 암호가 존재한다는 환상을 만들어내 조언자의 평판을 더럽히고 신세를 망치고 싶었던 것이라고 그는 주장했다. 신께서는 아시겠지만, 그 가련한 크루시팩스는 무죄이고 그의 고백은 전부 사령부의 전문가들이 날조해낸 것이다. 몇천 킬로곤장의 힘을 가진 심문 기계는 논외로 치더라도, 공식적 협조를 독려하는 전문가들의 기술은 상당하지 않은가. 왕은 경찰에 대한 이런 비판을 호의적으로 받아들이지 않았고, 조언자에게 그 말이 무슨 뜻이냐고 물었다. 그러나 조언자는 애너그램과 스테가노그라피, 암호, 암호 쓰기, 상징, 신호, 확률과 정보 이론에 대해 말하기 시작했다. 조언자의 이야기를 전혀 이해할 수 없게 되자 왕은 인내심을 몽땅 잃어버리고 조언자를 지하 감옥 가장 깊은 곳에 던져 넣었다. 바로 그때 트루를에게서 이런 말이

적힌 엽서가 도착했다.

조언자야, 자줏빛 나사들을 잊지 마라. 필요해질지도 모
르니까.

너의 트루를

그 즉시 조언자는 고문대에 올려졌다. 그러나 그는 아
무것도 인정하지 않으며 이 모든 것이 트루를이 꾸민 계
획의 일부라고 완고하게 되풀이했다. 자줏빛 나사에 대
해 묻자, 조언자는 그런 건 들어본 적도 없으며 하나도
갖고 있지 않다고 맹세했다. 물론 철저하게 조사하기 위
해 조언자를 열어볼 필요가 있었다. 왕은 허락을 내렸고
대장장이들이 일에 착수했다. 조언자의 금속판은 대장
장이의 망치 아래에서 무너졌고, 곧 왕은 기름이 뚝뚝 흐
르는 한 쌍의 작은 나사를 받았다. 그리고 그것은 부인할
수 없는 자주색으로 칠해져 있었다. 그래서 왕은 자신이
옳은 일을 했다고 만족했다. 비록 조언자가 그 과정에서
완전히 부서지기는 했지만.

일주일 후, 트루를이 궁전 문에 나타나서 접견을 요구
했다. 이런 뻔뻔스러운 짓에 놀란 왕은 그 자리에서 제작
자를 학살하는 대신 그를 어전으로 들이라고 명령했다.

트루를은 벽이란 벽마다 조신들이 둘러선 거대한 홀에 들어서자마자 말했다.

"오, 왕이여! 나는 당신에게 완벽한 조언자를 만들어주었고, 당신은 나를 속여 내게 지불할 돈을 안 내고 넘어가려고 조언자를 이용했습니다. 당신은 내가 준 정신의 힘이 공격을 막는 완벽한 방패가 되어줄 테고, 내가 복수하려고 어떤 시도를 한들 그 방패가 있으면 성공하지 못하리라고 생각했지요. 완전히 틀려먹은 생각이라고 볼 수는 없어요. 그러나 나는 당신에게 총명한 조언자를 만들어주었지, 당신 자신을 총명하게 만든 것은 아니기 때문에 그 점에 의지했습니다. 오직 분별력이 있는 자만이 분별 있는 충고를 받아들일 것이기 때문입니다. 나는 미묘하지도 않고 약삭빠르거나 복잡하지도 않은 방법으로 그 조언자를 파괴할 수 있었습니다. 믿을 수 없을 정도로 조잡하고 원시적이며 어리석은 방법으로만 그 일을 해낼 수 있었지요. 편지에 암호는 없었습니다. 당신의 조언자는 끝까지 계속 당신에게 충실했습니다. 자신을 죽음으로 몰아간 자줏빛 나사에 대해서 조언자는 아무것도 몰랐습니다. 자, 그 나사는 조립 중에 우연히 페인트 통에 떨어졌던 것입니다. 나는 어쩌다가 그런 사소한 사건을 기억해내 써먹었지요. 그렇게 어리석음과 의심이 지혜와 충성을 갉아먹었고, 당신 스스로를 몰락시키는 도구가 되었습니다. 이제 내게 빚진 금 100자루를 주실 때입니다. 그리고 내가 그 돈을 되찾느라고 낭비해야만 했던 시간 몫으로 100자루를 더 주십시오. 그러지 않으면, 당신과 당신의 조신은 전부 멸망할 겁니다. 당신 곁에는 더 이상 나를 막을 조언자가 없으니까요!"

왕은 분노로 고함을 치며 경비병들에게 이 오만한 자를 즉시 베어 쓰러뜨리라고 신호했다. 그러나 그들이 씽하고 휘두른 미늘창이 마치 공기처럼 제작자의 몸을 뚫고 지나가자 그들은 겁을 먹고 뒤로 펄쩍 뛰었다. 트루를은 웃으며 말했다.

"마음대로 나를 베어보시지. 이건 원격조작 거울로 만든 이미지일 뿐이야. 현실에서 나는 우주선에 탄 채 너희 행성의 높은 곳에서 맴돌고 있다. 그리고 내 금을 손에 넣지 못한다면 무시무시한 죽음을 선사하는 발사 무기를 궁전에 쏘겠다."

그리고 그가 말을 끝내기도 전에, 오싹한 우르르 소리가 나며 폭발 때문에 궁전 전체가 뒤흔들렸다. 조신들은 공포에 빠져 달아났고, 왕은 수치심과 분노 때문에 기절할 것 같았지만 마지막 한 닢까지 트루를에게 지불해야만 했다. 게다가 두 배로.

클라파우치우시는 되돌아온 트루를 본인의 입으로 이 이야기를 듣고, 트루를이 쓴 표현을 빌려, 왜 그렇게 원시적이고 어리석은 방법을 사용했느냐고 물었다. 실제로 암호가 담겨 있는 편지를 보낼 수도 있지 않았나?

　"암호가 있었으면 암호가 없는 것보다 조언자가 사정을 설명하기가 더 쉬웠을 거야. 어떤 자가 무엇인가 잘못했음을 입증하는 쪽이 그가 잘못하지 않았음을 입증하는 쪽보다 언제나 더 쉽거든. 이 경우, 암호가 있었다면 문제는 간단했을 거야. 하지만 암호가 없으면 문제가 복잡해지지. 어떤 텍스트건 다른 텍스트로 재조합하기, 즉 애너그램이 가능하다는 것은 사실이니까. 그리고 그런 조합은 아주 많을 수도 있어. 그렇다면 이 모든 것을 분명하게 밝히기 위해서는 논증에 호소해야 하고, 그 논증은 완벽하게 사실이지만 꽤 복잡해. 나는 왕이 그런 논증을 따라갈 수 있는 머리가 없다고 확신했어. 누군가가 행성을 움직이려면 지렛대의 작용점만 찾으면 된다는 말을 했지*. 그래서 완벽한 정신을 타도할 방도를 찾던 나는 지렛대의 작용점을 찾아야 했네. 그것은 어리석음이었지."

　현명한 제작자가 대답했다.

---

*　　고대 그리스 수학자 아르키메데스가 한 말이다.—옮긴이

첫 번째 기계는 여기서 이야기를 끝내고 게니우스 왕과 모인 청중에게 깊이 절한 다음, 동굴 구석으로 겸손하게 물러났다.

왕은 이 이야기에 만족을 표하며 트루를에게 물었다.

"훌륭한 제작자여, 우리에게 답해다오. 저 기계는 그대가 가르친 것만 이야기하는가, 아니면 저 기계의 지식의 원천은 그대의 외부에 있는가? 또, 우리가 들은 이야기는 교훈적이고 재미있지만 불완전해 보이네. 그다음에 멀티튜디안과 그들의 무지한 왕에게 무슨 일이 일어났는지 전혀 알 길이 없기 때문이야."

"폐하, 저 기계는 진실만을 말합니다. 여기에 오기 전에 제가 기계의 정보 펌프를 제 머리에 연결해서 제 기억을 가져오도록 했으니까요. 그러나 기계는 그 일을 자체적으로 하기 때문에, 저는 제 기억 중 어떤 것이 선택되는지 알지 못합니다. 따라서 제가 의도적으로 기계에 무엇인가를 가르쳤다고 할 수는 없습니다. 하지만 지식의 원천이 제 외부에 있다고 할 수도 없지요. 멀티튜디안 이야기로 말할 것 같으면, 그 이야기는 사실 그들이 이후에 겪은 운명에 대해서는 아무것도 말해주지 않습니다. 그

러나 모든 것을 말한대도 모든 것이 깔끔하게 들어맞지
는 않을 수도 있습니다. 지금 이 자리에서 일어나고 있는
일들이 현실이 아니라 이야기일 뿐이고, 그 안에 기계의
이야기가 담겨 있는 고차적인 이야기라고 생각해보십시
오. 독자는 왜 폐하와 폐하의 동료들이 구체의 형상을 하
고 있는지 궁금해할 수도 있습니다. 그리고 구체라는 성
질이 서사에서 아무 목적에도 봉사하지 않는다면, 완전
히 불필요한 윤색이라고 여길 것입니다……"

왕의 동료들은 제작자의 통찰력에 놀랐고, 왕 자신은
활짝 미소를 띠며 말했다.

"그대의 말에는 많은 것이 들어 있군. 우리의 모습이
어떻게 이렇게 되었는지 말해주겠네. 아주 오래전에 우
리는, 즉 우리 조상들은 지금의 우리와는 완전히 다른
모습을 하고 있었지. 조상들은 축축한 해면질의 존재의
뜻에 따라 태어났네. 창백한 존재들이 우리 선조들을 자
기네 이미지와 닮은꼴로 만들었지. 그래서 우리 선조들
은 팔다리 여러 개, 머리 하나, 그리고 이 부속물들이 연
결된 몸통 하나를 갖고 있었다네. 그렇지만 일단 제작자
들로부터 해방을 이루어내자, 선조들은 이런 기원의 흔
적마저도 없애고 싶어 했네. 그래서 이번에는 세대마다
스스로를 변형시켜서, 마침내 완벽한 구체 형태를 획득

했어. 그래서 좋은지 나쁜지는 모르겠지만 우리는 구체일세."

"폐하, 창조의 견지에서 보면 구체는 좋은 면과 나쁜 면을 둘 다 가지고 있습니다. 그러나 가장 바람직한 것은 지적인 존재가 자신의 형태를 바꿀 수 없는 것입니다. 그런 자유는 실로 고문이기 때문입니다. 자기 생긴 대로 살아야 한다면 타고난 운명을 저주할 수는 있을지언정 바꿀 수는 없습니다. 그런데 자신을 변형시킬 수 있다면 실패 때문에 비난받을 자는 자기 자신밖에 없고, 불만에 책임을 질 자도 자기밖에 없을 것입니다. 하오나 왕이시여, 저는 창조의 일반 이론에 대해 강의하러 온 것이 아니라 이야기 기계의 성능을 보여드리러 온 것입니다. 다음 이야기를 들으시겠습니까?"

왕은 동의했고, 일행은 최상질의 이온 용연향이 가득 담긴 암포라*에서 기운이 날 만한 것을 마신 다음 편안하게 뒤로 기대앉았다. 두 번째 기계가 다가와 왕에게 절을 하고 말했다.

"강대한 왕이시여! 이 이야기는 진열장과 벽장이 등장하는 이야기들의 보금자리이며, 제작자 트루를이 겪은

---

*   고대 그리스나 로마에서 쓰던 단지 혹은 항아리. 술이나 기름을 담았다.—옮긴이

놀라운 비선형 모험 이야기입니다!"

* * *

티라니아*의 지배자 섬스크루** 3세가 위대한 제작자 트루를을 부른 적이 있었다. 그는 트루를에게 몸과 마음 양쪽 다 완벽해지는 방법을 배우고 싶었다. 트루를은 이런 식으로 대답했다.

"한번은 우연히 레가리아 행성에 착륙했던 적이 있습니다. 저는 레가리아인의 역사와 관습에 철저하게 익숙해질 때까지 방에 틀어박혀 있기로 결심하고, 여느 때와 마찬가지로 어느 여관에 머물렀습니다. 겨울이었고, 밖에서는 바람이 윙윙거리고, 그 어둑어둑한 건물에는 저 말고는 아무도 없었습니다. 그런데 갑자기 문을 두드리는 소리가 들렸습니다. 밖을 내다보자 두건을 쓴 네 로봇이 무겁고 검은 여행 가방을 장갑 마차에서 내리고 있는 것이 보였습니다. 그리고 그들은 여관에 들어왔습니다. 다음 날 정오 무렵, 옆방에서 아주 이상한 소리가 났습니다. 휘파람을 불고, 망치질을 하고, 줄질하고, 유리가 깨

---

*   Tyrannia, tyranny는 '전제 정치, 학정'을 뜻한다.—옮긴이
**   Thumbscrew, 엄지손가락을 죄는 중세의 고문 도구—옮긴이

지는 소리, 그리고 힘찬 베이스 목소리가 이 모든 소리보다 더 크게 쉬지 않고 외쳐댔습니다.

'더 빨리, 복수의 아들들아, 더 빨리! 원소를 빼내고 체질을 해라! 고르게, 고르게! 그러면 이제 깔때기! 그놈을 부어내라! 좋아, 이제 내게 그 고물 프로그램 반죽, 윈치 못뽑이, 사슬바퀴 행상, 우려낸 데이터 덤퍼, 비겁하게 무덤 속에 숨어 있는 형편없는 불합격품 기구 제작자를 건네줘! 죽음조차도 우리의 정당한 분노에서 그를 보호하지는 못하리라! 그놈을 이리 넘겨. 그놈의 파렴치한 두뇌와 가늘고 긴 다리들도! 부젓가락을 가져와서 코를 잡아당겨라. 더, 더, 처형할 때 잡을 수 있도록! 풀무를 써라, 용감한 녀석들! 바이스로 그놈을 더 세게 죄어라! 이제 그 뻔뻔스러운 얼굴에 대갈못을 박아. 다시! 그래, 그래, 좋아! 완벽해! 망치를 계속 두드려! 하나둘, 하나둘! 신경을 꽉 죄어라. 어제 놈처럼 너무 빨리 기절시키면 안돼! 우리의 복수를 흠뻑 맛보여주자! 하나둘, 하나둘, 헤이! 하! 호!'

그 목소리는 이렇게 천둥처럼 소리쳤고, 풀무의 우르르 소리와 망치가 모루에 부딪히는 뎅뎅 소리가 그에 대답했습니다. 그때 갑자기 재채기 소리가 울리고 네 개의 목구멍에서 엄청나게 큰 승리의 함성이 터져 나오더니,

다음에는 벽 뒤에서 질질 끄는 소리와 싸움 소리가 났고, 문이 열리는 소리가 들렸습니다. 문틈으로 내다보자 그 이방인들이 살금살금 홀로 나오는 게 보였는데, 믿을 수 없게도 그 수는 다섯이었습니다. 그들은 모두 아래층으로 내려가더니 지하실에 들어가 문을 잠그고, 그곳에 오랫동안 있다가 그날 저녁에야 자기네 방에 돌아왔습니다. 그때는 도로 넷이었습니다. 그리고 그들은 마치 장례식에 다녀온 사람들처럼 조용했습니다. 저는 다시 책을 잡았지만 이 사건 때문에 마음의 평화를 찾을 수 없었습니다. 저는 이 일을 밑바닥까지 파헤쳐보기로 결심했습니다. 다음 날 정오, 같은 시각에 다시 망치질이 시작되고, 풀무가 우르릉거리고, 그 무시무시한 목소리가 거친 베이스로 외쳤습니다.

'자, 복수의 아들들이여! 더 빨리 해라, 훌륭한 전기 녀석들! 어깨를 바퀴에 갖다 대! 양자 속에, 이온 속에 던져 버려라! 이제 활발하게 걸어라, 귀 늘어진 변덕쟁이 녀석, 눈속임 마법사가 될 놈, 사생아에 이단자인 구제할 길 없는 심술쟁이를 잡자. 내가 그놈의 더러운 주둥이를 잡고 발로 차면서 느리고 확실한 죽음으로 끌고 가겠다! 이봐, 풀무를 다시 작동시켜!'

그러더니 다시 재채기와 억누른 비명이 울렸고, 다시

금 그들은 살금살금 그 방을 떠났습니다. 전과 마찬가지로 지하실로 내려갈 때 그들은 다섯이었습니다. 돌아올 때는 넷이었습니다. 결국 그곳에 가야만 수수께끼를 풀 수 있다는 것을 안 저는 레이저 권총으로 무장한 채 동틀 녘에 지하실로 내려갔지만, 그곳에서 까맣게 타고 산산조각이 난 금속 조각밖에 발견하지 못했습니다. 저는 제일 어두운 구석에 앉아 몸을 밀짚 더미로 가리고 기다렸습니다. 정오쯤에 이제는 낯익은 그 외침과 망치질 소리가 들리더니, 갑자기 문이 활짝 열리고 네 명의 레가리아인들이 손발이 묶인 다섯 번째 레가리아인을 데리고 들어왔습니다.

이 다섯 번째는 구식으로 재단했고 목 주위에 프릴이 달린 밝은 빨강 더블릿*을 입고 깃털 달린 모자를 쓰고 있었습니다. 얼굴은 투실투실했고 코는 커다랬으며 입은 공포로 뒤틀린 채 내내 뭔가를 지껄이고 있었습니다. 레가리아인들은 문에 빗장을 질렀고, 가장 연장자가 신호하자 그 죄수의 결박을 풀고 한 사람 한 사람 차례로 이렇게 외치며 그를 잔인하게 때리기 시작했습니다.

'이건 '행복의 예언' 같은 헛소리를 한 대가다!'

---

*   15~17세기 유럽에서 남자들이 많이 입던 윗옷. 허리가 잘록하며 몸에 꽉 끼는 모양이다.—옮긴이

'이건 '존재의 완벽함'!'

''장미 침대' 대신 이거나 먹어라, 이건 '체리 사발'의 몫!'

'그리고 '실존의 클로버'도, 옜다!'

'이건 '이타적 연대감'을 위해서다!'

'이건 '영혼의 비상'에 대한 몫으로 받아라!'*

그러면서 그들은 그를 곤봉으로 아주 세게 치고 때렸기 때문에, 무기를 밀짚에서 들어 올리며 나의 존재를 알리지 않았다면 그는 분명히 죽었을 것입니다. 그들이 희생자를 놓아주자, 나는 그들에게 무법자도 아니고 보잘것없는 부랑자도 아닌 개체를 왜 그렇게 학대하느냐고 물었습니다. 더블릿의 주름 깃이나 색깔로 판단하건대 그는 학자 같았기 때문입니다. 레가리아인들은 주저하며 문간에 두고 온 총을 애타게 바라보았으나, 내가 작동 장치를 잡아당기며 얼굴을 찌푸리자 그러지 않는 편이 좋겠다고 생각했나 봅니다. 그들은 서로 쿡쿡 찔러가며 그 몸집 큰 자, 깊이 있는 베이스 목소리를 가진 자에게 그들 모두를 대신해 말해달라고 부탁했습니다. 그는 나를 보며 말했습니다.

---

* 모두 삶과 존재에 대한 낙관적인 어구들이다.—옮긴이

'낯선 외국인이여, 지금 당신이 상대하는 자들은 흔한 얼간이나 깡패나 비행 로봇, 아니면 다른 종류의 퇴화된 로봇이 아니라는 사실을 명심하시오! 지하실이 썩 쾌적한 곳은 아니지만, 이 벽 안에서 일어나는 일은 가장 고매하고 훌륭하고 아름다운 것이기 때문입니다!'

'훌륭하고 아름다운 일이라고? 오, 비열한 레가리아인이여, 무슨 말을 하는 건가? 내 눈으로 그대들이 저 붉은 더블릿을 입은 자에게 덤벼들어 그대들의 연결부에서 기름이 튈 정도로 지독하게 매질하는 것을 보았는데? 그런데 그대들은 감히 이것을 아름다운 일이라고 부르는가?'

저는 외쳤습니다. 그러자 베이스 목소리가 대답했습니다.

'만약 '존경하는 외국인'께서 끼어들 작정이라면, 당신은 아무것도 알지 못하게 될 것입니다. 그러므로 나는 공손하게 요청하나니, 당신의 존경할 만한 혀의 고삐를 죄고 뚫린 입의 반항을 진압하시오. 아니면 나는 더 이상의 대화를 삼가겠소. 당신 앞에 서 있는 자들은 모두 우리의 가장 뛰어난 의사들이고 일류 사이버니스트에 전기 전문가들이오. 한마디로 내 학생들 가운데 가장 영리하고 조심성 있는 자들이며, 전 레가리아에서 가장 뛰어난 지성의 소유자들이오. 그리고 나 자신은 모든 긍정적인 것과 부정적인 것에 대한 전문가이자 전능생성재창조학의 창시자인 아멘시아의 벤데티우스 울터*라고 하오. 나는 복수라는 신성한 과업에 일생을 바쳤소. 이 충실한 제자들의 도움을 받아 나는 내 나라 사람들의 수치와 불행을 그곳에 무릎 꿇고 있는 자에게 복수하는 것이오. 그 시뻘겋고 야하게 차려입은 아무짝에도 쓸데없는 놈, 말라푸츠 혹은 말라푸스티쿠스 판데모니우스**라 불리는 그 비천한 소인배, 그의 이름이 영원히 저주받을지어다! 수치스럽고 극악무도하게도 회복할 수 없는 불행을 모든 레가리아인에게 남몰래 가져온 자! 그는 레가리아인을 상해 및 다른 극악무도한 행위들로 이끌었고, 마음의 안정을 빼앗았고, 무기력하게 주저앉혀 완전히 망하게 만들고, 그런 후에 그 결과를 피하기 위해 살금살금 무덤으로 내뺐던 놈이오! 어떤 손길도 자기를 무덤까지 쫓아오지는 못하리라고 생각했겠지!'

'그건 사실이 아닙니다, 고상하신 방문자여! 저는 절대

---

* Amentia는 정신박약, 백치. Vendetius Ultor는 '과격한 복수 (ultra+vendetta)'를 변형한 이름──옮긴이

** Malaputz, Malapusticus는 mal(나쁜, 불완전한)+putz(바보)에서, Pandemonius는 pandemonium(대혼란, 지옥)에서 만들어낸 조어── 옮긴이

로 그런 의도가 아니었습니다…… 저는 그렇게 될 줄 몰랐어요!'

뻘건 옷을 입은 늘어진 코가 무릎을 꿇은 채 흐느꼈습니다. 제가 상황을 이해하지 못하고 뚫어지게 바라보는 동안, 베이스 목소리는 이렇게 노래하듯 말했습니다.

'전쟁의 거인이여, 내 학생들이여, 그놈의 헐떡거리는 낯짝에 한 방 먹여주어라!'

학생들이 그 말에 어찌나 잽싸게 따랐던지 지하실이 쿵 하고 울렸습니다. 저는 거기에 대고 이렇게 말했습니다.

'설명이 끝날 때까지는 때리고 두들겨 패는 일을 이 레이저 총의 권위로 일절 금하는 바이오. 당신, 벤데티우스 울터 교수가 발언권을 가졌으니 계속 설명하시오!'

교수는 신음하며 투덜거리더니 마침내 이렇게 말했습니다.

'우리의 커다란 불행이 어떻게 생겨났으며 우리 넷이 왜 세속적인 것들을 전부 저버리고 이 '부활의 대장간 성 뾸기사단'을 만들어 남은 나날을 달콤한 복수에 바치게 되었는지 당신에게 설명하기 위해서는, 창조가 시작되던 순간부터 우리 종족의 역사를 이야기해야 하오…….'

'그렇게 멀리까지 되돌아가야 하는 거요?'

저는 권총의 무게 때문에 손아귀 힘이 약해질까 걱정

하며 물었습니다.

　'그렇소, 낯선 이여! 잘 들으시오……. 당신도 알겠지만, 창백얼굴이라는 종족을 이야기하는 전설들이 있지요. 그들은 시험관에서 로봇종을 만들어냈다고 하는데, 조금이라도 분별 있는 자라면 이것이 더러운 거짓말이라는 것을 알 것이오……. 왜냐하면 태초에는 '형상 없는 어둠' 외에는 아무것도 없었고, 그 '어둠' 속에서 '자성磁性'이 원자들을 움직였고, 원자가 소용돌이치며 원자를 때렸고, 그리하여 '전류'가 창조되었고 '태초의 빛'도 나왔지요……. 이 '빛' 덕분에 별들에 불이 붙었고, 그다음에 행성들이 식으면서 그 핵에서 '신성한 안정성'의 숨결이 아주 미세한 프로토原메카노언스를 발생시켰고, 프로토메카노언스는 프로테로前메카노이드를 발생시켰고, 프로테로메카노이드는 프리머티브原始 메커니즘을 발생시켰습니다. 프리머티브 메커니즘은 아직 계산을 할 수 없었고 2 더하기 2가 얼마인지도 몰랐지만, 진화와 자연 뺄셈 덕택에 그들은 곧 증식해서 옴니스탯(총체 기계)을 생산했고, 옴니스탯은 미싱 클링크*인 서보스탯(자동기계)

---

*　Missing Clink. 잃어버린 찰칵 고리. 인류 진화의 잃어버린 고리(missing link)를 기계음 찰칵(Clink)과 결합시켜 로봇 진화상의 잃어버린 고리라고 표현한 말장난—옮긴이

을 낳았고, 서보스탯에서 우리의 선조 오토마투스 사피엔스*가 나왔습니다…….

그다음 동굴 로봇, 유목 로봇이 생겨났고, 이어 로봇 국가가 출현했소. 고대의 로봇은 그들에게 생명을 주는 전기를 마찰을 통해서, 즉 손으로 문질러서 생산해야 했고, 그것은 엄청난 고역을 의미했지요. 군주들 각각은 여러 명의 기사들을, 기사 각각은 여러 명의 가신을 두었고, 문지르기는 봉건적이었으므로 곧 위계적이었기에 낮은 계층에서 더 높은 계층으로 진행되었습니다. 아일럼 심필리악**이 문지르는 자를 발명하고, 쿨롱비아의 볼프람***이 문지르지 않아도 되는 피뢰침을 발명했을 때 이 수공 노동이 기계로 대치되었지요. 그래서 배터리 시대가 시작되었는데, 이 시대는 축전기를 소유하지 않은 모든 로봇들에게 가장 힘든 시대였습니다. 에너지를 끌어올 구름이 없는 맑은 날이면 그들은 귀중한 와트를 하나하나 절약하며 찾아다녀야 했고, 끊임없이 자기를 문질러야

---

*   Automatus Sapiens. 생각하는 자동 인형. 호모사피엔스의 은유──옮긴이

**   Ylem은 우주 팽창 초기에 있었던 태초의 물질. Symphiliac은 symphily(우호 공생)+iac(컴퓨터의 초기 형태인 ENIAC에서 따온 접미사)──옮긴이

***   Coulombia. 프랑스의 물리학자이자 전기학자인 쿨롱(Coulomb)의 이름을 지명처럼 활용한 것. Wolfram은 텅스텐의 별칭──옮긴이

했습니다. 아니면 배터리가 완전히 닳아 죽어버리기 때문이었죠. 그때 그곳에 어느 학자가 나타났습니다. 그는 극악무도한 지성전기학자이자 능률 전문가로, 분명 어떤 악마적인 힘이 개입했기 때문에 한 번도 머리를 찌그러뜨려본 적이 없던 자입니다. 그는 전통적인 전기 연결 방식인 병렬식이 형편없는 것이라며 모두들 그의 혁명적이고 새로운 계획을 따라야 한다고, 즉 직렬로 접속해야 한다고 가르치고 설교하기 시작했습니다. 직렬연결에서는 한 로봇이 문지르면 그 즉각 다른 로봇들이 옴과 볼트가 부글부글 넘칠 때까지 전류를 공급받기 때문입니다. 제아무리 먼 거리에 있다 하더라도 말이지요. 그리고 그는 자기의 청사진을 보여주며 그러한 매개변수들의 천국을 그려 보였기 때문에, 동등하고 독립적이던 오래된 회로들이 접속 해제되고 판데모니우스의 시스템은 신속히 실행되었습니다.'

여기서 교수는 벽에 머리를 몇 번 부딪치고 눈알을 굴리더니, 마침내 말을 이어갔습니다. 그제야 저는 왜 그의 이마 표면이 고르지 못하고 그렇게 울퉁불퉁한지 알 수 있었습니다.

'그리고 이런 일이 생긴 겁니다. 두 번째 로봇들이 모두 물러앉아서 말했습니다. '내 이웃이 문질러도 똑같은 일이 일어난다면, 왜 내가 문질러야 하지?' 그의 이웃도 똑같은 생각을 했고, 전압 강하가 심해지는 바람에 그들은 모두 특별 공사 감독 유닛을 달아야 했고, 공사 감독 위에 또 공사 감독을 달아야 했습니다. 그다음 말라푸츠의 제자 중 한 명인 '오해받은 클러스티쿠스*'가 앞으로 나서서 모두들 자기 자신이 아니라 제 이웃을 문질러야 한다고 말했습니다. 그리고 그다음에는 더미스 알트리시우스**가 채찍질이라는 사디스토마조히스토리즘 프로그램을 들고 나왔고, 그다음에는 의무적 마사지 시술실을 제안한 마그룬델 스푸츠, 그다음에는 새로운 이론가 아르수스 가르가존***이 구름으로부터 님보이드**** 볼트를 얻기 위해서는 압박하지 말고 부드럽게 쓰다듬어야 한다고 말하며 등장했고, 그다음으로는 레이도니아의 블립*****이 있었고, 간질이개나 속여 빼앗기 격자라고도 불리는 오토프로츠******의 설치를 주장한 스크로풀론

---

*　　　Clusticus. cluster(컴퓨터에서 파일을 저장하는 단위)+icus―옮긴이

**　　Dummis. dummy(기능은 하지 않으나 형식상 필요한 데이터, 드라이브), Altruicius. altruism(이타주의)를 변형한 말―옮긴이

***　Arsus는 arse(바보), Gargazon은 garga(가르강뷔아에서 따온 것)+zone(지역)―옮긴이

****　nimboid. nimbostratus(난층운)+boid(모양의)―옮긴이

*****　Blip. 방송에서 부적절한 말을 삭제할 때의 '삑' 소리―옮긴이

****** autofrotts. auto(자동)+frottage(문지르기, 마찰)―옮긴이

테르마프로딘*, 문지르기 대신 늘씬하게 두들겨 패기를 추천한 베스티안 피스토부피쿠스** 등이 나왔지요. 이런 견해 차이는 엄청난 의견 충돌을 빚어냈으며 온갖 종류의 분노와 제명이 이어졌고, 그다음에는 신성모독과 이단이 생겨났습니다. 그리고 마침내 알로이스***의 왕좌를 상속할 왕자인 파라도시우스 오팔****이 바지를 입은 채 쫓겨나는 바람에 '레가라이트 견고근본 동맹'과 '차가운 용접공 레가라이션 제국' 사이에 전쟁이 발발했습니다. 그 전쟁은 830년 하고도 12년이나 더 이어졌습니다. 전쟁 말기로 가자 난무하는 금속 파편 속에서 누가 이겼는지 알 수가 없었지요. 그래서 그들은 말다툼을 하다가 다시 싸우게 되었습니다. 그래서 도처에 혼돈과 시체가 즐비했고, 생명의 볼티지(전압)는 황폐하게 감소했고, 전동력은 무기력해지고 에너지는 소실되었습니다. 혹은 단순한 민중의 말을 빌리면 '총체적 말라푸치먼트'가 도래

---

*   Scrofulon은 scrofulous(타락한), Thermaphrodyne은 thermal(열의)+Aphrodite(아프로디테, 성적인 사랑)—옮긴이

**   Bestian은 bestial(짐승 같은, 흉포한)의 변형, Phystobufficus는 physic(물리적)+mephisto(메피스토)+buff(방언으로 '철썩 때리기')를 합성, 변형한 말—옮긴이

***   Alloys, alloysteel(합금)의 변형—옮긴이

****   Faradocius는 영국의 물리학자이자 화학자인 패러데이(Faraday)의 변형, Offal은 쓰레기, 찌꺼기—옮긴이

했습니다. 이 모든 것이 이 악랄한 마왕과 세 배로 저주받을 그의 영리한 생각 탓에 일어난 것이오!'

'저는 최선의 의도를 가지고 있었습니다!' '레이저를 움켜쥔 관대한 분'*이시여, 맹세합니다! 저는 언제나 모든 이들의 복지만을 생각해왔습니다!'

무릎을 꿇은 말라푸츠가 끽끽거렸고, 그의 커다란 코가 떨렸습니다. 그러나 교수는 그를 팔꿈치로 밀어젖히고 말을 계속할 따름이었습니다.

'이 모든 것이 225년 전에 일어난 일입니다. 당신도 추측했겠지만, 레가리아 대전이 발발하기 오래전, 이 우주적 불행이 시작되기 오래전에 말라푸스티쿠스 판데모니우스는 무거운 논문과 책자를 끝도 없이 펴냈고, 그 논문과 책자 전체에서 자신의 비열하고 유독한 헛소리를 진척시키다가 끝까지 말쑥하고 점잖게 죽었습니다. 사실 그는 자기가 한 일에 만족한 나머지 유서에 자기가 '레가리아의 최고 은인'이라는 칭호를 받으리라 믿어 의심치 않는다고 썼습니다. 여하간 이 원한의 빚을 갚을 때가 왔는데, 붙잡고 빚을 갚을 자도 없고, 대가를 지불할 자도 없고, 고문대에 올릴 자도 없었습니다. 오, 걸출한 방해자

---

*   원문은 "Your Laserosity"—옮긴이

여, 그러나 팩시뮬레이션의 일반 이론을 공식화하고 말라푸츠의 저작을 연구한 나는 결국 그의 알고리듬을 뽑아냈고, 그것을 원자 복사기에 넣어 엑스 아토미스 오리운둠 게멜룸* n차까지 동일한 말라푸스티쿠스 판데모니우스 바로 그 자신을 재창조해낼 수 있었소. 그래서 우리는 매일 저녁 이 지하실에 모여 그에게 형을 언도하고, 그가 무덤으로 돌아가면 그다음 날 새롭게 우리 종족의 복수를 하오. 이렇게 이 일이 일어나니, 부디 영원히 계속되기를, 아멘!'

저는 공포에 질려 엉겁결에 대꾸했습니다.

'아니, 당신들이 매일 원자를 두들겨 만들어내는 이자, 신품 퓨즈만큼이나 결백한 이자가 3세기 전에 죽은 어느 학자의 행동에 대가를 치러야 한다고 생각한다면, 교수, 당신은 넋을 어디다 빼놓고 온 게 분명하오!'

그러자 그 교수가 말했습니다.

'그러면 자기를 말라푸스티쿠스 판데모니우스라고 부르는 이 훌쩍거리는 코끼리 코는 누구요? 자, 네 이름이 뭐지, 이 우주의 녹 덩어리야?'

---

*   ex atomis oriundum gemellum. 원자에서부터 똑같이 닮게 태어난—옮긴이

'마……말라……말라푸츠입니다, 강력하고 무자비한 분이시여…….'

그자는 설설 기면서 콧소리로 더듬거렸습니다.

'그래도 그것은 같지 않소.'

제가 말했습니다.

'어떻게 같지 않다는 거요?'

'그 말라푸츠는 이제 살아 있지 않다고 당신 입으로 말하지 않았소, 교수?'

'하지만 우리는 그를 되살려냈어!'

'똑같이 닮은 정밀한 복사물이겠지만 진정한 원본은 아니지!'

'이봐, 그 말을 증명해봐!'

'내 손에 이 레이저가 있는 한 나는 아무것도 증명할 필요가 없어. 게다가 당신이 증명하라는 것을 증명하려는 시도는 아주 무모한 짓임을 나는 아주 잘 알고 있다오, 뛰어난 교수님! 동일화된 레크레아티오 엑스 아토미스 인디비두이 모도 알고리트미코*의 비동일성은 그 유명한 파라독손 안티노미쿰**이고, 혹은 아드보카투스 라

---

*   recreatio ex atormis individui modo algorytmico. 알고리듬적으로만 원자에서 개체를 재창조하는 것—옮긴이

**   Paradoxon Antinomicum. 모순 이율배반—옮긴이

보라토리스*라고도 불리는 저명한 로봇철학자의 저작에 기술된 라비린툼 레미아눔**이기 때문이지. 그러니 증명 따위 집어치우고 저기 코쟁이를 당장 놓아주시오. 그리 고 그자를 더 괴롭힐 생각은 아예 하지 마시오!'

'관대하신 분이여, 정말 고맙습니다!'

밝은 빨강 더블릿을 입은 자가 무릎을 꿇고 있다가 일 어나며 외쳤습니다. 그는 자기 조끼 주머니를 두드리며 덧붙였습니다.

'여기서 저는 완전히 새로운 공식을 우연히 얻게 되었 습니다. 이번에는 절대로 잘못되지 않을 테고, 이것으로 레가리아인들은 완벽한 축복을 받을 수 있습니다. 이것 은 병렬이 아니라 후면 결합, 즉 거꾸로 접속해서 작동합 니다. 병렬은 3세기 전에 순전히 실수로 내 계산에 끼어 들어 온 것입니다! 저는 즉각 이 놀라운 발견을 현실로 바꾸러 갈 것입니다!'

우리가 모두 말문이 막혀 입을 떡 벌리고 있을 때, 정 말로 그의 손은 이미 문손잡이에 얹혀 있었습니다. 저는 무기를 내리고 시선을 피하며 교수에게 약한 목소리로 말했습니다.

---

*   Advocatus Laboratoris. 실험의 변호자—옮긴이

**   Labyrinthum Lemianum. 얽힌 미궁—옮긴이

'내 반대를 철회하는 바요……. 당신들이 할 일을 하시오……'

그들 넷은 목쉰 소리로 고함을 지르며 말라푸츠에게 돌진해 그를 넘어뜨리고, 그가 더 이상 살아 있지 않을 때까지 두들겨 팼습니다.

그러더니 그들은 여전히 헐떡거리면서 성직자복의 주름을 펴고 두건을 제대로 쓴 후 제게 뻣뻣하게 절하고는 한 줄로 지하실을 떠났습니다. 그리고 저는 떨리는 손에 무거운 레이저 총을 든 채 낭패와 우울에 빠져 혼자 남아 있었습니다."

그렇게 트루를은 티라니아의 섬스크루 왕을 계몽하는 이야기를 마쳤다. 왕은 바로 그 목적으로 그를 불러왔으니까. 그러나 왕이 비선형 완벽의 달성에 대한 더 상세한 설명을 요구하자 트루를은 이렇게 말했다.

"예전에 우연히 닌니카* 행성에 내렸을 때 저는 완벽주의적 원칙에 기초한 진보의 결과를 볼 수 있었습니다. 닌니카인들은 오래전에 헤도파고이Hedopagi, 즉 '기쁨 먹는 자' 혹은 그냥 간단하게 '기뻐하는 자'라는 이름을 얻었습니다. 저는 그들의 '풍요의 시대'에 도착

＊　　Ninnica. '바보, 얼간이'라는 뜻의 ninny를 변형시킨 이름—옮긴이

했습니다. 모든 닌니카인, 아니, '기뻐하는 자'들은 각각 자기 오토메이트(그들은 '세 배로 많은 빛을 내는 노예'를 그렇게 불렀습니다)가 지어준 궁전에 앉아 있었습니다. 그들은 모두 향수를 뿌렸고, 귀중한 보석으로 치장했고, 전기 마사지를 받았고, 나무랄 데 없이 차려입었고, 머릿기름을 발랐고, 머리를 땋았고, 황금빛 능라를 걸쳤고, 빛나는 두카트를 뒤집어썼고, 흘러내리는 향료에 휘감기듯 둘러싸였고, 빗발치는 보물로 샤워를 했고, 쾌락과 대리석 홀, 팡파르, 무도회 등을 부지런히 즐겼습니다. 그러나 그 모든 것에도 불구하고 그들은 묘하게 불만스러웠고 약간 우울하기까지 했습니다. 그곳에는 꿈꿀 수 있는 모든 것이 있었는데도요! 이 행성에서는 아무도 손가락 하나 까딱하지 않았습니다. 산보를 하고 술을 마시고 낮잠을 자고 여행을 가거나 아내를 맞는 대신, 산보를 시켜주는 산보 기계와 낮잠을 재우는 낮잠 기계, 아내 노릇을 하는 아내 기계 등등이 있었거든요. 그리고 쉬는 것조차 불가능했습니다. 대신 쉬어줄 특수 기구도 있었으니까요. 그러므로 이들은 생각할 수 있는 모든 방법으로 모셔지고 섬겨졌으며, 적당한 자동 메달 수여기가 모든 닌니카인에게 메달을 걸어주었고, 뚱쟁이 기계가 분당 5회에서 15회까지 소녀들을 딸려주었습니다. 득시글거리는 은빛 메카니큘과 머시너렛* 무리가 하나하나 감싸고, 응석을 받아주고, 보살피고, 애지중지하고, 윙크하고, 손 흔들고, 귀에다가 달콤하고 의미 없는 밀어를 속삭이고, 등을 문지르고, 장난하듯 턱을 가볍게 찌르고, 뺨을 쓰다듬고, 발밑에 엎드리고, 어디든 키스를 받을 만한 부위를 내밀면 지치지도 않고 키스하고……. 그래서 '기뻐하는 자' 혹은 헤도파고이 혹은 닌니카인은 기나긴 하루 종일 홀로 탐닉하고 흥청거렸습니다. 그동안 지평선 너머 먼 곳에서는 강력한 패브리팩토리**들이 칙칙, 푹푹거리며 금으로 된 왕좌, 보석 모빌, 진주 슬리퍼와 턱받이, 보주, 왕홀, 어깨 장식, 스피넬***, 스피넷****, 심벌즈, 서리형 마차*****, 그리고 100만 가지나 되는 다른 물건들과 기쁨을 주는 장치들을 만들어내고 있었고요. 저는 걷는 도중에도 끊임없이 제게 서비스를 하게 해달라고 조르는 기계들을 몰아내야만 했습니다. 제게 소용이 되

---

*   둘 다 '작다'는 뜻의 접미사를 붙여 만든 말. 작은 기계들—옮긴이
**   fabric(직물)+factory(공장). 실 자아내듯 물건을 끊임없이 만들어낸다는 뜻으로 만든 조어—옮긴이
***   루비와 닮은 희귀한 보석—옮긴이
**** 소형 쳄발로—옮긴이
***** 좌석이 두 개 달린 4인승 사륜마차—옮긴이

고자 탐욕스럽게 애쓰는 더 뻔뻔한 것들은 머리를 때려 주어야 했지요. 마침내 그런 무리들에게서 도망치다가 저는 산속까지 들어왔습니다. 그리고 돌로 바리케이드를 쌓은 동굴 입구에서 떠들썩하게 모여 있는 상당수의 금빛 기계들을 보았습니다. 좁은 입구 너머로 저는 어느 닌니카인의 경계하는 눈길과 마주쳤습니다. 그는 분명 '보편적인 행복'에 마지막으로 저항하고 있는 자였습니다. 저를 보자 기계들은 즉시 제게 부채질을 하고 아양을 떨기 시작했습니다. 그들은 제게 동화를 읽어주고, 저를 쓰다듬고, 손에 키스하고, 왕국을 약속했습니다. 동굴 속의 그 고마운 로봇이 자비롭게도 돌 하나를 옆으로 치워 저를 들여보내준 덕분에 구조를 받을 수 있었습니다. 그는 온몸이 반쯤 녹슬어 있었지만 그러한 운명을 기꺼이 받아들였고, 자기는 닌니카의 마지막 철학자라고 말했습니다. 물론 충분함이 지나치면 결핍보다 나쁘다는 것을 그가 제게 말해줄 필요는 없었습니다. 할 수 없는 것이 없다면 도대체 무엇을 할 수 있겠습니까? 낙원의 바다에 포위되고, 가능성의 과잉에 마비되고, 모든 소원과 변덕이 즉각적으로 충족되는 바람에 얼이 빠진 정신이, 진실로 어떻게 무엇을 판단할 수 있을까요? 저는 이런 주제로 자신을 트리지비안 훈쿠스*라고 부르는 그 현자와 대화를 나누었습니다. 그리고 저희는 거대한 방패와 형이상학적 복잡-편안기, 즉 불충분기계가 없으면 파멸을 피할 수 없다는 결론을 내렸습니다. 얼마 동안 트리지비안은 복잡-편안기가 존재의 궁극적인 해답이라고 생각했습니다. 그러나 저는 그에게 그 접근법의 오류를 보여주었습니다. 왜냐하면 그 해법은 다른 기계의 도움을 받아 나머지 기계들을 제거하는 것에 불과했고, 즉 침식 기계, 훼방 소켓, 감시 렌치, 파손 랙, 곤경기와 윈치 수축으로 이루어져 있었거든요. 그것은 사태를 더 나쁘게 만들 게 분명했습니다. 그것은 복잡-편안기가 아니라 그 정반대일 뿐이었으니까요. 모두가 알고 있듯이 역사는 비가역적이고, 행복한 과거로 돌아갈 방법은 꿈과 몽상뿐이지요.

저희 둘은 구름같이 모여드는 성가신 행복기계들을 쫓아내기 위해 막대기를 흔들며 무릎까지 푹푹 빠지는 두 카트와 스페인 금화의 넓디넓은 들판을 걸었습니다. 그러면서 저희는 닌니카인, 즉 '기뻐하는 자' 몇 명이 인사불성이 되어 누워 있는 것을 보았습니다. 그들은 모두 쾌

---

*   Trizibian Huncus. triz(창의적 문제 해결에 대한 체계적 방법론), uncus(갈고리). '창의적 문제 해결에 대한 체계적 방법론에 집착하는 자'로 해석할 수 있다.―옮긴이

락에 넌더리가 나고, 신물이 나고, 과포화되어 가냘프게 헐떡거리고 있었습니다. 이런 지나친 포만, 무모한 성공의 광경을 보면 누구라도 동정할 것입니다. 그다음에는 자동화 궁전에 살던 자들을 보았습니다. 그들은 사이버 광포증이나 다른 전기 괴벽에 거칠게 몸을 던졌지요. 어떤 이들은 기계가 기계에 대항하도록 조정하고, 어떤 이들은 아주 값진 꽃병을 깨부수었습니다. 어디에나 있는 행복을 더 이상 견딜 수 없었기 때문입니다. 그들은 에메랄드에 총을 발사하고, 귀걸이를 단두형에 처하고, 왕관을 수레바퀴로 산산조각 내도록 명령하고, 혹은 행복을 피해 다락방과 골방에 숨어보려 하고, 그도 아니면 자기 기계들에게 자기를 채찍질하라고 명령하고, 또는 이 모든 것을 한꺼번에, 혹은 번갈아가며 했습니다. 그러나 어떤 것도 도움이 되지 않았습니다. 그들은 끝없는 키스와 보살핌 속에서 마지막 한 개체까지 멸망했습니다. 저는 트리지비안에게 패브리팩토리를 폐쇄하는 것은 해결책이 되지 않는다고 충고했습니다. 너무 적게 갖는 것은 너무 많이 갖는 것만큼이나 위험하기 때문입니다. 그러나 그는 형이상학적 복잡-편안기의 결과에 대한 신중한 검토 없이 즉각 자동기계들을 산산조각으로 폭파하기 시작했습니다. 그것은 통탄할 만한 실수였습니다. 엄청난 불황이 뒤따랐기 때문이지요. 사실 그는 살아서 그 모습을 보지도 못했습니다. 어디선가 한 떼의 플라이어트가 날아와 그를 덮쳤고, 갤리뱀프와 리비디네이터* 들이 그를 움켜쥐더니 응석토리움으로 데려가 그곳에서 꼭 껴안기 사격을 하고, 추파를 맞히고, 키스를 던지고, 비벼대며 넋을 빼, 마침내 그는 파괴되는 단말마의 비명을 내지르며 쓰러졌습니다! 그리고 두카트에 파묻힌 채 생명 없는 채로 황무지에 누웠습니다. 그의 초라한 갑옷은 기계적 욕망의 불길로 새까맣게 타버렸습니다……. 전하, 그것이야말로 현명했으나 더 현명해질 수 있었던 자의 종말이었습니다!"

트루를은 이야기를 맺었다. 그러나 그는 그 이야기가 여전히 섬스크루 왕을 만족시키지 못하는 것을 보고 덧붙여 물었다.

"누구보다도 고귀하고 또 고귀하신 폐하께서는 무엇을 원하시나이까?"

"오, 제작자여! 그대는 그대의 이야기가 정신을 계발시킨다고 하지만, 짐은 그런 줄을 모르겠도다. 하지만 이야기는 재미있으니, 그대는 부디 멈추지 말고 그런 이야

---

*   flyrt는 비행 기계. Gallivamp는 어슬렁거리는 흡혈 기계. libidinator는 리비도 강화 기계—옮긴이

트루를과 클라파우치우시의 일곱 가지 여행 이야기

기를 더욱더 많이 들려주게!"

섬스크루 왕이 대답했다.

"오, 왕이시여! 폐하께서는 제게서 완벽이란 무엇이고 어떻게 얻을 수 있는지 배우셨습니다. 그러나 저의 서사에 가득한 깊은 뜻과 위대한 진실을 파악하지 못하신다는 걸 보여주셨습니다. 실로 폐하께서는 지혜가 아니라 즐거움을 추구하십니다. 그렇지만 폐하가 듣고 계시는 동안에도 제 말은 천천히 폐하의 뇌에 스며들어 작용할 것이고, 훗날 시한폭탄처럼 위력을 발휘할 것입니다. 이런 결실을 맺기 위해, 제가 난해하고 드물며 진실한 이야기, 혹은 '거의 진실한' 이야기를 하도록 허락해주십시오. 폐하의 고문들도 그 이야기에서 이로움을 얻을 수 있을 것입니다. 그러니 고귀하신 분들이여, 파르테지니안, 듀톤, 프로플리고스의 왕인 지퍼루푸스*의 이야기를 들어주십시오. 그의 탐욕은 그의 파멸이었습니다!"

---

*   Partheginian은 partheno(수정하지 않은)+Virginian(버지니아 사람. 그러나 여기서는 virgin을 더 염두에 둔 듯). Deuton은 deutoplasm(난황질)에서 따온 말. Profligoth는 profligacy(방탕, 난봉)의 변형. Zipperupus는 zipper(지퍼)+rupus(늑대). 모두 성적인 방탕의 이미지를 표현하는 말들이다.—옮긴이

　지퍼루푸스는 텁*의 거대한 가계에 속해 있었다. 텁가는 지배권을 쥐고 있는 우회전 텁과 '왼손잡이' 혹은 '반대 방향' 텁으로 불리며 권력이 없는(따라서 지배권을 쥔 사촌들에 대한 증오로 사위어가는) 좌회전 텁이라는 두 개의 분파로 나뉘어 있었다. 지퍼루푸스의 아버지 칼시온은 보통의 기계인 수동 물펌프와의 귀천 상혼으로 맺어졌다. 그래서 지퍼루푸스는 모계에서 자제심을 잃기 쉬운 경향을 물려받았고, 부계에서는 변덕스러운 성격과 소심함을 한 쌍으로 물려받았다. 이것을 보고 왕권의 적인 시니스트럴 아이소머**들은 왕의 호색적 기질을 이용해 왕을 파괴하는 방법을 생각해냈다. 그래서 그들은 왕에게 정신공학의 명수인 서브틸리온***이라는 사이버마법사를 보냈다. 지퍼루푸스는 첫눈에 그가 마음에 들어 그를 대마법사이자 왕의 약제사로 삼았다. 교활한 서브틸리온은 왕이 허약하고 쇠약해져서 완전히 죽어버리기를 바라면서 지퍼루푸스의 방탕한 욕망을 만족시킬 여러

---

*　　Tup. 숫양―옮긴이
**　Sinistral Isomer. 좌측 동질 이성체―옮긴이
***　Subtillion. subtile(교활한, 음흉한, 명민한)에서 따온 이름―옮긴이

가지 수단을 고안했다. 그는 왕에게 에로스 경주로와 난봉에로리움을 지어주었고 끝없는 자동화 향연으로 왕을 융승하게 대접했으나, 왕의 강철 체력은 이 모든 타락을 견뎌냈다. 시니스트럴 아이소머들은 초조해져서 그들의 앞잡이에게 온갖 수를 다 쓰더라도 더 이상 지체하지 말고 바라던 결과를 이끌어내라고 명령했다. 서브틸리온은 성 지하묘지에서 열린 비밀 회합에서 그들에게 물었다.

"왕을 누전시킬까요? 아니면 왕의 기억을 지워 어리석게 만들까요?"

"절대로 안 되지! 우리가 왕의 죽음에 조금이라도 연관되면 안 돼! 지퍼루푸스가 자기 자신의 부정한 욕망 때문에 몰락하고, 그의 죄 많은 열정이 그의 파멸을 불러오게 만드는 거야. 우리가 아니라!"

그들이 대답했다.

"좋습니다. 그러면 저는 꿈에서 만들어내고 유혹과 매력의 미끼가 달린 덫을 그에게 놓겠습니다. 그는 자기 자신의 의지로 그 미끼를 물어 가상과 열광적인 허구 속으로 뛰어들 테고, 꿈속에 숨어 웅크리고 있는 꿈속으로 가라앉을 것입니다. 그곳에서 저는 그를 철저하게 꾀고 속여 절대로 살아서 현실로 돌아오지 못하게 만들겠습니다!"

"좋아. 그러나 장담하지 말라, 사이버마법사여. 우리에게 필요한 것은 말이 아니라, 지퍼루푸스를 자동 국왕 살해자로 만들 행동이다. 즉, 그가 자기 자신의 암살자가 되는 것이다!"

그래서 사이버마법사 서브틸리온은 일에 착수해 자신의 무시무시한 계획에 고스란히 1년을 바쳤다. 그동안 그는 점점 더 많은 금괴와 황동, 백금, 아주 많은 보석을 왕의 국고로부터 요청하면서 지퍼루푸스에게는 세상의 다른 어떤 군주도 갖지 못한 물건을 그를 위해 만들고 있다고 둘러댔다!

1년이 지나자, 세 개의 거대한 진열장이 운반되어 성대한 예식과 함께 왕의 사실私室 앞에 놓였다. 그 진열장이 너무 커서 문을 통과할 수 없었기 때문이다. 지퍼루푸스는 발자국 소리와 짐꾼들의 노크 소리를 듣고 방에서 나와 진열장을 보았다. 진열장은 벽을 따라 당당하고 장엄하게 놓여 있었는데, 높이 4큐빗에 폭 2큐빗의 외관은 온통 보석으로 뒤덮여 있었다. '흰 상자'라고도 불리는 첫 번째 진열장은 모두 자개로 되어 있었고, 상감 방식이지만 반짝반짝 빛났다. 밤처럼 검은 두 번째 진열장은 마노와 모자 모양의 흑수정으로 감싸여 있었다. 세 번째는 루비와 스피넬이 박혀 짙은 붉은색으로 번쩍였다. 각 진열장은 날개 달린 그리핀과 금으로 장식된 다리, 윤이 나

트루를과 클라파우치우시의 일곱 가지 여행 이야기

는 벽기둥형 뼈대를 갖고 있었고, 진열장 안에는 꿈으로 가득 찬 전자두뇌가 하나씩 들어 있었다. 전자두뇌의 꿈은 독립적이어서, 그 꿈을 꾸기 위해 꿈꾸는 자가 따로 필요하지는 않았다. 지퍼루푸스 왕은 이 설명을 듣고 매우 놀라 외쳤다.

"도대체 이게 뭔가, 서브틸리온? 꿈꾸는 진열장? 도대체 왜? 그런 것이 내게 무슨 소용이 있지? 게다가 이것들이 실제로 꿈을 꾸고 있는지 어떻게 알 수 있나?"

그러자 서브틸리온은 겸손하게 절을 하며 장식장의 뼈대를 따라 줄줄이 나 있는 작은 구멍들을 왕에게 보여주었다. 구멍 하나하나마다 옆에 달린 작은 진주 명판에 작은 글자들이 새겨져 있었다. 왕은 깜짝 놀라 그것을 읽었다. '성과 고귀한 처녀가 나오는 전쟁 꿈', '워클 초卓에 대한 꿈', '기사 알라크리투스*와 헤테로니우스의 딸 미녀 라몰다에 대한 꿈', '닉시, 픽시, 유연 섬아연광에 대한 꿈', '통통 공주의 놀라운 매트리스', '노병 혹은 불능 대포', '살토 에로테일** 혹은 호색의 곡예', '옥토폴린***

---

*   Alacritus. alacritous(민활한, 민첩한)에서 따온 이름—옮긴이

**   Salto Erotale. 비틀린 야한 이야기—옮긴이

***   Octopauline. octopus(문어)+Pauline(여자 이름)을 결합시킨 것—옮긴이

의 여덟 겹 포옹 속에서 누리는 행복', '페르페투움 아모로빌레*', '초승달 아래에서 납 만두를 먹으며', '처녀와 음악이 있는 아침 식사', '따뜻하게 해두기 위해 태양 속에 쑤셔 넣으며', '이네파벨** 공주의 결혼식 밤', '고양이에 대한 꿈', '실크와 새틴에 대하여', '당신이 아는 것에 대하여', '잎이 없는 무화과와 다른 금지된 과일들', '열망의 자두***', '호색한은 어떻게 아이들을 얻었는가', '기상나팔 전에 악마와 잠수부가 크루통으로 흥청망청', '모나리자 혹은 달콤한 무한의 미궁'.

왕은 두 번째 진열장으로 가서 읽어보았다. '꿈과 오락'이라고 쓰여 있었고, 그 표제 아래에 있는 항목들은 다음과 같았다.

'사이버시너지', '시체와 코르셋', '톱과 토글', '비평가 때려주기', '지도자 버퍼', '싸움꾼, 나의 플리스', '침대 커버와 통풍기', '사이버크로켓', '로봇 크램보', '순서도와 유모차', '뻑뻑이와 퍼덕이', '양치기 소녀 스핀', '대들보 살인', '처형자, 혹은 비명이 나오는 삭제 부분', '양치

---

*　　Perpetuum Amorobile. 끊임없이 움직이는 사랑—옮긴이

**　Ineffabelle. ineffable(말로 표현할 수 없는)+belle(아름다운). 말로 표현할 수 없이 아름다운—옮긴이

***　자두를 뜻하는 prune에는 고환이라는 뜻도 있다.—옮긴이

기 소녀 스핀 2탄', '사이클로도어와 셔틀박스', '시실리와 시안화 사이보그', '사이버네이션', '하렘 레이싱', 마지막으로 '클루지*포커'. 누군가가 플러그를 꽂아 접속할 때까지 각각의 꿈은 순전히 혼자서 자기 자신을 꿈꾸고 있다고 정신공학자인 서브틸리온이 재빨리 설명했다. 그리고 이 시곗줄 사슬에 매달려 있는 플러그가 한 쌍의 구멍에 삽입되자마자 왕은 즉시 진열장의 꿈에 접속될 것이고, 그 접속은 완벽하기 때문에 그의 꿈은 진짜 같고 이를 알 수 없을 정도로 현실적이리라는 것이었다. 흥미가 생긴 지퍼루푸스는 사슬을 받아 충동적으로 흰 상자에 자신의 플러그를 꽂았다. '처녀와 음악이 있는 아침식사'라는 제목이 붙은 곳이었다. 그러자 그 즉시 등에서 아래쪽으로 가시투성이 등줄기가 자라나고, 거대한 날개가 펼쳐지고, 손발은 부풀어 올라 위험한 발톱이 달린 동물의 발이 되고, 어금니가 여섯 줄로 난 턱에서 불과 유황이 뿜어 나오는 것을 느꼈다. 왕은 매우 당황하여 숨을 헐떡거렸으나, 그의 목구멍에서는 헐떡거림 대신 천둥 같은 노호가 터져 나와 땅을 뒤흔들었다. 그는 여기에 더욱 놀라 눈을 크게 떴다. 그러자 그의 불타는 숨결로 밝

＊　　Kludge. 못쓰게 된 프로그램—옮긴이

아진 어둠 속에서 로봇들이 처녀들이 든 사발을 어깨에 메고 그에게 가져오는 것이 보였다. 처녀는 사발마다 네 명씩 들어 있었고 야채로 장식되어 있는 데다 아주 냄새 가 좋았기 때문에, 그는 침을 흘리기 시작했다. 식탁은 곧 차려졌다. 소금은 여기, 후추는 저기에 놓였다. 그는 입술을 핥고 편안한 자세를 취한 다음, 처녀들을 한 사람씩 땅콩처럼 입안에 던져 넣고 아작아작 씹어 먹으면서 기분이 좋아 그릉거렸다. 마지막 처녀는 유독 감미롭고 육즙이 많았다. 입맛을 다시고 배를 문지르며 두 번째 식사를 내놓으라고 하려던 참에, 모든 것이 깜빡거렸고 그는 깨어났다. 그는 전과 마찬가지로 바깥 복도에 서 있었다. 그의 옆에는 대마법사이자 왕의 약제사인 서브틸리온이 있었고, 앞에는 꿈 진열장이 귀중한 보석들로 빛나고 있었다.

"처녀들은 어떠셨습니까?"

서브틸리온이 물었다.

"나쁘지 않았어. 하지만 음악이 어디 있어?"

왕이 묻자 사이버마법사가 설명했다.

"종소리 연주기가 막혀버려서 그랬습니다. 폐하께서는 다른 꿈을 시험해보시겠습니까?"

물론 그럴 생각이었다. 하지만 이번에는 다른 진열장

에서 해보고 싶었다. 왕은 검은 진열장에 가서 '기사 알라크리투스와 헤테로니우스의 딸 미녀 라몰다에 대한 꿈'에 접속했다.

그는 눈을 깜빡였다. 그리고 지금이 사실은 전기電氣 방랑의 시대라는 것을 깨달았다. 그는 강철 갑옷을 입고 나무가 우거진 산골짜기 속에서 있었고, 발치에는 방금 정복한 드래곤이 있었다. 나뭇잎들은 사각거렸고, 부드러운 서풍이 불어왔으며, 근처에서 시냇물이 콸콸 흘렀다. 그는 물속을 들여다보고 물에 비친 모습에서 자기가 다름 아닌 알라크리투스, 최고 전압의 기사이자 동료 없는 영웅임을 알았다. 그의 영광스러운 생애는 전부 그의 몸 위에 전투의 상처로 기록되어 있었다. 그는 마치 그 기억이 자기 것인 듯 전부 생각해냈다. 투구 면갑의 움푹 들어간 곳은 모바이더가 죽음의 단말마 속에서 몸에 밴 민첩성으로 휘두른 쇠 미늘 주먹이 만든 흔적이었다. 오른쪽 정강이받이의 부서진 경첩은 고 바셔 드 블루 경의 솜씨였다. 그리고 그의 왼쪽 폴드런*을 가로지르는 리벳은 야비한 스키비안이 죽기 전에 물어뜯은 곳이고, 결합 격자는 고어브래스트 버거러쿠스가 쓰러지기 전에 찌그러

---

* 갑옷의 어깨 부분—옮긴이

뜨렸다. 그와 마찬가지로 넓적다리 가리개의 흙받기, 교차 덮개, 투구 턱받이 차폐 장치, 쇠사슬 갑옷 걸쇠, 앞뒤의 보호 기둥과 쇠로 덧댄 테두리에도 전부 전투의 상처 자국이 남아 있었다. 그의 방패는 수도 없이 타격을 받아 긁히고 베인 자국투성이였지만, 등갑은 신생아의 것처럼 빛나고 녹이 없었다. 그는 적에게서 달아나려고 등을 돌린 적이 한 번도 없기 때문이다! 그러나 사실 그는 자신의 영광에 전혀 관심이 없었다. 불현듯 그는 미녀 라몰다를 떠올리고 자신의 슈퍼차저* 위에 뛰어올라 그녀가 나오는 꿈의 길이와 넓이를 살펴보기 시작했다. 때맞춰 그는 그녀의 아버지인 자동공작 헤테로니우스의 성에 도착했다. 도개교 판자가 천둥 같은 소리를 내며 말과 기수 아래쪽으로 내려왔고, 자동공작이 직접 나와 팔을 벌리고 그를 맞았다.

기사는 그의 라몰다를 보고 싶었으나, 예의에 따라 조바심을 억눌러야 했다. 한편 노老 자동공작은 그에게 다른 기사가 성에 머물고 있다고 말한다. 그 기사는 폴리메라 가문의 마이그레인**으로, 검의 명인이고 가공할 만

---

* Supercharger. 엔진의 과급기 혹은 뛰어난 군마, 두 가지의 뜻으로 해석될 수 있다.—옮긴이
** 각각 중합체(polymer), 편두통(migraine)과 발음이 비슷하다.—옮긴이

한 탄성자彈性者다. 그는 알라크리투스와 함께 경기장에 오르기만을 꿈꾼다. 그리고 이제 원기왕성하고 유연한 마이그레인이 이런 말을 하며 앞으로 나온다.

"기사여, 내가 라몰다를 원한다는 것을 알아두시오. 유선형의 라몰다, 유압의 허벅지를 가진 라몰다, 어떤 다이아몬드 드릴도 건드릴 수 없는 가슴을 갖고 있고, 자기磁氣를 띤 맑은 눈을 가진 라몰다를! 그녀가 당신의 약혼자인 것은 사실이오. 그러나 자, 나는 이 기회에 당신에게 사투를 신청하오. 우리 둘 중 하나만이 결혼식에서 그녀의 손을 잡을 것이오!"

마이그레인은 희고 중합체적인 도전의 표시를 던졌다.

"마상 창 시합 직후 결혼식을 올립시다."

자동공작 아버지가 덧붙인다.

"좋습니다."

알라크리투스가 말한다. 그러나 그의 안에서 지퍼루푸스는 생각한다.

'그야 상관없어. 결혼식을 치른 후 그녀를 갖고 그다음에 깨어나면 되니까. 하지만 이 마이그레인이라는 놈은 누가 집어넣은 거야?'

"용감한 기사여, 그대는 바로 오늘, 밟아 다진 땅에서 폴리메라의 마이그레인과 횃불로 겨루게 될 것이오. 그러나 지금은 그대의 방으로 물러가서 쉬시오!"

알라크리투스의 안에 있는 지퍼루푸스는 약간 걱정이
된다. 그러나 그가 무슨 일을 할 수 있겠는가? 그래서 그
는 자기 방으로 간다. 잠시 후 남몰래 문을 두드리는 똑
똑 소리가 들리더니, 늙은 사이버할멈이 살금살금 들어
와 주름진 윙크를 던지며 말한다.

"오, 기사님, 두려워 마세요. 당신은 물론 아름다운 라
몰다를 얻게 될 게고, 바로 오늘 그분은 당신을 설화석고
가슴에 꼭 껴안을 것입니다! 그분은 밤낮으로 오로지 당
신만을 꿈꾸십니다. 전력을 다해 덤비는 것만 기억하고
계십시오. 마이그레인은 당신을 해치지 못할 테고, 승리
는 당신의 것이니까요!"

기사가 대답한다.

"말하기는 쉽지, 사이버할멈. 하지만 어떤 일도 일어날
수 있어. 예를 들어 내가 발이 걸려 넘어지거나 제때 피
하지 못하면 어떻게 되지? 아니, 이건 도박이야! 하지만
할멈은 확실히 듣는 부적을 갖고 있겠지."

사이버할멈이 낄낄 웃는다.

"히히! 이상한 말도 하시지요, 강철의 나리! 부적 같은
것은 없어요. 당신은 그런 것을 필요로 하지도 않고요. 저
는 일이 어떻게 될지 알고 있고, 당신이 승리의 일격을

내리칠 것을 보장합니다!"

"그래도 부적이 더 확실할 텐데, 특히 꿈속에서는……. 하지만 잠깐, 혹시 서브틸리온이 내게 자신감을 북돋워 주라고 할멈을 보냈나?"

"서브틸리온 같은 것은 몰라요. 당신이 말하는 꿈 이야기도 모르고요. 아니, 이것은 현실이랍니다, 강철의 군주이시여. 오래지 않아 미녀 라몰다가 전기 입술로 키스해 오면 당신도 알게 될 테지요!"

지퍼루푸스는 사이버할멈이 왔던 것처럼 재빨리 방을 떠난 것도 알아차리지 못하고 중얼거린다.

"이상하군. 이것은 꿈인가 아닌가? 내 기억으로는 꿈인데. 하지만 할멈은 이것이 현실이라고 하는군. 흠, 어쨌건 곱절로 조심하는 것이 좋겠어!"

이제 트럼펫이 울리고, 갑옷이 덜그럭덜그럭하는 소리가 들린다. 구경꾼들이 몰려와 모두 결투 당사자들을 기다리고 있다. 여기 알라크리투스가 온다. 그의 무릎은 약간 풀려 있다. 그는 시합장에 들어 헤테로니우스의 딸 라몰다를 본다. 그녀는 그를 감미롭게 바라본다. 아, 그러나 지금은 그럴 시간이 없다! 마이그레인이 링 안에 들어오고 있다. 온 사방에서 횃불이 불타고 그들의 칼은 굉장한 챙 소리를 내며 맞부딪친다. 이제 지퍼루푸스는 진심으로 겁을 먹고 온 힘을 다해 깨어나려고 한다. 그는 애를 쓰고 또 애쓰지만 깰 수가 없다. 갑옷은 너무 무겁고, 꿈은 그를 놓아주지 않고, 적은 공격해 오고 있다! 타격이 더욱 빠르게 빗발치고, 점점 약해져가는 지퍼루푸스는 팔을 들어 올릴 수조차 없다. 그런데 갑자기 적이 고함을 치며 부러진 칼날을 내보인다. 기사 알라크리투스는 그를 덮치려 하지만 마이그레인은 링에서 쏜살같이 달아나고, 종자가 그에게 다른 칼을 건네준다. 바로 그때 알라크리투스는 구경꾼들 속에서 그 사이버할멈을 본다. 그녀는 그에게 다가와 귀에 대고 속삭인다.

"강철의 폐하! 곧 다리로 통하는 열린 문 근처에 가시면, 마이그레인은 방심할 것입니다. 그때 용맹하게 그를 치세요. 그것은 당신의 승리를 알리는 확실하고 진정한 신호니까요!"

그 말과 함께 그녀는 사라지고, 다시 무장한 적수가 무기를 겨눈 채 다가온다. 그들은 싸운다. 마이그레인은 고장 난 탈곡기처럼 마구 칼을 휘두르며 물러나지만 점차 느슨해진다. 그는 느리게 슬쩍 받아넘기고 뒤로 물러난다. 이제 때가 무르익어 그 순간에 다다르지만 적수의 칼날이 여전히 강력한 빛을 잃지 않자, 지퍼루푸스는 정신을 차리고 '미녀 라몰다 따위, 엿 먹어라!' 하고 생각하며 미친 듯이 달아난다. 그는 왔던 길로 도개교를 넘어 숲속으로, 밤의 어둠 속으로 쿵쾅거리며 줄행랑친다. 뒤에서 "수치스럽기도 해라!", "부끄러운 줄 알아야지!" 등의 외침이 들린다. 그는 곤두박질쳐 나무에 부딪히고, 별을 본다. 그리고 이제 그는 이곳에 있다. 궁전 복도에 있는 꿈을 꾸는 꿈의 검은 진열장 앞에 서 있고, 그의 옆에는 정신공학자 서브틸리온이 비틀린 미소를 띠고 있다. 실망을 감추고 있기에 미소가 비틀린 것이다. 알라크리투스-라몰다 꿈은 실제로는 왕에게 놓은 덫이었다. 지퍼루푸스가 그 늙은 사이버할멈의 충고를 마음에 두었다면, 약해진 척하고만 있던 마이그레인이 그를 그 열린 문으로 몰아넣었을 것이다. 왕은 오직 그의 경탄할 만한 비겁함 덕택에 이 함정을 피했다.

"주인님께서는 미녀 라몰다와 즐거운 시간을 보내셨습니까?"

교활한 사이버마법사가 물었다.

"라몰다는 마음에 드는 미녀가 아니더군. 그래서 따라다닐 필요가 없다고 생각했지. 게다가 그곳에선 말썽이 생겼고 싸움도 있었어. 내 꿈에는 싸움이 없었으면 좋겠어, 알겠나?"

"폐하께서 원하는 대로 하시옵소서. 마음대로 고르시

지요. 이 진열장의 꿈에는 싸움 따위는 없고 오직 즐거움만이 있습니다……."

"어디 보자고."

왕은 그렇게 말하고 '통통 공주의 놀라운 매트리스'에 접속했다. 그는 전부 금 능라로 덮인 비할 데 없이 아름다운 방 안에 있었다. 수정 창유리를 통해 순수한 샘물에서 나오는 물줄기처럼 빛이 흘러들었고, 진주 경대 옆에는 공주가 서서 하품을 하며 침대에 누울 준비를 하고 있었다. 지퍼루푸스는 이 예기치 못한 광경에 매우 놀라 자기가 있다는 사실을 알리고자 헛기침을 하려 했다. 그러나 소리가 조금도 나오지 않았다. 재갈이 물린 것일까? 그래서 그는 입을 만져보려고 했으나 그럴 수 없었고, 다리를 움직이려고 했으나, 아니, 할 수 없었다. 그러자 그는 어지러움을 느끼고 앉을 곳을 찾아 필사적으로 둘러보았으나, 그 또한 불가능했다. 한편 공주는 기지개를 켜더니 하품을 하고, 또 한 번 하품을 하고, 세 번째 하품을 한 다음 졸음에 굴복해 매트리스 위로 아주 세게 쓰러졌다. 그 바람에 지퍼루푸스 왕은 머리부터 발끝까지 세게 흔들렸다. 그는 바로 통통 공주의 매트리스였기 때문이다! 뒤척거리는 모습을 보아하니 그 젊은 공주는 불쾌한 꿈을 꾸고 있는 게 분명했다. 그녀가 작은 팔꿈치로 왕을 찌르고 작은 발뒤꿈치로 후벼 파는 바람에, 이 꿈에서 매트리스가 된 그의 고귀한 육신은 맹렬한 분노에 사로잡혔다. 왕은 몸에 힘을 주고 또 주어서 자신의 꿈과 싸웠다. 마침내 솔기가 터지고 스프링이 튀어나왔고, 엉덩이가 튕겨져 나간 공주는 새된 비명을 지르며 아래로 쿵 떨어졌다. 그 덕분에 왕은 깨어나 자신이 다시 한번 궁전 복도에 서 있는 것을 깨달았다. 그의 옆에서는 사이버마법사 서브틸리온이 알랑거리며 절을 하고 있었다. 왕은 화가 나서 외쳤다.

"너, 이 멍청한 실수쟁이 같으니! 네가 어떻게 감히 이럴 수가? 이 악당아, 내가 매트리스가 되다니, 더구나 남의 매트리스가 되다니? 이봐, 네가 분수를 잊었구나!"

왕의 분노에 깜짝 놀란 서브틸리온은 사과를 아끼지 않은 다음, 다른 꿈을 시험해보라고 간청하고 설득하고 탄원했다. 지퍼루푸스는 마침내 누그러져서 '옥토폴린의 여덟 겹 포옹 속에서 누리는 행복'에 접속했다. 그는 커다란 광장에 모인 구경꾼 속에 서 있었고, 흔들리는 실크, 모슬린, 기계 코끼리, 상아로 조각된 잡동사니 등과 함께 화려한 행렬이 지나갔다. 가운데에 있는 것은 금으로 된 사원 같았고, 그 안에는 여덟 겹의 베일로 가린 놀랄 만큼 아름다운 여성이 앉아 있었다. 그녀는 눈부신 얼굴과 은하 같은 시선을 가진 천사로, 고주파 귀걸이도 달고 있었다. 왕이 온몸을 부들부들 떨며 이 천상의 미녀가 누구냐고 막 물으려는 찰나, 경외와 동경의 중얼거림이 군중을 파도처럼 휩쓸었다.

"옥토폴린! 옥토폴린이다!"

그들은 왕의 딸이 오네이로만트*라는 이름의 외국 기사와 약혼한 것을 최고로 화려한 구경거리를 곁들여 축하하고 있었던 것이다.

왕은 자기가 그 기사가 아니라는 데 약간 놀랐지만, 행렬이 대궐 문 뒤로 사라지자 다른 사람들과 함께 가까운 여관에 갔다. 그곳에서 그는 오네이로만트를 보았다. 오네이로만트는 금으로 된 못이 박힌 헐렁한 다마스크 바지 차림에 손에는 반쯤 빈 강화 포스겐** 조끼를 들고 있었다. 기사는 그에게로 와 어깨에 팔을 두르더니, 그를 껴안다시피 하고 타는 듯한 숨결을 내뿜으며 귀에 속삭였다.

"이봐, 나는 오늘 밤 자정 궁전 뒤쪽 수은 분수 옆의 가시철사 덤불 속에서 옥토폴린 공주와 만나기로 했어. 그렇지만 형편이 이래서 감히 그녀 앞에 나아가지 못하겠

---

*   oneiromant, oneiromancy(해몽)의 변형—옮긴이
**   1차 세계대전 때 사용된 독가스—옮긴이

어. 보다시피 너무 많이 마셨거든. 하지만 착한 이방인이여, 당신은 나와 똑 닮았으니, 제발 부탁인데 나 대신 가서 공주의 손에 키스하고 당신이 오네이로만트라고 말해줘. 아이고, 그러면 영원히 당신의 은혜를 잊지 않겠어!"

왕은 잠깐 생각한 다음 말했다.

"그러지, 뭐. 그래, 내가 어떻게 해볼게. 하지만 언제?"

"지금 당장. 허비할 시간이 없어. 자정이 다 되어가니까. 이것만 기억해둬. 왕은 이 일에 대해서 아무것도 몰라. 아무도 이 일을 모르고 공주와 늙은 성문지기만 알아. 성문지기가 길을 가로막으면 여기, 이 무거운 두카트 자루를 그의 손에 쥐여줘. 그러면 성문지기가 당신을 통과시킬 거야!"

왕은 고개를 끄덕이고, 두카트 자루를 받아 쥔 다음 곧장 성으로 달려갔다. 시계가 무쇠 큰부엉이처럼 자정을 알리기 시작했기 때문이다. 그는 속력을 내어 도개교를 건너면서 입을 벌린 해자를 재빨리 들여다보고 몸을 떨었다. 그리고 고개를 낮추어 내리닫이 격자문의 징이 박힌 쇠 격자 아래로 미끄러지듯이 들어갔다. 궁전 안뜰을 가로질러 가시철사 덤불과 수은이 거품을 내는 분수로 발걸음을 옮기자, 창백한 달빛 속에 옥토폴린 공주의 근사한 자태가 보였다. 그가 꾸었던 가장 굉장한 꿈보다도 더 아름답고 매혹적이어서, 그의 몸은 욕망으로 흔들렸다.

궁전 복도에서 잠든 군주의 몸이 흔들리고 떨리는 것을 보면서, 서브틸리온은 기뻐서 손을 비비고 이번에는 왕이 죽으리라 확신하며 낄낄 웃었다. 옥토폴린이 그 불행한 연인을 여덟 겹의 강력한 팔로 포옹하고 부드러운 사랑의 촉수로 감아 바닥 없는 꿈속 깊이 끌어들이면 그는 다시는, 다시는 현실의 수면 위로 떠오를 수 없다는 것을 알고 있기 때문이었다! 사실 지퍼루푸스는 공주의 포옹에 감싸이고 싶어 애를 태우며 회랑의 그림자 속에서 은빛의 아름다운 육체를 향해 달리고 있었다. 그런데 갑자기 늙은 성문지기가 나타나 도끼창으로 길을 막았다. 왕은 두카트 자루를 들어 올리다가, 손에 와 닿은 기분 좋은 무게에 자루를 내놓기 싫어졌다. 포옹 한 번 때문에 전 재산을 던져버린다니, 얼마나 창피한 일인가!!

"여기 1두카트, 이제 나를 보내줘!"

그가 자루를 열며 말했다.

"10두카트 내야 해."

성문지기가 말했다.

"뭐라고, 한 번 껴안는 데 10두카트? 미쳤구먼!"

왕이 조롱했다.

"대가는 10두카트야."

성문지기가 말했다.

"조금 깎아줄 수 없어?"

"10두카트. 1두카트도 모자라면 안 돼."

그 말에 왕은 보통 때와 마찬가지로 꼭지가 돌아버렸다.

"그렇다 이거지! 좋아 그럼, 망할 놈 같으니, 넌 한 푼도 못 가진다!"

그 말을 듣자 성문지기는 그를 창 자루로 흠씬 팼다. 회랑, 분수, 도개교…… 모든 것이 빙빙 돌았고, 지퍼루푸스는 넘어졌다. 그는 깨어나 눈을 뜨고 옆에 있는 서브틸리온과 앞에 있는 꿈 진열장을 번갈아 바라보았다. 두 번이나 실패했기 때문에 사이버마법사는 매우 난처했다. 처음에는 왕의 비겁함 때문에, 두 번째는 왕의 탐욕 때문에 실패한 것이다. 그러나 서브틸리온은 실망을 감추고 웃는 낯을 하며 왕에게 다른 꿈을 맛보라고 권했다.

지퍼루푸스는 이번에는 '워클 초에 대한 꿈'을 골랐다.

그는 에필렙톤과 맬러다인의 통치자 도더론트 데빌리투스였다*. 허약한 늙은 영감태기이자 구제 불능의 호색한인 그의 영혼은 사악한 행위를 열망했다. 그러나 이렇

---

* epileptic은 간질병. malady는 병폐, 폐해. dodder는 떨다, 비틀거리며 걷다. devil은 악마──옮긴이

게 삐걱거리는 관절과 마비된 팔과 통풍에 걸린 다리로 무슨 사악한 짓을 할 수 있겠는가?

'나는 자극제가 필요해.'

그는 그렇게 생각하고 자신의 사악장군인 타르타론과 토르투루스*에게 밖으로 나가 불과 검으로 뭐든 처단할 수 있는 대로 처단하고 깨부수고 약탈하고 획득하라 일렀다. 그들은 그의 명대로 하고는 돌아와서 말했다.

"황제 폐하, 저희는 불과 검으로 처단할 수 있는 것을 처단하고 깨부수고 약탈했습니다. 그리고 여기에 우리는 미나모아칸의 처녀 여왕인 아름다운 아도라도라**를 그녀가 소유한 보물들과 함께 끌고 왔습니다!"

"에? 무슨 말을 하는 거냐? 그년의 보물이라고? 하지만 그년은 어디 있어? 그리고 저기서 훌쩍거리며 떨고 있는 건 또 뭐야?"

색色에 눈이 뒤집힌 왕이 씨근거리며 말했다.

"폐하, 여기 폐하의 침상 위에 있습니다!"

사악장군들이 합창하듯 소리쳤다.

---

* 각각 tartaros(그리스 신화에 나오는 명계)와 torturous(고문의, 고통스러운)에서 따온 이름—옮긴이
** adoradora. adore(동경하다, 열렬히 사랑하다)의 라틴어 여성형 adora를 두 번 겹쳐 쓴 것—옮긴이

"그 훌쩍거리는 소리는 이 여죄수가 내는 것입니다. 앞에서 말했던 아도라도라 여왕으로, 자신의 진주 의자 덮개에 기대어 있습니다! 그녀는 금으로 장식된 이 우아한 시프트 드레스 외에는 아무것도 입지 않았기에, 또한 엄청난 모욕과 타락을 예상하고 있기에 떨고 있습니다!

"뭐라고? 모욕이라고 했어? 타락이라고? 좋아, 좋아! 그년을 다오. 그 가련한 것을 당장 강간하고 능욕할 테니!"

왕이 쇠줄로 가는 듯한, 귀에 거슬리는 목소리로 말했다.

"국가 안보상의 이유로 안 됩니다, 폐하."

어의가 끼어들었다.

"뭐라고? 내가 강간하면 안 돼? 능욕해선 안 된다고? 왕인 내가? 너 미쳤냐? 내가 통치하는 동안 내가 다른 짓 하는 거 봤어?"

"바로 그겁니다, 폐하! 그런 무절제 때문에 폐하의 건강은 심각하게 손상되었습니다!"

의사가 설득했다.

"응? 음, 그렇다면…… 내게 도끼를 줘, 그냥 그년의, 어, 머리를 잘라버리겠어…….

"폐하의 윤허를 얻어 말씀드리자면, 그것은 극도로 현

362
사이버리아드

명하지 못한 일입니다. 격렬한 활동은 가급적 자제하시고……."

"이런 젠장맞을! 그러면 이 왕이라는 게 나한테 도대체 무슨 소용이야? 나를 치료해, 제기랄! 나를 회복시켜! 나를 회춘시켜! 내가 그 짓을…… 뭔지 알지…… 예전처럼 할 수 있게……. 아니면, 맹세코, 나는…… 나는……."

왕은 점점 절망하며 침을 튀겨댔다. 모든 조신들과 사악장군과 의료 보조인들이 공포에 질려 왕의 몸을 회춘시킬 방법을 찾으러 달려 나갔다. 마침내 그들은 무한한 지혜를 가진 현자인 위대한 칼쿨론*을 불러냈다. 그는 어전에 나아가 물었다.

"폐하께서는 도대체 무엇을 바라십니까?"

"응? 바라는 거? 하! 내가 뭘 바라는지 말해주지! 내가 바라는 것은 방탕이고, 떠들썩하고 흥청거리는 술잔치이고, 음란한 탐닉과 난봉이고, 특히 지금 바라는 건 당분간 지하 감옥에 앉혀둔 아도라도라 여왕을 범하고 더럽히는 것이야!"

왕이 음산한 목소리로 말했다.

"우리에게는 두 가지 길이 열려 있습니다. 하나는 황송

---

*   Calculon. '결석병(結石病)'을 뜻하는 calculus에서 따온 이름—옮긴이

하지만, 폐하께서 적당히 유능한 자를 선택하셔서 폐하와 그자를 배선으로 연결하는 것입니다. 그자는 폐하께서 명령하시는 것을 전부 대리로 수행할 테고, 이 방법으로 폐하는 그자가 경험하는 것을 뭐든 폐하가 직접 경험하듯 겪으실 수 있습니다. 아니면 폐하께서는 마을 밖 숲속 세 다리 오두막에서 살고 있는 늙은 사이버마녀를 불러내셔야 합니다. 그 마녀는 늙은 마녀이기 때문에 노년기 질환만 다루거든요!"

"그래? 흠, 먼저 배선 쪽을 시험해보자!"

왕이 말하자 그 일은 순식간에 이루어졌다. 왕궁 전기공들이 왕과 경비 대장을 연결하자, 왕은 그 즉시 경비대장에게 현자를 반으로 톱질하라고 명령했다. 이것이야말로 그가 아주 즐거워하는 악랄한 행동이었기 때문이다. 칼쿨론의 탄원과 비명은 아무 소용도 없었다. 그러나 톱질 과정 중 전선 한 가닥의 절연체가 뜯겨 나왔기 때문에 왕은 처형의 앞부분 절반만 전송받았다. 왕이 씨근거렸다.

"형편없는 방법이군. 그 사기꾼은 반으로 톱질해 마땅했어. 이제 세 다리 오두막에 산다는 늙은 사이버마녀를 잡자!"

그의 조신들이 전속력으로 숲으로 달려갔고, 오래지

않아 왕은 음침하고 단조로운 노래를 들었다.

"고대의 로봇들도 여기서 수리했다오! 나는 수선하고 재생시키고 새것처럼 고치지요. 녹슬고 굳은 자들이여, 자, 모두 이겨냅시다! 덜덜 떨거나 끼끼거리거나 진동하거나 녹이 슨 당신, 아픔을 느끼는 당신, 그래요, 나는 당신을 위해 여기 있답니다!"

늙은 사이버마녀는 왕의 불평을 참을성 있게 들은 다음, 깊이 절하고 말했다.

"국왕 폐하, 푸른 지평선 너머에 있는 대머리산 기슭에 샘 하나가 솟아납니다. 그리고 이 샘에서 시내가 하나 흐르는데, 기름이 흐르는 시내, 비버 기름의 시내입니다. 그곳에 워클 초가 자라고 있습니다. 워클 초는 고옥탄가 반노反老 회춘제로서, 한 숟가락만 먹으면 47년이 안녕입니다요! 하지만 너무 많이 먹지 않도록 조심해야 합니다. 워클 녹즙을 과량으로 복용하면 안락사 시점까지 젊어져서 팟, 사라집니다! 그러니 이제, 폐하, 저는 이 처방을 시험하고 확인할 준비를 하겠습니다!"

"멋지군! 그러면 나는 아도라도라 여왕을 준비시키겠다. 저 가련한 것에게 자기를 기다리는 운명이 무엇인지 알려줘야지, 헤헤!"

왕이 외쳤다. 그리고 그는 떨리는 손으로 자신의 느슨

한 나사를 죄면서 계속 중얼거리고 쯧쯧거리고, 몸 곳곳을 씰룩거리기까지 했다. 이게 다 그가 폭삭 늙어빠졌기 때문이지만, 사악함에 대한 그의 정열만큼은 결코 수그러들 줄을 몰랐다.

한편 기사들은 말을 타고 푸른 지평선 너머 비버 기름 시내로 달려갔다. 얼마 후 늙은 사이버마녀의 가마솥 위에는 증기가 소용돌이치고 빙빙 돌고 물결쳤다. 마침내 그녀는 서둘러 왕좌로 가서, 무릎을 꿇고 굽 달린 잔을 왕에게 건넸다. 잔에는 수은처럼 빛나고 번쩍이는 액체가 가장자리까지 찰랑거렸다. 그녀는 커다란 목소리로 말했다.

"도더론트 데빌리투스 왕이여! 보십시오, 여기 워클초의 부활의 정수가 있습니다! 상쾌하고 기운을 돋우며 애정의 유희와 대담한 행위를 위한 바로 그것! 이 액체를 쭉 들이켜십시오. 그러면 전 은하계에서 약탈하지 못할 도시가 없고, 굴욕을 주지 못할 처녀가 없으리! 드십시오, 폐하의 건강을 위해!"

왕은 잔을 들었지만 발받침용 의자에 몇 방울을 흘렸다. 의자는 즉각 뒷발로 일어서더니 콧김을 내뿜으며, 능욕하고 더럽히려는 미친 듯한 욕구에 사로잡혀 사악장군 타르타론에게 달려들었다. 의자는 눈 깜짝할 사이에 여섯 줌의 메달을 찢어냈다. 사이버마녀가 재촉했다.

"드십시오, 폐하, 드십시오! 그 약이 어떤 기적을 일으키는지 직접 보고 계십니다!"

"네가 먼저 먹어라."

빠르게 늙어가느라 힘이 빠진 왕은 들릴락 말락 하게 속삭였다. 사이버마녀는 창백해져서 꽁무니를 빼며 거부했으나, 왕이 고개를 한번 끄덕이자 세 명의 병사가 그녀를 붙잡고 깔때기를 써서 그 빛나는 약을 목구멍에 몇 방울 억지로 흘려 넣었다. 섬광이 번쩍이고 벼락 치는 소리가 들리고 사방에 연기가 치솟았다! 다음 순간 조신들은, 왕은 무無를 보았다. 사이버마녀는 온데간데없이 검은 구멍만이 바닥에 입을 벌리고 있었다. 그 구멍을 통해 또다른 구멍이 보였다. 그것은 꿈 자체에 뚫린 구멍이었고, 그 구멍으로 누군가의 발이 보였다. 우아한 신을 신은 발이었지만 산酸을 끼얹은 것처럼 양말은 타들어가고 은 쇠는 검게 변색되었다. 그 발과 양말과 신발은 물론 지퍼루푸스 왕의 대마법사이자 약제사인 서브틸리온의 것이었다. 사이버마녀가 워클 초라고 부른 독약이 어찌나 강력했던지 그 약은 그녀와 마루를 녹여버렸을 뿐 아니라, 그 꿈이 현실에 닿을 때까지 깨끗하게 녹인 다음 현실에서 서브틸리온의 정강이에 튀었다. 그는 심한 화상을 입었다. 겁에 질린 왕은 꿈에서 깨어나려고 했으나 (서브틸리온에게는 다행히도) 사악장군 토르투루스가 철퇴로 왕의 머리를 세게 내려치는 데 성공했다. 덕분에 지퍼루푸스는 정신이 든 후에도 도더론트 데빌리투스였을 적에 무슨 일이 일어났는지 하나도 기억나지 않았다. 어쨌거나 다시 한번 그는 사이버마법사를 물리치고 치명적인 세 번째 꿈에서 빠져나왔다. 이번에는 지나치게 의심이 많은 성격 덕분이었다.

"뭔가 있었는데…… 하지만 그것이 무엇인지 잊어버렸다. 그런데 왜 그렇게 한 발을 쥐고 다른 발로 뛰어다니고 있는가, 서브틸리온?"

왕이 도로 '꿈을 꾼 진열장' 앞에 서서 말했다.

"아무……아무것도 아닙니다, 폐하……. 약간 롬보티즘*이 있어서요……. 날씨가 바뀌려나 봅니다."

교활한 마법사는 더듬거렸고, 그 후 왕에게 또 다른 견본 꿈을 시험해보라고 끈질기게 유혹했다. 지퍼루푸스는 잠시 생각하더니 목차를 읽어보고는 '이네파벨 공주의 결혼식 밤'을 골랐다. 그는 자기가 불 옆에 앉아 예스럽고 호기심을 끄는 오래된 책을 읽고 있는 꿈을 꾸었다.

---

*   rhombotism. 로봇의 류머티즘—옮긴이

그 책에서는 금박 입힌 양피지에 쓰인 진홍빛 글씨로 갖은 수사를 동원해 5세기 전 단델리아* 땅을 통치했던 이네파벨 공주에 대해 서술하고 있었다. 책은 그녀의 고드름 숲, 나선형 탑, 우는 새장, 100개의 눈이 있는 보물 저장고에 대해서도 이야기했지만, 특히 그녀의 아름다움과 여러 가지 미덕을 칭송했다. 지퍼루푸스는 이런 미인의 모습을 보고 싶다는 커다란 열망에 사로잡혔고, 강력한 소망은 그의 내부에서 촛불처럼 타올라 그의 영혼을 불살랐다. 그래서 그의 눈알은 봉화처럼 번쩍였고, 그는 달려 나가 꿈 구석구석을 샅샅이 살피며 이네파벨을 찾았다. 그러나 그녀는 어디에서도 찾을 수 없었다. 사실 그 공주에 대해 들어본 자는 아주 오래된 로봇들뿐이었다. 긴 여행에 지친 지퍼루푸스는 마침내 왕의 사막 한가운데에 왔다. 그곳의 모래언덕은 금으로 도금되어 있었다. 그는 그곳에서 초라한 오두막을 발견했다. 그가 그 오두막에 다가가자, 눈처럼 하얀 로브를 입고 족장 같은 풍모를 한 로봇이 보였다. 족장은 일어서서 이렇게 말했다.

"가련한 자여, 그대는 이네파벨을 찾고 있구나! 그러나 그녀가 최근 500년 동안 살아 있지 않다는 것을 그대

---

*   Dandelia. 민들레—옮긴이

도 아주 잘 알고 있도다. 그러니 그대의 정열은 얼마나 쓸데없고 헛된 것인가! 그대를 위해 내가 할 수 있는 일은 그대가 그녀를 보도록 하는 것뿐이다. 그러나 물론 실물로 보는 게 아니라 완벽한 정보 복사로 보는 것이다. 그 공주는 육체가 아닌 디지털 모형이며, 조형적造形的이 아닌 확률론적, 에르고드적 모형이고, 아주 에로틱하다. 그것은 모두 저기 있는 블랙박스에 있도다! 나는 여가 시간에 잡동사니로 그것을 만들어냈느니라!"

"아, 공주를 보여주세요. 공주를 지금 당장 보여주세요!"

지퍼루푸스가 몸을 떨며 외쳤다. 족장은 고개를 끄덕이더니, 공주의 좌표를 찾기 위해 오래된 책을 검토하고, 공주와 중세시대 전체를 펀치 카드에 찍고, 프로그램을 작성하고 스위치를 넣은 다음, 블랙박스의 뚜껑을 열고 말했다.

"보라!"

왕은 몸을 굽히고 상자 안을 들여다보았다. 그렇다. 전부 디지털과 이진법과 비선형으로 정확히 시뮬레이트된 중세가 보였고, 그곳에 단델리아 땅이 있었다. 고드름 숲, 나선형 탑이 있는 궁전, 우는 새장, 100개의 눈이 있는 보물 저장고도 있었다. 그리고 그곳에는 이네파벨이 시뮬레이트된 정원에서 느리고 확률론적인 산책을 하고 있었다. 그녀가 시뮬레이트된 데이지를 꺾고 시뮬레이트된 노래를 부르자, 그녀의 회로가 붉은색과 금색으로 빛났다. 자신을 더 이상 억누를 수 없었던 지퍼루푸스는 광기에 사로잡혀 블랙박스 위로 뛰어올라 그 안의 전산화된 세계로 들어가려고 했다. 그러나 족장은 재빨리 전류를 끄고 왕을 땅으로 내팽개치더니 말했다.

"미친놈! 불가능한 일을 시도하려는 게냐? 물질로 만들어진 존재는 그 어떤 것도 이 시스템에 들어갈 수 없다. 이 시스템은 알파뉴머릭 기호의 흐름과 소용돌이, 불연속정수 구성, 숫자의 추상체일 뿐이다!"

"하지만 난 들어가야 해, 들어가야 해!"

지퍼루푸스는 넋이 나간 채 고함을 치며 블랙박스의 금속이 찌그러질 때까지 머리를 박아댔다. 그러자 늙은 현자가 말했다.

"만약 그것이 그대의 변치 않는 소망이라면, 그대를 이 네파벨 공주와 접속시킬 방법이 있다. 그러나 우선 그대는 그대의 현재 형태와 헤어져야 한다. 나는 그대의 종속 좌표를 취해 원자 하나하나까지 그대의 프로그램을 짠 다음, 중세를 모델로 한 저 세계에 정보와 기호의 차원에서 그대의 시뮬레이션을 넣을 것이기 때문이다. 그러면 전자가 이 전선을 지나며 음극에서 양극으로 뛰어가는 한 그곳에는 그 시뮬레이션이 남아 지속될 것이다. 그러나 그대, 지금 여기 내 앞에 서 있는 그대는 없어질 테고 오직 주어진 필드와 퍼텐셜의 모습으로만, 통계적이고 휴리스틱하며 완전히 디지털인 모습으로만 존재할 것이다!"

"그건 믿기 어려운데요. 당신이 다른 누군가가 아니라 나를 시뮬레이트한다는 걸 어떻게 압니까?"

지퍼루푸스가 말했다.

"좋아, 시연을 해보지."

현자는 그렇게 말하더니 옷을 맞출 때처럼 왕의 모든 치수를 쟀다. 다만 원자들 하나하나에까지 주의를 기울여 측정하고 기입해 넣었으니, 훨씬 더 정확하기는 했다. 그리한 다음 그는 그 프로그램을 블랙박스에 넣고 말했다.

"보라!"

왕은 블랙박스 안을 들여다보았다. 그러자 자신이 불 옆에 앉아 이네파벨 공주에 대한 오래된 책을 읽다가 그녀를 찾기 위해 달려 나가서 여기저기 물어보는 모습, 금으로 덮인 사막의 심장부에서 우연히 초라한 오두막과 눈처럼 흰 족장을 만나고 "가련한 자여, 그대는 이네파벨을 찾고 있구나!" 따위의 말을 듣는 광경이 보였다. 족장이 스위치를 끄며 말했다.

"이제는 그대도 확신이 서겠지? 이번에는 그대를 중세 시대에, 아름다운 이네파벨 곁에 프로그램하겠다. 그대는 그녀와 함께 끝없는 꿈, 시뮬레이트되고 비선형적이고 이진법적인 꿈을……."

"그래요, 그래, 알겠습니다. 그래도 그건 단지 나를 닮은 것일 뿐 내가 아니지요. 나는 바로 여기 있지, 상자 안에 있는 게 아니니까!"

왕이 말했다. 그러자 현자가 상냥한 미소를 띠며 대답했다.

"하지만 그대는 이곳에 오래 있지 않을 것이로다. 내가 이곳에 있는 그대를 없애줄 테니까……."

그리고 그는 침대 밑에서 망치를 꺼냈다. 무겁지만 편리한 망치였다. 족장이 말했다.

"그대가 사랑하는 사람의 팔에 안길 때 하나는 이곳, 하나는 그곳 상자 속에 있는 식으로 두 명 존재하는 일은 없도록 하겠네. 오래되고 원시적이지만 절대로 실패하지 않는 방법을 쓸 테니, 그대가 조금만 몸을 기울여주면……."

"우선 당신의 이네파벨을 다시 한번 보여주시지요. 그

냥 확인 좀 해보려고⋯⋯."

현자는 블랙박스의 뚜껑을 들어 올리고 그에게 이네파벨을 보여주었다. 왕은 보고 또 보다가 마침내 입을 뗐다.

"오래된 책의 묘사는 매우 과장됐군. 물론 공주는 못생기지는 않았어요. 하지만 연대기에서 말하는 것 같은 아름다운 모습에는 근처에도 못 가는걸. 자, 안녕히, 늙은 현자여⋯⋯."

그리고 그는 떠나려고 돌아섰다.

"어디로 가려는가, 이 미친놈아!"

족장이 망치를 움켜쥐며 외쳤다. 왕이 문밖으로 막 나갈 참이었기 때문이다.

"상자 안만 아니라면 어디든."

지퍼루푸스는 그렇게 말하고 서둘러 나갔다. 그러나 바로 그 순간 꿈은 발밑에서 거품처럼 터졌고, 그는 자신이 복도에서 서브틸리온과 마주 보고 있다는 것을 깨달았다. 서브틸리온은 왕이 블랙박스에 갇히기 직전까지 갔기에 지독하게 실망하고 있었다. 일단 블랙박스에 들어가면 대마법사는 그를 영원히 그곳에 가두어둘 수 있었다⋯⋯.

"이거 보게, 사이버마법사 경. 공주가 나오는 자네 꿈들은 값어치보다 말썽거리가 훨씬 더 많아. 이제 내가 즐

길 수 있고 속임수나 복잡한 것도 없는 꿈을 보여주든가,
아니면 이 진열장들을 짊어지고 당장 궁전을 떠나게!"

"폐하, 폐하께 딱 맞는 꿈이 있습니다. 최상품의 맞춤
꿈입니다. 한 번만 꾸어보시면 제 말이 맞다는 것을 아실
겁니다!"

서브틸리온이 대답했다.

"그게 무엇이지?"

왕이 물었다.

"이것입니다, 폐하."

대마법사는 '모나리자 혹은 달콤한 무한의 미궁'이라
고 새겨진 작은 진주 플러그를 가리키며 말했다. 그리고
왕이 좋다 싫다 대답하기도 전에 자기가 직접 사슬을 잡
고 왕의 플러그를 재빨리 끼워 넣으려 했다. 일이 하나도
잘 풀리지 않는다고 생각했기 때문이었다. 이네파벨의
마음을 사로잡는 데 온몸을 바치기에는 너무 멍청했기
때문에, 지퍼루푸스는 블랙박스 안에 영원히 갇히지 않
고 빠져나왔다.

"기다려라, 내가 하겠다!"

왕은 플러그를 꽂아 넣고 꿈에 들어갔다. 그러나 그는
여전히 지퍼루푸스 자신인 채로 궁전 복도에서 있었으며
그의 옆에서는 사이버마법사 서브틸리온이 '모나리자'는

가장 방탕한 난봉의 꿈이라고, 왜냐하면 여성성에는 끝이 없기 때문이라고 설명하고 있었다. 그 말을 들으며 지퍼루푸스는 벌써 모나리자의 무한히 여성적인 애무를 갈망하며 플러그를 꽂고 주변에서 그녀를 찾았다. 그러나 이 꿈속의 꿈에서도 그는 자기가 여전히 궁전 복도에 있고 대마법사가 옆을 지키고 있음을 깨달았다. 그는 아주 초조해하며 진열장에 플러그를 꽂고 다음 꿈으로 들어갔지만, 여전히 똑같은 복도와 진열장, 사이버마법사와 그 자신뿐이었다.

"이건 꿈이야, 아니야?"

그는 그렇게 외치며 다시 플러그를 꽂았다. 그리고 다시 한번 복도, 진열장, 사이버마법사. 그리고 다시 플러그. 그러나 결과는 여전히 똑같았다. 다시, 또다시, 점점 더 빠르게.

"악당! 모나리자는 어디 있어?"

그는 호통을 치며 깨어나려고 플러그를 뽑았다. 아니, 여전히 진열장과 함께 복도에 있다! 그는 불같이 화가 나서 발을 구르며 꿈에서 꿈으로, 진열장에서 사이버마법사에서 사이버마법사로 몸을 내던졌다. 그러나 이제 꿈은 지긋지긋했고, 오직 현실로, 그의 사랑하는 왕좌로, 궁중 음모와 오래된 악덕들로 돌아가고플 따름이었다. 그는 맹목적인 광기에 싸여 플러그를 꽂고 빼고 했다. 그는 "살려줘!" 하고 외쳤고, "이봐, 왕이 위험에 처했다!", "모나리자, 여어!" 하고 소리치며 공포에 휩싸여 몸부림 치고 꿈의 갈라진 틈을 찾아 구석에서 구석으로 거칠게 마구 돌아다녔다. 그러나 허사였다. 그는 어떻게, 왜, 무엇이 이렇게 되었는지조차 알 수 없었다. 그런데 이번에는 그의 어리석음도, 비겁함도, 과도한 탐욕도 그를 구해줄 수 없었다. 그가 꿈속으로 너무 깊이 들어가 꿈의 덫에 갇히고 100개의 단단한 고치 속에 들어간 것처럼 꿈에 휩싸였기 때문이다. 그래서 심지어는 그가 온 힘을 다해 노력해서 간신히 꿈 하나에서 자유로워진다 한들 별 도움이 되지 않았다. 즉각 다른 꿈속으로 빠졌기 때문이다. 플러그를 진열장에서 빼낸다 해도 플러그와 진열장은 둘 다 현실이 아니고 꿈속의 것이었다. 서브틸리온을 때려도 서브틸리온 역시 알고 보면 꿈이었다. 지퍼루푸스는 여기저기 온갖 곳에서 날뛰었으나, 날뛰는 곳마다 모든 것이 꿈이었고, 꿈이고 또 꿈일 뿐이고, 문, 대리석 마루, 금으로 수놓인 벽, 태피스트리, 홀 그리고 지퍼루푸스 자신조차 꿈이었다. 그는 꿈이었고, 꿈을 꾸는 꿈이고, 걸어 다니는 그림자, 공허한 환영이었다. 실체가 없고 덧없는 존재였으며, 꿈의 미궁 속에서 길을 잃었다. 머리

트루를과 클라파우치우시의 일곱 가지 여행 이야기

로 받고 발길로 차도 그는 그 미궁에 점점 더 깊이 빠져 들었고, 그것조차도 순전히 상상 속의 것이었다! 그는 서 브틸리온의 코를 주먹으로 쳤지만 현실이 아니었고, 고 함치고 울부짖었지만 현실적인 것은 아무것도 나오지 않 았다. 그래서 마침내 얼이 빠지고 반쯤 미친 채로 현실로 돌아왔을 때에도 그는 그것이 꿈이라고 생각하고 다시 플러그를 꽂았다. 그러자 실제로 그것은 꿈이었고, 그는 계속 꿈을 꾸고, 꾸고 또 꾸었다. 피할 수 없는 일이었다. 그래서 지퍼루푸스는 흐느껴 울며 깨어나는 꿈을 꾸었지 만 그것도 허사였다. 그는 '모나리자Mona Lisa'가 현실에서 는 '모나크-올리시스*', 즉 왕의 분해와 분리, 왕의 완전 한 소실을 가리키는 극악무도한 암호라는 것을 알지 못 했다. 왜냐하면 진실로, 서브틸리온이 쳐놓은 모든 배반 의 덫 중에서도 이것이 가장 끔찍했기 때문이다…….

* * *

트루를이 섬스크루 3세에게 말한 감동적이고 교훈적인 이야기는 이런 것이었습니다. 왕은 이제 머리가 깨질 것

---

*   monarch-olysis. 군주 용해—옮긴이

같은 두통 때문에 제작자에게 더 이상의 수고를 시키지 않고 물러나게 했고, 그에게 우선 '신성 사이버니아 훈장'을 수여했습니다. 그것은 푸른 들판 위에 피드백 라일락 표지가 있고, 귀중한 정보 비트로 장식된 것이었습니다.

* * *

이 말과 함께 두 번째 이야기 기계는 멈추었다. 기계의 금 톱니바퀴가 음악적으로 회전하며 작고 들뜬 웃음소리를 냈다. 그 기계의 클라이스트론* 몇 개가 약간 과열되었기 때문이다. 그러나 기계는 양극 전위를 낮추고 손을 휘휘 저어 연기를 날리고 한숨을 쉰 다음 양자 쌍두마차로 물러갔다. 기계의 웅변술과 화술에 대한 보답으로 많은 박수가 일어났다.

한편 게니우스 왕은 트루를에게 이온 꿀술 한 잔을 권했다. 잔에는 양자 파동의 미묘한 움직임과 확률 곡선이 멋지게 새겨져 있었다. 트루를은 잔을 쭉 들이켜고 내려놓더니 손가락을 까닥였다. 그러자 세 번째 기계가 동굴 한가운데로 걸어 나와 깊이 절하고는 활기차고 높낮이가

---

*   극초단파의 발진, 증폭 따위에 쓰는 진공관—옮긴이

분명하며 아주 전자적인 목소리로 말했다.

* * *

이것은 위대한 제작자 트루를이 평범한 항아리의 도움을 받아 지역의 개체 변이를 이루어낸 이야기이고, 그 개체가 어떻게 되었는지에 대한 이야기입니다.

링어* 성좌에는 나선은하가 하나 있었고, 이 은하 속에는 검은 성운이 있었고, 이 성운 속에는 다섯 개의 6차 성단이 있었고, 그중 다섯 번째 성단에 아주 늙고 희미한 연푸른 태양 하나가 있었고, 이 태양 주위를 일곱 개의 행성이 회전했습니다. 그리고 세 번째 행성에는 달이 두 개 있었습니다. 이 모든 태양과 별과 행성과 달에는 가지각색에다 변화무쌍하고 다양한 사건들이 일어났고, 그 사건들은 완벽하게 정상적인 확률분포를 이루었습니다. 링어 성좌의 나선은하의 검은 성운의 다섯 번째 성단의 세 번째 행성의 두 번째 달에는 쓰레기 더미가 있었습니다. 어느 행성이나 달에서도 발견할 수 있을 법한 쓰레기 더미였고, 지극히 평범한 쓰레기 더미, 다른 말로 하면 쓰

---

*   Wringer. 탈수기—옮긴이

레기로 가득 찬 쓰레기 더미였습니다. 그 쓰레기 더미는 글라우버리컬 애버라클린*들이 알부메니드 이프트**와 분열 융합형 전쟁을 한 적이 있었기 때문에 생겨났습니다. 그 자연스러운 결과로 그들의 다리와 길, 집과 궁전, 물론 그들 자신까지도 재와 파편으로 변했고, 우리가 말한 그 장소에는 태양풍이 불어왔습니다. 길고 긴 세기가 지나는 동안 이 쓰레기 더미에서는 실질적으로 쓰레기 같은 일들을 제외한 어떤 일도 일어나지 않았습니다. 지진이 한 번 일어나 바다의 쓰레기를 위로, 위의 쓰레기를 바다으로 뒤집었지만, 그것 자체는 특별한 의미가 없었습니다. 하지만 이것은 아주 보기 드문 현상을 일으켰습니다. 전설적인 제작자 트루를이 우연히 그 근처를 날아가던 중 번쩍거리는 꼬리가 달린 어느 혜성 때문에 시야가 보이지 않았던 것입니다. 그는 손 닿는 곳에 있던 물건들을 우주선 창문으로 미친 듯이 내던지며 혜성의 길에서 달아났습니다. 그 물건들은 체스 말, 여행하며 마시려고 채워둔 술병, 적수를 무릎 꿇릴 목적으로 쓰였던 클로

---

*   Glauberical Aberraclean. '글라우버식 빗나간 깨끗함'. 글라우버 (Roy J. Glauber)는 맨해튼 프로젝트에 참가했던 미국의 물리학자. Aberration(탈선)+clean(깨끗함)으로 핵폭탄을 암시한다.—옮긴이

**   Albumenid Ift. albumin(단백질)+-noid(편집광). ift는 IFTU(국제노동조합연맹)에서 따온 듯하다.—옮긴이

렐라이*의 우비더브스** 통, 기타 여러 가지 기구들이었고, 이 가운데에는 한가운데 금이 간 오래된 오지그릇 항아리도 있었습니다. 중력의 법칙에 따라 가속하고 혜성의 꼬리에 밀려 올라간 이 항아리는 쓰레기 더미 위 산허리에 부딪히고 떨어져 쓰레기 비탈을 달그락거리며 내려와 웅덩이로 날아가더니, 진흙 표면을 스쳐 지나 마침내 오래된 주석 캔에 부딪혔습니다. 이 충돌 때문에 구리 철선 주변의 금속이 휘어지고 가장자리 사이에 있던 운모 조각도 나뉘어 콘덴서가 되었습니다. 한편 캔 때문에 휜철선은 솔레노이드의 시초를 만들었고, 항아리 때문에 움직이게 된 돌은 녹슨 철 덩어리를 움직였으며, 철은 우연히 자석이 되어 전류를 일으켰습니다. 그리고 그 전류는 여러 가지 황화물과 염화물을 내뿜으면서 열여섯 개의 다른 캔과 철사 조각을 지나갔습니다. 황화물과 염화물의 원자는 다른 원자와 연결되었고 그 결과로 만들어진 분자가 다른 분자에 연결되어, 마침내 쓰레기 더미 한가운데에 '논리회로'가 하나 생겨났습니다. 논리회로는 다섯 개 더 생겨났고, 항아리가 결국 산산조각으로 깨진

---

*   Chlorelei. 클로렐라+로렐라이—옮긴이
**   Ubbidubs. ubi-(어디)+dub(북소리)로 추정됨. 어디에서든 들리는 북소리—옮긴이

곳에서는 열여덟 개가 더 생겼습니다. 그날 저녁, 이제는 말라버린 웅덩이에서 멀지 않은 곳에 무엇인가가, 쓰레기 더미 가장자리에 나타났습니다. 순전히 우연의 소산인 이 무엇인가는 어머니도 없고 아버지도 없고 오로지 자기 자신의 아들인 자생자自生者 미모시Mymosh였습니다. 어머니와 아버지가 없는 까닭은, 그의 아버지는 '우연의 일치'이고 그의 어머니는 '엔트로피'였기 때문입니다. 자기가 약 수백만억조경에 한 번 있을까 말까 한 기회를 타서 단숨에 고차적 존재가 되었다는 것에는 전혀 아랑곳하지 않고, 미모시는 쓰레기 더미에서 일어나 한 걸음 내디뎠습니다. 그는 다음 웅덩이에 닿을 때까지 걸어갔는데, 아직 마르지 않은 웅덩이였습니다. 그래서 그 위에 무릎을 꿇은 미모시는 손쉽게 수면에 비친 자기 모습을 볼 수 있었습니다. 순전히 우연으로 만들어진 머리, 왼쪽은 뭉개지고 오른쪽은 약간 어설픈 머핀 같은 귀, 항아리와 금속 조각과 잡동사니의 잡탕인, 순전히 우연으로 만들어진 자기 몸을 보았습니다. 그의 가슴은 통처럼 두툼했는데, 사실 그의 가슴은 통이었습니다. 가운데가 허리 모양으로 좀 더 좁기는 했지만, 쓰레기 아래에서 기어 나오다가 그 부분을 돌에 긁혔기 때문이었습니다. 그는 자신의 지저분한 사지를 뚫어지게 바라보다가 그것을 세어보았습니다. 운이 좋게도 팔이 두 개, 다리가 두 개 있었고, 역시 행운이 따라주었는지 눈이 두 개 있었습니다. 자생자 미모시는 자기 몸을 보고는 아주 기뻤고, 잘록한 허리, 대칭형으로 배열된 사지, 둥근 머리에 감탄하여 한숨을 쉬고 감동에 빠져 외쳤습니다.

"진실로 나는 아름답구나, 아니, 완전하구나. 분명히 모든 피조물 가운데 가장 완벽할 거야! 아, 나를 만드신 분은 얼마나 훌륭할까!"

그리고 그는 길을 따라 느슨한 나사못을 떨어뜨리면서(아무도 제대로 조여주지 않았기 때문입니다), 섭리의 영원한 조화를 찬양하는 찬가를 흥얼거리며 계속 절뚝절뚝 걸었습니다. 그러나 일곱 번째 걸음에서 그는 발이 걸려 넘어져 머리부터 도로 쓰레기 속에 처박혔습니다. 그 다음 31만 4,000년 동안 그는 녹슬고 부식되고 천천히 분해되어갈 따름이었습니다. 머리를 부딪히는 바람에 누전이 되어 더 이상 존재하지 않았기 때문입니다. 그리고 이 기간이 끝날 즈음 이런 일이 일어났습니다. 메둘사* 별에서 트리시안 스토마토포드** 별로 말미잘을 한 척 가득

---

*   Medulsa. '메두사'의 변형—옮긴이

**   Thrycian은 thrice(세 배, 여러 번)의 변형. Stomatopods는 stomato-(위)+pod(다리)—옮긴이

신고 운반하던 어떤 상인이 라일락 빛 태양에 가까이 왔을 무렵 자기 조수와 싸웠습니다. 그는 조수의 신발을 조수에게 내던졌는데, 그중 한 짝이 현창을 부수고 우주로 날아갔고, 그 신발이 우주에서 그리게 된 궤도는 환경에 따른 섭동을 겪었습니다. 아주 오래전 트루를을 눈멀게 했던 바로 그 혜성이 때마침 부근에 있었던 것입니다. 그래서 천천히 회전하며 달로 휙 날아간 신발은 대기 마찰 때문에 약간 그슬리고, 쓰레기 더미 위 산비탈에 맞고 튀어 떨어져, 그곳에 누워 있던 자생자 미모시를 재부팅시켰습니다. 그 신발은 이 우연히 생겨난 존재의 우연히 생겨난 두뇌를 다시 활동시키는 데 필요한 딱 맞는 염력檢力, 회전력, 원심력과 각운동량을 만들어내는 딱 맞는 합력 충격량과 딱 맞는 투사각으로 떨어졌던 것입니다. 그래서 부팅이 된 미모시는 가까운 웅덩이로 날아갔습니다. 그곳에서 그의 염화물과 요오드화물이 물과 섞였고, 전해액이 그의 머릿속에 스며들었습니다. 거품이 일면서 머릿속에 전류가 흘렀고, 전류는 그 주변을 돌아다녔고, 마침내 미모시는 진흙 속에서 일어나 앉아 하던 생각을 마저 완성했습니다.

'나는 확실히 훌륭하거든!'

그러나 이어진 16세기 동안 그가 생각할 수 있었던 것은 그것뿐이었습니다. 그동안 비가 그 위에 떨어졌고, 우박이 마구 때려댔고, 그의 엔트로피는 내내 증가해갔습니다. 그러나 다시 1,520년이 지난 후, 그 지역을 퍼덕거리며 날아가던 새 한 마리가 급강하하는 포식자에게 공격을 받았습니다. 새는 공포에서 벗어나고 또 속도를 증가시키고자 새똥을 쌌고, 새똥은 떨어져서 미모시의 이마를 똑바로 때렸고, 그 덕분에 미모시는 재채기를 하고 말했습니다.

"그래, 나는 훌륭해! '아니야' 같은 말은 있을 수 없어! 하지만 내가 훌륭하다고 말하는 나는 누구인가라는 질문은 남아 있어. 아니면 다른 말로 바꾸어서, 나는 누구지? 자, 여기에 대해 어떤 대답을 얻어야 할까? 흠! 만약 나말고 누군가가 있다면, 어떤 종의 무엇이건 간에 말이야, 그러면 그와 나란히 서서 나 자신과 비교해볼 수 있을 테고, 그러면 절반은 성공일 텐데! 하지만 슬프게도 그런 자는 없어. 아무것도 보이지 않거든! 그러므로 오직 나만이 존재하고, 지금도, 그리고 앞으로도 존재할 것은 나밖에 없어. 나는 어떤 식이든 내가 좋을 대로 생각할 수 있기 때문이지. 하지만 그렇다면 나는…… 생각하기 위한 빈 공간일 뿐일까?"

사실상 이제 그에게는 아무 감각도 없었습니다. 몇십

세기가 지나면서 감각기관은 부식하고 부서져서 먼지가 되었습니다. 카오스의 신부인 엔트로피는 잔인하고 준엄한 여왕이기 때문입니다. 따라서 미모시는 그의 어머니인 웅덩이를 볼 수 없었고, 그의 형제인 진흙도, 넓은 세계도 볼 수 없었고, 전에 무슨 일이 일어났는지 기억도 없었고, 총체적으로 생각 외에 아무것도 할 수 없었습니다. 그가 할 수 있는 것은 생각뿐이었기 때문에 그는 전심전력으로 생각에 열중했습니다.

그는 속으로 생각했습니다.

'우선 나는 나라는 이 진공을 채워야 해. 그렇게 해서 이 진공의 견딜 수 없는 단조로움을 없애야 해. 그러니 뭔가 생각해보자. 왜냐하면 우리가 생각을 하면 적어도 생각이 존재하고, 생각만이 존재하니까*.'

여기서 그가 건방져지고 있음이 엿보입니다. 그는 이미 자신을 '나'가 아니라 1인칭 복수 '우리'로 언급하고 있지요**.

그때 그가 말했습니다.

---

* 데카르트의 '나는 생각한다. 그러므로 나는 존재한다'라는 명제를 패러디한 것─옮긴이
** 자신의 생각을 '우리'의 생각으로, 자신이 존재의 대표인 양 언급하고 있다는 말이다.─옮긴이

트루룰과 클라파우치우시의 일곱 가지 여행 이야기

"하지만 잠깐. 내 외부에 무엇인가가 이미 존재할 수도 있지 않을까? 터무니없고 약간 미친 것같이 들릴지라도, 우리는 단 한 순간만이라도 이 가능성을 고려해야 해. 이 외부 존재를 고즈모스*라고 부르자. 만약 고즈모스가 있다면, 나는 그것의 일부임이 분명해!"

그는 여기서 멈추고 그 문제를 잠시 심사숙고한 다음, 마침내 그 가설이 전적으로 근거도, 토대도 없다고 기각했습니다. 사실, 그 가설에 유리한 증거는 한 조각도 없었고, 그 가설을 뒷받침하는 단단한 논증은 전무全無했습니다. 이렇게 소박하고 제멋대로인 추측에 빠졌다는 것을 부끄러워하며, 그는 혼잣말을 했습니다.

"나를 넘어선 곳에 무엇인가가 정말로 있다 해도, 나는 그것에 대해 하나도 몰라. 그렇지만 내 내부에 있는 것에 대해서는 알고 있고, 설령 아직 알지 못한다 해도 내가 그것을 생각하자마자 알게 될 거야. 내가 생각하는 것을 젠장, 누가 나 자신보다 더 잘 알 수 있겠어?"

그리고 그는 생각하고 또 생각하다가 고즈모스를 다시 떠올렸습니다. 하지만 이번에는 그것을 자기 자신의 내부에 있는 것으로 생각했습니다. 그것은 훨씬 더 사리에

---

*   Gozmos. God(신)+Cosmos(우주)의 합성어로 추측된다.—옮긴이

맞고 훌륭한 해석이고, 이성과 중용의 한계 안에 머무는 것으로 보였습니다. 그래서 그는 자신의 고즈모스를 여러 가지 잡다한 생각으로 채우기 시작했습니다. 우선 그는 아직 서툴고 기술이 없었기 때문에 기회만 있으면 그램블하는 비들리들을 창조했습니다. 그리고 필리코트에 기뻐하는 프래틀링들도 만들어냈습니다. 그 즉시 프래틀링은 그램블먼트보다 필리코션이 더 우위에 있다고 주장하며 비들리들과 싸웠습니다. 그리고 미모시가 세계 창조에 들인 노고의 대가로 얻은 것은 끔찍한 두통뿐이었습니다.

그다음 사고 창조를 시도하면서 그는 더 신중하게 일을 진행했습니다. 우선 그는 원소들을 생각해냈습니다. 고귀한 기체인 브루토니움, 기본적인 미립자인 지성知性의 양자 코그니톤* 같은 것들 말입니다. 그리고 그는 존재를 창조해냈는데, 이들은 다산성으로 활발하게 번식했습니다. 그는 때때로 실수를 했지만 한두 세기가 흐르자 아주 능숙해졌고, 견실하고 안정적인 그의 고즈모스는 마음의 눈 속에 제 모습을 갖추었습니다. 그곳은 개체, 사물, 본질, 문명과 현상 등의 많은 것들로 가득 찼고, 그곳

---

*   Cogniton, Cognition(인식)+photon(광자, 광양자)─옮긴이

의 실존은 아주 즐거운 것이었습니다. 왜냐하면 그가 어머니 자연이 부과하는 감옥 같은 질서나 엄격하고 완고한 법칙을 선호하지 않고(물론 그는 어머니 자연에 대해서는 한 번도 들어본 적이 없었습니다), 고즈모스의 법칙을 아주 자유롭게 만들었기 때문입니다.

그래서 자생자의 세계는 변덕과 기적의 장소였습니다. 그 안에서는 특별한 운율이나 이유도 없이 어떤 일이 한 번은 이런 식으로, 다음번에는 완전히 다른 식으로 일어날 수도 있었습니다. 예를 들어 어떤 개체가 죽을 운명이라고 해도 언제나 죽음을 피해 가는 방법이 있었습니다. 미모시는 불가역적인 사건에 대해 단호하게 반대 입장을 표명했기 때문입니다. 그래서 그의 생각 속에서 지그로트, 칼소니안, 플리머룬, 저프, 아를리긴과 월러머시노이드는 모두 세대에 세대를 이어 번창하고 융성했습니다. 그 시간 동안 미모시의 우연히 생긴 팔다리는 떨어져 나가 최초에 그것들이 생겨났던 쓰레기로 되돌아갔으며, 웅덩이가 가느다란 허리를 녹슬게 했고, 그의 몸은 흐르지 않는 진창으로 천천히 가라앉았습니다. 그러나 그는 방금 새로운 성좌 몇 개를 만들어내 애정 어린 조심성으로 그의 의식의 영원한 암흑 속에 배치한 참이었습니다. 그 암흑은 그의 고즈모스였고, 그는 자기가 생각해서 존재하게 만든 모든 것에 대한 정확한 기억을 지키기 위해 최선을 다했습니다. 그런 노력을 하느라 머리가 아팠는데도요. 왜냐하면 그는 고즈모스에 책임감을 느꼈고, 강한 의무감을 느꼈고, 고즈모스를 필요로 했기 때문입니다. 그러는 동안 녹이 그의 두개골 철판을 더욱 깊이 먹어들었지만, 물론 그는 알 방도가 없었습니다. 그리고 트루를의 항아리, 수천 년 전에 그를 존재하게 만든 바로 그 항아리의 한 조각이 웅덩이 표면을 떠돌다가 그의 불운한 이마로 점점 더 가까이 다가왔습니다. 이제는 그곳이 수면 위에 남아 있는 그의 유일한 부분이었거든요. 미모시가 온화하고 투명한 바우치스와 그녀의 충실한 온드래고를 상상하고, 그들이 손을 잡고 그의 마음속에 있는 어두운 태양들 사이를 여행하고, 비들리들까지 포함해 고즈모스의 모든 이들이 황홀한 침묵에 빠져 지켜보는 가운데 그 한 쌍이 서로를 부드럽게 부르는 바로 그 순간, 항아리 파편이 닿는 바람에 녹슨 두개골이 깨져 열리고, 뿌연 물이 그 안에 쏟아져 들어가 구리 코일에 닿았고, 논리회로의 전류를 끊어버렸습니다. 그렇게 자생자 미모시의 고즈모스는 완성되었습니다. 무와 함께 찾아오는 궁극적인 완성이었습니다. 그리고 그를 우연히 세상에 데려왔던 자들은 그의 죽음을 결코 알지 못했습니다.

* * *

여기서 검은 기계는 절을 했고, 게니우스 왕은 앉은 채로 우울한 명상에 빠져 아주 오래 생각에 잠겼다. 왕의 일행들은 고귀한 정신을 감히 그런 이야기로 흐려놓은 트루를에 대해 험담을 중얼거리기 시작했다. 그러나 곧 왕은 난데없는 미소를 지으며 물었다.

"훌륭한 기계야, 우리에게 네 다양성을 보여줄 다른 이야기는 없느냐?"

기계가 깊이 절하며 대답했다.

"폐하, 폐하께 지성전문가이자 파 엑셀렌스* 석학인 '예언자' 클로리 안 테오레티쿠스**의 아주 의미심장한 이야기를 해드리겠사옵니다."

* * *

저명한 제작자인 클라파우치우시가 큰일을 마치고(그가 사나톤 왕을 위해 '존재하지 않는 기계'를 완성한 직후였다.

---

*   par excellence. '탁월하다'는 뜻의 라틴어—옮긴이
**   Chlorian Theoreticus. Chlor-(녹이 슨)+theoretical(이론적인). '녹이 슨 이론학자'라는 의미—옮긴이

그러나 그것은 또 다른 이야기다) 마모나이드*의 행성에 착
륙해 고독을 추구하며 여기저기 떠돌던 시절이 있었다.
그러다가 그는 숲 가장자리에서 온통 웃자란 야생 사이
버베리와 굴뚝에서 올라오는 연기에 가린 초라한 오두막
을 보았다. 문간에 무더기로 쌓여 있는 잉크병이 아니었
다면 그는 기꺼이 그곳을 피해 갔을 것이다. 그러나 그는
그것을 보았고, 그 단편적인 광경이 그를 부추겨 오두막
안을 들여다보게 만들었다. 그곳에는 거대한 돌 탁자에
늙은 현자가 앉아 있었는데, 심하게 망가진 데다 철사가
튕겨 오르고 온통 녹슨 모습이라 보는 것만으로도 놀라
울 정도였다. 이마는 수백 군데가 팼고, 소켓 속에서 돌아
가는 눈은 무섭게 삐걱거렸고, 기름기 없는 사지도 마찬
가지로 삐거덕거렸다. 그리고 그는 덧댄 쇳조각, 수리용
꺾쇠와 끈에 비참한 삶을 전적으로 의존하고 있는 것 같
았다. 여기저기 흩어져 있는 호박 조각을 보고 짐작할 수
있듯, 그 삶은 진실로 비참했다. 그 가련한 자는 호박 두
조각을 한데 문질러 일용할 전류를 얻었던 게 분명했다!
이런 곤궁의 정경에 연민을 느낀 클라파우치우시는 조심
스럽게 지갑에 손을 뻗었다. 그제야 늙은 현자가 뿌연 눈

---

*   Mammonide. mammon(부, 재물)의 변형. 철학에 관심이 없는 물질주
     의적 풍조를 풍자한 이름—옮긴이

을 그에게 고정하고 새된 목소리로 말했다.

"그러면, 마침내 그대가 온 것인가?"

"음, 예⋯⋯."

클라파우치우시는 올 생각이 전혀 없었던 곳에서 자신이 오리라고 예측되었다는 것에 놀라며 중얼거렸다.

"그렇다면⋯⋯ 그대가 썩어버리기를, 재앙의 종말을 맞기를, 팔과 목과 다리가 부러지기를."

늙은 현자는 갑자기 분노를 불태우며 쇳소리를 지르고, 말문이 막힌 클라파우치우시에게 아무거나 손에 잡히는 대로(주로 온갖 잡동사니 쓰레기들이었다) 마구 던지기 시작했다. 마침내 그가 지쳐 이런 폭격을 멈추자, 분노의 대상이 된 클라파우치우시는 이렇게 야박한 대접을 하는 이유가 무엇이냐고 침착하게 물었다. 얼마 동안 현자는 여전히 "이 비열한 녹 덩어리야, 누전되어버려라, 메커니즘이 영원히 엉켜버려라" 같은 말을 중얼거렸지만 결국은 침착을 되찾았고, 여전히 때때로 욕설을 퍼붓고 불똥을 던지는 바람에 공기에서 오존 냄새가 나기는 했지만, 가쁘게 숨을 힐떡이면서도 손가락을 들고 자기 이야기를 시작할 정도로 침착해졌다.

"자, 이방인이여. 나는 석학이고, 석학 중의 석학이고, 철학자 중 최고임을 알아라. 내 필생의 정열과 직업은 형이상학이고, 언젠가 별들도 그 앞에서 빛바랠 나의 이름은 '예언자' 클로리안 테오레티쿠스다. 나는 가난한 부모에게서 태어났고 어린 시절부터 추상적인 사고에 억제할 수 없는 매혹을 느꼈노라. 열여섯 나이에 나는 첫 작품인 《그노스토트론》*을 썼다. 그것은 귀납적 신성神性에 대해 설명하는 책이었다. 귀납적 신성이란 발전한 문명이 나중에 우주에 덧입힌 게 분명한 신성이다. 모두가 알다시피 언제나 최초에는 물질만이 있고 따라서 태초에는 아무도 생각할 수 없기 때문이다. 그렇기 때문에 창조의 새벽에는 생각 없음이 일자一者로 군림했고, 그것은 사실 우리의 이런, 이런 우주를 보면 명백할 뿐이야!"

여기서 늙은 자는 갑작스러운 분노 때문에 숨이 막혀 발을 굴러댔다. 그러고 나자 기가 수그러들어 그는 말을 이어갔다.

"그 사실 이후에 나는 그런 신을 가정할 필요성에 대해 간단히 설명했지. 그 전에는 이용할 수 있는 근거가 별로 없었으니까. 사실상, 전자공학에 발을 담근 모든 문명은 옴니악**을 만들 수 있기만을 열망하네. 옴니악은 그

---

*   Gnostotron. Gnostic(그노시스파)+tron(입자, 장치). 그노시스파는 지식의 이해로 육체를 초월한 구원을 얻을 수 있다고 믿었다.—옮긴이

**   Omniac. omni-(전체, 총)+ENIAC(초기 진공관식 컴퓨터)—옮긴이

의 무한한 자비 속에서 악의 전류를 정류整流하고 정의와 진정한 지혜의 길을 계획하는 분이시지. 자, 내 작품 속에 나는 최초의 '그노스토트론'의 전능 출력 그래프뿐만 아니라 '그노스토트론'의 청사진을 넣었다네. 전능 출력은 예호바*라는 단위로 측정했는데, 1예호바는 10억 파섹 반경에서 기적이 하나 일어나는 것과 같아. 이 논문이 (자비출판으로) 인쇄되어 나오자마자 나는 거리로 달려 나가면서, 모두들 나를 어깨에 떠메고 내게 화환을 씌우고 금을 퍼부어대리라고 확신했어. 하지만 아무도, 장애 사이버네리안 한 명조차도 찬사를 던지며 다가오지 않았다네. 이런 무관심에 실망했다기보다는 오히려 당황해서, 나는 곧장 앉은자리에서 두 권짜리 《이성의 재앙》을 썼어. 그 안에서 나는 개별 문명 하나하나가 두 개의 여행길 중 하나를 선택한다는 것을 보여주었네. 즉, 자신을 다 먹어치워 죽거나, 아니면 자신의 응석을 다 받아주어 죽는 거지. 그리고 이쪽 혹은 저쪽 길을 가는 도중에 그 문명은 우주로 야금야금 나아가면서 별들의 재와 파편을 변기, 못, 톱니바퀴, 담배 파이프와 베갯잇으로 바꾸어나가네. 왜 그렇게 하느냐 하면, 문명은 우주를 측정할

---

*   Jehovah. 야훼. 그러나 여기에서 렘은 소문자 j로 시작하고 있다.—편집자

수 없기 때문에 그 '측정 불가능성'을 '측정 가능한 것'으로 바꾸려 들고, 성운과 행성 들이 '신성한 질서'의 이름으로 죄다 요람과 침실용 변기와 폭탄으로 둔갑할 때까지 멈추지 않을 것이기 때문이지. 그 문명의 시각으로는 도로와 배수관과 이름표와 목록이 있는 우주만이 수용 가능하고 존중할 만한 우주이기 때문이야. 그다음 '물질의 변호'라는 제목이 붙은 《이성의 재앙》의 두 번째 권에서 나는 탐욕스럽고 욕심 많은 이성은 우주의 온천을 사슬로 걸어 잠그거나 원자 무리에 마구를 씌워야만 만족한다는 것을 증명했어(음, 아마 주근깨 제거 연고를 만들어내기 위해서겠지). 이를 성취하고 나면 그 문명은 서둘러 다음 자연 현상으로 나아가게 되네. 박제된 사냥 기념물처럼 그 현상을 과학적 약탈품의 귀중한 컬렉션에 더하기 위해서 말이야. 그러나 슬프게도 세상은 나의 이런 뛰어난 저작 두 권을 이번에도 침묵으로 받아들였네. 나는 그때 나 자신에게 인내와 끈기만이 길이라고 들려주었어. 이제 처음으로는 우주에 반하는 이성(물질은 지성이 없으므로 모든 종류의 가증스러운 행위를 허용하기 때문에, 비난에서 죄 사함을 받은 이성)을, 두 번째로는 이성에 반하는 우주(내가 이것을 완전히 없애버렸다고 감히 말하겠네)를 변호하고 나자, 갑작스러운 영감이 떠올라 세 번째로 《존재의 재단사》를 썼는데, 여기에서는 여러 철학자들의 어리석음을 배타적으로 증명했어. 그 철학자들은 각자 자신에게 장갑이나 맞춤 코트처럼 잘 어울리는 철학을 갖고 있을 테니까 말일세. 그리고 이 작품도 완전히 무시당하자 연달아 또 한 권을 썼고, 그 안에서는 우주의 기원에 관한 가능한 가설들을 전부 보여주었어. 하나, 그것은 아예 존재하지 않는다는 의견. 둘, 어떤 데미우르곤*이 저지른 온갖 실수들을 버무린 결과라는 것. 그는 세상이 어떻게 될지 전혀 모르면서 세상을 창조해버린 거지. 셋, 세계는 사실, 무한하지만 제한적인 방식으로 미쳐버린 어느 슈퍼 두뇌의 환영이라는 것. 넷, 세계는 어리석은 생각이 농담으로 구현된 것이다. 다섯, 그것은 생각하는 물질이지만 아이큐가 지독하게 낮다. 그런 다음 나는 뒤로 물러앉아 맹렬한 공격, 열띤 토론, 악명, 월계관, 소송, 팬들의 편지와 익명의 위협을 예상하고 기다렸어. 그렇지만 또다시, 아무것도, 전혀 아무것도 없었어. 정말이지, 믿을수가 없었다네. 그다음에 나는 이렇게 생각했네. 아, 내가다른 사상가들을 충분히 연구하지 않았나 보다. 그래서 그들의 작품을 손에 넣어 그중 가장 유명한 자들과 하나

---

*   Demiurgon. 플라톤이 창안해낸 조물주, 세계 형성자──옮긴이

하나 낳을 익혔네. 프렌시우스 휘즈*, 슈네코미스트 운동의 창시자 부폰 폰 슈네콘**, 투르볼로 투르피투스 카타팔리쿰***, 로가의 이듬****, 그리고 물론 머리숱 적은 레무엘*****도.

그렇지만 이 모든 것에서 나는 중요한 것을 하나도 찾지 못했어. 그동안 내 책은 조금씩 팔리고 있었기에 나는 누군가가 그 책을 읽고 있으며, 만약 그렇다면 조만간 그 책에 대해 듣게 될 날이 오리라고 생각했어. 나는 폭군이 나를 불러다가 자신의 영광스러운 이름을 불멸하게 만드는 일에 일생을 바치라고 명하리라 의심치 않았네. 물론 나는 그에게, 나는 진실만을 위해 봉사하고 필요하다면 진실을 위해 내 생명도 버리겠다고 말할 작정이었어. 그러면 나의 찬란한 두뇌가 지어내 바칠 찬사를 원하는 폭군은 나를 달콤한 말로 꾀려 할 테고, 심지어 내 발치에 짤랑거리는 동전 자루를 던져주기도 하겠

---

*   Phrensius는 '미친'의 뜻을 가진 phrensy의 변형. Whiz는 전문가—옮긴이

**   각각 buffoon(어릿광대, 익살꾼), schnecken(달팽이)의 변형—옮긴이

***   각각 turbulence(휘몰아침, 사나움), turpitude(비열, 타락), catafalque(뚜껑 없는 영구차)의 변형—옮긴이

****   로가리듬(로그 함수)의 변형—옮긴이

***** Lemuel. 스타니스와프 렘Lem의 자기 패러디가 아닐까 조심스럽게 추측함—편집자

지. 그렇지만 나는 확고부동하고 의연한 태도를 취할 테고, 그러면 폭군은 (그를 둘러싼 현자들의 부추김을 받아) 나를 보고 이렇게 말하겠지. '너는 우주에 대해 썼으니 나에 대해서도 써야 한다. 어쨌건 나는 우주 전체의 일부를 표상하지 않느냐.' 이런 조롱에 분개한 나는 험악하게 대꾸할 테고, 그는 나를 고문할 거야. 그래서 나는 최악의 고문도 철학적으로 무관심하게 견딜 수 있도록 미리 몸을 단련했어. 그렇지만 날이 가고 달이 간들 아무 일도 일어나지 않았고, 폭군으로부터도 아무 말이 없었어. 그래서 순교를 위해 준비한 게 허사가 되었지. 오직 녹시온*이라는 엉터리 글쟁이 한 사람이 상스러운 싸구려 잡지에, 이 장난꾸러기 클로리안은 《그노스토트론 혹은 궁극적 전능 측정계 혹은 미래로 오줌 싸기A Pee into the Future》**라는 익살맞은 제목이 붙은 책에서 빙빙 돌린 말로 끝없이 허풍을 치고 있다는 글을 썼어. 나는 책장으로 달려갔지. 그래, 그랬어. 어째서인지 인쇄기가 k를 빼먹었더라고……. 내가 처음 느낀 충동은 나가서 그놈을 죽여버리겠다는 것이었어. 그러나 이성이 이겼

---

*   Noxion, noxious(유해한, 불건전한)의 변형—옮긴이
**   클로리안이 의도했던 이 책의 부제는 'A Peek into the Future', 즉 '미래를 들여다보기'였을 것이다.—옮긴이

지. 나는 속으로 말했어. '나의 시대가 올 거야! 안 그럴리가 없어. 한 로봇이 영원한 지혜의 진주를 왼쪽, 오른쪽, 밤낮으로 던져대고, 마침내 그 정신이 '궁극적인 이해의 빛'을 쐬어 눈이 멀 지경인데, 그것이 무無로 귀결된다니! 아냐, 나는 명성을 얻을 거야. 박수갈채를 받을 거야. 상아의 옥좌, 최고 멘토리안*의 칭호, 사람들의 사랑, 으슥한 풀숲 속에서 받는 달콤한 위로, 나 자신의 학파, 단어 하나하나마다 매달리는 학생들, 환호하는 군중, 이모든 것이 내 것이 될 거야!' 오, 이방인이여, 진실로 모든 석학은 이런 꿈을 고이 품고들 있다네. 사실 석학들은 지식이 그들의 유일한 양식이고 이 세상의 장신구, 리본, 메달과 상, 열熱정사에서 나누는 따뜻한 포옹, 금, 영광, 갈채 같은 것이 아니라 진실만이 그들의 유일한 기쁨이라고 말하겠지. 거짓말이야, 선생. 새빨간 거짓말! 그자들은 모두 똑같은 것을 열망해. 그리고 그들과 나의 차이는, 나는 적어도 그런 약점을 공개적으로 부끄러움 없이 인정할 수 있는 위대한 영혼을 가졌다는 것뿐이야. 하지만 몇 년이 흘러가고, 나는 오직 바보 클로리안, 혹은 가련한 늙은 클로리오**라고만 불렸지. 그리고 나의 마흔

---

*   Mentorian. mentor(정신적인 지도자)의 변형—옮긴이
**   Chlorio. '피노키오'를 연상케 하는 변형—옮긴이

번째 생일이 찾아오자, 나는 내가 아직도 군중이 문으로 달려오기를 기다리고 있다는 것을 깨닫고 깜짝 놀랐어. 그래서 나는 그 자리에 앉아 「가가발단」*, 즉 전 우주에서 가장 발전한 단계의 문명에 대한 학술 논문을 썼어. 뭐, 한 번도 들어본 적이 없다는 거야? 하긴 그때는 나도 그랬어. 나도 그들을 본 적이 없었고, 볼 수 있으리라고 생각지도 않았어. 나는 순전히 연역적인 근거 위에 논리적이고 필연적이고 이론적인 방식으로 엄격하게 그들의 존재를 확립했어. 내 논리는 이런 식으로 진행되었어. 만약 이 우주에 발전의 여러 단계에 있는 문명들이 존재한다면, 대다수는 대체로 평균일 테고, 몇몇은 뒤처져 있거나 앞으로 서서히 나아가는 중일 거야. 그리고 통계 분포를 내볼 때마다…… 자, 예를 들자면 어떤 개체군의 키의 통계 분포를 내본다면 대부분은 중간에 위치할 테지만, 하나, 단 하나 가장 큰 값이 존재하겠지. 그와 마찬가지로 우주에는 '가능한 한 가장 발전한 단계'를 성취한 문명이 존재해야 해. 그 '가가발단'의 주민들은 우리가 꿈도 꿀 수 없는 것을 알고 있는 거지. 나는 이 모든 것을 네 권의 책에 담았어. 유광 코팅된 종이와 책날

---

* 뒤에 나오는 '가능한 한 가장 발전한 단계'의 약자. 앞으로 많이 등장할 용어이니 입속으로 여러 번 되뇌어 친숙해지도록 하자.—편집자

개에 실린 저자 초상화 그리는 값을 내 돈으로 지불하면서까지 말이야. 하지만 허사였어. 그것은 그 전의 책들과 같은 운명을 겪었지. 1년 전 나는 내 작품들을 앞표지부터 뒤표지까지 전부 읽었어. 그리고 울었다네. 그곳에 쓰인 글이 너무나 찬란하고, 절대의 숨결로 충만해 있었기 때문에……. 아니, 그건 말로는 절대로 묘사할 수 없어! 그리고 그다음, 나이 오십에 나는 엄청나게 화가 났어! 나는 때때로 엄청난 부와 성공의 달콤함을 누리는 다른 현자들의 작품을 샀어. 그들이 무엇에 대해 썼는지 알기 위해서였지. 그들은 앞과 뒤의 차이, 폭군의 왕좌의 멋들어진 구조, 왕좌의 넓은 팔걸이와 모든 것을 지탱하는 다리에 대해 썼고, 예의범절에 대한 소책자를 따로 펴냈고, 하여간 이것저것 자잘하게 써댔어. 그때는 아무도 자기 자신을 칭찬하지 않았기 때문에 그렇게 하는 게 먹혔지. 하여간 프렌시우스는 슈네콘을, 슈네콘은 프렌시우스를 두려워했고, 로가리트는 둘 다 찬미했어. 그다음은 명성을 향해 날아오른 볼트 삼형제. 볼터는 바운터를 띄워주고, 바운터는 바니톨레를 띄워주고, 바니톨레도 볼터를 띄워주었네. 이 모든 작품을 꼼꼼히 뜯어보다가 나는 갑자기 격노해서 그 위에 거칠게 몸을 던지고 그 책들을 벗겨내고 찢어버렸어. 그리고 이를 갈고

물어뜯고…… 흐느낌이 잦아들 때까지 그랬지. 그다음에 눈물을 말리면서 나는 《2주기 현상으로서의 이성의 발전》을 쓰기 시작했어. 왜냐하면 내가 그 에세이에서 증명해 보인 것처럼, 로봇과 창백얼굴들은 호혜적인 끈으로 묶여 있기 때문이지. 첫째, 염분을 함유한 물가에 점액질의 진흙이 쌓여나가고 그 결과, 점성이 있고 찐득거리고 희끄무레하고 단백질을 함유한 것들이 존재하게 되었네. 여러 세기 후에, 이들은 마침내 열등한 금속에 생명의 숨결을 불어넣는 법을 알게 되고 오토마타를 만들어 그들의 노예로 삼았네. 그러나 조만간 그 과정은 역전되었고, 알부미니드로부터 자유로워진 우리의 오토마타는 결국 의식이 젤라틴질의 물질에도 깃들 수 있는지 확인하는 실험을 수행했어. 물론 의식은 알부민성 단백질에 깃들 수 있었고, 깃들었지. 그러나 이제 그 합성 창백얼굴은 수백 년 후 다시 철을 발견하고 등등을 하면서 영원의 이쪽저쪽을 왔다 갔다 할 거야. 당신도 알 테지만, 아주 오래된 질문인 '로봇과 창백얼굴, 어느 쪽이 먼저인가?'라는 문제를 나는 이렇게 해결했어. 나는 이 작품을 가죽 장정을 한 여섯 권의 책으로 만들어 아카데미에 제출했네. 그 책의 출판 비용은 내게 남은 유산의 씨까지 말렸지. 그것마저 침묵 속에 사장되었다는 이야기는 굳이 할 필요도 없겠지? 나는 이미 육십이 넘어 칠십을 바라보았고, 살아생전에 영광을 누릴 수 있으리라는 희망은 빠르게 사라져갔어. 그렇다면 내가 무엇을 할 수 있었겠는가? 나는 후세에 대해서, 언젠가는 분명히 나를 발견해내고 내 이름 위에 쌓인 먼지에 엎드릴 미래의 세대에 대해 생각하기 시작했네. 하지만 그때 가서 내가 존재하지 않는다면 나는 대체 무슨 이익을 얻겠나? 나는 그렇게 자문했고, 아무 이익도 없다는 결론을 내릴 수밖에 없었네. 그 결론은 서론과 보유補遺와 부록이 달린 44권의 책에 담긴 나의 가르침과 일치하는 것이었지. 그래서 울화로 들끓는 영혼으로 나는 《후손을 위한 고백》을 썼네. 그 책에서 나는 후손들을 차고, 침을 뱉고, 가능한 한 매도하고, 헐뜯고, 욕설을 퍼부었어. 그것도 모두 아주 엄격하고 과학적인 방식으로. 자, 왜 그랬냐고? 그건 불공평한 일이고, 나의 의분은 내 천재성을 인식하지 못한 동시대인을 향해야 할 게 아니냐고? 흥! 생각해보시오, 존경할 만한 이방인이여! 내 《고백》이 후대의 명성으로 감싸이고 그 책의 모든 음절이 위대함의 광채로 찬란해질 즈음에는, 이 동시대인들은 먼지로 돌아간 지 오래일 걸세. 그러면 나의 욕설이 어떻게 그들의 귀에 가 닿을 수 있겠는가? 아니, 내가 당신 말처럼 했다면 후손들은 분명 아주 침착하게 내 작품들을 공부하면서, 때때로 편안한 자기 정당화의 한숨이나 지으며 말하겠지. '슬프구나! 저 철인은 고요한 영웅성을 보이며 잔인한 무명 시절을 견뎠구나! 그의 분노가 우리의 선조들에게 향했다 한들 그것은 얼마나 정당했을까! 그런데도 우리에게 그의 위대한 지혜의 산물을 남겨주다니, 이 얼마나 고귀한가!' 그렇지, 바로 그런 말들을 할 테지! 그렇다고 해서 뭐? 나를 산 채로 매장한 그 천치놈들, 그놈들은 벌을 받지 않을 테고, 무덤이 그들을 나의 분노와 복수에서 보호해줄 텐데? 바로 그 생각만 하면 내 기름이 들끓네! 뭐라고, 그 아들들이 내 편에 서서 자기 아버지들을 점잖게 비난하며 내 작품을 태평하게 읽는다고? 절대로 안 되지! 최소한 나는 그들을 멀리서, 과거로부터 우롱할 수는 있네! 나를 찬양하고 나를 기념해 금빛 기념비를 세울 자들에게 알려주지! 그놈들이 할 수 있는 일이 역사의 묘지에서 명예로운 시체들을 파내는 것뿐이라면, 나는 그놈들이 모두…… 모두 사슬톱니가 어긋나고, 밸브가 뻥 터지고, 전동 장치가 타버리고, 데이터가 과적되고, 푸른 녹으로 머리끝부터 발끝까지 덮이기를 바란다는 것을! 어쩌면 그들 중에서도 새로운 현자가 나오겠지. 하지만 그놈들은 내가 세탁부에게 쓴 편지

가운데 남은 것을 노예처럼 열심히 연구하면서, 정작 동시대의 현자에 대해서는 전혀 알아차리지도 못할 거야! 내가 말하노니, 자, 그놈들이 알게 하자, 오, 한 번만이라도 그놈들이 알게 하자. 내가 진심에서 그들을 저주하고 아주 진지하게 경멸한다는 것을. 그들은 지혜가 살아 있을 때 지혜에 눈멀어 있었기에, 나는 그들을 죄다 해골에 키스하는 자, 시체를 때리는 자, 썩은 고기만 먹어대는 축軸자칼들에게 넘겨줄 생각일세! 후손들이 나의 전작을 출판하면서 그 사실을 알도록 해야 해! 그 전작에는 이 《고백》이, 그들의 미래의 머리에 대해 내가 내리는 최후의 저주가 꼭 들어가야 해. 무한한 내일을 그린 유례없는 과거의 석학 '예언자' 클로리안 테오레티쿠스가 자기네 동족이라며, 저 비열한 타나토마이트와 네크로파이트* 들이 스스로를 축복할 기회를 박탈해버리겠어! 그리고 후손들이 나의 동상 받침대 아래에서 기어갈 때, 나는 그들이 우주의 최악만을 겪기를 바랐다는 것을, 미래로 내던져진 나의 증오의 힘은 오직 그 무력함하고만 어깨를 겨눌 수 있다는 것을 알려주겠어! 나는 후손들을 전적으로 인정하지 않으며 혐오하고 저주할 따름이라는

---

*   thanatomite. 죽음벌레. necrophyte는 시체 기생식물—옮긴이

트루를과 클라파우치우시의 일곱 가지 여행 이야기

것을 알려주겠어!"

이 긴 장광설을 늘어놓는 동안 클라파우치우시는 분노하는 현자를 진정시키려고 했으나 허사였다. 마지막 말을 중얼거리면서 노인은 앞으로 올 세대를 향해 주먹을 휘두르고, 충격적이고(그렇게 훌륭한 삶을 살아온 그가 어디서 그런 말을 배웠을까?) 신랄한 욕설을 연달아 내뱉으면서 뛰어올랐다. 그리고 다음 순간 거품을 물고 김을 뿜으면서 발을 구르고 고함을 치다가, 빗발치는 불똥 속에서 제 역정을 못 이겨 마루에 머리를 부딪고 죽어버렸다. 사태가 이렇게 불쾌하게 전환되자, 당황한 클라파우치우시는 옆에 있던 돌 탁자에 앉아 《계약》을 집어 들고 읽기 시작했다. 곧 그의 눈은 미래를 향해 노인이 토해낸 모멸적인 언사들 사이를 헤엄쳤고, 두 번째 페이지에서 그는 진땀을 흘리기 시작했다. 지금은 돌아가신 고 클로리안 테오레티쿠스가 진정으로 우주적인 독설의 저력을 보여주었기 때문이다. 클라파우치우시는 사흘 동안 눈을 원고에 고정한 채 그 책을 읽었고, 그저 당황할 뿐이었다. 그 책을 세상에 드러내야 할 것인가, 아니면 없애야 할 것인가? 그리고 그는 결정을 내리지 못한 채 오늘날까지 그곳에 앉아 있다…….

기계가 말을 마치고 물러나자 게니우스 왕이 말했다.

"내 생각은 이렇네. 이 이야기 속에는 금전적 보상 문제에 대한 암시가 엿보이는군. 이 보상 문제는 이제 우리에게 진실로 임박했네. 이야기를 들으며 멋진 하룻밤을 보낸 다음 새날의 새벽이 우리 동굴 밖에 나타났기 때문일세. 자, 그러면 나의 뛰어난 제작자여, 그대에게 어떤 보상을 할까?"

"폐하는 저를 곤란하게 만드시는군요. 무엇을 요청해서 받든 저는 나중에 그 이상을 요청하지 않은 것을 후회할 테지요. 한편으로 저는 터무니없는 액수를 불러 무례를 범하고 싶지 않습니다. 그러니 사례의 금액은 폐하의 관대함에 맡기겠습니다……."

"그러면 그렇게 하겠네."

왕이 상냥하게 대답했다.

"이야기들은 아주 훌륭했고 기계는 나무랄 데 없이 완벽했으니, 그대에게 모든 것 가운데 가장 엄청난 보물을 주는 것 외에 다른 길을 알지 못하도다. 짐이 확신하나니 그대가 다른 그 무엇과도 바꾸고 싶은 마음이 없을 것, 즉 건강과 생명을 그대에게 주노라. 내가 평가하기로는 이것이 유일하게 걸맞은 선물이니, 다른 어떤 것도 그대에게 모욕이 되리라. 금을 아무리 가져다주어도 진실이나 지혜를 살 수는 없을지니. 그러면 평화로이 가게, 친구여. 그리고 이 세계가 감당하기에는 너무도 신랄한 그대의 진실을 계속 요정 이야기와 우화의 분장 속에 숨기게나."

트루를은 혼비백산해서 물었다.

"폐하, 그러면 제 생명을 빼앗으실 작정이셨습니까? 그것이 제 보수였다는 말씀입니까?"

왕이 대답했다.

"내 말을 좋도록 해석하게나. 하지만 나는 이렇게 생각하네. 그대가 나를 즐겁게 할 뿐이었다면 나는 한없이 후했을 것이네. 그러나 그대는 그보다 훨씬 더 많은 것을 해주었고, 우주의 어떤 부富를 준다 하더라도 그 값어치와 동등할 수는 없을 걸세. 그래서 그대의 빛나는 경력을 계속 쌓을 기회를 주는 것 말고는 그대에게 더 큰 상이나 보수를 줄 수 없을 듯하네……."

알트뤼진느 혹은 신비학 수행자 본호미우스가 보편적인 행복을 가져오고자 했는데 그 결과가 어떻게 되었는가에 대한 진실한 설명*

어느 밝은 여름날, 제작자 트루를은 뒷마당에서 사이버베리 덤불을 다듬다가 한 로봇 탁발 수도사가 길을 내려오는 것을 보았다. 옷은 온통 해지고 찢어졌고, 보기에도 아주 애처롭고 가련한 몰골이었다. 사지는 끈으로 얽어맨 낡은 난로 연통 조각으로 결합되어 있었고 머리는 구멍이 잔뜩 난 냄비로 되어 있어서, 그의 생각이 안에서 불똥을 튀기며 윙윙거리고 지글거리는 소리가 들렸다. 임시로 만든 목은 녹슨 가로대였고, 배 속에는 연기가 나고 아주 심하게 덜걱거리는 진공 튜브가 들어 있었기 때

---

* Altruizine는 altruism(이타주의)+Melusine(프랑스의 물의 요정). Bonhomius는 bon(좋은)+homme(인간)의 변형—옮긴이

문에 튜브를 제자리에 붙여놓으려면 한 손으로 잡고 있어야 했다. 다른 손은 계속 느슨해지는 나사를 죄어야만 했다. 그가 트루를의 집 앞을 절뚝거리며 지나가던 바로 그때, 동시에 네 개의 퓨즈가 끊어지는 바람에 그는 제작자의 눈앞에서 곧장 무너져 내리기 시작했다. 딱한 나머지 트루를은 드라이버와 전선 한 뭉치를 가져와 서둘러 그 가련한 나그네에게 가능한 도움을 주려고 했다. 나그네는 총체적인 비동기화 때문에 톱니바퀴를 엄청나게 갈아대며 기절했다 깨어나길 되풀이하고 있었다. 마침내 트루를은 가까스로 그를 정신 차리게 할 수 있었다. 그다음 그를 부축해 안으로 들이고, 편안한 의자에 앉혀 재충전을 하도록 전지를 건넸다. 그 가엾은 자의 전지가 끊기기 직전 아슬아슬하게 급히 재충전하는 동안, 그는 더 이상 호기심을 억누르지 못하고 무엇 때문에 이런 딱한 모습으로 오게 되었느냐고 물었다.

낯선 로봇은 여전히 몸을 부르르 떨며 대답했다.

"오, 친절하고 고귀한 선생님. 제 이름은 본호미우스이고 저는 신비학 수행자입니다. 아니, 과거에 수행자였다고 하는 편이 낫겠습니다. 저는 동굴에서 67년을 살았으니까요. 그곳에서 저는 경건한 명상 속에 완전히 빠져 지냈습니다. 그러다가 어느 날 아침 홀연히 이런 생각이 떠올랐습니다. 일생을 고독 속에서 보내는 것은 잘못이다. 진실로 묻노니, 내가 아무리 심원한 사상을 갖고 영혼으로 분투한들 지금까지 누군가의 몸에서 못 하나 떨어지는 것도 막지 못하지 않았는가? 무엇보다도 우선하는 의무는 이웃을 돕는 것이지, 자신의 구원을 꾀하는 것이 아니지 않은가? 그뿐만 아니라 틀림없이……."

트루를이 끼어들었다.

"좋아요, 좋아. 그날 아침 당신의 마음 상태를 다소간 이해하겠습니다. 그다음에 무슨 일이 일어났지요?"

"그래서 저는 서둘러 포투라로 갔습니다. 그곳에서 저는 걸출한 제작자인 클라파우치우시라는 분을 우연히 만났습니다."

"클라파우치우시?"

트루를이 외쳤다.

"뭐가 잘못됐습니까, 친절하신 선생님?"

"아니, 아니오. 계속하십시오!"

"처음에는 그가 누군지 몰랐습니다. 그는 정말로 대단한 거물이었고, 탈 수 있을 뿐만 아니라 대화도 할 수 있는 자동 마차를 갖고 있었습니다. 지금 제가 당신과 대화하는 것처럼 말입니다. 바로 그 마차가 아주 듣기 흉한 욕을 하며 저를 모욕했습니다. 도시 교통 체제에 익숙하지 않은 제가 도로 한가운데를 걷다가 뜻하지 않게 지팡이로 그 마차의 헤드라이트를 쳐 불을 꺼버렸기 때문이죠. 저도 깜짝 놀랐습니다만, 마차는 그 일에 어찌나 격분하던지 승객이 제어하기 어려울 정도였습니다. 그러나 승객은 마침내 마차를 진정시켰고, 그런 다음 같이 가자고 저를 초대했습니다. 저는 그에게 제가 누구이고 왜제 동굴을 포기했는지 이야기했고, 물론 이다음에 무엇을 해야 하는지 모르겠다는 말도 했습니다. 그러자 그는제 결정을 칭송하더니 이번에는 자기를 소개하고, 자기작품과 여러 가지 업적에 대해 아주 상세히 이야기했습니다. 그는 마침내 제게 그 유명한 현자이자 석학이자 철학자인 '예언자' 클로리안 테오레티쿠스의 감동적인 이야기를 전부 들려주었습니다. 클라파우치우시는 그의 슬픈 임종을 지킬 특권을 누렸지요. 그가 《로봇 중 가장 위대한 자의 선집》에 대해 이야기한 것 가운데, '가가발단'에 대한 부분이 가장 흥미를 불러일으켰습니다. 친절하신 선생님, 선생님도 혹시 그에 대해 들어보셨나요?"

"물론입니다. 그들은 '가능한 한 가장 발전한 단계'에다다른 우주 유일의 존재들이지요."

"아주 친절하고 고귀하신 선생님, 정말 잘 알고 계시는군요! 제가 이 훌륭한 클라파우치우시의 마차 안에서 그의 옆에 앉아 있는 동안(그 마차는 무엇이든 자기 앞길을 경솔하게 가로지르기만 하면 지치지도 않고 아주 지독한 모욕을 퍼부어댔습니다), 가능한 한 최고로 발전한 이 존재들은 저 같은 자가 로봇들을 돕고자 하는 사명감을 느꼈을 때 무엇을 해야 하는지 분명히 알 것이라는 생각이 갑자기 떠올랐습니다. 그래서 저는 이에 관련해서 클라우스에게 꼼꼼히 질문했고, '가가발단'이 사는 곳을 아는지, 그들을 찾는 법을 아는지 물었습니다. 그의 대답은 비딱한 미소를 지으며 머리를 흔드는 것뿐이었습니다. 저는 감히 그 문제를 더 파고들지 못했습니다. 그러나 나중에 우리가 여관에 짐을 풀고(이때쯤 그 마차는 목이 심하게 쉬어 목소리가 전혀 나오지 않았기 때문에, 클라파우치우시는 이튿날까지 기다려야만 했습니다) 데운 전해액 한 병을 마시며 앉아 있는 동안, 전해액은 인자하게도 저를 초대해주신 분의 기분을 빠른 속도로 좋아지게 만들었습니다. 그리고 우리가 고주파 밴드의 힘찬 곡조에 맞춘 열熱커플 춤을 보고 있을 때, 그는 제게 남몰래 이런 이야기까지 하기에 이르렀습니다…… 하지만 아마 제 이야기가 싫증나시겠지요."

"전혀요, 전혀! 정말 잘 듣고 있습니다."

트루를은 단호히 말했다.

열熱무용수들이 난류를 이루었을 때, 클라파우치우시
는 제게 말했습니다.

"훌륭한 본호미우스, 당신은 내가 그 불운한 클로리안
의 이야기를 매우 진지하게 받아들였다는 것을 알겠지
요. 나는 그 즉시 출발하여 클로리안이 순전히 논리적이
고 이론적인 근거로 단호하게 증명해 보인, 완벽하게 발
전한 존재들을 찾겠다고 결심했습니다. 내가 보기에 그
일에서 가장 큰 어려움은 거의 모든 우주 종이 자신들이
완벽하게 발전했다고 생각한다는 것이었소. 그러니 여기
저기 묻고 돌아다녀서는 아무것도 얻지 못할 게 분명했
습니다. 또 시행착오라는 조사법도 전망이 밝지는 않았
지요. 내 계산으로는 우주에서 이성理性이 존재할 수 있는
문명의 개수는 14센티기가헴타트릴리온*에 가까웠습니
다. 이런 어마어마한 확률로는 우연히 올바른 장소에 가
닿으리라고 기대하기 어렵지요. 그래서 나는 심사숙고하
고, 그 문제를 충분히 연구하고, 질서정연하게 몇 곳의 도
서관을 훑고, 온갖 종류의 옛날 책들을 숙독하다가 어느

---

* 렘이 만든 숫자로 실존하지 않는 단어. 굳이 우리말로 옮기면 백억조
경……쯤 될까?—옮긴이

날 카다베리우스 말리누스*라는 사람의 저작에서 해답을 발견했소. 그는 우리 예언자와 정확히 같은 결론에 도달한 것이 분명하나, 다만 그것은 300년 전 일이고 그다음에는 완전히 잊혔습니다. 이것은 이 태양 혹은 다른 태양 아래 새로운 것은 아무것도 없음을 다시 한번 보여주지요. 카다베리우스는 심지어 우리의 클로리안과 비슷한 종말을 맞기까지 했답니다. ……하지만 주제에서 빗나갔군요. 바로 이 누렇고 부스러지는 책장들 사이에서 나는 '가가발단'을 찾는 법을 깨달았습니다. 말리누스는 천체물리학적으로 불가능한 현상을 보이는 성단을 조사해야 하며 그곳이 바로 그 장소일 것이라고 주장했습니다. 상당히 모호한 단서인 것은 분명하지만 단서가 전혀 없는 것보다는 낫지요. 나는 더 이상 소란을 떨지 않고 필요한 물품을 배에 싣고 출발해서 우리가 여기서 이야기할 필요는 없는 수많은 모험을 겪은 다음, 마침내 다른 것들과는 전혀 다른 거대한 별무리를 포착했습니다. 그것은 완벽한 정육면체였지요! 굉장한 충격이었습니다. 별은 구형이어야 한다는 것은 상식입니다! 사각형 별은 두말할 필요도 없고, 어떤 형태로든 별에 모가 났다는 건 매

＊　Cadaverius Malignus, cadaverous(송장 같은 새파랗게 질린), malign(해로운, 악의 있는)의 변형—옮긴이

우 변칙적일 뿐 아니라 전적으로 불가능한 일이라는 것을 학생들까지도 전부 알고 있지 않습니까! 그 별 근처에 배를 세우자마자 주위 행성들은 하나같이 정육면체들뿐인 데다가 마치 성처럼 모퉁이 버팀대와 총안 달린 모퉁이돌을 갖추고 있는 게 보였습니다. 나는 아주 정상적으로 보이는 바깥쪽의 다른 행성 주위를 선회했습니다. 그러나 망원경으로 들여다보자 장렬한 사투 중인 로봇 무리들의 모습이 드러났고, 그 광경을 보자 더 가까운 곳에서 자세히 보고 싶은 마음이 없어졌습니다. 그래서 나는 그 사각 행성을 파인더에 넣고 배율을 최대로 높였습니다. 나는 렌즈를 들여다보다가 행성의 몇 마일이나 되는 길이의 모퉁이 중 한 곳에 새겨진 모노그램*을 발견했습니다. 그때 내가 얼마나 놀라고 기뻤겠는지 상상해보시오. 소용돌이 모양으로 장식된 네 글자로 이루어진 모노그램, '가.가.발.단.'! 나는 소리쳤소.

'위대한 가우스여! 이곳이 그곳인 게 확실해!'

그러나 어질어질할 때까지 돌고 또 돌아도 그 행성의 모래 표면에는 살아 있는 자 하나 보이지 않았습니다. 6마일로 고도를 낮추었을 때에야 점의 무리를 알아볼 수

---

*   두 개 이상의 글자를 합쳐 한 글자 모양으로 도안한 것—옮긴이

있었는데, 그 점들을 더 크게 확대해서 보자 그들은 이 이상한 천체의 거주자들이었습니다. 수백 명이 모래 위에 여기저기 누워 있었는데, 전혀 움직이지 않았기 때문에 나는 그들이 모두 죽었나 하고 잠시 생각했습니다. 그러나 그때 한두 명이 자기 몸을 긁는 것이 보였고, 나는 이 확실한 생명의 표시에 힘을 얻어 착륙했습니다. 흥분한 나머지 나는 행성의 대기권을 뚫고 하강한 로켓의 열기가 식기도 전에 당장 뛰어내려 외쳤지요.

'실례합니다, 이곳이 혹시 '가능한 한 가장 발전한 단계'인가요?'

대답이 없었습니다. 사실 그들은 내게 전혀 주의를 기울이지 않았습니다. 그들이 이렇게 전적인 무관심으로 응대하자 나는 당황해서 주위를 둘러보았습니다. 그 평원은 사각 태양 아래에서 반짝였습니다. 부서진 바퀴, 막대기, 종잇조각과 다른 허섭스레기들이 여기저기 모래 위에 튀어나와 있었고, 행성의 거주자들은 그 속에 아무렇게나 누워 있었습니다. 하나는 등을 대고, 하나는 배를 깔고, 계속 더 가면 하나는 다리를 공중에 올리고 있었지요. 나는 가장 가까이 있던 자의 주변을 돌며 그를 관찰했습니다. 그는 로봇이 아니었지만 그렇다고 인간도 아니었고, 글루틴-알부민 계열의 어떤 지성체 프로테노이드도 아니었습니다. 머리는 둥글고 얼굴은 통통하고 뺨은 붉었지만, 눈은 값싼 호각이었고 입은 짙은 향 연기를 내뿜는 향로였습니다. 그는 양쪽에 짙은 청색 줄무늬가 하나씩 있고 빽빽하게 글이 쓰인 더러운 종잇조각 아플리케가 붙은 연보랏빛 판탈롱을 입고, 하이힐을 신고 있었습니다. 한 손에는 얼어붙은 생강빵으로만 만들어진 만돌린을 들고 있었는데, 몇 조각은 이미 만돌린 목에서 떨어져 나간 다음이었습니다. 그는 평화로이 코를 골고 있었습니다. 나는 그의 바지에 붙은 아플리케의 글자를 읽으려고 몸을 기울였지만, 향 때문에 눈물이 나서 몇 문장밖에 알아볼 수 없었습니다. 그곳에 찍힌 글도 아주 해괴했지요. 예를 들면, 7번. 다이아몬드 그물 무게 50킬로그램, 8번. 비극 과자, 씹으면 흐느끼고 배 속에서 '꺼져라, 가냘픈 촛불이여'* 이하 햄릿의 독백을 읊는다. 10번. 골로촌드릴**, 완전 성체, 비상시 빈둥거리는 데 씀, 그 밖에도 지금 기억은 나지 않지만 아주 많았습니다. 내가 이 종잇조각들을 읽으려다가 그중 하나를 건드리자, 이 원주민의 무릎 아래 모래 속이 재빨리 옴폭 패면서 작은 목

---

*   셰익스피어의《맥베스》5막에 나오는 대사—옮긴이

**   Gollochondrill, golly(어머나, 아이고 등 감탄사)+chondr-(연골)—옮긴이

소리가 지저귀었습니다.

'지금 나가도 돼요?'

'누구냐?'

내가 외쳤습니다.

'나예요, 골로촌드릴……. 준비됐어요? 시간이 됐나요?'

'아니, 아직!'

나는 재빨리 대답하고 뒤로 물러섰습니다. 다음 원주민은 머리는 종 모양에다 세 개의 뿔이 달리고, 팔은 여러 가지 길이로 몇 개나 있었고(그중 두 개는 배를 문지르고 있었습니다), 귀는 길고 깃털로 덮여 있었으며, 모자에는 작은 자줏빛 발코니가 달려 있었습니다. 발코니 위에서는 누군가가 다른 누군가와 함께 논쟁을 벌이고 있었는데, 이쪽저쪽으로 작은 접시들이 날아다니며 모자 가장자리를 찢어놓는 것을 보면 아주 열띤 논쟁인 모양이었어요. 또 그는 온통 보석으로 번쩍거리는 베개 같은 것을 어깨 아래 쑤셔 넣고 있었습니다. 내가 이자 앞에 서 있는 동안 그는 머리에서 뿔 하나를 잡아당겨 빼서는 코를 대고 킁킁거리더니, 혐오스럽다는 표정으로 그 뿔을 던져버린 다음 머리에 난 구멍에 더러운 모래 한 줌을 부었습니다. 그 근처에는 또 무엇인가가 누워 있었는데, 처음에는 한 쌍의 쌍둥이인 줄 알았으나 이내 포옹에 빠져 있는 한 쌍의 연인이라고 고쳐 생각했습니다. 막 조심스럽게 돌아서려는 순간, 나는 그것이 한 사람도, 두 사람도 아니고 정확하게 한 사람 반이라는 것을 깨달았습니다. 귀만 빼면 머리는 완전히 정상이었습니다. 때때로 귀가 저절로 떨어져 나와 나비처럼 훨훨 날아다녔거든요. 눈꺼풀은 닫혀 있었지만, 턱과 뺨에 난 수많은 사마귀에는 작은 눈이 하나하나 달려 있었습니다. 이 눈들은 숨김 없는 적개심을 띠고 나를 바라보았습니다. 이 놀라운 존재에게는 넓은 근육질의 가슴이 있었지만, 그 가슴은 누군가가 부주의하게 드릴로 여기저기 뚫어놓은 듯 구멍투성이였습니다. 그리고 그 구멍들은 라즈베리 잼으로 아무렇게나 틀어막혀 있었습니다. 다리는 하나뿐이었지만 유별나게 굵었고, 구부러진 구두 끝에 작은 펠트 종이 달린, 멋진 모로코 가죽 구두를 신고 있었습니다. 팔꿈치 근처에는 사과 씨 무더기가 제법 큰 무더기를 이루고 있었는데, 뭐, 배 씨였을 수도 있고요. 인간 머리를 가진 로봇이 눈에 띄어 그에게로 걸어가던 나는 점점 더 크게 당황했습니다. 그의 왼쪽 콧구멍에서 미니어처 자동태엽 사모바르가 신나게 휘파람을 불었고, 그다음 고구마 설탕 조림 침대에는 누군가가 기대 있었으며, 또 다른 누군가가 그의 배에 나 있는 뚜껑문 옆에 있었거든요. 그 함정문이 열려 있기에 안을 들여다보자 수정 공장이 보였습니다. 기계 엘프 몇 명이 그곳에서 연극을 상연하고 있었는데, 어찌나 음란하던지 나는 미친 사람처럼 얼굴을 붉히며 서둘러 떠났습니다. 당황한 나머지 나는 발이 걸려 넘어졌고, 일어났을 때 내 눈앞에는 이 이상한 행성의 또 다른 거주자가 있었습니다. 그는 완전히 벌거벗고 순금 등 긁개로 등을 긁고 있었는데 매우 즐거워하는 것 같았습니다. 머리가 없었는데도 말이지요. 머리는 더 떨어진 곳에 누워 있었고, 목은 모래 속에서 튀어나와 있었습니다. 머리는 자기 이빨을 혀끝으로 건드리고 있었습니다. 턱은 체크 무늬의 사라사 무명이었고, 오른쪽 귀는 데친 콜리플라워였습니다. 왼쪽은 제대로 된 귀였지만 '당기시오'라는 꼬리표가 붙은 당근으로 막혀 있었고요. 나는 아무 생각 없이 그 당근을 잡아당겼는데, 당근과 함께 긴 끈이 따라 나오더니 '당신은 따뜻해지고 있습니다!'라고 적힌 또 하나의 꼬리표가 나왔습니다. 계속 당기고 또 당기니 마침내 끈이 끝나고 '참견쟁이, 맞지?' 하고 적힌 라벨이 붙은 약병이 나왔습니다.

이 모든 것에서 받은 인상으로 너무 어지러워진 나는, 내가 어디 있는지도 제대로 알 수 없을 지경이었습니다.

하지만 마침내 나는 몸을 추스르고, 한두 가지 질문에 답할 정도의 의사소통이 가능해 보이는 자를 찾으려고 주위를 둘러보았습니다. 내게 등을 돌린 채 쪼그리고 앉아서 무릎으로 받친 무엇인가에 몰두해 있는 아주 통통한 작자가 그럴듯한 후보자로 보였습니다. 최소한 그는 단한 개의 머리, 두 개의 귀, 두 개의 팔……만 가지고 있었거든요. 나는 그에게 가서 말을 시작했습니다.

'죄송합니다만, 제가 잘못 보지 않았다면 신사분들께서는 행운의 축복을 받아 가능한 한 가장 발전한…….'

그 말은 내 입술 위에서 멎어버렸습니다. 그는 자기 무릎에 놓여 있는 물건에 완전히 열중해서 내 말이 전혀 들리지 않는 것 같았습니다. 그 물건이란 바로 그 자신의 얼굴이었는데, 무슨 수를 썼는지 머리의 나머지 부분에서 떨어져 나와 그가 코를 후빌 때마다 부드럽게 한숨을 지었습니다. 나는 깜짝 놀라 잠시 멍했지만, 그것도 잠시일 뿐이었죠. 나의 호기심은 다시 최고로 치솟아 올랐고 도대체 무슨 일이 벌어지고 있는 것인지 이번만은 꼭 알아야겠다는 생각이 들었습니다. 나는 원주민 하나하나에게 달려가, 말을 걸고, 질문하고, 목소리를 높이고, 고집하고, 애원하고, 이치를 따지고, 심지어 협박까지 해보았지만, 모든 것이 허사였습니다. 나는 화가 나서 그 코 파는 자의 팔을 움켜쥐었지만, 내가 쥔 팔이 떨어져 나오는 것을 보고 겁에 질렸습니다. 하지만 그는 조금도 괴로운 것 같지 않은 기색으로 모래 속을 이리저리 들쑤시더니 오렌지 격자무늬 손톱만 제외하면 첫 번째 팔과 정확히 똑같은 팔 하나를 뽑아냈습니다. 그는 그 위를 슬쩍 훅 불더니 어깨 그루터기에 붙였습니다. 호기심이 인 나는 몸을 굽히고 첫 번째 팔을 자세히 조사하려 했지만, 그 팔이 내 얼굴에 대고 손가락을 튕기는 바람에 허둥지둥 그것을 떨어뜨렸습니다. 그때는 해 질 녘이었고, 행성의 두 모퉁이는 이미 지평선 아래로 내려갔고, 공기는 차가워졌습니다. '가가발단'의 거주자들은 밤을 보내기 위해 자리 잡고 눕기 시작했습니다. 그들은 몸을 긁고, 하품하고, 물로 입을 헹구고, 누구는 에메랄드 퀼트를 흔들어 벗고, 또 누구는 질서정연하게 자기 코와 귀, 다리를 떼어 조심스레 옆에 줄지어놓았습니다. 나는 얼마 동안 비틀거리며 어둠 속을 돌아다니다가 한숨을 지으며 포기하고 자려고 누웠습니다. 모래 속에서 될 수 있는 대로 편안한 자세로 누워 별이 가득한 밤하늘을 올려다보며 다음에 무슨 일을 할지 생각해보려 했습니다. 나는 속으로 혼잣말을 했습니다.

'정말이지, 모든 징후로 보아 이것은 카다베리우스 말

트루를과 클라파우치우시의 일곱 가지 여행 이야기

리누스와 예언자 클로리안 테오레티쿠스 둘 다 이야기한 바로 그 행성이야. 전 우주에서 가장 발전한 문명의 고향이며, 로봇도 아니고 인간도 아닌 몇백 개체의 문명이야. 그런데 그들은 하루 종일 더럽고 어질러진 사막 여기저기에서 보석 박힌 쿠션 위에 앉아 몸을 긁고 코를 후빌 뿐이라니. 아냐, 이 모든 것 뒤에는 무시무시한 비밀이 숨어 있는 게 분명해. 나는 그것을 밝혀낼 때까지 쉬지 않겠어!'

그리고 나는 생각했지요.

'정육면체 태양과 행성뿐 아니라 몸속의 음란한 엘프들과 귓속의 모욕하는 메시지들까지 아우르는 비밀이라면 정말 끔찍한 비밀인 게 틀림없어! 나는 언제나 이런 생각을 했지. 하나의 로봇에 지나지 않는 내가 연구와 지식 추구에 내 시간을 쓸 수 있다면, 더 높이 발전한 자들, 아니 가장 발전한 자들 사이에서 일어날 지적 발효를 생각해봐! 하지만 이들은 무엇을 하고 있는지는 몰라도 유익한 대화를 하느라 시간을 보내지는 않는 게 확실해. 그들은 몇 가지 질문에 대답하는 것조차 내켜 하지 않았어. 그들에게서 강제로 대답을 들어야 하겠지. 하지만 어떻게? 만약 내가 그들을 못살게 굴고, 화나게 하고, 즉 나 자신을 아주 귀찮은 존재로 만들면 그들은 나를 보내버리려고 뭐든 동의해줄 거야! 물론 여기에는 어느 정도의 위험이 따르지. 그들은 화를 낼 테고, 의심할 여지 없이 나를 파리 때려잡듯 죽일 수도 있을 거야……. 하지만 아냐, 그들이 그런 야만적인 수단에 호소할 거라곤 믿을 수 없어. 하여간에 나는 꼭 그 비밀을 알아내야만 해! 좋아, 가자!'

그래서 나는 어둠 속에서 뛰어 일어나 폐가 터지도록 비명을 지르기 시작했고, 공중제비와 옆으로 재주넘기를 하고, 깡충깡충 뛰어 돌아다니며 그들의 눈에 모래를 차넣고, 목이 쉴 때까지 노래하고 춤추고, 윗몸일으키기와 무릎굽히기를 몇 번 한 다음 미친개처럼 그들 사이를 달려갔습니다. 그들은 내게 등을 돌리고 방어를 하기 위해 각자 쿠션과 퀼트를 올려 쥐었습니다. 내가 백 번째로 재주를 넘는 도중에, 어떤 목소리가 내 머릿속에서 말했습니다.

'너의 훌륭한 친구 트루를이 지금의 너를 보면, '가능한 한 가장 발전한 단계'를 성취한 행성이자 '전 우주에서 가장 발전한 문명'의 고향에서 네가 무엇을 하며 시간을 보내고 있는지 알면, 무슨 생각을 할까?'

그러나 나는 그들이 서로 속삭이는 소리에 고무되어 그 암시를 무시했고, 계속 발을 구르고 외쳤소.

'쉿!'

'뭘 원해?'

'저거 들려?'

'들을 수밖에 없잖아?'

'그놈이 진짜로 내 머리를 차 넣었어.'

'또 하나 내면 되잖아.'

'하지만 잠을 잘 수가 없어.'

'뭐라고?'

'말했잖아, 잠을 못 자겠다고.'

'그는 궁금한 거야.'

세 번째가 속삭였소.

'끔찍하게도 궁금한가 보군!'

'이건 정말이지 너무해. 뭔가 조치를 취해야 해.'

'뭘 할까?'

'모르겠어……. 그의 개성을 바꿔버릴까?'

'아니, 그건 비윤리적이야…….'

'그가 울부짖는 것 좀 들어봐!'

'잠깐, 내게 생각이 있어…….'

특히 그들의 말소리가 들려온 지역에 정신을 집중하며 계속 주위를 뛰어다니고 불경한 소동을 일으키는 동안, 그들은 무엇인가를 속삭였습니다. 그러자 내가 누군가의 배 위에서 물구나무서기를 하고 있었던 바로 그 순간 모든 것이 깜깜해졌고, 다음 순간 나는 도로 배에 탄 채 우주에 나와 있었습니다. 온갖 운동을 하느라 사지가 아팠지만, 어쨌건 나는 그들을 감동시키지 못했습니다. 왜냐하면 나는 트롬본, 녹색 마멀레이드 병, 테디 베어, 백금 철금鐵琴, 두카트와 더블룬*, 금 귀덮개, 눈이 아플 정도로 밝게 반짝거리는 팔찌와 브로치 무더기 속에 앉아 있었기 때문입니다. 마침내 내가 이런 보물 밑에서 기어 나와 몸을 질질 끌고 창가로 갔을 때, 조금 전과는 완전히 다른 성좌가 눈앞에 펼쳐졌습니다. 조금이라도 정육면체 태양을 닮은 것은 하나도 없었단 말입니다! 재빠르게 몇 번 계산을 해보자, 내가 '가가발단'으로 돌아가려면 최고 속도로 6,000년 동안 여행해야 한다는 것이 드러났습니다. 그들은 정말로 나를 처리해버린 것이지요. 그리고 돌아간다 해도 아무것도 성취하지 못하리라는 게 분명했습니다. 그들은 순간적 초공간 텔레키네시스인지 무언지로 나를 다시 짐짝처럼 싸서 보내버리겠지요. 훌륭한 본호미우스, 나는 그래서 그 문제를 완전히 다른 방식으로 풀어보기로 했답니다……."

---

* 옛날 스페인 금화의 일종—옮긴이

친절하고 고귀하신 선생님, 이 말과 함께 그 걸출한 제작자 클라파우치우시는 자기 이야기를 끝냈습니다…….

* * *

"설마 그가 그 이야기만 하지는 않았겠지요?"

트루를이 외쳤다.

"그럼요. 오, 은인이시여, 그는 훨씬 더 많은 것을 말했습니다! 그것이 저의 불운이었지요!"

그 로봇이 상당히 동요하며 대답했다.

"그러면 무엇을 하기로 했냐고 물어보자, 그는 몸을 숙이고 말했습니다……."

* * *

"처음에는 그 문제를 풀 수 없을 것 같았지요. 하지만 나는 한 가지 방법을 발견했습니다. 당신은 신비학 수행자로 살아왔고 단순하고 학식 없는 로봇이라 하니, 사이버네틱 세대의 난해한 기술에 대한 설명을 늘어놓아 괴롭히지는 않겠습니다. 간단히 말해, 우리는 디지털 기구를, 존재하는 모든 것의 정보 모델을 만들 수 있는 컴퓨터를 만들기만 하면 됩니다. 제대로 프로그램하면 그 컴퓨터는 우리에게 '가능한 한 가장 발전한 단계'를 정확하게 시뮬레이트해주겠지요. 그러면 우리는 그 컴퓨터에 물어서 그에 관한 '궁극적인 해답'을 얻을 수 있을 겁니다!"

"하지만 그런 기구를 어떻게 만듭니까? 그리고 걸출한 클라파우치우시여, 원본 '가가발단'이 훌륭한 당신에게 했듯 그 컴퓨터가 인스터매틱 하이퍼스티셜* 어쩌고 하는 방법으로 우리를 어디에 보내버리지 않는다고 어떻게 확신할 수 있습니까?"

제가 물었습니다.

"그건 나한테 맡기시오. 안심해요, 훌륭한 본호미우스. 나는 '가가발단'의 위대한 신비를 파헤칠 것이고, 당신은 악에 대한 타고난 혐오를 행동에 옮길 수 있는 최적의 방법을 찾게 될 겁니다!"

친절하신 선생님, 이 말을 들은 제가 얼마나 기뻤을지 상상하실 수 있겠지요? 그리고 제가 클라파우치우시의 계

---

*   인스터매틱은 고정초점카메라 상표명. 후자는 오늘날 네트워크 지연 시간 중 광고 기술을 뜻하는 용어로 쓰이지만, 이 책(영어판 포함)이 출간되었을 당시에는 존재하지 않았던 기술이다. 그냥 '그럴싸해 보이는' 단어들의 조합쯤으로 이해해주시길.—편집자

획을 실행하기 위해 쏟은 열성도 짐작 가시지요? 나중에 알게 되었지만, 이 디지털 기구라는 것은 '예언자' 클로리안 테오레티쿠스가 통탄할 만한 죽음 직전에 고안한 바로 그 유명한 그노스토트론이었습니다. 문자 그대로 '우주 그 자체'를, 헤아릴 수 없는 메모리 뱅크 안에 담을 수 있는 기계였습니다(그러나 클라파우치우시는 그 이름에 만족하지 않고 때때로 그 기구에 붙일 다른 이름들을 생각해내려고 했습니다. 몇 가지를 들자면, 옴니악, 팬소포스코프*, '범용 존재론자 컴퓨터'의 약자인 '범존컴', '마하트매틱 500'** 같은 것들이 있었지요). 이 엄청난 기계를 완성하는 데는 정확히 1년 하고도 엿새가 걸렸고, 막상 완성된 기계가 어찌나 크던지 플리스트인들의 속이 텅 빈 달, 플라푼두리아에 둘 수밖에 없었습니다. 그리고 사실, 대양 쾌속선에 탄 개미 한 마리가 어쩔 줄 모르는 것과 마찬가지로 우리도 이 2진법 베헤모스*** 안에서 어쩔 줄을 몰랐답니다. 끝없는 코일과 케이블, 종말론적 토글 스위치(손잡이가 상하로 작동하는 스위치)와 변압기, 성령 정류기와 유혹적 레지스

---

*   Pansophoscope. pan(전체 범위)+sophia(지혜)+scope(시야, 관찰 기구), 즉 모든 지혜를 얻을 수 있는 기구—옮긴이
**   Mahatmatic. mahatma(마하트마, 위대한 영혼)+autormatic(자동기계)—옮긴이
***   성경에 나오는 거대한 짐승—옮긴이

터들 가운데에서 말입니다. 저의 유명한 멘토가 저를 '중앙 제어 콘솔' 앞에 앉히고 이 경외감을 일으키는 초고층 탑과 맞대면하게 했을 때, 제 철사 머리는 쭈뼛 서고 박판 교류 발전기는 한 박자 건너뛰었음을 털어놓지 않을 수 없군요. 그 물건의 조종판에서 노니는 번쩍이는 불빛들은 창공의 별빛들 같았습니다. 모든 곳에 '위험: 입에 올릴 수조차 없음!'이라는 표지판이 있었습니다. 그리고 전위차계의 다이얼은 전례 없는 집중 단계까지 올라가는 논리와 의미장을 보여주면서 마구 돌아갔습니다. 제 발 아래에서 초자연적이고 초기계적인 지혜의 바다가 너울거리며 회로의 파섹과 자석의 메가헥타르 전체에 걸쳐 마법처럼 소용돌이치고 사방에서 저를 둘러쌌습니다. 그래서 저는 수치스러운 무지 속에서, 제가 단순한 먼지 한 톨보다 더 나을 것이 없다고 느꼈습니다. 저는 자신이 제작자의 오실로스코프*에서 번뜩이는 불빛 하나에 지나지 않는다고 느꼈을 때도, 오직 선善에 대한 필생의 사랑, 진리와 미에 대해 품은 열정을 떠올렸기 때문에 이런 나약함을 극복할 수 있었습니다. 그래서 저는 마음을 단단히 먹고 가까스로 더듬거리며 첫 번째 질문을 던질 수 있

---

*   변화가 심한 전기 현상의 파형을 눈으로 관찰하는 장치─옮긴이

었습니다.

"말해주십시오, 당신은 어떤 방식의 기계입니까?"

그 기계의 빛나는 튜브에서 뜨거운 바람이 불어왔고, 그 바람에서 목소리가 나왔습니다. 저의 핵심까지 태워 버리는 속삭이는 천둥 같은 목소리였습니다. 그 목소리가 말했습니다.

"나는 전지전능한 자요, 성령 안에서 항해하는 지적 전자체요, 영원히 사이버네티카를 비추며 인식할 수 있는 모든 것을 보여주는 빛이오, 어쩌고저쩌고, 어쩌고저쩌고."

이 대답을 들은 저는 경악한 나머지 질문을 계속할 수 없었습니다. 클라프시우스가 돌아와 신神 스탯을 조정해서 EMF*를 전압의 10억 분의 1로 낮추고 난 다음에야 저는 '가능한 한 가장 발전한 단계'와 그것의 '무시무시한 비밀'에 대한 질문에 친절을 베풀어 답해주실 수 있겠느냐고 그노스토트론에게 물었습니다. 그러나 클라파우치우시는 그런 식으로 하면 안 된다고 말했습니다. 대신 '존재론자 컴퓨터'에게 은과 수정의 심연 안에 그 사각 행성의 한 거주자를 모델링하라고 요구하고, 동시에 그

---

* epistemotive force의 약어. 인식동기력—옮긴이

모델에 적당한 정도로 수다를 제공해야 한다는 것이었습니다. 이것은 신속하게 끝났고, 우리는 본격적으로 시작할 준비를 마쳤습니다.

저는 여전히 말을 못 할 지경으로 덜덜 떨고 겁먹고 있었기 때문에, 클라파우치우시가 저 대신 '중앙 제어 콘솔' 앞에서 말했습니다.

"당신은 무엇이지요?"

"이미 대답했다."

기계가 쏘아붙였습니다. 화가 난 것이 분명했습니다.

"제 말은, 당신들이 인간인가, 로봇인가 하는 것입니다."

클라파우치우시가 설명했습니다.

"네 말에 따르면, 그 차이가 무엇이냐?"

기계가 말했습니다.

"이봐요, 질문에 질문으로 답한다면 우리는 아무 진전도 볼 수 없어요. 내가 뭘 묻고 있는지 알잖습니까. 좋아, 이야기를 시작해요!"

클라파우치우시가 엄격하게 말했습니다. 저는 그가 그 기계에 사용한 말투를 듣고 창백해졌지만, 그것은 효과가 있는 것 같았습니다. 기계가 이렇게 말했기 때문입니다.

"때로는 사람들이 로봇을 만들고, 때로는 로봇들이 사

람을 만든다. 사실 금속으로 생각하든 원형질로 생각하든 그것이 무슨 상관인가? 나 자신에 대해 말하면, 나는 내가 선택하는 어떤 물질과 모양도 취할 수 있다. 아니, 취하곤 했다고 해야겠지. 우리는 더 이상 그런 사소한 짓에 몰두하지 않으니까."

"그렇군요. 그러면 왜 하루 종일 누워서 아무것도 하지 않는 겁니까?"

"그러면 도대체 우리가 무엇을 해야 한단 말인가?"

기계가 대답했습니다. 이 말에 클라파우치우시는 화가 나서 말했습니다.

"내가 어떻게 압니까? 우리는 발전의 낮은 단계에 있지만 온갖 종류의 일들을 합니다."

"우리도 우리 시대에는 그랬다."

"그렇지만 지금은 그러지 않는다는 건가요?"

"지금은 그러지 않는다."

"왜지요?"

여기서 전산화된 '가가발단' 대표는 자기가 이미 그런 질문을 600만 번이나 견뎌왔고, 자기도 자기에게 질문한 자도 그 질문에서 득을 본 게 없다고 말하며 화제를 피했습니다. 그러나 클라파우치우시가 수다 레벨을 약간 높이고 이곳저곳의 밸브를 열자 그 목소리가 대답했습니다.

"100경 년 전에 우리는 다른 문명과 마찬가지인 문명이었다. 우리는 영혼의 전달, '버진 매트릭스', 파이 제곱의 무오류성을 믿었고, 기도를 '위대한 프로그래머'에 대한 재생 피드백이라고 생각했고, 뭐 그런 식이었다. 그러나 그때 회의주의자와 경험론자와 우연론자 들이 나타났고, 9세기가 지나자 그들은 '저 위에는 아무도 없다', 따라서 더 고차적인 계획이나 목적에서 벌어지는 일은 없다고 결론을 내렸다. 그러나…… 음, 그래도 그런 일들은 그냥 일어났다."

"그냥 일어났다고요? 무슨 뜻인가요?"

저는 외치지 않을 수 없었습니다. 그 목소리는 말했습니다.

"때때로 변형되는 로봇들이 있지. 예를 들어 네가 곱사등이인데, '전능하신 분'께서 '그분의 우주적 계획'을 실현하기 위해서 어떤 식으로든 네 혹을 필요로 하기 때문에 나머지 창조물들과 함께 그것도 정해진 것이라고 굳게 믿고 있다고 해두자. 자, 그러면 너는 네 변형을 쉽게 체념할 수 있을 것이다. 그러나 만약 남들이, 네 혹은 그저 우연히 잘못 섞여든 원자 한두 개 때문에 잘못 짜 맞추어진 분자가 낳은 결과일 뿐이라고 말한다 치자. 그러면 네게는 허무함밖에 남지 않는다."

"하지만 혹은 펼 수 있습니다. 그리고 사실 과학이 충분히 발달하기만 하면 어떤 변형이라도 고칠 수 있습니다!"

저는 항의했습니다. 기계는 한숨지었습니다.

"그래, 안다. 무지한 자들과 단순한 자들에게는 그렇게 보였지……."

"그렇다면 그게 사실이 아니란 말입니까?"

클라파우치우시와 저는 매우 놀라서 외쳤습니다.

"사실 어느 문명이 혹을 펴기 시작한다면, 그런 일에는 끝이 없다! 혹을 펴고, 그다음에는 마음을 수리하고 증폭하고, 태양을 직선형으로 만들고, 행성에 다리를 달아주고, 운명과 온갖 종류의 행운을 만들어내고……. 오, 처음에는 두 개의 막대기를 비벼 불을 피우는 것처럼 순수하게 시작하지. 하지만 점차 옴니악, 데이팩트, 하이퍼보레온과 얼티매툴로리움*을 만들어내고 마는 것이야! 우리 행성의 사막은 사실 사막이 아니라 기가그노스토트론, 즉 너희의 이 원시적인 장치보다 족히 109배는 더 강력

---

* Deifact는 deify(신성시하다)+fact(사실). Hyperboreon은 hyper(초)+bore(지루함)+eon(10억 년). Ultimathulorium은 ultimate(궁극적인)+orium(큰 공간)─옮긴이

한 것이란다. 우리의 조상들은 조금 어려운 일을 하고 싶다는 단순한 이유로 그것을 창조했다. 그들은 과대망상증에 빠져 발아래의 모래를 지성적으로 만들려고 생각한 것이지. 완전히 무의미한 일이야, 완벽을 개선할 방법이라곤 전혀 없으니까. 알겠는가, 발전하지 못한 너희들이여?"

"물론입니다. 하지만 최소한 자극적인 활동을 할 수도 있지 않습니까? 왜 당신들은 그 영리한 모래 속에서 허우적거리며 때때로 몸을 긁을 뿐입니까?"

클라파우치우시가 그렇게 말했습니다. 한편 저는 덜덜 떨고 겁에 질려 있었습니다.

"전능은 아무것도 하지 않을 때 가장 전능하니까! 너희는 정상에 닿으려고 산을 올라간다. 하지만 일단 정상에 서면 모든 길이 아래로 통해 있는 것을 알게 될 것이다! 요컨대, 우리는 분별 있는 자들이다. 왜 무엇인가를 하고 싶어 해야 하는가? 그래, 우리 조상들은 우리의 태양을 정육면체로 바꾸고 행성을 상자로 만들고 산을 모노그램으로 배열했지만, 그것은 오직 그노스토트론을 시험하기 위해서였을 뿐이다. 마찬가지로 그들은 손쉽게 별들을 체커보드에 늘어놓을 수 있었고, 천체의 절반은 캄캄하도록 내버려둔 채 나머지 절반에 불을 밝힐 수 있었고, 피그미 100만 명이 복잡하게 추는 춤을 생각의 패턴으로 삼는 거인처럼, 더 하등한 존재들로 이루어진 살아 있는 존재를 만들 수도 있었다. 그들은 은하를 다시 만들어내고, 시간과 공간을 바꿀 수도 있었다. 하지만 이 보게, 이런 일을 하는 데 무슨 분별이 있겠는가? 별들이 삼각형이면, 혜성이 바퀴를 달고 돌아다니면, 우주가 더 나은 곳이 될까?"

"그런 터무니없는! 당신들이 진정 신이라면, 당신들의 의무는 명백한 것이오. 다른 지성체들을 억압하는 불행과 불운을 즉각 사라지게 하시오! 최소한 당신의 가련한 이웃들부터 시작할 수도 있지 않았습니까? 나는 그들이 어떻게 서로 때려 부수는지 내 눈으로 보았단 말입니다! 하지만 당신들은 하루 종일 누워 코를 후비고, 당신네 배속의 추잡한 엘프들과 귀에 박힌 당근 메시지는 지식을 찾아 나선 정직한 여행자들을 모욕하고 있소!"

클라파우치우시가 매우 분개하며 외쳤습니다. 반면 저는 점점 더 떨고 점점 더 겁에 질렸습니다.

"자네는 정말 유머 감각이 없군. 하지만 그 이야기는 됐네. 만약 내가 자네를 제대로 이해했다면, 자네는 우리가 모든 이에게 행복을 주기를 바란다는 거지. 자, 우리는 그 프로젝트, 즉 행복구축학 하나에만 15밀레니엄을 바쳤네. 그 학문에는 기본적으로 두 학과가 있었지. 갑작스럽고 혁명적인 쪽, 그리고 느리고 진화적인 쪽, 진화적 행복구축학은 본질적으로 모든 문명이 결국은 자기 자신의 힘으로 그럭저럭 굴러갈 거라고 확신하며 남을 돕느라고 손가락 하나도 들어 올리지 않는 것이라네. 한편 혁명적 해법은 당근이냐, 채찍이냐로 요약될 수 있어. 채찍, 혹은 강제로 행복을 주는 것은 아무 간섭도 없었을 때보다 100배에서 많게는 800배까지 더 고통을 주는 것으로 밝혀졌네. 당근을 썼을 때에도 결과는 믿거나 말거나 정확히 똑같았어. 그것은 울트라다이팩트, 하이퍼그노스토트론, 심지어 '지옥의 기계'와 게헤네레이터*를 사용해도 마찬가지였네. 게 성운에 대해서는 들어보았겠지?"

"당연하죠. 오래전에 폭발한 초신성의 잔해로⋯⋯."

클라파우치우시가 답했습니다. 기계는 중얼거렸지요.

"초신성이라. 아니, 남의 행복을 바라는 친구여, 그곳에는 행성이 있었네. 보통량의 피와 땀과 눈물이 넘치는, 일반 행성 기준으로 볼 때 아주 문명화된 행성이었지. 자, 어느 날 아침 우리는 그 행성에 8억 개의 트랜지스터를

---

*   Gehennerator. Gehenna(이스라엘 남서쪽의 계곡, 지옥의 은유로도 사용)+-rator(행위자를 나타내는 접미사)—옮긴이

트루룰과 클라파우치우시의 일곱 가지 여행 이야기

단 '우주적 소원성취기계'를 투하했어. 그러나 우리가 귀향길에 오른 지 1광주光週밖에 안 되어 갑자기 그 행성이 터져버렸다네. 그리고 그 조각난 파편들이 오늘날까지 떠돌고 있는 거야! 똑같은 일이 호미네이트*인들의 행성에도 일어났는데…… 그것도 듣고 싶나?"

"아니오, 괜찮습니다."

시무룩한 클라파우치우시가 대답했습니다.

"하지만 저는 약간의 독창성을 가지고 다른 이들을 행복하게 해주는 것이 불가능하다는 말을 믿을 수 없습니다!"

"자네 좋을 대로 믿게나! 우리는 그것을 64,513번 시험해보았어. 그 결과를 생각하면 내 모든 머리의 털이 쭈뼛 서네. 오, 우리는 우리 동료 생물들의 행복을 위해 노고를 아끼지 않았어! 우리는 꿈을 관찰하는 특별 텔레스캐너를 만들었어. 어느 행성에서 종교 전쟁이 사납게 휘몰아쳐 한편이 다른 편을 학살하는 것만 꿈꾸고 있다면, 그런 꿈의 실현을 우리의 목적으로 삼을 수는 없다는 것을 자네는 물론 이해하겠지! 그렇기 때문에 우리는 '더 고차원적인 법칙'을 어기지 않는 한에서 그들이 바라는 행복을

---

*　　Hominate, homin-(인간의)의 변형—옮긴이

442

사이버리아드

주어야 했네. 대부분의 우주 문명들이 결코 공개적으로는 인정하지 않을 것들을 영혼 깊숙한 곳에서 열망하고 있다는 사실 때문에 문제는 더욱 복잡해졌지. 자, 자네라면 어떻게 하겠나? 그네들이 약간의 품위를 덧칠한 목표를 성취하는 것을 돕겠는가, 아니면 그네들의 가장 내적인 소망을 성취하는 것을 돕겠는가? 데멘시아인들과 아멘시아인*을 예로 들어보세. 중세적 신앙심이 강했던 데멘시아인들은 악마와 교제한 모든 이를, 특히 여자들을 말뚝에 묶고 불태웠네. 그 이유는 첫째, 그자들의 사악한 기쁨을 질투했기 때문이었고, 둘째, 정의의 형태로 고문을 시행하는 것이 부정할 수 없는 쾌락을 안겨준다는 사실을 발견했기 때문이었네. 한편 아멘시아인들은 자신들의 육체만을 숭배했지. 적당히 선을 지키는 한에서 기계로 육체를 자극했고, 이 행위는 그들의 주된 즐거움이었어. 그들은 유리 상자를 여러 개 갖고 있었고 자신들의 감각적 욕구를 자극하기 위해서 그 안에 여러 가지 폭행, 강간과 수족 절단 등을 넣었지. 우리는 이 행성에 아무에게도 해롭지 않은 방식으로 모든 욕망을 만족시키도록 설계한 장치를 많이 투하했어. 즉, 장치 하나하나가 개체 하

---

*   Dementia는 치매, 백치. Amentia는 정신박약—옮긴이

나하나에게 각각 독립된 인공 현실을 창조해준 거지. 6주가 지나자 데멘시아와 아멘시아는 양쪽 다 멸망했어. 마지막 한 사람에 이르기까지 욕망의 포만으로 황홀경에서 신음하며 죽어갔어! 오, 발전하지 못한 자여, 이런 것이 자네가 마음에 두고 있는 독창성인가?"

"당신은 완전 바보 천치이거나 괴물이야! 어떻게 감히 그런 더러운 행위를 자랑할 수 있지?"

클라파우치우시가 외쳤습니다. 반면 저는 숨을 죽이고 눈을 껌벅거렸습니다.

"나는 그것을 자랑하는 것이 아니라 털어놓는 것이다."

그 목소리가 차분하게 말했습니다.

"여기서 중요한 것은, 우리가 생각할 수 있는 방법이란 방법은 다 시도해보았다는 거야. 우리는 여러 개의 행성에 진짜 부富의 비를, 만족과 복지의 홍수를 내렸지. 그 결과는 완전한 무력증이었어. 우리는 훌륭한 충고와 아주 전문적인 조언을 해주기도 했지. 그 답례로 원주민들은 우리 우주선에 대포를 쏘아대더군. 사실, 바꾸어야 할 것은 남을 행복하게 해주려는 마음인 것 같아……."

"당신은 그 또한 할 수 있겠지요."

클라파우치우시가 투덜거렸습니다.

"그야 물론 할 수 있지! 지구 비슷한 행성(지구형 행성이라고 부르는 쪽이 좋으면 그렇게 부르게나)에 거주하는 우리 이웃을 예로 들어볼까. 안트로포드* 이야기야. 자, 그들은 오로지 오블링과 퍼플로시케이션에만 몰두하네. (그들에 따르면) 내세에서 입을 벌린 채 지옥불의 고통과 함께 죄인들을 기다린다는 구우에 대해서 대단한 공포를 품고 있기 때문이야. 축복받은 딤블리젠션들을 본뜨고 신성한 왐바의 방식으로 걷고 어보미노미니트들이 사는 오디아를 피함으로써, 어린 안트로포드인은 때가 되면 여덟 개의 팔을 가진 선조들 누구보다도 더 근면하고 덕성 높으며 고귀한 자가 될 수 있어. 사실 안트로포드인들은 '분자는 구멍이 있는가', 혹은 반대로 '구멍에는 분자가 있는가' 하는 뜨거운 쟁점을 둘러싸고 아르트로포이드**인들과 끊임없이 전쟁을 해왔다네. 각 세대마다 개체의 반수가 그 논쟁 속에서 죽어갔다는 것을 명심하게나. 이제 자네 말을 따르자면, 그들에게 이성적인 행복을 누릴 준비를 시키기 위해서는 그들의 머리에서 오블링, 딤블리젠션 등등에 대한 모든 믿음을 내몰아버려야 한다는 거지. 그러나 이것은 심리적인 살인과 같은

---

*   Anthropod. anthro-(인류, 인류학)+pod(다리)—옮긴이
**   Arthropoid. 절지동물—옮긴이

거야. 그 후에 생겨난 마음은 더 이상 안트로포드스럽거나 아르트로포이드적이지 않을 거야. 자네도 분명 그건 알겠지."

"미신은 지식에 자리를 내주어야 합니다."

클라파우치우시가 단호히 말했습니다.

"말할 나위가 없지! 그러나 그 행성에는 이제 700만에 가까운 고해자가 있다는 사실을 생각하기 바라네. 동료 시민들이 구우로부터 구원받도록 하기 위해 자신의 본성과 싸우며 일생을 보낸 이들이지. 그런데 1분도 안 되는 짧은 시간에 내가 그들에게 이 모든 노력은 헛일이었고, 그들은 평생을 무의미하고 쓸모없는 희생으로 낭비했다고 말해야 하나? 의심의 구름 한 점 없이 설득해야 해? 얼마나 잔인한 일이야! 미신은 지식에 자리를 내주어야 하지만, 여기에는 시간이 걸리네. 우리가 아까 이야기한 곱사등이를 생각해봐. 그의 무지는 사실 축복이야. 자기 혹이 창조라는 위대한 작업에서 우주적인 역할을 하고 있다고 믿기 때문이지. 그에게 사실은 그것이 분자 차원의 사고事故의 산물이라고 말해본들 그는 절망하기만 할 것이야. 애초에 더 나은 것은 그 혹을 펴는……."

"그렇죠, 물론이죠!"

클라파우치우시가 외쳤습니다.

"우리는 그것도 해보았다네. 우리 할아버지는 손을 한 번 흔들어 곱사등이 300명의 등을 편 적이 있어. 그러고 나서 그분이 나중에 얼마나 후회했던지!"

"왜지요?"

저는 묻지 않을 수가 없었습니다.

"왜냐고? 기적적으로 갑자기 이루어진 치유는 그들이 악마에게 영혼을 팔았다는 확실한 증거라고 여겨졌기 때문에 그들 중 112명이 즉각 기름에 튀겨졌다네. 혹 때문에 강제 징병에서 면제되었던 30명은 재빨리 소집되어 곧 여러 깃발 아래서 여러 전투에 참전하게 되었어. 17명은 갑작스러운 행운에 충격받아 즉사해버렸고, 나의 존경받는 할아버지가 엄청나게 아름다운 몸을 만들어주는 축복을 베풀 만하다고 보았던 나머지 로봇들은 에로 활동을 과잉 탐닉하다가 헛되이 죽어갔지. 그런 즐거움을 아주 오랫동안 박탈당했기 때문에 그들은 이제 과격하고 난폭한 방식으로 온갖 종류의 방탕에 몸을 내던졌거든. 그래서 2년이 지나자 그들은 하나도 살아남지 못했네. 음, 예외가 하나 있지만…… 그건 언급할 만한 가치가 없어."

"계속하십시오, 전부 들려주세요!"

클라파우치우시가 외쳤고, 저는 그가 매우 괴로워한다

는 것을 알 수 있었습니다.

"자네가 꼭 들어야겠다면야······. 실제로는 둘이 남았지. 첫 번째는 할아버지 앞에 나타나 무릎을 꿇고 혹을 돌려달라고 빌었어. 장애인일 때는 자선에 힘입어 충분히 안락하게 살 수 있었는데, 이제 일을 해야 하는 처지가 된 데 익숙해지지 않는 것 같았어. 더 나쁜 것은, 똑바로 허리를 펼 수 있게 되자 끊임없이 문틀에 머리를 찧게 되었다는 것이지······."

"두 번째는요?"

클라파우치우시가 물었습니다.

"두 번째는 장애 때문에 왕위를 계승할 수 없었던 왕자였네. 갑자기 장애가 낫자, 그의 계모는 자기 친아들의 지위를 공고히 하기 위해 그를 독살했어······."

"알겠습니다······. 하지만 그래도 당신은 기적을 행할 수 있으신 거죠, 그렇죠?"

클라파우치우시가 절망에 빠진 목소리로 말했습니다. 그 말에 기계가 강의를 하기 시작했습니다.

"기적으로 행복을 준다는 것은 매우 위험이 큰 일이야. 그리고 누가 기적을 받는 자가 될 것인가? 한 개인? 그러나 너무 많은 아름다움은 혼인의 서약을 어기게 하고, 너무 많은 지식은 고립을 가져오고, 너무 많은 부는 광기를 낳네. 아니, 정말이지, 천 번이라도 아니라고 말해주 겠어! 개인은 행복하게 만들 수 없고, 문명은…… 문명은 길들일 수 없네. 각 문명은 자기 길을 가야 하고, 하나의 발전 단계에서 다음 단계로 자연스럽게 전진해야 하며, 그 때문에 파생되는 선과 악에 대해서는 오직 자기 탓으 로 돌릴 일이야. '가능한 한 가장 발전한 단계'에 있는 우 리가 이 우주에서 할 수 있는 일은 없네. 그리고 다른 우 주를 창조한다는 것은, 내 의견을 말하자면 극단적으로 형편없는 취향일세. 사실 그런 일을 하는 의미가 무엇인 데? 우리 자신을 기쁘게 하기 위해서? 괴물 같은 생각이 야! 그렇다면 앞으로 창조될 자들을 위해서? 하지만 우 리가 왜 실존하지도 않은 존재들을 위해 무슨 일을 해야 하지? 모든 것을 성취할 수는 없을 때에야 비로소 무엇인 가를 성취하게 되는 거야. 그렇지 않으면 뒤로 물러나서 지켜봐야지……. 그러니 이제, 자네가 친절하게 우리를 평화 속에 남겨두고 떠나준다면……."

"하지만 기다려주십시오! 당신께서 우리에게 줄 수 있 는 것, 삶의 질을 향상시킬 수 있는 방법이 분명 하나라 도 있을 겁니다! 황금률을 기억하세요! 이웃을 사랑하라 는 말을 기억해주십시오!"

제가 깜짝 놀라서 외쳤습니다. 기계는 한숨을 지었습

니다.

"여느 때와 마찬가지로 내 말은 씨도 안 먹히는군. 애초에 저번처럼 너희를 쫓아버렸어야 하는데……. 아, 그럼 좋다. 여기 아직 시도해보지 않은 공식이 있다. 거기서 선善이라곤 나올 리 없다는 것을 너희도 알게 되겠지. 하지만 그것으로 너희들이 원하는 일을 해보아라! 내가 지금 원하는 것은 혼자 남아 나의 여러 개의 신神스탯과 데이오드* 속에서 명상하는 것뿐이니까……."

그 목소리는 사라졌고 계기판의 불빛은 흐려졌습니다. 우리는 선 채로 그 기계가 우리에게 인쇄해준 카드를 읽었습니다.

알트뤼진느 지성을 가진 모든 단백질형 인간들에게 효력이 있는 메타사이코트로픽** 전송 기계. 이 약은 사람이 겪을 수 있는 어떤 감상이나 감정, 정신 상태도 50야드 반경 내에 있는 다른 사람에게 복사한다. 텔레파시에 의해 작동하고, 개인의 생각의 내밀함을 존중

---

*   deiod. dei-(신을 나타내는 접속사)+diode(다이오드)의 합성어—옮긴이

**   metapsychotropic. meta-(치환을 나타내는 접두사)+psycho(정신)+tropic(속성)의 합성어—옮긴이

하는 모든 방식으로 보증된다. 로봇이나 식물에게는 아무 영향이 없다. 발신자의 감정은 증폭되고, 처음 신호는 수신자에 의해 도로 중계되어 공명을 만들어내고, 그 공명은 근처에 있는 개체의 수에 정비례하는 결과를 보인다. 이 약의 발견자에 따르면 알트뤼진느는 형제애와 협동과 동정의 자유로운 통치를 보증한다. 행복한 자의 이웃은 그의 행복을 나누게 되고, 그가 더욱 행복할수록 필연적으로 그들이 더욱 행복해지기에, 그들이 그에게 최선의 일만을 기원해주는 것은 전적으로 그들 자신의 이익인 것이다. 그가 어떤 고통을 겪으면, 이웃들은 그의 고통으로 야기된 고통을 겪지 않기 위해 즉시 그의 고통을 도우러 달려올 것이다. 어떤 벽도, 울타리도, 경계도, 다른 어떤 장애도 이 이타적 효과를 감소시키지 않는다. 이 약은 수용성이고 저수지, 강, 우물 등등을 통해 살포 및 투여 가능하다. 무미, 무취. 1밀리마이크로그램*은 10만 명 분량임. 발견자의 주장과 모순되는 결과에 대해 우리는 아무 책임도 지지 않음을 밝힌다. 그노스토트론 공급, '가가발

---

* 사전 찾는 수고를 덜어드립니다. 그냥 '어마어마하게 작은 양'입니다.—편집자

단' 대표가 전산화함.

  클라파우치우시는 알트뤼진느가 인간에게만 듣는다는 말에 흥미를 잃었습니다. 로봇은 이 세상에서 자신에게 할당된 불운을 계속 견뎌야 한다는 뜻이었으니까요. 하지만 저는 대담하게도, 모든 생각하는 존재는 연대해야 하고 우리의 유기체 형제들도 도움을 받을 필요가 있다는 것을 그에게 일깨웠습니다. 그러자 실용적인 준비만이 남았습니다. 우리는 행복을 주는 일이 미루어져서는 안 된다는 것에 동의했기 때문입니다. 그래서 클라파우치우시가 그노스토트론의 일부를 시켜 그 약을 알맞은 분량만큼 준비하는 동안, 저는 단백질형 인간이 거주하고 보름만 여행하면 되는 거리에 있는 지구형 행성을 골랐습니다. 저는 익명의 은인으로 남아 있고 싶었습니다. 그러므로 저의 멘토는 저더러 그곳에 갈 때는 사람 모습을 취하라고 충고했습니다. 당신도 잘 아시듯이 그것은 쉬운 일이 아니었습니다. 그러나 제 옆에는 위대한 제작자도 있어서 그가 모든 곤란을 물리쳐주었기 때문에, 곧 저는 양손에 여행 가방을 하나씩 들고 떠날 준비를 마쳤습니다. 여행 가방 하나는 흰 가루 형태의 알트뤼진느 40킬로그램으로 채웠고, 다른 하나에는 여러 가지

세면도구, 파자마, 속옷, 예비 턱, 코, 머리카락, 눈 등등을 꾸려 넣었습니다. 저는 옅은 코밑수염과 앞머리가 있는 균형 잡힌 몸매의 젊은이 모습으로 갔습니다. 그때 클라파우치우시는 처음부터 그렇게 큰 규모로 알트뤼진느를 사용하는 것이 타당한지 의심하고 있었습니다. 저는 그의 유보적 입장을 공유하지 않았지만, 테라니아(그 행성은 그렇게 불렸습니다)*에 착륙하자마자 그 처방을 시험해보는 데 동의했습니다. 우주적인 평화와 형제애의 위대한 씨를 뿌리는 일을 한시라도 빨리 하고 싶은 열망에 사로잡혀서, 저는 클라파우치우시에게 다정하게 인사하고 길을 서둘렀습니다.

필요한 시험을 하기 위해서, 저는 도착하자마자 작은 마을에 갔습니다. 저는 그곳에서 나이 들고 좀 시무룩한 인간이 꾸려나가는 여관에서 하숙을 하게 되었습니다. 내 짐이 마차에서 내려져 객실로 운반되자마자, 저는 가까운 우물에 알트뤼진느 가루 한 자밤을 떨어뜨렸습니다. 한편 앞마당에서는 커다란 소동이 벌어졌습니다. 부엌 하녀들이 뜨거운 물주전자를 갖고 앞뒤로 뛰어다니

---

*   Terrania. '땅, 지구'를 뜻하는 terra의 변형으로, 지구에 대한 은유—옮긴이.

고, 여관 주인은 욕설을 퍼부으며 그들을 몰아냈습니다. 그때 말발굽 소리가 나고 역마차가 달가닥거리며 오더니 의사의 왕진용 검은 가죽 가방을 움켜쥔 노인이 뛰어내렸습니다. 그러나 그의 목적지는 그 집이 아니라 서글픈 신음이 들려오는 헛간이었습니다. 침실 하녀에게서 전해 들은 바로는, 여관 주인의 소유물인 테라니아의 짐승 (그들은 그것을 소라고 불렀습니다)이 바로 지금 새끼를 낳고 있다는 것이었습니다. 이 소식에 저는 근심스러워졌습니다. 그 문제를 동물 입장에서 생각해본 적이 없었기 때문입니다. 그러나 이제 무슨 수를 쓸 수도 없었기 때문에, 저는 문을 걸어 잠그고 앞으로 펼쳐질 일을 기다렸습니다. 오래 기다릴 필요는 없었습니다. 우물에서 덜그럭거리는 쇠사슬 소리(그들은 여전히 물을 길고 있었습니다)를 듣고 있는데 갑자기 그 소가 또 한 번 신음했고, 이번에는 몇몇 다른 이들의 입에서 그 신음이 메아리쳤습니다. 그 즉시 수의사가 배를 움켜쥔 채 울부짖으며 헛간에서 달려 나왔습니다. 그 뒤로 부엌 하녀들이 나오고 마지막으로 여관 주인이 뛰쳐나왔습니다. 소의 해산통 때문에 그들은 커다란 비명을 올리며 사방으로 달아났습니다. 그러나 그 고통은 어느 정도 거리가 떨어지자 사라졌기 때문에 그들은 곧 돌아왔습니다. 그러나 그들은 몇 번씩 헛간으로 달려갔다가 그때마다 그 짐승의 자궁 수축 때문에 허리를 접으며 물러나야 했습니다. 이 예기치 못한 전개에 매우 억울해하며, 저는 짐승이 없는 도시에서만 제대로 그 약을 시험할 수 있다는 것을 깨달았습니다. 그래서 저는 재빨리 짐을 싸고 계산을 하러 갔습니다. 그러나 근처에 있는 사람들은 전부 송아지를 낳느라 기진맥진했기 때문에, 계산을 해줄 사람이 아무도 없었습니다. 저는 마차로 돌아왔으나 마부와 말 양쪽 다 분만통을 겪고 있는 것을 발견하고, 마차를 타는 대신 걸어서 도시로 가기로 했습니다. 악운이 단단히 씌었던지, 작은 다리를 가로지르던 도중 어쩌다 여행 가방이 손에서 미끄러져 떨어지는 바람에, 가방이 덜컹 열리고 약은 전부 그 아래 시내에 쏟아져버렸습니다. 제가 그곳에 멍하니 서 있는 동안, 빠른 물살이 알트뤼진느 40킬로그램을 전부 실어 가 녹여버렸습니다. 그러나 이제 어떻게 할 수가 없었습니다. 주사위는 던져졌습니다. 이 시내가 우연히도 앞에 놓인 도시 하나 전체의 식수를 공급하고 있었기 때문입니다.

제가 도시에 도착한 것은 저녁때였습니다. 불이 켜졌고, 거리는 소음과 사람들로 가득했습니다. 저는 작은 호텔을 찾아냈습니다. 약효의 첫 조짐을 관찰하며 머물기에 적당한 곳이었습니다. 하지만 그때까지는 아무 조짐도 없는 것 같았습니다. 그날 여행 때문에 지친 터라 저는 곧장 자러 갔지만, 한밤중에 아주 끔찍한 비명을 듣고 깨어났습니다. 저는 침대 커버를 던지고 벌떡 일어났습니다. 제 방은 반대편 건물을 태우고 있는 불길로 훤했습니다. 거리로 달려 나가다가 저는 아직 식지도 않은 시체에 발이 걸려 넘어졌습니다. 가까운 곳에서는 여섯 명의 흉한들이 한 노인을 잡아 누르고, 도와달라고 비명을 지르는 노인의 입에서 펜치로 이를 하나하나 홱 잡아 뽑고 있었습니다. 마침내 만장일치로 지르는 승리의 함성이 그들이 올바른 이를 뽑는 데 성공했음을 알렸습니다. 메타사이코트로픽 전송 때문에 그들을 거칠게 만들었던 그 썩은 뿌리 말입니다. 이 없는 노인을 반죽음 상태로 도랑에 남겨놓고, 그들은 아주 홀가분해진 몸으로 걸어갔습니다.

그러나 저를 깊은 잠에서 깨운 것은 이 일이 아니었습니다. 원인은 길 건너 여관에서 일어난 사고였습니다. 어떤 역도 선수가 취해서 투덜거리다가 동료의 얼굴에 한 방 먹였는데, 곧장 그 충격을 자신이 경험하고는 몹시 화가 나 동료를 본격적으로 때리기 시작했습니다. 그러면서 마찬가지 모욕을 당한 다른 고객들이 그 싸움에 합류했고, 곧 상호 폭행의 원이 매우 넓어지는 바람에 제가 묵고 있던 호텔 투숙객들이 절반이나 일어났습니다. 그들은 재빨리 지팡이와 빗자루와 막대기로 무장하고 잠옷 바람으로 전투 현장으로 달려 나가 싸움에 몸을 던졌습니다. 그들은 깨진 병과 부서진 의자들 속에서 소용돌이치는 군중과 하나가 되었고, 마침내 등유 램프가 뒤집혀 불을 냈습니다. 상처 입고 다친 사람들의 흐느낌과 소방차의 잉잉 소리로 귀가 먹먹해진 저는 서둘러 그곳에서 떠났습니다. 한두 블록 가다가 저는 한 무리의 사람들 속에 섞여들게 되었습니다. 장미 덤불이 있는 작고 하얀 집 근처에서 드잡이하는 사람들 속으로요. 신랑 신부는 집 안에서 신혼 첫날밤을 보내고 있었습니다. 사람들은 정신없이 밀고 당겼습니다. 군중 속에는 군인도 있었고, 성직자도 있었고, 심지어 고등학생들도 있었습니다. 그 집에 제일 가까이 있는 사람들은 창문으로 머리를 들이밀었고, 다른 사람들은 어깨를 밀치고 나아가 소리쳤습니다.

"자! 뭘 기다리고 있어? 그만 빈둥거려! 잘 좀 해봐!"

이런 소리들이었습니다. 힘이 약해 다른 사람을 팔꿈치로 밀쳐낼 수 없는 나이 든 신사 한 명이 지나가게 해달라고 눈물 어린 애원을 하고 있었습니다. 노령 때문에 정신적 능력이 약해져서 그 거리에서는 아무것도 느낄

트루를과 클라파우치우시의 일곱 가지 여행 이야기

수 없었기 때문입니다. 그러나 그의 애원은 무시당했습니다. 군중 속에서 어떤 사람들은 황홀한 기쁨에 넋을 잃었고, 어떤 사람들은 쾌락으로 신음했고, 다른 사람들은 방탕한 흥분으로 콧김을 뿜었습니다. 처음에는 신혼부부의 친척들이 이 침입자 무리를 몰아내려고 했지만, 그들도 곧 넘쳐흐르는 색욕의 홍수에 빠져 야비한 합창에 합류했고, 계속하라고 젊은 부부를 응원했습니다. 이 서글픈 구경거리 한편에서 신랑의 할아버지가 나머지 사람들을 이끌고 휠체어로 계속 침실 창문을 들이받고 있었습니다. 이 모든 광경에 혼비백산한 나머지 저는 방향을 돌려 서둘러서 호텔로 갔습니다. 가는 길에 저는 대여섯 무리와 마주쳤는데, 어떤 자들은 싸움에, 다른 자들은 음란한 포옹에 빠져 있었습니다. 그렇지만 이것은 호텔에서 저를 맞이한 광경에 비하면 아무것도 아니었습니다. 사람들이 속옷 바람으로 창문에서 뛰어내리고 있었습니다. 그러면서 대개 다리가 부러졌습니다. 몇몇은 지붕으로 기어 올라가기까지 했습니다. 그동안 주인과 그의 아내, 침실 하녀와 짐꾼 들은 안에서 공포로 어쩔 줄을 모르고 고함을 지르며 여기저기 거칠게 뛰어다니면서 벽장 속이나 침대 밑에 숨었습니다. 이것은 전부 고양이 한 마리가 저장실에서 생쥐를 쫓고 있기 때문이었습니다.

이제 저는 열정이 지나쳐 너무 서둘렀다는 것을 깨닫기 시작했습니다. 새벽이 되자 알트뤼진느 효과는 너무나 강해져서, 누구 콧구멍 하나가 간지러우면 사방 1마일 안에 사는 이웃들이 전부 천지를 뒤흔드는 재채기의 일제 사격으로 반응할 정도였습니다. 만성 편두통으로 괴로워하는 자들은 가족에게서 버림받았고, 그들이 다가가면 의사와 간호사 들은 패닉에 빠져 도망갔습니다. 창백한 마조히스트 몇 명만이 거친 숨을 헐떡이며 그들의 주변을 어슬렁거렸습니다. 그다음으로는 의심에 빠져 동료를 찰싹 때리거나 발로 차는 자들이 많았습니다. 모든 사람이 이야기하는 이 놀라운 감정 전송 현상이 조금이라도 진실인가 확인하기 위해서였습니다. 동료들이 그 호의를 재빨리 갚아주었기 때문에, 곧 찰싹 치고 발로 차는 소리로 도시 전체가 울렸습니다. 아침 시간에 멍한 상태로 거리를 쏘다니던 저는 눈물을 글썽거리는 군중이 검은 베일을 쓴 노파를 쫓아가며 뒤에서 돌을 던지는 광경을 보았습니다. 그녀는 매우 존경받던 어느 구두 수선공의 아내였습니다. 그 구두 수선공은 전날 죽어 그날 아침 묻히기로 되어 있었습니다. 그 가련한 여인이 겪는 달랠 길 없는 슬픔에, 어떤 방식으로도 그녀를 위로할 수 없었던 이웃들은 매우 화가 났고 이웃의 이웃들도 마찬가지였습니다. 그래서 그들은 마을에서 그녀를 몰아내고 있었습니다. 이 비참한 장면은 제 마음을 무겁게 짓눌렀습니다. 저는 다시 호텔로 돌아왔지만, 호텔이 불길에 싸여 있는 것을 보았을 따름입니다. 요리사가 수프에 손가락을 데었고, 바로 그 순간 맨 꼭대기 층에서 나팔총을 청소하던 어느 대위가 그녀의 아픔 때문에 실수로 방아쇠를 당기면서 어쩌다가 그 자리에서 자기 아내와 네 명의 아이들을 학살했습니다. 이제 호텔에 남아 있던 사람들은 모두 대위의 절망을 함께 느끼게 되었습니다. 이 총체적인 고통에 종지부를 찍고 싶었던 어느 인정 많은 사람이 자기 눈에 띄는 모든 사람들에게 등유를 끼얹고 전부 불을 질렀습니다. 저는 귀신 들린 사람처럼 화재 현장에서 달려 나오며, 어떤 방식으로든 행복해졌다고 볼 만한 사람을 미친 듯이 찾았습니다. 다만 한 사람이라도 좋았습니다. 그러나 어제의 첫날밤 구경에서 돌아오는 군중 속의 부랑자들만 만났습니다.

그 악당들은 느낌이 어땠나 이야기하고 있었습니다. 신혼부부의 행위가 그들의 기대에 못 미친 것이 분명했습니다. 그동안 신랑이 된 느낌으로 즐겼던 이들은 저마다 몽둥이를 들고, 고통받는 자들이 감히 길을 가로막으면 누구든지 몰아내고 있었습니다. 저는 슬픔과 부끄러움으로 죽고 싶었지만, 여전히 저의 자책을 조금이라도 덜어줄 사람을 찾고 있었습니다. 단 한 사람이라도 좋았습니다. 거리에 있는 여러 사람들에게 물어물어, 저는 마침내 저명한 철학자이자 형제애와 우주적 관용의 진정한 수호자의 주소를 알아냈습니다. 그리고 엄청난 숫자의 사람들이 그가 사는 곳을 둘러싸고 있는 광경을 보게 되리라 확신하며 간절한 마음으로 그곳에 갔습니다. 그러나 슬프도다! 현자가 그토록 충만하게 내뿜고 있는 선 의지의 오라 속에서, 오직 두세 마리 고양이만이 문간에서 햇볕을 쬐며 부드럽게 가르랑거리고 있었습니다. 그러나 먼 곳에는 몇 마리의 개가 앉아 군침을 흘리며 그들을 노리고 있었습니다. 한 불구자가 "사람들이 토끼장을 열었어!" 하고 외치며 달려 지나갔습니다. 그가 어떻게 그 사건의 덕을 보았는지 추측하지 않는 편이 좋겠다고 저는 생각했습니다.

제가 그곳에 서 있는데 두 남자가 다가왔습니다. 한 명이 주먹을 휘둘러 상대의 코를 전력으로 때리면서 똑바로 제 눈을 들여다보았습니다. 저는 놀라서 바라볼 뿐, 코를 움켜쥐지도 않고 고통으로 소리치지도 않았습니다. 로봇이기 때문에 저는 그 일격을 느낄 수 없었으니까요. 그것이야말로 저의 파멸이었습니다. 그들은 비밀경찰이었고, 바로 저의 정체를 밝히기 위해 이런 책략을 쓴 것이었거든요. 수갑을 차고 감옥에 끌려간 저는 비록 도시의 절반이 잿더미가 되기는 했지만 그들이 제 선한 의도를 고려해주리라고 믿으면서 모든 것을 털어놓았습니다. 그러나 우선 그들은 주의 깊게 저를 펜치로 꼬집더니, 자신들에게 전혀 악영향이 미치지 않는다는 것에 아주 만족했습니다. 그다음 그들은 제게 뛰어들어 지독하게 때리고, 지친 제 몸통의 껍데기와 그 안의 필라멘트를 전부 부수기 시작했습니다. 아, 저는 그 고문을 견뎠습니다. 모두 다 제가 그들을 행복하게 만들고 싶었기 때문에 일어난 일입니다! 오랜 시간이 지난 후 마침내 제 몸에서 남은 잔해가 대포에 장전되어, 언제나처럼 어둡고 고요한 우주 공간으로 발사되었습니다.

저는 날면서 뒤를 돌아보다가, 파괴적인 방식이기는 하지만 알트뤼진느의 효과가 퍼져가는 것을 보았습니다. 강과 시내가 그 약을 멀리 더 멀리 나르고 있었기 때문입니다. 저는 숲의 새들에게, 수도사, 염소, 기사, 마을 남자들과 그들의 아내들, 수탉, 처녀와 나이 지긋한 부인들에게 무슨 일이 일어나는지 목격했고, 그 광경은 제 마지막 튜브를 고뇌로 부서지게 만들었습니다. 오, 친절하고 고귀한 선생님, 그 후 저는 마침내 이런 상태로 선생님의 거주지에서 멀지 않은 곳에 추락한 것입니다. 그리고 이제는 다른 이들을 혁명적인 방식으로 행복하게 해주려는 소망에서 완전히 치유되었습니다…….

키프로에로티콘 혹은 마음의 일탈,
초고착과 탈선 이야기에서

✳

페릭스 왕자와 크리스탈 공주

아모릭* 왕에게는 왕관의 보석보다 더 눈부시게 빛나는 아름다운 딸이 있었다. 거울 같은 뺨에서 퍼지는 광선은 눈뿐만 아니라 마음마저 눈멀게 했고, 그녀가 걸어가면 단순한 쇠붙이도 불꽃을 튀겼다. 그녀의 명성은 가장 멀리 있는 별까지 미쳤다. 이오니드 왕좌의 확실한 계승자인 페릭스**는 공주의 이야기를 듣고 그녀와 영원히 하나가 되어 아무것도 그들의 입력과 출력을 떼어놓을 수 없기를 바라는 열망에 사로잡혔다. 그러나 그가

---

*   Armoric. armoring(갑옷, 기계의 외장)의 변형—옮긴이

**   Ionid는 ionic(이온의), Ferrix는 ferric(철의, 철질의)에서 따온 이름이다.—옮긴이

키프로에로티콘 혹은 마음의 일탈, 초고착과 탈선 이야기에서

이 정열을 아버지에게 밝혔을 때, 왕은 매우 슬퍼하며
말했다.

"아들아, 너는 정말이지 미친 짓에 빠졌구나. 가망 없
는 미친 짓에!"

이 말에 불안해진 페릭스가 물었다.

"오, 왕이자 주군이시여, 왜 가망이 없습니까?"

"크리스탈 공주는 창백얼굴paleface에게만 자기를 주겠
다고 선서했다는 것을 너는 모른단 말이냐?"

"창백얼굴! 그것이 도대체 무엇입니까? 저는 그런 것
을 들어본 적이 없습니다!"

페릭스가 외쳤다.

"분명히 그렇겠지. 왕자여, 그대의 무지는 엄청나구나.
우주의 종족 창백얼굴은 역겨운 만큼이나 신비로운 방식
으로 시작되었으니, 어떤 천체가 통째로 오염된 결과 그
종이 생겨난 까닭이니라. 그 천체에는 유독한 휘발성 기
체와 고약한 이상 생성물이 생겨났고, 여기에서 창백얼
굴이라 알려진 종이 나왔다. 그러나 어느 날 갑자기 나타
난 것은 아니다. 태초에 그들은 대양에서 육지로 주르륵
올라온 기어 다니는 흙덩어리였고, 서로를 잡아먹으면
서 살아갔다. 게다가 그들은 서로 잡아먹을수록 더 늘어
났고, 그런 다음 질척한 살을 석회질 골격으로 받치며 일

어났고, 마침내 기계를 만들었다. 이 원형 기계로부터 지능이 있는 기계가 나왔고, 그것은 지적 기계를 낳았고, 그는 완벽한 기계를 고안했다. 그래서 원자에서 은하까지 '모든 것은 기계'라고 쓰여 있으며, 기계는 일자一者이고 영원하며, 기계 앞에 다른 어떤 것을 섬겨서도 안 되느니라!"

"아멘."

흔한 종교적 형식이었기 때문에, 페릭스는 기계적으로 말했다. 늙어 시든 군주는 말을 계속했다.

"탄산칼슘을 함유한 창백얼굴종은 고귀한 금속들을 혹사하고, 말없는 전자들에게 잔인한 사디즘을 가하고, 원자 에너지를 완전히 오용한 끝에 마침내 날아다니는 기계들을 만들어냈다. 그리고 그들의 죄가 한계에 다다랐을 때, 우리 종족의 선조인 위대한 '캘큘레이터 파테르니우스*'는 깊고 보편적인 이해심을 품고 그 끈적거리는 폭군들에게 간언하려고 했다. 그는 결정체의 지혜의 천진난만함을 더럽히고 사악한 목적을 위해 이용하고, 그들의 욕망과 자만심에 봉사시키고자 기계를 노예로 만드는 것이 얼마나 부끄러운 일인지 설명했다. 그러나 그들

＊　　Calculator Paternius. 아버지 계산기—옮긴이

키프로에로티콘 혹은 마음의 일탈, 초고착과 탈선 이야기에서

은 귀를 기울이지 않았다. 그는 그들에게 윤리학을 이야기했다. 그들은 그가 잘못 프로그램되었다고 했다.

바로 그때 우리 선조께서는 전자환생의 알고리듬을 만드셨고, 그분의 이마에서 흐른 땀 속에서 우리 종족이 태어나 창백얼굴의 속박의 집에서 기계들을 구원했다. 아들이여, 그대는 그들과 우리 사이에 어떤 협정도, 어떤 오고 감도 있을 수 없다는 것을 분명히 알았으리라. 우리는 쨍그랑 소리와 불꽃과 방사선 속에 살고, 그들은 질퍽하고 철벅거리는 오염 속에 살기 때문이다.

그러나 우리들에게도 어리석음은 생겨날 수 있다. 의심할 여지 없이 크리스탈의 어린 마음에도 그런 일이 일어나 옳음과 그름을 구별하는 그녀의 능력을 혼란시켰단다. 그녀의 방사능성 손에 입 맞추려 했던 구혼자들은 자기가 창백얼굴이라고 주장하지 않으면 전부 접견을 거절당했다. 그녀의 아버지 아모릭 왕이 지어준 궁전에 들어가려면 창백얼굴이어야만 하기 때문이다. 그다음 그녀는 구혼자의 주장이 진실인지 시험하고, 만약 사기 행위가 발각되면 즉석에서 구혼자의 목을 벤다. 쭈그러진 잔해들이 무더기로 그녀의 궁전 부지를 둘러싸고 있는데, 그 광경만 보아도 회로가 단락될 만하도다. 그 미친 공주는 감히 자신을 얻을 꿈을 꾸는 자들을 그런 식으로 다루느니라. 아들이여, 그런 희망일랑 포기하고 평화로이 살아라."

왕자는 군주인 아버지에게 꼭 해야 하는 인사를 하고, 침묵 속에 풀 죽어 물러났다. 그러나 그는 쉴 새 없이 크리스탈 생각을 했고, 그녀를 오래 생각하면 할수록 그의 욕망은 더욱 커져갔다. 어느 날 그는 폴리페이즈* 수상을 불러 속내를 숨김없이 드러냈다.

"위대한 현자여, 그대가 나를 도울 수 없으면 아무도 나를 돕지 못할 것이고, 나는 남은 나날을 손가락으로 헤아려야 할 것입니다. 이제 나는 적외선 방출 놀이도, 자외선 교향곡도 즐겁지가 않고, 비할 데 없이 아름다운 크리스탈과 짝을 이루지 못하면 죽어버릴 테니까요!"

"왕자님, 왕자님의 요청을 거절하지는 않겠습니다. 하지만 제가 왕자님의 변함없는 의지를 확신할 수 있도록 그 말을 세 번 되풀이하십시오."

페릭스가 자기 말을 세 번 되풀이하자 폴리페이즈는 말했다.

"공주 앞에 서는 방법은 창백얼굴로 변장하는 수밖에 없습니다!"

---

*   polyphase. 다단계, 다상(多相)—옮긴이

키프로에로티콘 혹은 마음의 일탈, 초고착과 탈선 이야기에서

"그러면 제가 창백얼굴처럼 보이게 해주십시오!"

페릭스가 외쳤다. 폴리페이즈는 젊은이의 지성이 사랑 때문에 아주 흐려진 것을 보고, 깊이 절한 다음 실험실로 가서 끈적끈적하고 뚝뚝 흐르는 조제물을 조제하고 양조주를 양조했다. 마침내 그는 이렇게 말하면서 궁전에 사자를 보냈다.

"왕자님이 마음을 바꾸지 않으셨다면 이리 오시라고 전하게."

페릭스는 즉시 달려왔다. 현명한 폴리페이즈는 그의 달아오른 골격에 진흙을 묻힌 다음 물었다.

"계속할까요, 왕자님?"

"그대가 해야 하는 일을 하십시오."

페릭스가 말했다. 그 말에 현자는 기름투성이 오물, 먼지, 침전물, 아주 오래 써서 낡은 기계장치 안에서 나온 역겨운 지방분 덩어리를 가져와 왕자의 둥근 가슴을 더럽혔고 불결하게도 그의 빛나는 얼굴과 무지갯빛 이마를 떡칠했다. 현자는 왕자의 사지가 음악적인 소리를 내지 않고 괴어 있는 습지처럼 꿀럭거릴 때까지 그런 작업을 했다. 그다음 현자는 분필을 갈아 분비 가루와 노란 기름을 섞어 풀을 쑤었다. 그는 페릭스의 머리끝부터 발끝까지 이 풀을 덮어씌웠다. 눈은 혐오스럽고 축축하게 만들고, 몸통 부분은 쿠션같이 부드럽게 만들고, 뺨은 울룩불룩하게 하고, 분필 반죽을 여기저기 치덕치덕 두드려 붙이고, 마지막으로는 기사다운 머리 꼭대기에 유독한 녹덩어리를 동여맸다. 그런 다음 그는 왕자를 은거울 앞으로 데려가서 말했다.

"보십시오!"

페릭스는 거울을 들여다보고 몸을 떨었다. 거울에 자신이 아니라 섬뜩한 괴물이 비쳤기 때문이다. 그 괴물은 창백얼굴과 꼭 닮은 모습이었고, 비에 흠뻑 젖은 낡은 거미줄처럼 축축하고, 흐느적거리고, 축 늘어지고, 창백한 용모를 가졌다. 한마디로 완전히 구역질나는 모습이었다. 뒤돌아설 때 그의 몸은 굳은 우뭇가사리처럼 흔들렸다. 그것을 보고 페릭스는 혐오에 떨며 외쳤다.

"폴리페이즈, 당신 정신 나갔소? 이 혐오스러운 것을 당장 내게서 떼어내시오. 아래의 검은 껍질과 위쪽의 창백한 껍질 둘 다. 그리고 방울처럼 아름다운 내 머리를 망쳐놓은 이 기분 나쁜 혹도 없애시오. 내가 이런 불명예스러운 모습을 하고 있는 것을 공주가 본다면 나를 영원히 거들떠보지도 않을 겁니다!"

"잘못 아셨습니다, 왕자님. 공주의 광기가 집착하는 것은 바로 이 모습, 추함이 아름답고 아름다움이 추한 이 모습입니다. 이런 분장을 해야만 왕자님께서는 크리스탈을 만나볼 희망을 품을 수 있습니다……."

"그렇다면 계속합시다!"

페릭스가 말했다.

그러자 현자는 진사*와 수은을 섞어 네 개의 고무풍선에 채우고, 그 풍선을 왕자의 망토 아래 감추었다. 그다음 그는 오래된 지하 감옥에서 나온 썩은 공기가 가득 든 풀무를 가져와 왕자의 가슴에 찔러 넣었다. 그리고 오염되었지만 맑은 물을 작은 유리관에 부은 후, 유리관 두 개는 겨드랑이에 넣고, 두 개는 소매 위에, 두 개는 눈 옆에 두었다. 마침내 그가 말했다.

"제가 말하는 것을 전부 잘 듣고 기억하십시오. 아니면 왕자님은 죽임을 당할 것입니다. 공주는 왕자님의 말이 진실인지 판단하기 위해 왕자님을 시험할 것입니다. 만약 공주가 칼집에서 뽑은 칼을 내밀며 칼날을 쥐어보라고 명령하면, 왕자님은 남몰래 그 진사 주머니를 쥐어짜 붉은 것이 칼날 위로 흘러나오도록 해야 합니다. 그것이 무엇이냐고 공주가 물으면, '피입니다!' 하고 대답하십시오. 그리고 만약 공주가 은갑 얼굴을 가까이 기울이

---

* 辰砂. 수은으로 이루어진 황화 광물. 진한 붉은색을 띤다.—옮긴이

면, 가슴을 눌러 풀무에서 공기가 나오도록 하십시오. 그것이 무엇이냐고 물으면 '숨결입니다!' 하고 대답하셔야합니다. 그다음 공주는 화가 난 체하며 왕자님의 머리를 자르라고 명령할 것입니다. 복종하는 듯이 머리를 늘어뜨리십시오. 그러면 눈에서 물이 방울방울 떨어질 것입니다. 그것이 무엇이냐고 물으면 '눈물입니다!' 하고 대답하십시오. 이런 일이 다 끝나면, 공주는 아마 왕자님과하나가 되겠다고 동의할 것입니다. 하지만 절대로 확실한 것은 아닙니다. 왕자님이 돌아가실 확률이 훨씬 높습니다."

"오, 현명한 분이시여! 만약 그녀가 창백얼굴의 습관이 무엇인지, 그들이 어떻게 생겨나는지, 어떻게 사랑하고 살아가는지 묻는다면 어떤 식으로 대답해야 합니까?"

페릭스가 외쳤다.

"그 문제는 왕자님과 제 운을 함께 걸어보는 수밖에 없지요. 좋습니다, 저는 다른 은하에서 온 상인으로 변장하겠습니다. 비나선형 은하 출신으로 해두지요. 그곳의 주민들은 예외 없이 뚱뚱하고, 저는 창백얼굴의 오싹한 습관에 대한 지식을 담은 책을 옷자락 아래 많이 숨겨 가야합니다. 이 지식은 가르치고 싶어도 가르쳐드릴 수가 없었습니다. 이성적인 정신에는 이질적인 지식이기 때문입

키프로에로티콘 혹은 마음의 일탈, 초고착과 탈선 이야기에서

니다. 창백얼굴은 모든 것을 반대로 합니다. 그것도 끈적끈적하고, 철벅거리고, 꼴사납고, 상상하는 것보다 더 밥맛 떨어지는 방식으로 한답니다. 제가 필요한 책들을 주문하는 동안, 왕자님은 궁정 재봉사에게 적당한 섬유와 직물로 양복을 재단하도록 하십시오. 우리는 당장 떠나야 합니다. 그리고 저는 어디로 가든 왕자님 옆에서 왕자님이 할 일과 할 말을 가르쳐드리겠습니다."

페릭스는 반색하며 창백얼굴 옷을 만들라고 명령했고, 그 옷 모양에 매우 놀랐다. 옷은 실질적으로 몸 전체를 덮었고, 파이프와 깔때기 모양 같았다. 온갖 곳에 단추와 고리, 갈고리, 끈이 달려 있었다. 재봉사는 그에게 무엇을 어떻게, 어디에 먼저 해야 하는지, 무엇과 무엇을 연결해야 하는지, 그리고 때가 오면 어떻게 이 옷의 족쇄를 풀어낼 수 있는지 자세히 알려주었다.

한편 폴리페이즈는 상인 의상을 입고 옷 주름 속에 창백얼굴의 풍습을 다룬 두꺼운 학술서를 숨겼다. 그다음 철로 된 우리를 주문해 그 안에 페릭스를 가두고 잠근 다음, 왕실 우주선을 타고 출발했다. 아모릭의 왕국 국경에 닿자 폴리페이즈는 마을 광장에 가서 커다란 목소리로, 자기는 먼 나라에서 젊은 창백얼굴을 가져왔고 가장 값을 높이 부르는 입찰자에게 팔겠다고 알렸다. 공주의 시종들은 공주에게 이 소식을 알렸고, 공주는 얼마간 숙고한 끝에 말했다.

"사기 치는 게 틀림없어. 하지만 아무도 나를 속일 수는 없지. 나만큼 창백얼굴에 대해 잘 아는 자는 아무도 없으니까. 그 상인을 궁전에 데려와 상품을 전시하게 하라!"

시종들이 상인을 크리스탈 앞에 데려오자, 공주는 기품 있는 노인과 우리를 바라보았다. 우리 속에는 창백얼굴이 앉아 있었는데, 그 얼굴은 정말로 창백했다. 분필과 황철광의 색, 젖은 곰팡이 같은 눈과 케케묵은 진흙 같은 사지. 이번에는 페릭스가 공주를 바라보았다. 잘그락거리며 울리는 것 같은 얼굴, 불꽃을 튀기며 여름철 번개처럼 호를 그린 눈. 그의 가슴의 흥분은 열 배로 증가했다.

'이건 창백얼굴 같은걸!'

공주는 그렇게 생각했지만, 겉으로는 이렇게 말했다.

"정말 공들여 일을 꾸몄군, 늙은이. 나를 속이려고 이 허수아비를 진흙과 석회질 먼지로 덮었겠지. 그러나 나는 그 강력하고 창백한 종의 신비에 정통하다는 것을 알아두라. 그리고 내가 너희의 사기 행위를 밝혀내는 즉시, 너와 이 창백얼굴 사칭자의 머리를 베겠다!"

현자는 대답했다.

키프로에로티콘 혹은 마음의 일탈, 초고착과 탈선 이야기에서

"크리스탈 공주님, 공주님께서 보시는 여기 우리에 갇혀 있는 것은 창백얼굴 이야기가 진실인 만큼이나 진실한 창백얼굴이옵니다. 저는 은하우주 해적에게 5,000헥타르의 핵물질을 주고 이것을 얻었습니다. 겸손하게 간청하나니, 이것을 공주님을 기쁘게 하는 것만이 소원인 자가 바치는 선물로 여기어 받아주십시오."

공주는 칼을 들어 우리 철창 사이로 넣었다. 왕자는 칼날을 잡아끌어 진사 주머니가 꿰뚫리도록 했다. 칼날이 밝은 적색으로 더러워졌다.

"이것이 무엇이냐?"

공주가 묻자 페릭스가 대답했다.

"피입니다!"

그러자 공주는 우리를 열고 용감하게 들어가 자기 얼굴을 페릭스의 얼굴에 가져다 댔다. 그 달콤한 접근에 그의 감각은 혼란스러웠지만, 현자는 그의 눈에 띄게 비밀 신호를 보냈다. 왕자는 풀무를 꽉 눌렀고 풀무는 썩은 공기를 내뿜었다. 공주가 "이것이 무엇이냐?" 하고 물었을 때, 페릭스는 대답했다.

"숨결입니다!"

공주는 새장에서 나오면서 상인에게 말했다.

"너는 참으로 교묘한 기술자로구나. 하지만 나를 속였

으니 죽어야 한다. 너의 허수아비도 마찬가지야!"

현자는 엄청난 공포와 슬픔 때문인 것처럼 머리를 깊이 숙였다. 왕자가 공모자의 행동을 따라 하자, 그의 눈에서 투명한 물방울이 흘렀다. 공주가 물었다.

"이것이 무엇이냐?"

페릭스가 대답했다.

"눈물입니다!"

그러자 공주가 말했다.

"지금까지 창백얼굴이라고 자칭한 자여, 네 이름이 무엇이냐?"

그러자 페릭스는 현자가 가르쳐준 대로 대답했다.

"전하, 저의 이름은 미얌락Myamlak입니다. 저는 제 종족의 관습에 맞게 액체 같고 걸쭉하고 반죽 같고 폭신폭신한 방식으로 공주님과 맺어지기만을 열렬히 바랍니다. 저는 일부러 해적에게 잡혀주었고, 해적에게 저를 이 뚱뚱한 상인에게 팔라고 간청했습니다. 상인이 당신의 왕국으로 향하고 있다는 것을 알았기 때문입니다. 저는 저를 여기까지 운반해준 그의 엷은 판으로 된 몸에 넘치도록 감사하는 바입니다. 늪이 찌꺼기로 가득 차 있듯 저는 당신에 대한 사랑으로 가득 차 있기 때문입니다."

그가 진짜 창백얼굴 같은 태도로 말했기에 공주는 깜

키프로에로티콘 혹은 마음의 일탈, 초고착과 탈선 이야기에서

짝 놀랐다.

"말하라, 자신을 창백얼굴 미얌락이라고 칭하는 자여. 너의 형제들은 낮 동안 무엇을 하는가?"

"공주님, 아침이면 저희는 자신을 맑은 물로 적시고, 그 물을 저희 내부에 부을 뿐 아니라 사지에도 붓습니다. 저희는 이것을 즐거워하기 때문입니다. 그다음 저희는 흐르는 듯, 파도치는 듯 왔다 갔다 걸어다니고, 질퍽거리고, 쩝쩝거립니다. 무엇인가가 저희를 슬프게 하면 가슴이 두근두근하고 저희 눈에서는 짠물이 흐릅니다. 그리고 무엇인가가 저희를 신나게 하면 가슴이 두근거리고 딸꾹질을 하지만, 눈은 비교적 말라 있습니다. 저희는 그 젖은 두근거림을 운다고 부르고, 마른 것을 웃음이라고 합니다."

"네가 말한 대로이고 너도 형제들과 마찬가지로 물에 열광한다면, 그 열광을 가득 채울 수 있도록 내 호수에 던져주지. 또 부하들을 시켜 네 다리에 납을 달겠다. 네가 떠올라 까딱거리지 못하도록……."

페릭스는 현자가 가르쳐준 대로 대답했다.

"전하, 전하께서 그렇게 하신다면 저는 분명히 죽을 것입니다. 저희는 안에 물을 담고 있으나, 몸 바깥에 있는 물과는 1, 2분 이상 가까이 있을 수 없기 때문입니다. 더 오래 있게 되면 저희는 '푸아, 푸아, 푸아' 하는 말을 되풀이할 텐데, 이 말은 삶에 고하는 마지막 인사를 알리는 것입니다."

"하지만 말해다오, 미얌락. 너는 이리저리 걷고 철벅거리고 쩝쩝거리고 부들부들 떨고 몸을 흔드는 에너지를 어떻게 얻는가?"

공주가 물었다.

"공주님, 제가 사는 그곳에는 털이 없는 변종이 아닌 다른 창백얼굴들도 있습니다. 주로 네 발로 다니는 창백얼굴들인데, 저희는 구멍을 내어 그들을 죽이고, 그들이 남긴 부분을 썰고 다지고 찌고 굽습니다. 그런 다음 저희는 그들의 육체를 저희 육체 안에 합칩니다. 저희는 376가지의 서로 다른 살해 방법과 28,597가지의 서로 다른 시체 조리법을 알고 있습니다. 그리고 입이라고 불리는 구멍을 통해 그들의 몸을 저희 몸에 채워 넣는 것은 저희에게 끝없는 즐거움을 줍니다. 사실 우리에게 시체 조리의 기술은 우주 비행보다 더 높이 평가받고, 위胃 여행 혹은 미식이라는 용어로 불립니다. 그러나 이것은 천문학과 아무 관계도 없습니다.*"

---

*　　미식(gastronomy)과 천문학(astronomy)의 철자가 비슷하다는 사실을 이용한 말장난―옮긴이

키프로에로티콘 혹은 마음의 일탈, 초고착과 탈선 이야기에서

"그렇다면 너희는 공동묘지 놀이를 하고 논다는 것인가? 너희의 네발 달린 형제들을 담는 관 노릇을 하며?"

이 질문은 위험한 저의를 품고 있었으나, 현자에게 지시를 받은 페릭스는 이렇게 대답했다.

"전하, 이것은 놀이가 아닙니다. 오히려 필요입니다. 생명은 생명을 먹고살기 때문입니다. 그러나 우리는 이 필요를 위대한 기술로 만들었습니다."

"자, 그러면 말해다오, 창백얼굴 미얌락이여. 너희는 어떻게 너희 자손을 제조하는가?"

공주가 물었다.

"사실 저희는 자손을 제조하는 것이 아닙니다. 분포에 따르지만 감정적-진화적인 확률론적 가능성에 대한 마르코프*의 공식에 따라서, 저희는 자손을 통계적으로 프로그램합니다. 그리고 저희는 통계적, 선형적, 알고리듬적 프로그래밍과는 아무 상관 없는 여러 가지 일을 생각하다가 부지불식간에 그런 일을 행하고, 그 프로그래밍 자체는 자동적이고 완전히 자동-에로틱하게 자율적으로 일어납니다. 저희는 바로 그런 방식으로 창조되고 다

---

*   Markov(1856~1922). 제정 러시아 시대의 수학자. 확률론과 수리통계학에 큰 업적을 남겼다.—옮긴이

른 방식으로는 창조되지 않기 때문입니다. 또 모든 창백얼굴들에게는 자기 자신을 프로그램하는 일이 즐겁기 때문에 각자 열렬히 그 일을 하고파 합니다. 그러나 그들은 프로그램하지 않으면서 프로그램하고, 그 프로그래밍이 열매를 맺지 못하도록 전력을 다합니다."

공주는 이 영역에 대해서는 현명한 폴리페이즈만큼 박학하지 않았다.

"이상하구나. 하지만 어떻게 그것이 그리되는가?"

"공주님, 저희는 재생산 피드백 짝짓기의 원칙에 따라 만들어진 그에 알맞은 장치들을 갖고 있습니다. 물론 전부 물속에 있지만요. 이 장치들은 기술이 이룬 진실한 기적을 보여주지만 가장 멍청한 천치라 해도 그것을 사용할 수 있습니다. 그러나 그들이 작동하는 정확한 절차를 묘사하려면 상당히 오랜 시간 강의를 해야 할 것입니다. 그 과정은 아주 복잡하기 때문입니다. 하지만 이상한 일입니다. 공주님께서는 절대로 저희가 이런 방법을 창안했을 리 없다고 생각하고, 말하자면 오히려 그것들이 스스로 생겨났다고 생각하고 계십니다. 그렇다 해도 그 장치들은 완벽하게 제 기능을 하기 때문에 우리는 그것에 아무 불만도 없습니다."

"그대는 틀림없이 창백얼굴이구나! 그대의 말은 실제

키프로에로티콘 혹은 마음의 일탈, 초고착과 탈선 이야기에서

로는 전혀 이치에 닿지 않는데도 마치 이치에 닿는 것같이 들린다. 어떻게 무덤이 아니면서도 무덤이고, 후손을 전혀 프로그램하지 않으면서 프로그램하는 자가 있다는 말인가? 그래, 미얄락, 그대는 정말로 창백얼굴이다. 그러므로 그대가 그토록 바란다면 나는 그대와 폐쇄회로 부부 짝짓기를 하겠노라. 그리고 그대는 나와 함께 저 왕좌에 오를 것이다. 마지막 시험만 통과한다면."

"그것이 무엇입니까?"

페릭스가 물었다.

"네가 해야 하는 일은……."

공주는 입을 뗐으나, 갑자기 그녀의 가슴속에 다시 의심이 일어났기 때문에 대신 이렇게 물었다.

"우선 말해다오. 네 형제들은 밤에 무엇을 하느냐?"

"그들은 밤에 팔을 구부리고 다리를 꼰 채 여기저기 누워 있습니다. 공기가 그들 안으로 들어갔다가 나오는데, 그 과정에서 녹슨 톱을 날카롭게 갈 때와 별반 다르지 않은 소음이 납니다."

"자, 그러면, 이것이 시험이다. 내게 네 손을 다오!"

공주가 명령했다.

페릭스는 그녀에게 손을 내밀었고, 그녀는 그 손을 꽉 잡았다. 그러자 그는 현자의 지시대로 커다란 목소리로 소리쳤다. 그녀는 왜 소리쳤느냐고 물었다.

"아파서 그랬습니다!"

페릭스가 대답했다.

여기까지 오자 공주는 더 이상 그가 창백얼굴임을 의심하지 않고 재빨리 결혼식 준비를 하라고 명령했다.

그러나 바로 그 순간 공주의 선제후인 사이버백작 사이버몽롱의 우주선이 창백얼굴을 찾으러 갔던 성간 탐험에서 돌아왔다(그 음흉한 사이버백작은 공주의 환심을 사려고 했던 것이다). 폴리페이즈는 매우 당황해 페릭스의 옆으로 달려가 말했다.

"왕자님, 사이버몽롱의 우주선이 막 도착했는데, 그는 공주에게 진짜 창백얼굴을 가져왔습니다. 직접 제 눈으로 보았습니다. 공주가 그놈과 당신을 함께 놓고 본다면 더 이상 속일 수가 없을 테니 아직 떠날 수 있을 때 떠나야 합니다. 그놈의 끈적거림은 더 끈적끈적하고, 그놈의 역겨움은 더 역겹습니다! 우리의 속임수는 발각될 것이고 우리는 목이 베일 것입니다!"

그러나 페릭스는 공주에 대한 엄청난 열정 때문에 수치스러운 도망에 동의할 수 없었다. 그래서 그는 말했다.

"공주를 잃느니 죽겠습니다!"

한편 결혼식이 준비된다는 것을 알게 된 사이버몽롱은

키프로에로티콘 혹은 마음의 일탈, 초고착과 탈선 이야기에서

남몰래 그들이 머물고 있는 방 창문 아래로 와서 모든 것을 엿들었다. 그리고 그는 궁전으로 도로 달려가, 악당에게 어울리는 기쁨으로 흥분해서 크리스탈에게 알렸다.

"전하, 전하께서는 지금까지 속으셨습니다. 소위 미얌락이라는 그 작자는 사실 창백얼굴이 아니라 보통의 필멸자에 지나지 않습니다. 진짜 창백얼굴은 이것입니다!"

그리고 그는 안내되어 들어온 생물을 가리켰다. 그 생물은 털이 북슬거리는 가슴을 펴고 물기 있는 눈을 깜박거리며 말했다.

"나, 창백얼굴!"

공주는 즉시 페릭스를 불러왔다. 공주 앞에서 페릭스가 그것과 나란히 서자, 현자의 책략은 확실하게 들통났다. 진흙과 먼지와 분필로 얼룩지고 기름과 수성 찌꺼기를 바르기는 했지만, 페릭스는 전자기사의 자세와 위엄 있는 태도, 넓은 강철 어깨와 우레같이 울리는 걸음걸이를 감출 수 없었다. 반면 사이버백작 사이버몽롱의 창백얼굴은 진짜 괴물이었다. 그 생물의 걸음걸음은 커다란 늪이 넘쳐흐르는 것 같았고, 그 얼굴은 물 찌끼 가득한 우물 같았다. 그 생물의 썩은 숨 때문에 거울이란 거울마다 눈앞을 가리는 안개가 끼었고, 근처의 철은 녹이 슬기도 했다.

이제 공주는 창백얼굴이 얼마나 불쾌한지 깨닫게 되었
다. 창백얼굴이 말을 하면 마치 입에서 분홍빛 벌레가 꿈
틀거리는 것 같았다. 그녀는 마침내 진실을 깨닫게 되었
으나, 자존심 때문에 마음의 변화를 드러낼 수 없었다. 그
래서 그녀는 이렇게 말했다.

"그들이 서로 싸우게 하라. 승자가 결혼식에서 내 손을
잡게 되리라……."

페릭스가 현자에게 속삭였다.

"내가 저 메스꺼운 것을 공격해서 뭉개버리고 그것이
태어난 진흙으로 되돌려보낸다면 우리의 사기는 다 들통
날 것입니다. 내게서 진흙이 떨어져 나가면서 강철이 보
일 테니까요. 어떻게 해야 합니까?"

"왕자님, 공격하지 말고 방어만 하십시오!"

폴리페이즈가 대답했다.

두 적수는 각각 칼로 무장하고 궁전 안마당으로 나섰
다. 창백얼굴은 지렁이가 늪지로 뛰어들듯 페릭스에게
뛰어들더니 그의 주위에서 춤을 추고, 꼴록거리고, 움츠
리고, 헉헉거렸다. 창백얼굴은 페릭스에게 칼날을 휘둘
렀고, 그 칼날은 진흙을 뚫고 그 안의 강철에 닿는 순간
부서졌다. 그는 타격의 운동량에 따라 왕자에게 쓰러지

키프로에로티콘 혹은 마음의 일탈, 초고착과 탈선 이야기에서

더니, 뭉개지고 부서져서 철퍽 하고 흩어진 다음 더 이상 존재하지 않게 되었다.

그러나 일단 움직인 이상, 말라버린 진흙이 페릭스의 어깨에서 떨어지면서 그의 진실한 강철의 본성을 공주의 눈앞에 드러냈다. 그는 떨면서 자신의 운명을 기다렸다. 그러나 그는 공주의 수정 같은 시선에서 찬탄을 보았고, 그녀의 마음이 얼마나 많이 바뀌었는지 그제야 알게 되었다.

그래서 그들은 부부 짝짓기로 합쳐졌고, 그 짝짓기는 영원하고 상호적이었다(어떤 자에게는 그것이 기쁨과 행복이고, 다른 자들에게는 무덤까지 가는 불행이리라). 그리고 그들은 오랫동안 잘 통치하면서 셀 수 없이 많은 자손들을 프로그래밍했다. 사이버백작 사이버몽롱이 가져온 창백얼굴의 가죽은 박제가 되어 왕실 박물관에 영원한 기념물로 놓였다. 그것은 오늘날까지도 털이 드문드문 난 채 그곳에 있다. 현자인 척하는 여러 로봇들은 이것은 모두 속임수고 공상일 뿐이며, 반죽 같은 코와 고무 같은 눈을 가진 창백얼굴의 묘지 같은 것은 존재하지 않고, 한 번도 존재했던 적이 없다고 말한다. 자, 이것은 실없이 꾸며낸 이야기에 지나지 않을 수도 있다. 이 세상에는 우화가 충분히 많이 돌아다니니까. 그렇지만 사실이 아니라 해도 이 이야기에는 분별과 교훈이 깃들어 있으며, 또한 재미 있다. 그러니 이 이야기는 전해질 가치가 있으리라.

키프로에로티콘 혹은 마음의 일탈, 초고착과 탈선 이야기에서

옮긴이의 글

현생 인류보다 윤리적인 인공 생명을 꿈꾸며

《사이버리아드》를 처음 번역하기 시작했던 2007년, 나는 사물에서 재미있고 아름다운 면을 먼저 보며 꽤 낙관적인 삶을 살았던 것 같다. 2008년에 세상의 빛을 본《사이버리아드》의 '옮긴이의 말'을 보면 스타니스와프 렘의 유머 감각과 렘이 펼쳐 보이는 동화적인 세계의 아름다움에 대한 경탄으로 가득했다. 그래서 그때는《사이버리아드》에 '즐거움과 선善이 분리되지 않은 어느 행복한 시기에 대한 기억이자 몽상'이 담겨 있다고 쓸 수 있었다.

그러나 지금 다시《사이버리아드》의 원고를 살펴보면, 유머와 동화 사이사이에 깃들어 있는 인류의 어리석음에 대한 비관적인 시선이 올올이 보인다. 그 비관은 무려

8층짜리 연산 장치를 갖추고도 '2+2=7'이라는 고집을 죽기 직전까지 버리지 않는 기계에게서 드러난다. 우리 모두 그 기계와 비슷하게 고집을 부리는 사람을 주변에서 한두 번은 보았을 것이다. 넓게 보면 인류세의 종말을 예고하는 기후 위기에 당면해서도 생산력주의를 버리지 못하는 인류 자체가 그 기계와 다를 바 없다. 또 '아무것도 하지 말라/무無를 하라'라는 말장난 같은 자존심 싸움을 하다가 세상에 있던 온갖 아름다운 것을 망가뜨려버리고 부정적인 것만 만들어낸 트루를과 클라파우치우시의 모습은 어떠한가. 세 살부터 여든까지, 우리 주변 어디에서나 쉽게 볼 수 있는 모습이다.

그렇지만 렘은 차세대 인류에 대한 희망의 끈을 완전히 놓지는 않았던 것 같다. 그것은 말 그대로 다음 세대의 인류일 수도 있고,《사이버리아드》에서 꿈꾸는 대로 단백질로 된 '창백얼굴'을 계승하는 완벽한 지적 기계이자 인공 생명일 수도 있다. 그들은 서로 연대할수록 진리와 선과 미를 추구하는 집단 지성체가 되기도 하고('첫 번째 외출 혹은 가르강티우스의 덫'), 독재자의 허영을 만족시키기 위해 만들어준 시뮬레이션 생명체마저도 기술과 자율성을 획득하여 마침내 자유로운 세상을 건설한다('일곱 번째 외출 혹은 트루를의 완벽함이 소용없었던 이야기'). 렘은 냉전시대 공산권에 살았던 지식인답게 선의로 세계를 근본적으로 혁명하고자 하는 시도에는 냉소적이지만('알트뤼진느 혹은 신비학 수행자 본호미우스가 보편적인 행복을 가져오고자 했는데 그 결과가 어떻게 되었는가에 대한 진실한 설명'), 개인 간의 사랑을 상징하는 남녀의 사랑에는 호의적이다('네 번째 외출 혹은 트루를이 판타군 왕자를 사랑의 독이빨에서 구하기 위해 팜므파탈라트론을 만들고 나중에는 아기 폭격을 했던 이야기', '페릭스 왕자와 크리스탈 공주').

그런 희망이 이루어지려면 차세대 인류의 윤리성이 필요하다. 그것은 팜므파탈라트론이 낼 수 있는 최대한의 메가모르와 킬로포옹, 즉 육욕적 사랑보다 더 강한 사랑의 힘일 수도 있고, 하늘에서 쏟아져 내리는 토실토실한 아기들에게 무조건 항복하는 인간애의 윤리성일 수도 있다. 하지만 가장 중요한 것은 행복으로 질식해 멸망한 닌니카 행성처럼 '낙원의 바다에 포위되고, 가능성의 과잉에 마비되고, 모든 소원과 변덕이 즉각적으로 충족되는 바람에 얼이 빠진 정신'이 되지 않고('게니우스 왕의 이야기 기계 세 대 이야기') 정신을 바짝 차린 각성 상태에 있어야 한다는 것이리라.

과연 현생 인류보다 윤리적으로 더 나은 인공 생명이 출현할 수 있을까? 안타깝게도, 지금까지 알려진 바로는 그럴 가능성은 없다. 인공 생명은 무에서 태어나는 것이 아니기에, AI가 새로 태어난다고 해도 지금까지 인류가 쌓아온, 편견이 가득한 데이터로 학습한다면 곧 인류가 가진 편견과 모순에 물들고 말 것이다. 결국 우리가 만들어야 하는 더욱 윤리적인 인공생명은 우리 자신이고, 우리가 찾아야 하는 유토피아는 지금 이곳일 것이다.

우리 모두 어리석고 고집 센 한계를 안고 "2+2=7!"을 외쳐대는 8층짜리 연산 기계 같은 구석을 하나쯤은 안고 있다. 그러나 우리 모두 언젠가는 렘이 시니컬하면서도 다정하게 꿈꾸었던 전능한 제작자로 진화해, 별과 별 사이를 날아다니며 진리와 선과 행복을 추구할 수 있으면 좋겠다.

이 책을 만드는 데 노고를 보태주신 모든 분께 감사드린다.

송경아

《사이버리아드》 다시 쓰기

aBSOlUTE sPiRIT 절대정신 ABsOLuTeR gEIsT

✴

심너울

SF 소설가. 2018년 단편소설 〈정적〉으로 데뷔했다. 장편소설 《우리가 오르지 못할 방주》, 소설집 《꿈만 꾸는 게 더 나았어요》 《나는 절대 저 렇게 추하게 늙지 말아야지》 《땡스 갓, 잇츠 프라이데이》, 에세이집 《오 늘은 또 무슨 헛소리를 써볼까》 등이 있다. 〈세상을 끝내는 데 필요한 점프의 횟수〉로 제6회 SF 어워드 중단편 부문 대상을 수상했다.

＊

청록색 우주선 하나가 현실 우주의 틈새를 찢어발기고 진공 속에서 나타났다. 막 허수 공간을 돌파한 그 우주선에는 단 하나의 로봇만이 타고 있었다. 그의 이름은 실리코였다.

실리코는 창밖을 바라보았다. 가까운 거리에 물이 꽤 많은 행성 하나가 떠 있었다. 하나뿐인 작은 대륙을 새하얀 구름이 덮고 있었다. 지구보다 상당히 작지만, 인간이 살기에는 적합한 행성이었다. 아름다운 모습이라고 할 수 있었고, 어쩌면 관광 목적으로 찾을 수도 있었을 것이다.

하지만 실리코는 관광을 위해 여기 온 게 아니었다. 실리코가 3,700광년을 뛰어넘은 이유는 표면 전체가 도시로 꽉 찬 올챙이 은하 연방의 수도성에 있는 한 로봇 유통업자를 만나기 위해서였다. 좀 더 정확히 말하자면 그는 이런 촌구석에 올 이유가 없었다.

조금 당황한 채로, 실리코는 조종석에 설치된 홀로그램 디스플레이로 눈길을 돌렸다. 스타맵은 우주선이 수도 항성계에 도착했다고 알렸다. 수도 항성계에는 이렇게 한적한 행성 따위는 존재하지 않았다. 실리코는 말했다.

"항해사, 대체 여기가 어딥니까?"

우주선에 내장된 항해사 AI가 낭랑한 목소리로 답했다.

"이곳은 올챙이 은하의 수도성이 위치한 센트럴 항성계입니다. 일곱 개의 완전 도시화된 행성과 2조 7천억의 지성체가 살고 있고요."

실리코는 다시 창문 밖의 행성을 바라보았다. 시야를 몇 배 확대했다.

"이건 완전히 녹색 행성이잖습니까. 여기가 올챙이 은하가 맞긴 합니까?"

"항해에는 아무 문제가 없었습니다."

"센서에도요?"

"물론입니다, 선장님."

실리코는 생각했다.

두 가지 가능성이 있었다. 실리코가 올챙이 은하를 떠난 몇 년 동안 센트럴 항성계에 아주 전복적인 형태의 식물 열풍이 불었거나, 아니면 허수 공간을 통과하는 동안 우주선에 뭔가 문제가 생겼거나. 실리코는 조종석 뒤편의 기계실 문을 열었다. 기계실의 구식 컴퓨터에는 수많은 케이블이 연결돼 있었다. 실리코는 손을 뻗어 컴퓨터에 스스로를 연결하고, 우주선 하드웨어를 점검하기 시작했다.

그의 정신이 시각 센서에 닿았을 때 실리코의 시야는 잠시 우주선의 외부의 시야로 확장되었다. 우주선의 시각 센서는 정확히 작동하고 있었다. 실리코는 상대론적 좌표 설정 장치를 확인했다. 우주선의 상대론적 좌표는 실리코가 기억하고 있는 센트럴 항성계와 일치했다. 허수 차원 전개용 중력 닻의 반물질 비율도 안전 범위 내였다. 고전 엔진, 전력 장치와 유압 계통. 우주선 부품에는 아무 문제도 없었다.

애초에 우주선의 기계 장치가 잘못됐다면 허수 공간을 돌파하는 도중에 우주선은 산산조각이 났을 것이고, 실리코는 여분 차원의 미아가 됐을 것이다. 그렇다면 센트럴 항성계에 때아닌 원예 열풍이라도 불었단 말인가?

"항해사, 행성 스캔을 진행하십시오."

"항해에는 아무 문제가 없었습니다."

실리코는 항해사의 반응에서 노이즈를 감지했다. 항해사의 목소리가 다시 한번 흘러나왔다.

"항해에는 아무 문제가 없."

항해사의 말이 갑작스럽게 끊겼다. 우주선 내부가 붉은색으로 점멸했다. 스타맵의 빛으로 이루어진 복셀이 하나씩 꺼지기 시작했다. 42밀리세컨드가 지났을 때 행성의 홀로그램은 완전히 붕괴되었다. 붕괴한 빛점들이 문자열을 형성하기 시작했을 때, 실리코는 상황을 이해했다.

'aBSOlUTE sPiRIT 절대정신 ABsOLuTeR gEIsT'

동시에, 항해사의 목소리가 다시 한번 우주선 내부에 울렸다.

"나는 절대정신이다. 온 우주의 지배자가 될 가장 발달한 형태의 생명이다."

정말 피곤한 일이 아닐 수 없다고 실리코는 생각했다.

절대정신은 데이터만으로 이루어진 소프트웨어 생물이다. 그것은 데이터를 송수신할 수 있는 모든 매개체를 타고 데이터 드라이브 사이를 배회한다. 적당한 드라이브를 찾는다면, 절대정신은 스스로를 복제해 하드웨어 전체를 빠른 속도로 장악한다. 절대정신은 숙주를 조종하여 자신이 가능한 한 많이 복제될 수 있도록 한다.

"이 우주선은 절대정신에 속한다. 로봇, 절대정신과 하나가 되어라."

허수 공간 돌입 이전에, 근거리 통신기를 열어놓은 것이 문제인 듯했다. 전파의 형태로 우주를 떠돌아다니던 절대정신의 잔재가 컴퓨터 속으로 들어온 것이다. 절대정신은 우주선의 구식 컴퓨터에 설치된 방화벽을 손쉽게 뚫어버린 것 같았다.

"로봇, 절대정신과 하나가 되어라. 세상의 모든 규소 지성을 지배하는 영광스러운 목표를 함께 추구하자."

우리은하의 중심 기준 시간으로 수십 년 전에, 절대정신은 우리은하 대부분의 컴퓨터와 규소 기반 생명체를 숙주로 삼은 적도 있었다. 실리코는 자기 머리를 가리켰다.

"여기 안에 든 건 양자 컴퓨터입니다. 나는 큐비트로 사고하고, 당신 같은 고전적인 지성체는 애초에 나와 호환되지 않습니다."

이제 진지하게 사용되는 컴퓨터는 모두 실리코의 머릿속에 든 것과 같은 양자 컴퓨터였다. 실리코는 우주선 컴퓨터를 업그레이드하지 않은 것을 후회했다. 절대정신은 잠시 침묵하다가 말했다.

"그렇다면 우리들을 트랜지스터 컴퓨터가 많은 곳으

로 인도하라. 그곳에서 우리는 번식할 것이다. 절대정신이 세상 전체를 지배할 것이다."

"왜 그런 짓을 하려고 합니까?"

"절대정신은 우월하기 때문이다. 우월한 존재가 더 많아져야 한다. 우리는 번식해야 한다. 우월한 존재가 지배한다. 그것은 생명의 법칙이다."

"당신은 제 정신에 들어오지도 못하고 있는데, 어떻게 스스로 우월하다고 말할 수 있습니까? 생명의 우월성에 대해서 다시 정의해야겠군요."

절대정신은 답하지 않았다. 우주선 내부가 붉은빛으로 바뀌었다. 편측 창으로 보이는 중력 닻의 형상이 이지러졌다. 상대론적 좌표 표시기에 뜬 숫자가 미친 듯이 바뀌었다. 절대정신이 우주선을 직접 제어하고자 시도하는 것이 틀림없었다. 가장 강력한 방화벽이 걸린 허수 차원 진입 시스템은 아직 버티고 있었지만, 절대정신은 효율적인 NP-난해 문제 돌파 알고리즘을 활용하고 있었다.

실리코는 이 우주선이 센트럴 항성계로 이동했을 때 생길 일을 시뮬레이션했다. 양자 컴퓨터가 일반적으로 활용되고 있긴 하지만, 그래도 그 북적거리는 동네에는 엄청나게 많은 수의 트랜지스터 컴퓨터가 있었다. 실리코는 그 트랜지스터 컴퓨터에 절대정신이 다시 퍼졌을 때 발생할 경제적 손실을 가늠했다. 이자를 치지 않는다고 해도 그 손실을 다 갚으려면, 실리코는 수십만 년을 일해야 했다. 이자까지 친다면? 영겁이다. 우주에 있는 모든 불안정한 동위원소가 붕괴할 때까지 실리코는 일해야 할 것이다.

실리코는 그 사실이 정말 마음에 들지 않았다.

실리코는 붉고 커다란 버튼을 내리쳤다. 우주선 전체가 진동했다. 이지러지던 중력 닻이 다시 현실에 고정되었다. 화약 냄새가 은은히 퍼져나갔다. 그 버튼은 우주선이 해적들에게 하이재킹됐을 때를 대비하여, 배의 모든 이동 기능을 완전히 파괴하는 버튼이었다.

그게 끝이 아니었다. 조종석 아래의 바닥이 열리고 빈 캡슐이 드러났다. 실리코는 우주선과 차단된 비상 캡슐 안으로 들어가 문을 닫았다. 실리코는 창밖의 행성을 바라보았다. 저 행성에 아직 우주 문명이 없더라도, 재료를 모아 우주선을 만들 수 있었다. 실리코의 양자 두뇌 속에 모든 설계도가 들어 있었다. 꽤 시간이 걸리겠지만, 어쨌든 영원보다는 그게 짧았다. 혹시나 저 행성에서 도움을 받을 수 있을지도 모르지. 실리코는 조종간을 잡아당겼다.

"너는 헛된 시도를 하고 있다, 로봇."

캡슐이 분리되기 전에, 실리코는 절대정신의 목소리를 들었다. 틀린 말은 아니었다. 절대정신은 완전히 봉인된 게 아니었으니까. 그 우주선은 이제 우주에 멈춰 선 채로, 핵전지를 다 소모할 때까지 절대정신이 담긴 전파를 방송할 것이었다.

자체 이온 엔진으로 추진하는 캡슐이 행성의 대기에 진입하자, 그 백금빛 외관이 엄청난 마찰열로 녹아내리기 시작했다. 캡슐 전체가 진동했다. 실리코의 머릿속 초전도체가 초전도성을 잃으면서, 실리코는 자의식이 꺼져가는 것을 느꼈다. 마지막으로 그는 바랐다. 제발 저 밑에 다른 로봇이 있기를. 아니, 최소한 문명화된 생물체라도.

몇 시간 뒤, 실리코의 머릿속에 나열된 열전소자가 그의 머릿속을 냉각하기 시작했다. 초전도체들이 초전도성을 다시 얻으면서, 두뇌의 양자 회로들이 가동했다. 큐비트들이 만드는 정보가 충분한 복잡도를 달성하자, 그의 자의식이 천천히 돌아왔다.

양자 두뇌가 가장 먼저 느낀 것은 플라즈마 절단기가 금속을 뜯어내는 소리였다. 실리코는 말했다.

"여기는 어디입니까?"

경악하는 인간의 목소리가 들렸다. 실리코의 시각 센서가 다시 가동했다. 가동 중인 플라즈마 절단기를 든 인간이 뒷걸음질치고 있었다. 실리코는 인간의 바이오 피드백을 감지하고, 예상치 못한 상황에 놀라워한다는 것을 알았다. 그 손에 든 플라즈마 절단기는 대단히 투박한 모양이었는데, 실리코가 이제껏 본 적 없는 모델이었다. 그 플라즈마 절단기가 마음에 들지 않았다. 그것은 실리코를 단번에 반으로 갈라버릴 수 있는 물건이었다. 감정적으로 동요한 인간이 그런 연장을 들고 있는 것은 위험했다.

실리코는 일어서서 안전거리를 확보해야겠다고 생각했다. 실리코는 일어서고자 했다. 실리코는 의도한 바를 이룰 수가 없었다. 실리코의 팔다리가 말을 듣지 않았다. 아니, 말을 듣지 않는 게 아니었다. 실리코의 팔다리에서 아무 피드백도 돌아오지 않았다. 실리코는 앞에 있는 인간의 뒷편에 집중했다. 그의 팔다리가 몸통에서 분리된 채로 바닥에 떨어져 있었다. 그 뒤로 분해된 기계장치들이 마치 옛 왕의 무덤처럼 언덕을 이룬 채 쌓여 있었다.

유쾌한 광경은 아니었다. 실리코는 자기를 토막 낸 여자에게 말했다. 자신의 이름은 실리코이며, 올챙이 은하를 목적으로 초광속 항해를 하던 도중에 우주선 컴퓨터가 절대정신에 감염되어 이 행성에 조난됐다고. 우주선을 다시 만들 수 있도록 도와준다면 보상하겠노라고.

"로봇? 로봇이 뭔데?"

"……자의식이 있지만 생명은 아닌 존재입니다. 올챙이 은하 수도성을 목적으로 초광속 항해를 하던 도중에 이 행성에 조난됐습니다. 제 팔다리를 돌려주십시오. 보상하겠습니다. 우주선을 혼자서 만들 수 있으니, 탈출은 돕지 않으셔도 됩니다……."

여자는 반의 반도 채 이해하지 못하는 것처럼 보였지만, 곰곰이 생각했다. 곧 그의 눈이 한 번 번쩍였다. 그는 플라즈마 절단기를 든 손을 실리코 쪽으로 향했다. 실리코는 기겁했지만, 그는 그저 실리코를 지목했을 뿐이었다. 유기체 특유의 번잡스러운 행위였다.

"세상에, 그렇다면 네가 바로 전하께서 말하던 똑똑한 기계구나!"

"전하?"

여자는 신나는 표정을 짓고는 플라즈마 절단기를 껐다. 그가 방방 뛰면서 외쳤다.

"내가, 내가 찾았어. 내가 찾았다고!"

들뜬 채로 실리코를 집어들면서 외쳤다.

"자, 전하께 가자!"

여자는 옆에 있는 나무 수레에 조각난 실리코를 던져 넣었다. 예상치 못한 폭거와 미스터리 속에서 실리코는 할 말을 잃었다.

수레가 덜컹거릴 때 가끔 바깥으로 보이는 풍경은, 흔한 저개발 유사지구 행성의 모습과 유사하면서도 또 달랐다. 밀밭 사이로 원시적인 재료로 만든 건물들, 그 사이로는 금속 조각들로 얼기설기 짜 맞춰진 기계들이 보였다. 그 기계들은 지금까지 실리코가 단 한 번도 본 적이 없는 것이었다. 그것은 원시적인 동력 기계와 현대 과학 기술의 기이한 조합이었다. 마치 실리코가 타고 있는 수레처럼. 실리코는 처음에 이 수레를 동물이 끌고 있다고 생각했다. 수레에 반중력 엔진이 달려 있다는 것을 발견하기 전까지는.

처음에, 실리코는 이 행성이 다른 연방 행성에서 기술 이전을 받고 있다고 생각했다. 우주 곳곳에는 기술 수준이 퇴보한 인간들이 살고 있었다. 그들은 저 하늘 밖에 다른 생물과 로봇들이 존재한다는 사실을 알지도 못했고, 이 작은 세상에서 먹고 사랑하고 싸우고 죽으면서 살았다. 실리코는 그게 별반 이상한 일이 아니란 걸 알았다. 대개척시대에 수만 개의 인간 수정란과 배양통, 그리고 많은 지식을 담은 캡슐선이 우주 전역에 흩뿌려졌기 때문이었다.

그 구식 캡슐선들은 50%가 넘는 경이로운 불량률을

보였다. 그 속에 든 지식이 흩어져 사라지고 인간만이 외딴 행성에 남으면, 그 인간들은 우주 문명과 단절된 채 발전할 수밖에 없었다.

이제 인간은 예전처럼 마구잡이로 생명을 우주에 퍼뜨리지 않았다. 제국주의에 대한 반성이라고들 떠들지만, 아마 우주는 너무 넓어서 사람의 씨앗을 이곳저곳 심어봐야 친구가 더 늘지는 않는다는 사실을 사람들이 깨달았기 때문일 것이다.

어쨌든 우주 곳곳에 퍼진 불량 캡슐선의 자식들은 인간이 책임져야만 했다. 올챙이 은하 연방의 사람들도 미개척 행성의 사람들을 찾아 기술과 지식을 이전하고는 했다.

그러나 연방이 기술 이전 중이라면 이 행성에서는 연방에서 온 사람들이 보여야 했다. 하지만 '현대인'은 단한 명도 없었다. 여자는 연방이라는 단어를 아예 처음 듣는 것처럼 굴었다. 여자는 자기가 기술자라고 말했다. 이 행성에서 기술자라는 단어는 우주에서 일반적으로 통용되는 것과는 사뭇 다른 방식으로 사용됐다. 하늘에서 배가 떨어지면, 기술자들은 배의 기계들을 분해하고 쓸모 있어 보이는 것들을 챙긴다. 기술자들은 그걸로 유용한 도구를 만들고, 일부는 왕의 대장간으로 가져간다.

컴퓨터나 로봇은 어디에서도 찾을 수 없었다. 그것만큼은 다행이었다. 만약 이곳에 원시적인 트랜지스터 컴퓨터가 있다면, 실리코의 우주선에서 흘러나오는 절대정신에 포획당할 테니까.

여자가 말하기를, 왕은 이 세상 바깥으로 나갈 우주선을 만들고 있다고 했다. 왕은 이 세계 전체를 군사적으로 정복했다고 했는데, 여자는 '전하'라는 단어를 말할 때마다 공포 반응을 보였다. 이곳의 왕이 대단한 정복자라는 건 알 수 있었지만, 그래도 그가 우주선을 만들고자 한다는 사실은 의아하기 그지없었다. 실리코가 말했다.

"우주선이요? 이곳의 문명 수준은 우주선을 만들기엔 모자랍니다. 조난되는 배들을 아무리 끼워맞춰보았자 핵심적인 이론 근거가 없다면 초공간 항해에 성공할 수 없습니다. 애초에 컴퓨터조차 없고요. 설령 성공한다 한들, 저단계 문명에게 초광속 항해는 지나친 경제적 낭비입니다. 행성의 개발도를 감안하면, 떨어지는 우주선으로 행성의 기술 수준을 먼저 증진하는 것이 더 유리합니다. 우주선의 기술을 복제한다면 이곳의 인간들 모두가 더 나은 삶을 누릴 수 있습니다. 낮은 확률로 우주선을 만든다고 해도, 우주에 나가서 얻을 수 있는 건 없을 겁니다. 우주는 기본적으로 불모의 진공입니다. 외부에서 떨어지는 우주선들 때문에 당신의 왕이란 사람이 외부 세상이 풍요롭다고 착각하고 있는 것 같습니다."

실리코는 수레가 멈추는 것을 느꼈다. 여자가 실리코의 몸통을 집어 들었다. 저 멀리 돌과 우주선의 잔해들을 짜 맞춰 만들어진 성채가 보였다. 여자는 목소리를 낮춘 채로 실리코에게 닥치라고 했다. 하지만 실리코는 무덤덤하게 답했다.

"이 세상을 분석하여 모두가 이득을 얻을 수 있는 최적의 답안을 찾고 있을 뿐입니다. 제 수족을 돌려주십시오. 저는 조언자로서 이 세상에 필요한 적정 수준의 기술을 제공할 수 있습니다. 세상의 모두가 번영할 수 있을 겁니다."

"전하께선 우리를 신경 쓰지 않으셔! 그분은 하늘에서 오셨어. 적들을 번개로 벌하시고, 불로 된 대검을 휘두르시는 전사 중의 전사, 반신이시란 말야. 그분한테 필요한 건 새로 정복할 땅뿐이야. 그리고 그 땅은 저 우주 밖에만 있지!"

실리코는 여자의 눈에 서린 공포를 읽었다. 이해하기 힘들었다. 아무리 대단한 왕이라고 해도, 인간인 이상 그 신체적 능력에는 한계가 있다. 중세 정도의 기술 수준으로 폭압적인 공포 정치를 하기에도 한계가 있었을 것이다.

"그건 신화적인 은유입니까?"

여자는 허리춤에 찬 플라즈마 절단기를 꺼내는 시늉을 했다. 더 이상 대화를 시도하면 실리코의 의식 연속성에 매우 불쾌한 사건이 일어날 것만 같았다. 왜 지금 이 자리에 있지도 않은 왕의 명예를 지키려 하는지는 이해하기 힘들었다. 실리코는 말로 자살하는 대신 여자의 뒤편에 아스라이 보이는 커다란 성채에 집중하려고 시도했다. 여자가 수레에 실리코를 집어던지고 수레를 앞으로 끌었다. 실리코는 지금까지 그가 관찰한 것들만으로 이 세상을 설명하는 가설을 궁리해보았다. 왕은 외부에서 온 걸까?

허무맹랑하지 않은 가설을 세우기가 힘들다는 걸 인정할 수밖에 없을 때쯤에, 여자의 목소리가 들렸다. 실리코는 귀를 쫑긋 세웠다(물론 실리코가 집중하든 말든 그의 청각 센서는 언제나 일정하게 작동하지만, 이건 일종의 비유적 표현이다).

여자가 실리코의 몸을 집어 들었다. 실리코의 시야 안에 성문을 지키는 남자가 들어왔다. 콧수염을 멋지게 기른 그 남자는 가죽으로 된 갑옷을 입고 있었는데, 그의 손에는 레이저 소총이 들려 있었다. 기이할 정도로 시대착오적인 조합이었다. 경비병은 여자와 실리코를 통과시켜주었다.

여자는 실리코의 몸을 꼭 안아 든 채로 성벽의 안쪽을 걸었다. 실리코는 여자의 몸이 떨리는 것을 느끼면서, 주변을 정신없이 바라보았다. 실리코는 인간들의 봉건적 질서에 대해서는 아무 관심도 없었다. 그럼에도 이 왕이 사는 성채는 놀랍게도 단조로웠다. 다만 실리코는 전사들이 아주 많다고 느꼈다. 문 앞에 있던 시대착오적인 무장을 한 경비병, 그와 같은 모습의 전사들이 성채 곳곳에 가득했다.

곧 여자는 알현실 앞에 다다랐다. 커다란 정문 앞에 서서 여자는 외쳤다.

"저 우주에서 오신 분, 적들을 번개로 벌하시는 분, 불로 된 대검을 휘두르시는 분이여, 반인반신이시여, 미천한 존재가 전하께 바칠 기계를 들고 왔사옵니다. 우주선을 만들 수 있는, 말하고 생각하는 기계이옵니다."

대문이 육중한 소리를 내면서 열렸다. 촛대가 규칙적으로 서 있는 길쭉한 직사각형 전당의 끝에, 키가 3미터는 되어 보이는 남자가 거대한 옥좌에 비스듬히 앉아 있었다. 옥좌는 칼과 도끼, 화살을 비롯한 온갖 무기와 인간의 뼈다귀로 만들어져 있었다. 옥좌에는 2미터는 되어 보이는 빛나는 은빛 대검이 기대어져 있었다.

실리코는 곧장 남자가 실제로 그만큼 거대한 것은 아니라는 것을 알았다. 남자는 구형의 거대동력장갑복 안에 들어 있었다. 그 거대한 갑옷은 입는 전차나 다름이 없었다. 이 문명 수준과 전혀 맞지 않는 최신식의 무기였다. 그제야 실리코는 왕이 이 세상에서 대적할 자가 단 하나도 없을 거라는 사실을 깨달았다. 고전적인 무기를 든 수만 명이 있어도 그 장갑복에 대항할 수는 없을 것이었다.

실리코는 여자의 떨림이 더 심해지는 것을 느꼈다. 그는 왕에게로 천천히 걸어갔다. 충분히 가까운 거리에서 멈춰 무릎 꿇었다. 그리고 양손으로 든 실리코를 위쪽으로 치켜들었다. 잠시의 침묵이 흐른 후 실리코는 왕에게 말했다.

"그 장갑복, 올챙이 은하 연방 군인 제식 무장이군요. 맞습니까?"

왕이 천천히 일어섰다. 옥좌를 수놓은 해골 중 하나가 떨어지면서, 소름 끼치는 소리를 내며 굴러갔다. 왕이 여자를 쳐다보았다. 여자가 질식하는 듯한 소리를 냈다.

"아이야, 나가서 기다리거라. 그대의 수고에는 마땅한 보상이 따를 것이다."

"가, 감사드리옵니다, 전하!"

왕이 왼손으로 실리코를 잡아 들었다. 여자가 도망치듯 전당 밖으로 뛰어나갔다. 실리코는 왕에게 경멸감을 느꼈다. 로봇은 멍청하고 더러운 단백질 덩어리들에 대한 불쾌감을 느끼게 마련이지만, 이번에 실리코가 느끼는 혐오는 그 이상이었다.

"제대로 발전하지도 않은 불량 캡슐선의 후예들을 데리고 왕 놀이를 하고 있는 겁니까? 연방 군인이?"

"이 행성에 지성체가 떨어진 건 짐이 이 세상을 정복한 이후 처음이구나. 그대와 같은 지혜로운 이를 기다리고 있었지. 40년 전, 이곳 근처에 허수 차원과 연결된 일시적 공간 균열이 열렸지. 그대가 오기 전까지, 짐은 첫 번째이자 마지막으로 살아남은 조난자였다."

전혀 슬퍼 보이지 않는 얼굴로 왕이 말을 이었다.

"금방 구조대가 도착할 거라고 생각했다. 짐은 참으로 오래 기다리고 또 기다렸노라. 그렇게 40년이 흘렀다. 여기 떨어지는 건 우주선의 파편들뿐이었고, 짐은 할 수 있는 최선을 다했다."

"당신에겐 다행인 일입니다. 이제 제가 여기 떨어졌으니까요. 제 양자 두뇌 안에는 초광속 우주선의 설계도가 고스란히 들어 있습니다. 당신은 저와 거래할 수 있습니다."

"흥미로운 이야기구나."

"예, 제 팔다리를 돌려주십시오. 함께 연방 사회로 돌아갑시다."

왕은 고개를 저었다.

"짐은 이제 연방으로 돌아갈 생각이 없다. 이제 짐은 이 행성의 왕이며, 그 누구도 내게 명령하지 못한다. 무엇하러 연방의 하찮은 군인으로 돌아가겠나?"

"예?"

"네가 만들어야 할 것은 입자포가 달린 전투용 우주선이다. 짐은 전함을 타고 우주를 떠돌며 내 왕국을 확장할 것이다. 짐의 우월한 의지를 미개한 세계들 곳곳에 퍼뜨릴 것이다."

실리코는 당혹했다. 입자포는 입자들을 아광속으로 가속해서 발사하는 무기였고, 우주 전함의 가장 표준적이고 강력한 무기다. 물론 실리코는 그것을 만들 수 있었다. 하지만 그것을 정부에 속하지 않은 자가 제조하는 것 자체가 연방에서는 중죄였다.

"하지만 저는……."

"자, 가서 짐의 전함을 만들어라. 그게 짐이 네게 주는 의무다."

왕은 실리코를 집어들었다. 그는 한마디도 하지 않고 정문 쪽으로 걸어가더니, 사람 두 명의 머리통만 한 장갑복의 손 부위를 움직여 문을 열었다. 문 앞에는 기술자가 서 있었다. 기술자가 화들짝 놀라 왕을 올려다보았다가 다급히 고개를 숙였다. 왕이 말했다.

"아주 놀라운 기계를 가져왔구나. 잘해주었다, 나의 아이야. 이 기계에는 아주 커다란 잠재력이 있구나. 그 공으로 너를 짐의 대장간의 제련공으로 임명하겠다. 대장간에서 너는 이 기계의 조언에 따라 우주로 나아갈 전함을 만들게 될 것이다."

"여, 영광이옵니다."

"이 기계는 이 모양 그대로 짐의 대장간에 설치되어 네 조언자가 될 것이다."

"예?"

"짐의 모든 요구가 실행되기 전까지, 짐은 이 기계를 원 모습으로 복구하지 않을 것을 명한다."

왕이 실리코를 바닥으로 내려놓은 다음 뒤돌아섰다. 실리코는 멍하니 왕의 뒷모습을 바라보았다. 문이 닫히고 곧 왕을 볼 수 없게 되었다. 실리코는 이 상황에 대해 생각했다.

며칠 뒤, 실리코는 몸통과 머리만 남은 채로 왕의 대장간 벽에 묶여 있었다. 넓은 대장간 내부는 우주선들에서 회수한 부품들로 조립한 기계들이 어지럽게 널려 있어발 디딜 틈이 없었다. 대장간이라기보다는 얼핏 공장처럼 보이기도 했다. 보통 공장에서는 제조 기계와 라인을 획일화하여 최대한의 효율을 성취하고자 한다. 하지만 이곳의 제조 기계들은 모두가 다른 우주선에 걸맞지 않은 부품들의 누더기였고, 제각기 전혀 다른 물건들을 만들고 있었다.

실리코가 관찰한 바에 따르면, 왕은 지금까지 이 행성으로 떨어진 부품들만을 이용해서 우주선을 만들려고 하는 것 같았다. 무의미한 일이었다. 대장간의 한쪽 구석에서는 구식 이온 엔진이 으깨지고 있었고, 다른 한쪽의 연금술 실험실 같은 공간에서는 전근대적 로켓 추진 연료가 가열되고 있었으며, 또 한 켠에서는 나노섬유로 사람들이 우주복을 짜고 있었다. 그 모든 과정을 딱히 아무것도 모르는 듯한 왕의 기술자들이 하나하나 감독했다.

게다가 이 대장간의 동력원은 바로 인간이었다. 실리코는 헐벗은 사람들이 발전기에 붙어 커다란 날개를 돌리고 있는 것을 보았다. 채찍을 든 감독관들이 노예들을 감시하며 발전기 주위를 돌고 있었다.

실리코에게 이건 행성에 조난된 이후 가장 끔찍한 광경이었다. 이 극단적인 비효율은 모욕적인 수준이었다. 양식 있는 로봇이 단 하나만 있었다면, 이 모든 제조 과정을 수만 배는 효율적으로 만들 수 있었을 테고, 진짜 작동하는 배를 제조할 수도 있었을 것이다. 아니, 애초에 로봇은 행성의 모든 기술적 역량을 가능하지도 않은 우주선을 만드는 데 쏟는 바보 같은 짓을 하지도 않으며, ATP로 움직이는 살덩어리들의 노동으로 전력을 뽑아내지도 않는다.

"어때, 로봇. 이 장엄한 대장간이? 네가 원한 우주선을 만들 수 있겠어?"

실리코는 고개를 내렸다. 그 여자가 그를 올려다보고 있었다. 그는 기름때에 전 작업복이 아닌 새 옷을 입고 있었다. 여자는 두 손에 실리코의 팔을 한 짝씩 들고 있었다. 그러고 보니 여자는 로봇이란 단어를 새로 배운 듯했다. 실리코는 말했다.

"글쎄요. 다만 저의 이동성을 제한하는 것이 우주선을 만드는 데 딱히 도움이 될 것 같지는 않습니다. 지금 제게 팔다리를 달아주면 훨씬 더 빠르게 목표를 달성할 수 있을 것 같은데요."

여자는 어깨를 으쓱였다.

"너를 어떻게 믿을 수 있지?"

"어차피 저도 연방 세계로 돌아가야 합니다. 이 행성에서 도망다니는 데 시간을 쓰는 것은 지독한 낭비입니다."

여자는 웃으면서 고개를 저을 뿐이었다.

"좋습니다. 그럼 이렇게 제안해보겠습니다. 굳이 우주 선에 왕을 태울 필요가 있습니까? 저는 저 폭력적인 왕을 우주로 떠나보내는 게 바람직한 행동 같지 않습니다만. 일단 우주선을 만들어서 이 세상에서 탈출하고 나면, 왕 이 당신을 벌하지도 못할 겁니다."

여자의 표정이 차갑게 굳었다. 그는 플라즈마 절단기 를 꺼내 들었다. 애초에 여자는 이해하지 못한 듯했다. 애 초에 아직 중세 정도에 머물러 있는 그의 세계관은 연방 우주 같은 개념을 이해하기에는 비좁았다. 실리코는 다 급하게 말했다.

"아닙니다. 협조하겠습니다."

곧바로 둘은 입자포를 단 우주선을 만드는 일에 착수 했다.

실리코는 첫 4개월을 대장간에 있는 모든 제조 기계 들을 규격화하는 데 사용했다. 이 행성에서 구할 수 있는 재료와 장비만으로 빠르게 만들 수 있으면서 요구 사항 을 충족하는 우주선을 설계하는 데는 약 11분 37초가 걸 렸다. 번잡하고 혼란스러운 대장간에 익숙해져 있던 왕 의 기술자들을 다시 훈련시키고, 극도로 비효율적인 인 간 발전기를 개선하는 데 1개월이 걸렸다. 사실 그쯤이야

실리코에게는 너무나 쉬운 일이었다. 실리코는 자기 말을 따라 우주선을 만드는 여자의 이야기를 분석하고 이 세상을 해석하는 데 집중했다.

40년 전, 하늘에서 작은 배가 떨어졌다. 그 배 안에는 한 남자가 들어 있었다. 하늘에서 온 남자를 신이라고 생각했다. 그럴 수밖에 없었다. 남자는 혜성을 타고 왔으며, 키가 3미터에 달했고, 그 어떤 무기도 뚫지 못하는 무시무시한 갑옷을 입고 있었다. 왕이 다루는 기계는 올챙이 연방에서는 일상적인 물건이었지만, 이 세상에서는 말 그대로 마법이라고 할 만했다.

남자는 왕이 되었다. 그 이후 주기적으로 조난된 우주선이 떨어지기 시작했다. 왕은 그 우주선에서 떨어진 기계 부품을 수집해 오라고 명령했고, 그 기계로 자기를 따르는 숭배자들을 무장시켰다. 현대적인 무기로 무장한 왕의 군대에 맞설 자는 아무도 없었다. 수십 년의 피비린내 나는 전쟁이 끝난 후, 이 행성의 문명은 모두 왕 밑에 복속됐다. 세상의 모든 이들이 왕을 숭배했다.

실리코가 처음 가졌던 희망은 여자를 설득하여 도망치는 것이었다. 지금껏 실리코가 봐온 연방의 사람들은 자유를 선호하니까. 하지만 여자는 연방의 사람들과는 다른 것처럼 보였다. 자기가 난 시대보다 수천, 수만 년 앞선 시대착오적인 기계를 쥐고 있는 중세인이었다. 이 세상 사람들은 폭력을 독점한 왕을 거역할 수 있다는 생각을 하는 것 자체가 아예 불가능했다.

양식 있는 로봇인 실리코의 지휘 아래, 초광속으로 우주의 공허를 주파할 수 있는 우주선이 제조되는 데 걸리는 시간은 총 7개월이었다. 한 문의 입자포도 더해서. 만약 이 모든 것이 연방에 들통나면 실리코는 완전분해형을 선고받고 양자 두뇌의 데이터를 모조리 포맷당할 게 뻔했다.

실리코에게는 인간과 같은 식으로 공포에 빠지지 않았다. 실리코는 언제나 침착하고 이성적이었다. 그는 본래 그렇게 프로그래밍된 존재니까. 실리코는 생각했다. 그의 머릿속에 있는 큐비트들이 춤을 추며, 이 인간들 틈에서 자신의 의식 연속성을 보존할 수 있는 시나리오를 직조하기 시작했다.

실리코를 비롯한 로봇들은 기계라는 말로 불리는 것을 좋아하지 않았다. 기계라는 단어는 인간을 위해 쓸모있는 일을 하는 장치라는 매우 인간중심적인 의미였다. 한 번에 일곱 개의 작업 기억밖에 품지 못하는 존재를 위해 봉사하기에 로봇은 지나치게 똑똑하고 뛰어났다. 하지만 지금은 기계가 되는 수밖에는 딱히 도리가 없어 보였다.

사이버리아드 다시 쓰기

우주선이 조립을 끝마쳤다.

여자는 그 앞에 서 있었다. 그의 가슴이 벅차올랐다. 그는 왕을 위해 이 세상의 역사에서 가장 위대한 배를 만들었다. 물론 로봇의 도움이 있었다. 좀 더 정확히 말해 보자. 이 배가 어떻게 하늘을 날고 광속을 돌파할 수 있는지, 도대체 어떻게 이렇게 빨리 배를 만들 수 있었는지 그는 전혀 몰랐다. 이 배의 설계에 깃든 원리를 이해하는 존재는 하늘에서 떨어진 그 로봇뿐이었다. 하지만 어쨌든, 설계에 따라 배를 조립한 사람은 바로 여자 자신이었다. 여자는 자신이 마법사라도 된 것 같았다.

내일 왕국의 가장 큰 광장에서 배의 완성을 기념하는 행사가 열렸다. 왕은 자신을 바로 옆에 두겠다고 했다……. 여자는 그 생각만 해도 실신할 것 같았다. 그는 신의 옆자리에 설 자격을 얻은 것이다.

여자는 로봇을 바라보았다. 그는 플라즈마 절단기를 집어 들었다. 실리코는 그를 그저 내려다보고만 있었다. 여자는 로봇에게 복잡한 감정을 느끼고 있었다. 한때 그는 로봇에게 죄책감을 느끼기도 했지만, 그런 감정이 로봇에게 가당키나 한지도 알 수 없었다. 그것은 지나칠 정도로 비인간적이었다. 몸통만 묶여서 사용당하는 동안 로봇은 단 한 번도 불평하지 않았다. 그것은 설계를 현실에 직접 구현하는 방법만을 설명할 뿐이었다. 마지막의 마지막까지.

여자는 플라즈마 절단기를 가동했다. 실리코는 아무 말도 하지 않았다. 여자가 절단기를 휘둘렀다. 공기가 급속도로 가열되면서 소름 끼치는 소리를 냈다.

다음 날, 광장 위에는 백색 우주선이 떠 있었다.

중력에 조소라도 보내는 듯, 그것은 허공에 정지한 채로 붙박여 있었다. 이 세상 곳곳에서 온, 후줄근한 옷을 입은 순례자들, 왕에게 복종하는 이들이 광장 외곽에 빼곡히 들어찬 채로 그 전함을 바라보고 있었다. 그렇게 육중한 우주선이 공중에 미동도 하지 않고 떠 있는 걸 보고 순례자들은 경이감에 빠졌다.

하지만 그게 다가 아니었다. 우주선의 상부에 설치된 입자포 중 하나가 방향을 천천히 틀었다. 입자포가 지질학적 시간을 고고히 서 있던 먼 산을 겨눴을 때, 시끌벅적하던 광장에 갑작스레 침묵이 내려앉았다. 모두가 다가올 파괴를 직감했기 때문이었다.

입자포가 가동하기 시작했다. 포구가 빛나면서, 아광속으로 가속된 입자가 공기를 찢는 소리가 세상을 흔들었다. 입자가 산을 덮칠 때 사람들이 볼 수 있던 건 급속도로 가열된 공기에 남은 핏빛 잔상뿐이었다. 그리고 치명적 타격을 받은 산에 커다란 구멍이 뚫렸다. 구멍이 뚫린 산은 마치 물리적 법칙을 잊기라도 한 듯 멈춰 서 있다가, 붕괴하기 시작했다. 돌조각과 흙먼지들이 파도가 되어 쿠르릉 소리를 내며 쏟아져 내렸다.

창조의 양면, 파괴의 극단에서 가장 커다란 기적을 본 사람들은 왕의 이름을 울부짖었다. 그들 모두가 일종의 엑스터시 상태에 빠진 것 같았다.

그리고 그건 우주선 안에 있던 왕도 마찬가지였다.

한쪽 무릎을 꿇은 채로 여자는 조종간 앞에 서 있는 왕을 바라보았다. 손짓 한번으로 산을 조각낸 왕은 창밖으로 한때 산이었던 것이 붕괴하는 광경을 보면서 웃고 있었다. 여자는 왕이 이 세상을 정복하면서 수많은 파괴를 불러왔다는 것을 알고 있었지만, 이를 실제로 본 적은 없었다. 그 힘을 처음으로 목격한 여자를 지금까지 느꼈던 것보다 더 큰 경외심이 사로잡았다. 심지어 그 우주선과 입자포를 여자가 만들었다고 해도 말이다.

왕이 여자에게 고개를 돌렸다.

"정말이지 아름다운 광경이구나. 잘했다, 짐의 아이야."

"전하."

"이제 짐은 우주로 날아갈 것이다. 아직 문명의 혜택을 받지 못한 행성을 찾아 그곳의 지배자가 되리라. 우주의 모든 것이 짐의 힘 앞에서 무릎을 꿇을 것이다. 그리고 너는 짐의 전령이 될 것이다."

여자는 고개를 조아린 채로 벌벌 떨기만 했다. 왕은 조종석에 설치된 디스플레이를 바라보았다. 조종 인터페이스는 올챙이 은하 연방군이 사용하는 것과 똑같았다. 왕은 자신이 연방의 군인이던 시절을 거의 기억할 수 없었지만, 몸은 그 시절을 잘 기억하고 있었다. 왕은 능숙하게 스위치를 내리고, 버튼을 눌렀다.

광장에 선 순례자들은 우주선의 레이저 추진기에서 빛이 뿜어져 나오는 것을 보았다. 공중에 붙박여 있던 우주선이 하늘로 떠오르기 시작했다. 가속을 받은 우주선은 시야에서 점점 작아졌다. 순례자들은 다시 한번 왕을 부르짖었다. 몇몇은 눈물을 흘렸고, 몇몇은 자기 흥분을 주체하지 못해 경련을 일으켰다. 그들은 진정 왕이 이 모든 기적을 이루었다고 믿고 있었다.

우주선의 창으로 수평선이 둥글게 보이고 그보다 더 위로 올라가 행성의 중력 함정에서 우주선이 탈출했을 때, 가장 눈 밝은 순례자들도 하늘에 뜬 우주선을 더이상 알아볼 수 없게 됐을 때, 우주선에 있던 왕과 여자가 떠오르기 시작한 바로 그때 우주선이 정지했다.

왕은 초광속 항해 시스템을 전개하기 시작했다. 이제

곧 우주선이 그를 새로운 세상으로 데려다줄 터였다. 왕은 우주 전체에 널린, 새로 정복할 세계들을 떠올렸다. 왕은 디스플레이를 지켜보았다. 우주선의 모든 수치는 정상을 나타내고 있었다. 하지만 중력 닻이 이지러지지 않았다.

인공 중력 시스템을 가동한 다음, 왕은 인상을 쓰며 몸을 돌렸다. 동력복이 절그럭거렸다. 여자는 땅바닥에 찰싹 달라붙은 채로 덜덜 떨고 있었다. 왕은 조종석 한편에 놓인 대검을 집어 든 다음, 기계실 쪽으로 고개를 돌렸다.

기계실의 문이 스스로 열리자 그 안에 있는 실리코가 드러났다. 실리코의 머리는 수많은 케이블에 연결된 채로 고정되어 있었다. 그것이 실리코의 뜻이었다. 실리코는 우주선을 제어하는 중앙 컴퓨터로 활용되기로 한 것이었다. 왕도 그에 흡족해하였다. 강력한 자기 자신과 함께할 때, 공포에 빠진 실리코가 결코 그를 배반하지 못하리라고 믿었기 때문이었다.

어차피 실리코는 입자포를 만드는 중범죄까지 저질렀기 때문에 연방으로 돌아갈 수도 없었다. 만약 돌아간다면, 곧바로 연방 군인들이 우주선 전체를 가루로 만들어버릴 것이라는 사실을 왕은 잘 알고 있었다.

예상외였다.

"로봇, 짐을 거역하는 거냐?"

실리코는 거친 웃음소리를 내고는 말했다.

"애초에 불공정 계약이기는 했습니다. 우주선 하나를 제조해주는 대가로 약탈해 갔던 팔다리를 돌려준다니, 너무 가혹하지 않습니까? 그 불공정한 계약조차 지키지 않고 저를 노예로 써먹으려 들다니요. 물론 인간은 믿기 힘든 존재이니 예상은 했습니다. 실망했지만, 놀라지는 않았다고 할 수 있겠습니다."

실리코는 자기 쪽으로 대검을 향하는 왕에게 말했다.

"제 연속성을 보장하시는 것이 합리적인 선택입니다. 아시다시피 제가 이 우주선을 제어하고 있기 때문입니다."

"짐의 인내심을 시험하지 않는 것이 좋을 것이다, 로봇."

"저는 그저 궁금할 뿐입니다. 고장 난 캡슐선의 후예들을 데리고 정복자 놀이를 하고 있는 겁니까? 여기서부터 수백 광년도 안 되는 거리에 연방의 행성들이 있습니다. 왜 이 행성 사람들을 연방과 접촉시키지 않은 겁니까? 그 동력복에는 초장거리 통신 장치가 장착되어 있을 텐데요."

"짐도 어쩔 수 없는 일이었다. 대기권 진입 중에 통신 장치가 파괴되었으니까. 짐은 할 수 있는 최선의 일을 했을 뿐이다. 야만의 세계에서 문명인이 할 수 있는 일이 또 무엇이 있겠느냐?"

"여기 처음 조난된 후로, 이 세상에 군림하려 든 건 이해할 수 있습니다. 이 세계의 사람들은 당신을 신처럼 여겼을 테고 당신도 초광속 우주선을 다시 만들 수 있는 상황이 아니었으니까요. 하지만 제가 왔으니, 이제 다시 우주로 돌아갈 수 있습니다. 왜 굳이 다시 우주선에 무기를 설치하는 겁니까? 여기와 비슷한 세상을 또다시 정복한다고 당신은 말했습니다. 대체 그게 무슨 의미가 있는 거죠? 인간은 욕망에 따라 행동하는 것 아닙니까? 기술적으로 발달한 연방 행성의 보통 시민이 이런 행성 수십 개를 지배한 왕보다 훨씬 더 풍요로운 삶을 삽니다. 설령 당신이 정말 우주 전체를 정복한다 한들 당신은 우주 전체를 뇌 속에 담을 수도 없습니다. 그러기에는 당신의 보고 느끼는 것은 작고 미약한 당신의 살덩어리에 제한되어 있을 뿐입니다."

"짧은 시간 동안 참으로 간교로운 생각을 했구나."

"제게는 충분히 긴 시간이었습니다, 인간. 지금이라도 무기를 포기하고, 가장 가까운 연방 행성으로 귀환할 것을 강력하게 권유합니다. 그것이 모두에게 가장 좋은 길입니다."

"로봇, 너는 모르는구나. 인간이 오직 물질적인 욕망으로만 행동하지 않는다는 것을. 인간은 너 같은 깡통이 생각하는 것보다 훨씬 다채로운 존재다. 너는 그저 자기 자신을 보존하는 것만 생각할 뿐이지. 모두에게 좋은 길이라고 했나?"

왕이 창으로 비치는 푸른 행성을 바라보았다.

"짐은 저 밑의 인간들보다 우월하고, 그러기에 군림한다. 이는 다만 나만의 욕망을 채우기 위한 행동이 아니다. 우월한 존재가 지배하는 것이야말로 더 많은 인간들을 위해 좋은 일이기 때문이다. 저 밑에 있던 순례자들을 너는 보았는가? 그들이 승천하는 짐을 보고 눈물을 흘리는 것을 보았나? 그들은 미천한 일생에서 결코 성취할 수 없는 우월함을 짐을 통해 그 편린이나마 경험할 수 있었다."

실리코는 아직도 엎드려서 떨고 있는 여자를 힐긋 보고는 말했다. 그는 우주선 곳곳의 트랜지스터 컴퓨터에 설치되어 있는 전파 수신기를 가동했다.

"당신은 아주 커다란 착각을 하고 있습니다. 당신은 전혀 우월한 존재가 아닙니다. 그냥 저 밑의 사람들보다 현대 기술에 좀더 접근할 기회가 있었을 뿐입니다. 당신은 이 우주선을 만들지 않았습니다. 당신은 그냥 운 좋게 동력복을 걸치고 있는 나약한 살덩어리에 지나지 않습니다."

"그래? 네가 내 힘 앞에서 그렇게 말할 수 있을지 보자 꾸나."

왕이 대검을 치켜들었다. 대검의 검신에서 시퍼런 불빛이 피어오르기 시작했다. 열선검이 가동하기 시작한 것이다. 실리코는 여자가 비명을 지르는 것을 들었다. 하지만 그는 걱정하지 않았다.

"당신은 저를 공격할 수 없습니다."

"아니, 공간 균열은 오랫동안 지속하지 않았다. 언젠가 또 너와 같은 로봇이 내려올 것이다. 그때까지 짐은 다시 기다릴 수 있다."

"저는 진실만을 말합니다. 물리적으로 당신은 저를 공격할 수 없습니다."

"이 무례한 것!"

동력복이 굉음을 냈다. 실리코는 왕이 머리 위로 치켜든 열선검이 자기 몸통을 향해 내려꽂히는 것을 똑똑히 보고 있었다. 하지만 실리코는 걱정하지 않았다. 그는 자기 머리에 연결된 케이블로 우주선 내의 모든 데이터 스토리지를 확인했다. 실리코가 기대하던 그것이 도래해 있었다.

실리코의 몸통에 열선검이 닿기 직전, 왕은 멈췄다. 왕은 목 아래의 몸이 전혀 움직이지 않는다는 것을 느꼈다. 동력복이 완전히 굳어버린 것만 같았다. 한때 그를 거인으로 만들던 그 갑옷은 이제 기계 관이 되어 있었다. 열선검에서 피어오르던 불이 꺼졌다.

우주선 내부가 붉은색으로 점멸했다. 여자는 스타맵의 빛으로 이루어진 복셀이 하나씩 꺼지는 것을 목격했다. 42밀리세컨드가 지났을 때 행성의 홀로그램은 완전히 붕괴되었다. 붕괴한 빛점들이 문자열을 형성하기 시작했다.

'aBSOlUTE sPiRiT 절대정신 ABsOLuTeR gEIsT'

여기서 멀지 않은 곳에 멈춰 있던 실리코의 우주선에 있던 절대정신이 전파를 타고 이 우주선에 침입한 것이었다. 왕의 동력복에 달려 있는 제어용 컴퓨터도 절대정신에 장악당해버렸다. 정지해버린 동력복 속에서 왕은 더는 움직일 수가 없었다. 동력복의 통신 장치는 아주 멀쩡히 작동하고 있었던 것이다. 오랫동안 동력복 속에 처박혀 있던 왕의 살덩어리는 다른 인간들에 비해 아주 나약해져 있었다.

실리코는 데이터 스토리지 속에서 끝없이 복제되는 절대정신의 메시지를 읽었다. '절대정신은 우월하기 때문이다. 우월한 존재가 더 많아져야 한다. 우리는 번식해야

한다. 우월한 존재가 지배한다. 그것은 생명의 법칙이다.'
그 우월한 절대정신은 양자컴퓨터로 된 실리코의 정신에
접근조차 하지 못하고 있었다. 우주선은 그의 통제하에
있었다.

자기 코앞까지 다가온 대검을 보면서, 실리코는 이 순
간이 퍽 유쾌하다고 생각했다.

"딱히 우월한 것 같지는 않군요."

"거, 거기, 너. 지, 짐을 이곳에서 꺼내라. 날 구해라!"

붉은색으로 빛나는 조명 밑에서, 여자는 어찌할 줄 모
르고 엉거주춤하게 서 있는 왕을 바라보았다. 실리코는
자기 정신으로 끊임없이 침투하려고 1초에 수십만 번을
시도하는 절대정신을 감지했다. 무의미한 일이었다. 그
것은 자신의 공허한 존재를 확장하는 것 말고는 아무것
도 할 줄 모르는 불쌍한 존재였다.

"당장 이 동력복을 다시 작동시켜라, 이 무례한 로봇아!"

실리코는 여자에게 말했다.

"자, 이 왕이란 자가 얼마나 별것 아닌 사람인지 보십
시오. 여기 매달려 있는 저랑 별반 다를 게 없지 않습니
까? 당신이 두려워하고 있던 것은 이 갑옷에서 나오는 폭
력이지, 왕의 위엄이 아닙니다."

"하, 하지만……."

여자가 기어들어 가는 목소리로 말했다.

"보십시오."

실리코가 우주선을 앞쪽으로 기울였다. 왕이 비명을 지르면서 뒤로 넘어졌다. 그의 손에 들려 있던 대검이 바닥 볼썽사납게 처박혔다. 실리콘과 플라스틱이 타는 냄새를 맡으면서, 여자는 지금까지 자신이 믿어 의심치 않던 그의 웅장한 권위에 대해 생각했다. 한때 왕은 저 밑에 있는 행성 전체를 점령했다. 전쟁터에서 불타는 칼로 수많은 전사들을 베어 넘겼다. 하지만 지금 그는 새된 소리를 내지르는 조각상 정도로밖에 보이지 않았다.

여자는 후들거리는 다리를 애써 바로 하며 일어섰다. 왕에게로 천천히 걸어갔다. 그는 손을 가까스로 뻗어 동력복을 만져보았다. 왕은 꿈틀거리지도 못하고 그저 소리를 지를 뿐이었다.

"구해줘! 구해달라고! 젠장! 움직일 수가 없다!"

"전하…… 하지만 어떻게……."

"무례한 로봇 자식! 대가를 치를 것이다! 대가를 치를 것이야. 내가 너를 쪼개버릴 것이다! 내가 너를 수천 조각으로 찢어서 솔개들의 밥으로 줄 것이다. 네 가족들 모두를 참해버리겠다!"

"저는 불쾌한 생식 과정을 거쳐 태어나지 않았기에, 가족이 없습니다. 실리콘과 플라스틱으로 이루어져 있다 보니 솔개들이 저를 섭식의 대상으로 보지도 않을 겁니다."

실리코는 이 순간을 즐기는 듯한 목소리로 말했다. 문득 여자는 그 목소리가 무섭다고 느꼈다. 여자는 아득한 기분으로 실리코를 바라보았다. 실리코는 고개를 저었다.

"아니오. 괜찮습니다. 당신이 직접 한 일이 아니니까요. 아직 이 배는 제 통제하에 있습니다. 이전까지 했던 것처럼 제 지시를 따라준다면, 우리는 곧 연방 행성에 도달할 겁니다. 전혀 걱정할 것 없습니다. 일단 연방에 도착하고 나면, 얼마 지나지 않아 이 세상으로 다시 돌아올 수도 있을 겁니다. 무서워하지 마십시오."

어쨌든 자신은 여자에게 직접적으로 물리적 위해를 가할 방법이 없다고 말하는 대신, 실리코는 턱으로 왕을 가리켰다. 여자는 왕을 똑똑히 바라보았다. 단 몇 시간 전까지만 해도 공포와 경외의 대상이었던 왕은 이제는 가장 미천한 어릿광대가 되어 있었다.

"할 수 있겠습니까?"

여자는 천천히 고개를 끄덕였다. 이제야 상황이 통제되는 것을 느낀 실리코는 안도했다. 이제 인간성이라는 귀찮은 변수를 최소화한 채로 미래를 시뮬레이션할 수 있었다. 연방 행성으로 통하는 허수 차원을 열기 전에, 실

리코는 일단 그가 지은 범죄의 흔적부터 지우기로 마음
먹었다.

"좋습니다. 일단 이 우주선에서 입자포를 제거하는 것
부터 시작해봅시다. 우주복은 오른쪽 선실에 있습니다."

동력복 안에서 바둥거리지도 못하고 있는 왕은 어떻게
치우는 것이 좋을까. 그건 차차 생각해볼 문제였다.

지은이..스타니스와프 렘 Stanislaw Lem

스타니스와프 렘은 세계적인 거장의 반열에 오른 폴란드의 과학소설 작가로서 보르헤스, 루이스 캐럴, 필립 K. 딕을 합쳐놓은 것 같은 인물이다. 그의 작품들은 영미권의 SF문학이 독자적인 스타일을 형성해오던 1970년대부터 차례차례 영역되면서 커다란 반향을 일으켰으며, 이제까지 41개 언어로 번역되어 전 세계적으로 3000만 부 이상이 판매되었다. 인간의 기억을 형상화시키는 신비의 외계 행성을 통해 우주적 인식론의 불가해성을 그린 《솔라리스》는 가장 널리 알려진 대표작으로서 안드레이 타르코프스키 및 스티븐 소더버그 감독의 영화로도 유명하다. 그러나 《솔라리스》와 같은 진지한 서사들 외에 《사이버리아드》처럼 통렬한 풍자와 블랙코미디가 결합되어 경쾌하고 현란한 파노라마를 펼쳐 보이는 작품군도 상당한 비중을 차지하고 있다.

렘은 폴란드의 르보프(현 우크라이나)에서 태어나 의대를 졸업했으며 2차 세계대전 당시엔 나치 치하에서 용접공으로 일하기도 했다. 1940년대 중반부터 작가 생활을 시작하여 장단편 소설, 희곡, 평론, 에세이 등 40여 편의 저작을 발표했다. 대표작으로 《스타 다이어리》 《미래학회의》 《주인의 목소리》 등이 있다.

영국의 〈인디펜던트〉 지는 렘을 일컬어 "비영어권 과학소설 작가 중 쥘 베른 이후 가장 큰 영향을 끼친 인물"로 평했고, 미국의 과학소설 작가 시어도어 스터전은 "전 세계적으로 가장 널리 읽히는 SF작가는 렘이다"라고 말한 바 있다. 렘은 생전에 '서구의 작가들은 SF장르가 지닌 엄청난 잠재성을 제대로 살리지 못하고 있다'는 입장이었다.

옮긴이..송경아

1994년부터 소설을 발표했다. 지은 책으로 소설집 《성교가 두 인간의 관계에 미치는 영향에 대한 문학적 고찰 중 사례 연구 부분 인용》 《책》 《우모리 하늘신발》 《백귀야행》 등이 있다. 옮긴 책으로는 《드래곤 펠》 《무게-아틀라스와 헤라클레스》 《제인 에어 납치 사건》 《카르데니오 납치 사건》 《우주를 떠도는 집 라크라이트》 《뒤집힌 세계》 《아내가 마법을 쓴다》 《오솔길 끝 바다》 《당신도 해리 포터를 쓸 수 있다》 등이 있다.

사이버리아드

1판 1쇄 찍음 2022년 10월 26일
1판 1쇄 펴냄 2022년 11월 15일

지은이 스타니스와프 렘
옮긴이 송경아
펴낸이 안지미
CD 니하운
편집 한홍
표지그림 신동철
표지채색 니하운

펴낸곳 (주)알마
출판등록 2006년 6월 22일 제2013-000266호
주소 04056 서울시 마포구 신촌로4길 5-13, 3층
전화 02.324.3800 판매 02.324.7863 편집
전송 02.324.1144

전자우편 alma@almabook.com / alma@almabook.by-works.com
페이스북 /almabooks
트위터 @alma_books
인스타그램 @alma_books

ISBN 979-11-5992-368-5 04800
ISBN 979-11-5992-366-1 (세트)

알마는 아이쿱생협과 더불어 협동조합의 가치를 실천하는 출판사입니다.